【智量译文选】

贵 族 之 家　前 夜

Дворянское гнездо　Накануне

〔俄〕屠格涅夫 著　智量 译

Иван Сергеевич Тургенев

华东师范大学出版社

目　录

《贵族之家》、《前夜》导读

　　俄国伟大的作家屠格涅夫是中国读者非常熟悉和喜爱的。他的作品在我国,和在全世界各个国家一样,从来都畅销不衰。这里给您提供的,是他最重要的长篇小说代表作《贵族之家》和《前夜》。

　　屠格涅夫的全名是伊凡·谢尔盖耶维奇·屠格涅夫,他生于公元 1818 年,死于 1883 年;俄国彼得堡大学哲学系语文专业毕业,又曾在德国柏林大学学习哲学、历史、希腊文和拉丁文。他在 19 世纪中期俄国剧烈的政治思想斗争与冲突中,属于自由主义派别,他反对农奴制度,却不赞成当时俄国的革命民主主义者车尔尼雪夫斯基等人的观点,他寄希望于自上而下的改革。然而,由于他对广大农奴和下层劳苦大众的深厚同情,以及他的文学天赋,他的作品真实而深刻地反映了当时俄国社会的现实,受到广泛的肯定和喜爱,即使是沙皇政府和主张暴力革命的人士,都不得不承认他是一位伟大的作家,欣赏他优美的文笔,并且赞赏他的人道主义精神。

　　屠格涅夫说:"……准确而有力地表现真实和生活实况才是作家的最高幸福,即使这真实和他本人的喜爱并不符合。"终其一生,他的确是坚守了这样的创作原则。屠格涅夫一生创作成果丰富,题材涉及俄国和西欧的广大地域,写了从最贫苦的农民直到上层贵族阶级的生活,体裁也是多种多样,有长篇小说、中篇小说、短篇小说、日记体小说、微型小说、剧本、抒情诗、叙事诗、诗体小说、笔记、杂文、散文、散文诗、论著、评论、书信等等,实在是一位才华横溢的多产作家。

　　《贵族之家》是屠格涅夫六部长篇小说系列中的第二部,是其中最为优美动人的一部,写于 1859 年。这是一部感人至深的爱情小说,也是一部深刻反映时代的社会小说。其中每一个人物的命运,他们的爱情经历与悲欢离合,都和他们所处的时代和历史现实紧密相关。作品中每个人物的性格特征都具体地表现出时代和历史的烙印,他们在恋爱中所表现出来的个性特点和利害考虑,都是人在特定社会历史条件下的一种人性表现。艺术的形象思维的产品能够达到如此高度的思想概括程度,在世界文化史上并不多见。因此,这部小说成为世界文学史上不朽的经典。

屠格涅夫身为俄国贵族,但是他从不认为贵族在当时是一个先进的阶级。《贵族之家》这个书名如果直译,应是《贵族之窝》(书中也曾反复出现过"窝"这个字眼),从这本书中我们可以生动真实地看到,19世纪30年代至40年代,俄国的老一代贵族怎样在他们的窝窠中苟延偷生,而新的一代又怎样在拆毁和改造这窝窠,使自己从灵魂到肉体都能随全体俄罗斯人民一同进入新时代。而新与旧的斗争往往又体现在同一个人的心中和身上,于是这窝窠的内外和周围又有着形形色色的各种各样的人。这里有别斯托夫家和卡里金家那些老的一代,有苏洛奇卡和莲诺奇卡等新的一代,也有潘申、瓦尔瓦拉·巴夫罗芙娜、米哈烈维奇、丽莎和拉夫列茨基这些中间的一代。尤其是这中间的一代,他们身上正体现着时代的变迁和新旧的矛盾。于是故事便主要集中在他们身上。

拉夫列茨基是故事的中心人物,这是一个不甘于旧生活的束缚,满怀新生希望的人,但同时也是一个受尽生活折磨,处处碰壁,痛苦一生的人。他的悲剧遭遇是时代给予他的,他身上体现着那个时代的主要的特征。他是一个当时俄国贵族知识分子中为数很多的"多余的人"。他思想多,行动少;顾虑重重,举步维艰;他热爱自己的祖国,但却很少为祖国做出贡献;他欲爱不能,欲恨不能,似乎终身都被束缚在环境、教养和时代以及他自身所加给他的枷锁中。到最后,眼见新一代人欢乐歌唱,只能自嘲似地说一声:"你啊你,孤苦伶仃的老年! 赶快燃尽吧,毫无用处的生命!"屠格涅夫在这个人物身上对这一类的人进行了严厉地批判。不过,我们从《贵族之家》中可以看到,屠格涅夫在批判多余人的同时,仍然对他们比较公正,他并没有把拉夫列茨基写成一个一无是处的人。

作品中所描写的拉夫列茨基与米哈烈维奇和潘申这两个人的矛盾值得读者留心。潘申无疑是作者否定的对象,从他的渺小卑微之中我们可以对比地看到拉夫列茨基(或者说所有多余人)的高大之处:屠格涅夫本人是一个西欧派自由主义者,而他笔下的潘申这个卑鄙下流之徒竟也是一个西欧派,从这一点上我们不能不钦佩屠格涅夫作为一位伟大艺术家的真诚的公正。而米哈烈维奇这个人物则是作者有意写来传达时代与历史气息和衬托拉夫列茨基的。这位兴奋、夸张、浮躁同时又善良而富有诗意的理想主义者和浪漫派同拉夫列茨基之间那一整夜的争论,很能够帮助我们理解作者想要在这本书里表达的东西。很多人在读这本书时往往忽略了对米哈烈维奇这个人物加以思考。

丽莎是作品的女主人公,她聪明、深沉、严肃、忠实、纯洁、善良。她身为贵族小姐,却和普通人之间并无间隔,她笃信上帝,最终成为一名修女。她对祖国和普通老百姓的热爱,让她和拉夫列茨基在心底里有了相互靠近的基础。可怜她一生一世只享受过那么一点儿爱的甜蜜,只在自己所爱的人怀抱里停过几分钟,只得到过他的一次短短的亲吻。当她知道瓦尔瓦拉·巴夫罗芙娜又来找到拉夫列茨基时,她连再让他拉一次手也不同意,为的是保持自己良心的洁白和对上帝的忠贞。在这里,读者朋友们会不会觉得,丽莎这个人过于固执、简单和迂阔,是她给她自己也给拉夫列茨基带来了这样大的(也许是并无必要的)不幸? 其实,我们今天的生活中,不正是缺少像她这样真挚、顽强、坚定、单纯的人吗? 是的,丽莎只是一个屠格涅夫笔下的理想少女,不是一个真正存在的人。写到这里,真觉得屠格涅夫不应该让丽莎的灵魂和身体披上那样一件沉重的宗教的外衣,这件外衣过分地遮盖和压抑了她作为人的自然本性,未必只有成为一个宗教信徒,一个人才能拥有这样完美的人性。

与丽莎强烈对比的是瓦尔瓦拉·巴夫罗芙娜·科罗宾娜。这个浅薄、放荡、狡猾的,以追求肉体满足为人生唯一目的的女人,让人读过对她的种种描述之后禁不住一阵阵恶心。作家巧妙地把她安排为拉夫列茨基的妻子，而让丽莎成为拉夫列茨基真正所爱的人，又让那位丽莎的热烈追求者潘申最后和她勾搭成奸，形成两两交叉又相互对比的一个四边形。这是屠格涅夫这位作家艺术技巧高明之所在，也可见这位作家写小说时的良苦用心。

《前夜》是屠格涅夫六部长篇小说中的第三部，是他的小说中反映现实最及时、最迅速的一部；同时，它也和《贵族之家》一样，不仅深刻地反映现实，而且极其优美动人。它写于 1860 年，而 1861 年沙皇政府就在客观形势的逼迫下宣布了"农奴改革"，因此，作家所描写出的恰恰是俄国社会发生巨大变革的"前夜"，女主人公叶琳娜身上所体现出的，正是当时整个俄国社会的精神觉醒和争取自由、争取解放的渴望心情。叶琳娜所钟情的平民知识分子英沙罗夫，是一个保加利亚革命家，他性格坚定、目标明确，心头充满着民族解放的激情，这正是当时俄国一些具有民主主义意识的青年人所共同拥有的思想特征。这种自觉的英雄人物，正是当时俄国社会所迫切需要的人。这个人物形象身上体现了 19 世纪 50 年代末俄国社会前进的方向，表明解放运动的主导力量已经逐渐由少数出身贵族的革命者转为平民出身的知识分子。小说发表后，俄国的革命民主主义批评家杜勃罗留波夫立刻写了他那篇著名的文章《真正的白天何时到来？》，他激动而兴奋地写道："我们不会等待很久。……前夜离开，随之而来下一天总是不远的，总共只有一夜之隔吧！……"他这话等于是说，俄国社会马上就会发生革命性的变动，而屠格涅夫的小说正是在预言这种变动。

但是，屠格涅夫虽然用他的作品客观地写出了现实生活的深刻的真实，而他本人的思想却还没有达到这样的高度，这里恰恰表现出文学艺术和形象思维的伟大力量，出现了有趣的"形象大于思想"的现象。他竟然拒绝接受杜勃罗留波夫的结论，并且要求《现代人》杂志（俄国的代表当时先进革命思想的刊物）不要发表这篇文章。

关于这部作品中的主要人物，我不想像前一部书一样在这里一一分析,读者参照以上所介绍的时代和文学历史的背景自己就可以有所评判。值得注意的是,屠格涅夫本人曾经写过一篇著名的论著《六部长篇小说总序》,其中有很大一段文字谈到《前夜》人物的来历,我们把这篇名文也附在书后,请读者参阅。

不过,在这里,我想就屠格涅夫小说总体上的一个主要特点再说几句话。屠格涅夫所有的小说都是爱情小说。爱情本是人类生活的一个最主要、最基本的内容。阴阳、正负、男女相互之间的差异和相吸,是整个客观物质世界构造的基础,文学既是写人的,便首先自然而然地要写到人的爱情。其实世界上没有一个作家不长于写爱情,否则他就不是一个作家。然而屠格涅夫这位作家与众不同的是,大家一致公认他是一位最长于写爱情的作家(这就等于说他是一位最有本领的小说艺术家)。读了屠格涅夫的小说,你会体味到爱的甜蜜、爱的苦楚,知道恋爱中的人有怎样的心理状态和思想感情,了解爱情发展的曲折和变化过程。屠格涅夫能让你身临其境地体验到,什么是爱情。拉夫列茨基和丽莎的恋情,英沙罗夫和叶琳娜的恋情难道不让你心灵激动吗?至于他们的恋情到底是怎样展现的,请读者自己去阅读,并在自己的阅读中得到享受和启发吧。

其实,屠格涅夫对爱情的看法在根本上是悲观的,他曾经说过这样的话:"爱情甚至不能算作是一种感情,它是一种疾病。"在屠格涅夫笔下,爱情的力量往往被夸大,往往是爱情支配人而不是人支配爱情;爱情往往不给人带来幸福,而是带来痛苦。有趣的是,屠格涅夫这位有世界影响的作家和另一位与他基本同时代也具有世界影响的作家——英国的狄更斯,在这一点上却几乎相反,一个专写爱情悲剧,一个则专写大团圆。恐怕很难说他们当中哪一个全对,哪一个全错。但就《贵族之家》和《前夜》而言,这两对情人的恋爱结局是合乎人物性格特征也符合生活客观规律的。

智　量

贵族之家

一

　　一个晴朗的春日,将近黄昏,几片玫瑰色的小云朵高悬在清澈
的天空,看似没有飘移,却渐渐消失于蓝天的深处。

　　在省城O市靠近郊外的一条街道上,一幢漂亮住宅敞开的窗前
(这是1842年的事)坐着两位妇人:一位五十岁左右,另一位已经是
个老太太,大约有七十来岁。

　　第一位名叫玛丽娅·德密特里耶芙娜·卡里金娜。她丈夫原
是一个省检察官,当时是个有名的能干人,为人机敏、果断、易怒而
固执,十年前过世了。他受过良好的教育,上过大学,可是,由于出
身低微,年轻时便知道必须为自己开拓前程和积攒钱财。玛丽娅·
德密特里耶芙娜嫁给他是出于爱情:他长相不难看,人也聪明;而
且,只要他愿意,还会表现得非常之讨人喜欢。玛丽娅·德密特里
耶芙娜(娘家姓别斯托夫)幼时没有了爹娘,在莫斯科住过几年,在
贵族女子中学读书,从那里回来以后,住在离O市五十里远的自家
田庄波克罗夫斯科耶村里,跟姑妈和哥哥住在一起。这个哥哥不久
后迁到彼得堡去当差,妹妹和姑妈由他养着,直到他突然身亡,中断
了前程为止,他待她们都很不好。玛丽娅·德密特里耶芙娜继承了
波克罗夫斯科耶,不过没在那儿住多久;卡里金几天工夫便征服了
她的心,跟他结婚以后,他们拿波克罗夫斯科耶去换了另一处收益
大得多的田庄,但是地方不漂亮,也没有住宅和花园,同时卡里金又
在O市搞到一幢房子,于是就和妻子在那儿长住下来。这房子有一
座很大的花园,一边朝着市郊的田野。卡里金是个不喜欢过乡村寂

静生活的人,他便决定说:"这么着,也就没必要往乡下跑了。"玛丽娅·德密特里耶芙娜不止一次地在心底里惋惜,舍不得她美好的波克罗夫斯科耶,那欢乐的小溪流、宽阔的草场和绿油油的丛林;可是她从来也不会顶撞丈夫,一向敬佩他的智慧和阅历。而在十五年婚姻生活之后,当他留下一儿两女死去时,玛丽娅·德密特里耶芙娜已经对自己这幢房屋和城市生活完全习惯,不想离开O市了。

玛丽娅·德密特里耶芙娜年轻时曾有过金发美人的名声;虽然年届五十,依然楚楚动人,只是略显色衰,也稍嫌臃肿一些。她这人与其说是心好,不如说多情善感,成年以后仍然保持着一些贵族女学生的气派;她自己娇惯自己,动不动就生气,若是生活上一些小小的习惯遭到破坏,甚至还要哭上几声;不过,当事事遂心,又没人跟她顶嘴的时候,她也是非常亲切可爱的。她的家庭在这座城市里可算是最为舒适的一个。家业也很丰厚,主要不是继承而来,而是她丈夫挣来的。两个女儿跟她住一起;儿子在彼得堡一所最好的公立学校里读书。

跟玛丽娅·德密特里耶芙娜一块儿坐在窗下的老太太,正是她那位姑妈,她父亲的妹妹,曾几何时,她跟她一起在波克罗夫斯科耶度过了那许多寂寞的年月。她名叫玛尔法·季莫菲耶芙娜·别斯托娃。人家都说她古怪,一副倔脾气,对谁都当面说实话,家境再拮据,待人接物也都像拥有万贯钱财似的。她受不了已故的卡里金,侄女儿一嫁给他,她便远远躲开,回到自己的小村庄里,在一家农户的一间没有烟囱的茅屋里过了整整十年。玛丽娅·德密特里耶芙娜有些儿怕她。这位玛尔法·季莫菲耶芙娜虽然年事已高,仍是满头乌发;她眼睛灵活,身材矮小,鼻子高高的,走起路来步履矫健,腰板挺得笔直,说起话来又快又清楚,声音尖细响亮。她老是戴一顶白颜色的包住头发的小帽子,穿件白色短上衣。

"你这是怎么啦?"她突然问玛丽娅·德密特里耶芙娜,"你为什么要叹气,我的妈呀。"

"没什么,"那一个说,"多么美的云彩啊!"

“那么你是舍不得它们飞走啰，是吗？”

玛丽娅·德密特里耶芙娜什么也没回答她。

“格杰奥诺夫斯基怎么还不来呢？”玛尔法·季莫菲耶芙娜说道，一边快速舞动着几根毛线针（她在织一条又长又大的毛线披肩），“他或许会跟你一块儿叹叹气的——要不他也会来乱扯点儿什么的。”

“您怎么说起人家老是那么挑剔呀！谢尔盖·彼得罗维奇是一个值得尊敬的人呢。”

“值得尊敬！”老太婆没好气地重复她的话。

“他对我那过世的丈夫是多么忠心啊！”玛丽娅·德密特里耶芙娜说道，“直到现在，他一想起他还是不能不动感情。”

“那还不是应该的！是你丈夫把他牵着耳朵从污泥里给拉出来的，”玛尔法·季莫菲耶芙娜嘟囔着，她手里的毛线针舞动得更快了。

“外表看起来多老实呀，”她又说起来了，“都满头白发了，一开口就撒谎，要不就是造谣言。还是个五等文官呢！喏，其实嘛，还不过就是个牧师的儿子！”

“谁又没点儿差错呢，姑妈？他是有这个弱点，不错。谢尔盖·彼得罗维奇嘛，当然，没受过教育，不会说法语；可是他，不管您怎么想吧，是个讨人喜欢的人。”

“是呀，他老是一个劲儿地舔你的小手儿。不会说法语嘛——有啥了不起的！我自个儿的法国‘洋话’也不怎么样。他索性什么话都不会说倒也好了，也不会撒谎了。瞧他来啦，真是巧，刚说到他，他就到了，”玛尔法·季莫菲耶芙娜朝街上望了一眼，接着就说，“瞧他正大踏步走着呢，你的讨人喜欢的人儿。好高的个子呀，真像只鹭鸶！”

玛丽娅·德密特里耶芙娜整了整自己的鬈发。玛尔法·季莫菲耶芙娜讥笑地望她一眼。

“你那是什么，好像是根白头发嘛，我的妈呀？你该教训教训你的帕拉什卡。她眼睛是怎么看的呀？"

"姑妈呀，您怎么老是……"玛丽娅·德密特里耶芙娜不高兴地嘟囔着，手指头敲打着椅子的扶手。

"谢尔盖·彼得罗维奇·格杰奥诺夫斯基！"一个红面孔的小仆人从门外跳着走进来，尖声地说。

二

一个高个子的人走进来，他上身穿一件整洁的常礼服，裤子略短，戴一双麂皮手套，打着两条领带——外边一条黑的，下面衬一条白的。他全身上下，从端庄的容貌、梳光的鬓发，到一双没后跟、不发响声的皮靴，全都显得彬彬有礼、非常得体。他先向屋子的女主人鞠躬，然后向玛尔法·季莫菲耶芙娜鞠躬，再慢慢儿脱下手套，走近玛丽娅·德密特里耶芙娜的手边。他恭敬地吻了那只手，一连吻了两次，这才面带微笑不慌不忙地去坐在一把安乐椅上，把他两手的指尖搓了搓，便开始说话：

"丽莎维塔·米哈依洛芙娜身体好吗？"

"好，"玛丽娅·德密特里耶芙娜回答，"她在花园里呢。"

"叶琳娜·米哈依洛芙娜呢？"

"莲诺奇卡也在花园里——没有什么新闻吗？"

"怎么没有呢？怎么没有呢？"客人用反问的语气说，一边慢慢地眨一眨眼睛，撅一撅嘴唇，"哼……您听着呀，有新闻，还是了不起的大新闻呢：拉夫列茨基·菲托尔·伊凡尼奇回来啦。"

"菲佳！"玛尔法·季莫菲耶芙娜惊叫着，"可你，得了吧，别是你瞎编的吧，我的爹呀。"

"一点儿也不是，我亲眼看见他的。"

"喏，这也还不能算个证据。"

"他身体壮实多啦，"格杰奥诺夫斯基继续说下去，做出一副没听见玛尔法·季莫菲耶芙娜那句话的样子，"肩头变得更宽了，还红光满面的。"

"身体更壮实了，"玛丽娅·德密特里耶芙娜一字一顿地说，"好像，他的身体怎么会壮实起来呢？"

"是呀，"格杰奥诺夫斯基发表着不同的意见，"别人处在他的位置上，真会没脸见人呢。"

"这话怎么说？"玛尔法·季莫菲耶芙娜打断他的话，"这是什么胡说八道的话？一个人回到自己家乡来——你还想叫他上哪儿去？况且他也没什么做错的地方！"

"做丈夫的总是有过错的，太太，我敢对您这么说，假如妻子的行为不检点的话。"

"你这么说，老兄呀，是因为你自己还没讨老婆。"

格杰奥诺夫斯基勉强地微微一笑。

"请允许我好奇地问一句，"一阵短短的沉默之后他问道，"这条漂亮围巾是给谁织的呀？"

玛尔法·季莫菲耶芙娜冲他急速地瞟了一眼。

"给那么个人织的呀，"她反唇相讥地说，"那个人他从来不造谣、不耍奸、不编瞎话，要是世上还有这么个人的话。菲佳我可是知道；他只是错在把老婆宠坏了。喏，他可是恋爱结婚的呀，这种恋爱结婚的事儿是从来不会有什么好下场的哟，"老太太斜着眼睛望了望玛丽娅·德密特里耶芙娜，一边站起来，"这会儿，我的老兄呀，随你高兴拿谁去磨牙吧，拿我也行；我走啦，不来碍你们的事儿啦。"于是玛尔法·季莫菲耶芙娜便走掉了。

"瞧她老是这样子，"玛丽娅·德密特里耶芙娜目送她姑妈走开，同时说道，"老是这样子！"

"上年纪啦！有什么办法！"格杰奥诺夫斯基说，"瞧她说的：不耍奸。这年头儿谁不耍奸？就这种世道嘛。我的一个朋友，一位非常可尊敬的人，并且，请容我奉告，一位官职不低的人物，他就常说：这年头儿呀，就说一只母鸡吧，它要捞到一粒谷也得要点儿奸——一个劲儿地打主意，要能从旁边儿绕过去，把这粒谷捞到嘴就好啦。

可我只要是瞧您一眼呀，亲爱的太太，就知道，您的性情可真是天使一般的；请让我吻一吻您的雪白的小手儿吧。"

玛丽娅·德密特里耶芙娜轻轻一笑，把自己一只圆乎乎的手伸给格杰奥诺夫斯基，小指头向外叉开着。他把嘴唇贴上去，而她把自己的椅子向他移近些，微微俯过身子去，低声地问他：

"那么您看见他了？他真的是——没什么，身体很好，很快活？"

"是很快活，是没什么。"格杰奥诺夫斯基悄悄地说。

"那您听说没有，他妻子这会儿在哪里？"

"最近一段时间在巴黎；现在嘛，听说，搬到意大利去啦。"

"非常之可怕啊，真的——我说菲佳的处境；我不知道他是怎么忍受的。谁都会，不错，遇上不幸的事；可是他的事，可以说，全欧洲都传开啦。"

格杰奥诺夫斯基叹了一口气。

"是啊，是啊。人家说，她尽跟些戏子呀弹琴的呀交往，用他们那边的话来说，还跟些狮子呀野兽呀的交往。她已经完全没有羞耻之心啦……"

"非常、非常难过啊，"玛丽娅·德密特里耶芙娜说道，"从亲戚关系说，他还是我的，谢尔盖·彼得罗维奇，您知道吧，他还是我的远房表弟呢。"

"怎么会呢，怎么会呢？我怎么会不知道跟您家有关的所有的事儿呢？哪能呢？"

"他会来看我们吗，您以为呢？"

"应该会的吧；不过嘛，他，听说，要上他乡下家里去住啦。"

玛丽娅·德密特里耶芙娜抬眼望着天空。

"唉，谢尔盖·彼得罗维奇，我在想，我们，女人家，一举一动要多检点才是啊！"

"女人跟女人可并不都是一个样，玛丽娅·德密特里耶芙娜。有着，不幸的是，那样一些——水性杨花的女人……喏，年龄也有关系；再说从小就没养成好规矩——"谢尔盖·彼得罗维奇从口袋里掏出一条格子花的蓝色手绢来,开始打开它,"这样的女人,当然啰,是有的啊。"谢尔盖·彼得罗维奇把手绢的一角举起来,挨个儿擦了自己的眼睛,"不过一般来说嘛,若是要评判个是非,那么就……城里边灰尘真大得出奇呀。"他最后这样说。

"maman①,maman,"一个十一岁的长得挺不错的小姑娘喊叫着跑进屋里来,"伏拉季米尔·尼古拉依奇骑着马上我们家来啦!"

玛丽娅·德密特里耶芙娜站起来;谢尔盖·彼得罗维奇也站起来,又鞠一个躬。"叶琳娜·米哈依洛芙娜,我向您问候。"他说着便出于礼貌,退到屋角里去捣鼓他那又长又直的鼻子去了。

"他的那匹马多帅呀!"小姑娘接着说,"他刚刚在花园门口给我跟丽莎说,要骑到前门来的。"

听见马蹄的嗒嗒声了,一个挺拔的人骑一匹枣红马出现在街上,停在敞开的窗前。

三

"您好呀,玛丽娅·德密特里耶芙娜!"骑马的人响亮而愉快地喊着,"您喜欢我这匹新买的马吗?"

玛丽娅·德密特里耶芙娜来到窗前。

"您好,Woldemar②!啊,多好的一匹马呀!您从谁那儿买来的?"

"从马匹采购员手上……他可要了大价钱,那个强盗。"

"它叫个什么名字?"

"奥兰多……不过这名字蠢得很;我要给它改一下……Eh bien, eh bien, mon garcon③……它多么不安分呀!"

---

① 法语:妈妈。
② 法语:沃尔德马尔,即俄语的"伏拉季米尔"。
③ 法语:嗨,嗨,我的小乖马。

马儿打着响鼻,四只蹄子踢腾着,喷着白沫的长嘴在左右晃动。

"莲诺奇卡,摸摸它,别害怕……"

小姑娘从窗口把手伸出来,但是奥兰多忽然竖立起来,冲向一边去。骑马的人并不惊惶,他用小腿把马夹紧,在它脖颈上抽一鞭子,不顾它的反抗,又把它停在窗下。

"Prenez garde①, prenez garde,"玛丽娅·德密特里耶芙娜不停地说着。

"莲诺奇卡,您来摸它呀,"骑马的人还是说,"我不会让它撒野的。"

小姑娘再次伸出手去,胆怯地碰了碰奥兰多颤动的鼻孔,马儿在不停地抖动着,嚼着口铁。

"好呀!"玛丽娅·德密特里耶芙娜喊了一声,"现在您好下马,上我们家来啦。"

骑手灵巧地掉转马头,用马刺把它一夹,便使它迈开碎步沿街驶去,骑着它进了庭院。过一会儿,他跑进屋来,手里挥耍着马鞭,从前堂走进客厅;同时在另一间屋子的门口出现了一位体态修长、亭亭玉立、头发乌黑的十九岁姑娘——玛丽娅·德密特里耶芙娜的大女儿——丽莎。

四

我们刚才给读者介绍的这位年轻人名叫伏拉季米尔·尼古拉依奇·潘申。他在彼得堡内务部供职,当一名执行特殊任务的官员。他来O市完成一件临时的公务,接受他的远亲——省长松宁堡将军的指挥。潘申的父亲是一位退役骑兵上尉,远近知名的赌徒。这人长着一双谄媚的眼睛、一张永远也睡不醒的面孔,嘴唇上挂着神经质的痉挛,一生混迹于名人权贵之间,出入莫斯科和彼得堡的

_____

① 法语:当心。

英国俱乐部，人们都认为他是个机灵而不甚可靠，却也亲切可爱的家伙。尽管他为人机灵，却几乎总是处于一贫如洗的边缘，给他的独生子只留下一份数目不大的破败家业。不过他这人倒也独具己见，很关心他儿子的教育：伏拉季米尔·尼古拉依奇法语讲得很漂亮，英语不错，德语很糟糕。理当如此：讲一口很好的德语，这对于体面人来说是件可耻的事；然而在有些场合下，多半是说说笑笑的时候，顺嘴来两个德语词儿——那倒是可以的，像彼得堡的法国人所说，c'est meme tres chic①。伏拉季米尔·尼古拉依奇从十五岁起已经善于毫无窘态地进入任何一家人的客厅，在其中应对自如，并且恰当其时地告退走出。潘申的父亲为儿子拉上了许多关系；在两局之间洗牌的时候，或是在一次"大满贯"之后，他总是不放过机会对某一位喜欢玩玩牌戏以显示其高明技巧的达官贵人说两句他的"瓦洛季卡"。而伏拉季米尔·尼古拉依奇这方面，他以一个真正的学士资格从大学毕了业，还在学校时，已经跟几位名门子弟结交，开始出入豪门大宅了。他所到之处，人皆欢迎；因为他长相不差，举止随和，言谈有趣，身体总是很健康，并且随时奉陪；该恭敬处恭敬，可大胆时大胆，是一个出色的好伴侣，un channant garcon②。他可谓前程似锦。潘申很快就熟悉了社交本领的奥秘；他善于对其种种规则充满出自内心的尊重，善于以半开玩笑的严肃来对付无聊琐事，而又能装出一副姿态，把重大事件权当做小事一桩；他舞跳得极好，装束是英国气派。无须多时，彼得堡人已经都知道他是一个最机灵、最能干的年轻人。潘申的确是非常能干的——不比他父亲差；而且他还很有点儿天分。他什么都能来一手：他唱得好听，画得利落，会写几行诗句，戏也演得不差。他才不过二十八岁，已经是个低级侍从官，级别很高了。他颇有自信，对自己的聪明才智、自己的真知灼见，他坚信不疑；他勇敢而愉快地向前进，一帆风顺；日子过得非常之舒心。他惯于讨所有的人欢喜，无论老少，并且认为自己很了解人心，尤其是女人：他非常了解女人们一般的弱点。作为一个对艺术并不外行的人，他感到自己内心深处有一股热情，有某种兴致，还有些激奋，因此他容许自己在许多地方不拘于小节：他纵酒寻欢，跟一些并非上流社会的人士交往，往往是随心所欲地行事；然而在灵魂深处他是一个冷酷而且狡猾的人，即使是在最为放浪形骸的时刻，他那双聪明的褐色小眼睛也老是在注意警戒、察言观色；这个敢作敢为、无拘无束的年轻人，决不会忘乎所以，也不会全然迷误。应该赞扬的是，他从不炫耀自己的胜利。他一到O市，马上就成了玛丽娅·德密特里耶芙娜家中的座上客，很快便"宾至如归"了。玛丽娅·德密特里耶芙娜对他喜爱至极。

潘申对屋子里所有的人亲切地鞠躬致意，跟玛丽娅·德密特里耶芙娜和丽莎维塔·米哈依洛芙娜握了手，轻轻地拍了拍格杰奥诺夫斯基的肩部，然后脚后跟一转，抱住了莲诺奇卡的头，在她的额间吻了一下。

"骑着那么一匹烈性子马，您不害怕吗？"玛丽娅·德密特里耶芙娜问。

"哪能呢，它是很乖的呀；让我告诉您我怕什么吧：我就怕跟谢尔盖·彼得罗维奇玩普列费兰斯；昨天在别列尼岑娜家，他把我赢了个精光。"潘申说。

格杰奥诺夫斯基用一种尖细的、讨好的声音笑起来：他在巴结这位彼得堡年轻走红的官员、省长的宠信。他跟玛丽娅·德密特里耶芙娜谈话的时候老是提起潘申种种出色的才能。他心想，这么一个人，怎么能不夸一夸呢？一个年轻人，既能在最上等的人中间一帆风顺，服务又堪称表率，还没一点儿傲气。其实，潘申就是在彼得堡也被认为是一个得力的官员：工作在他手中进行得如风似火；然而谈起他做的这些事来，他只置之一笑，一个上流社会人士理当如此，不把自己的劳绩看得那么了不起，而只顾"实际操作"。首长们都喜欢这样的下属；他自己并不怀疑，若是他心中想要，有朝一日他是能够当上一个部长的。"看您说的,我把您赢个精光,"格杰奥诺夫斯基说道,"可是上礼拜是哪个赢了我十二个卢布呢?而且还……"

"恶棍,恶棍。"潘申用一种亲昵而又多少有点儿怠慢的随便态度打断他,便不再去理睬他,而向丽莎走去。

"我在这里找不到一部《奥伯龙序曲》,"他说,"别列尼岑娜说她那儿什么古典音乐都有,只不过是大夸海口而已——其实她那儿除了波兰舞曲和华尔兹以外,什么也没有;不过我已经给莫斯科写信了,过一个礼拜您就会有这部序曲了。正巧——"他继续说,"我昨天新写下一首罗曼斯;歌词也是我写的。要不要我唱给您听听?我不知道效果如何;别列尼岑娜觉得它非常美,可是她的话不算数的——我很想知道您的意见。不过嘛,我看,还是以后吧。"

"干吗以后呢?"玛丽娅·德密特里耶芙娜插进来干预了,"为什么不现在就唱?"

"遵命。"潘申说,脸上那么明朗而甜蜜地轻轻一笑,这笑容忽然出现,又忽然消失——他用膝头移过一把椅子来,坐在钢琴前,先弹了几个和弦,再吐字清晰地唱起下面这支罗曼斯来:

> 月儿高高,浮游在大地之上,
> 在苍茫云海之涯;
> 从那云端,涌动似海中波浪,
> 好一片神奇月华。
> 我心灵之海,它只把一个你
> 认作自己的月轮,
> 它涌动在欢乐里、在悲哀里,
> 只为着你一个人
> 爱的烦恼,默默企求的烦恼;
> 充满着我的心房;
> 我心沉重啊……而你了无惊扰,
> 似那一轮儿月亮。

那第二小节,潘申是特别有表情也特别卖力来演唱的;在汹涌的伴奏声中听得出阵阵海浪的起伏。在"我心沉重啊……"一句之后,他轻轻叹息一声,低垂下两眼,又压住了声音——这叫做"缓缓消逝"。当他唱完时,丽莎称赞那主题,玛丽娅·德密特里耶芙娜说:"美极啦!"而格杰奥诺夫斯基甚至大叫起来:"真是令人销魂啊!那诗,那和声都同样令人销魂!……"莲诺奇卡怀着稚气的崇敬拿眼睛盯住唱歌的人。总而言之,所有在场的人全都非常喜欢这位年轻业余音乐家的作品;但是,客厅门外的前堂里,却站着一个刚刚来到的已经上了年纪的人。从他向下垂去的脸和他肩头的动作来看,潘申的罗曼斯,虽是非常之美,却未能让他感到什么真正的愉快。这人稍稍等了一会儿,用一张擦鼻涕的粗大的手绢掸去靴上的灰尘,突然皱紧眉头,阴郁地闭上嘴唇,把他已经佝偻的背脊再往下弯去,这才缓缓步入了客厅。

　　"啊!赫利斯托弗·菲多里奇!您好呀!"潘申比谁都叫得快,又从椅子上跳下来,"我可没想到您会在这儿——要不,我可不敢在您面前唱我的罗曼斯。我知道,您是不喜欢轻音乐的呀。"

　　"我没听见,"进来的人用很糟的俄语说,他向所有的人鞠躬致意,然后便局促地立在屋子当中。

　　"您,麦歇①勒穆,"玛丽娅·德密特里耶芙娜说,"是来给丽莎上音乐课的吧?"

　　"不,不是给丽莎维塔·米哈依洛芙娜,是给叶琳娜·米哈依洛芙娜。"

　　"啊!喏,是呀——那好。莲诺奇卡,你跟勒穆先生上楼去。"

　　老人正要跟小姑娘走开;但是潘申拦住了他。

　　"您下了课别走呀,赫利斯托弗·菲多里奇,"他说,"丽莎维塔·米哈依洛芙娜要跟我四手合弹一曲贝多芬的奏鸣曲呢。"

　　老人从鼻子里咕哝着说了点什么,而潘申接着用德语说了这样

_____

① 麦歇,法语"先生"的俄语读音。

一番拙劣的话:"丽莎维塔·米哈依洛芙娜给我看了您献给她的那首精神的颂歌——好美的玩意儿!请您别以为我这人不会鉴赏严肃的音乐——正相反:它虽然有时候沉闷点儿,可也是很有益处的。"

老人脸红到耳朵根,冲丽莎斜视了一眼,匆匆走出屋子去。

玛丽娅·德密特里耶芙娜要求潘申把罗曼斯再唱一遍;然而他宣称他无意冒犯博学的德国人的耳朵,提议和丽莎来弹贝多芬的奏鸣曲。于是玛丽娅·德密特里耶芙娜叹了一口气,只好提议要格杰奥诺夫斯基陪她去花园散一会儿步。"我想,"她说,"跟您再谈谈我们可怜的菲佳,听听您的意见。"格杰奥诺夫斯基咧嘴笑一笑,鞠一个躬,用两个手指头把他的帽子夹起来,他那双手套还稳稳地放在帽檐的另一边没落下来,然后他便跟玛丽娅·德密特里耶芙娜走开了。屋里只留下潘申和丽莎:她把奏鸣曲拿来打开;两人默默地在钢琴前坐下。楼上传来隐隐的音阶练习曲的琴声,是莲诺奇卡的不熟练的小手弹奏的。

五

赫利斯托弗·特阿托尔·戈特里布·勒穆 1786 年生于撒克逊公国赫姆尼兹城一个贫苦乐师家庭里。他父亲吹圆号,母亲弹竖琴;他自己五岁时就已经练习过三种不同的乐器。他八岁时成了孤儿,从十岁起,便开始靠自己的技艺为自己换取一块面包了。他长期过流浪生活,到处去演奏——酒店里、市场上、农民的婚宴上、舞会上;最后,总算进了一个管弦乐队,步步高升,当上了乐队指挥。他演奏得相当差,但乐理根基很深。1828 年他移居俄国。是一位地主大老爷把他写信召来的,此人对音乐本无好感,却养着一个乐队,以示炫耀。勒穆在他家待了七年,任乐队管事,终于两手空空而去:这位地主荡尽了家产,本想给他一张期票的,但后来连这个也不肯了——总之是,一分钱也没给他。人家劝他说不如归去;但是他不愿意像个叫花子一样离开俄罗斯——伟大的俄罗斯,这个演员们的聚宝盆,回到祖国去;他决定留下来,考验一下自己的命运。可怜的德国人把自己的命运考验了整整二十年:在各种各样的老爷家干过,在莫斯科和许多省城里住过,忍受过苦辣辛酸,饱尝了贫穷的滋味,像一条冰上的鱼儿似的挣扎着;然而在他经受所有这些苦难的时候,他始终没有放弃重返故里的愿望:这种愿望正是他唯一的生活支柱。但命运却无意用这样一个最后的,也是最初的幸福来宽慰他:年过半百、贫病交加、未老先衰,他流落到了O市,就此留下不走了,他已经完全失去任何离开这个他所憎恶的俄罗斯的希望,只能教一点儿功课来勉强维持他寒酸的生存了。勒穆的外表对他可说是毫无裨益。他身材低矮,脊背微驼,肩胛前倾,肚皮凸出来,两只脚又大又扁,红扑扑的手背上暴露着青筋,手指硬而不屈,指甲是灰蓝色的;他脸上布满皱纹,两颊深陷,嘴唇紧闭着,而又不停地在嚅动和咀嚼,这一切,加以他惯常的沉默,给人一种几乎是凶恶的印象;他灰白的头发一绺绺悬在他不高的额头上;一双小而又小、凝滞不动的眼睛隐隐地发着幽光,仿佛是被水泼灭的煤炭;他步履艰难,每迈出一步,那转动不灵的躯体便会左右地摇晃。他的有些动作颇像是一只关在笼中的笨拙的猫头鹰,当猫头鹰发觉有人在注视它,而它那双巨大的、黄色的、恐惧而困倦的眼睛眨巴着却又视而不见时,便是这副尊容。年久根深的无情悲哀在可怜的乐师身上留下它不可磨灭的烙印,他那本来已不美观的外形更加遭到歪曲和摧残;然而尽管如此,一个不是只停留在某些粗浅印象上的人,定会在这位已被毁掉一半的活人身上发现某种善良、诚实的,某种非同一般的东西。巴赫和亨德尔①的崇拜者,精通自己的技艺,天赋生动的想象力和唯独德意志民族才有的大胆创新的思想,勒穆有朝一日——谁会知道呢?——也能跻身于他的祖国那些伟大音乐家之列,如果他所遭遇到的是另一种生活的话;可惜生来没有一颗福星

———————

① 亨德尔(1685—1759),原籍德国的英国作曲家。

为他高照！当年他也曾写下许多东西——虽然无缘看见任何一部自己的作品印刷出版；他不善于处理事务，因此也不会趋势奉迎、及时周旋。有一次，那是很久很久以前，他的一位崇拜者和朋友，也是个德国人，而且也很贫穷，掏钱给他印了他的两部奏鸣曲——就这两部也全都堆在乐谱商店的地下室里；它们无声无息、了无踪迹地消逝了，好像是被谁在一个夜晚抛进了河水里。终于，勒穆对一切都灰心失望了；而同时年岁也不饶人：他变得僵硬了、麻木了，麻木得像他的手指头一样。他单身一人，跟一个他从养老院里领来的老厨娘（他从来没有结过婚）住在 O 市，在一幢离卡里金家不远的小房子里；他每天四处走走，读《圣经》，读新教派的圣歌集，还读施莱格尔①的莎士比亚译本。他已经很久没有写过曲子了；然而，显然丽莎这个他最优秀的弟子却有本领打动他的心：他给她写了一首颂歌，就是潘申提起的那一首。他从圣歌集子里借来这首颂歌的歌词；其中有几行诗是他自己写下的。乐曲分为两个合唱——幸运者的合唱与不幸者的合唱；最终合而为一，共同唱道："仁慈的上帝啊，饶恕我们这些有罪的人吧，让我们祛除一切邪念和世俗的欲望。"在卷首页上，还极其工整甚至是描绘如画地写着："唯义人为善。宗教颂歌。献给丽莎维塔·卡里金娜·卡里金娜小姐，我亲爱的弟子，师赫·特·戈·勒穆作。""唯义人为善"和"丽莎维塔·卡里金娜"这几个字的四周还围绕着光圈。下面又写着："为您一人而作，für Sie allein。②"——所以勒穆才会脸红并且斜眼瞧一瞧丽莎；潘申当着他的面提起他的颂歌时，他是非常伤心的。

六

潘申毅然而响亮地弹了奏鸣曲的前几个和音（他弹低音部），但

---

① 施莱格尔(1767—1845)，德国翻译家、诗人。
② 德语：为您一人而作。

是丽莎却没有开始弹她的音部。他停下来望望她。丽莎的眼睛正直视着他,表露出不满来;她唇上没有笑意,整个的面色也是严厉的,几乎是忧愁的。

"您怎么啦?"

"您为什么不遵守诺言?"她说,"我给您看赫利斯托弗·菲多里奇的颂歌是有条件的,要您不对他提起。"

"对不起,丽莎维塔·米哈依洛芙娜——话到嘴边,就说出来了。"

"您伤了他的心,也伤了我的。现在他连我也不会相信了。"

"叫我怎么办呢,丽莎维塔·米哈依洛芙娜!从很小的时候起,我就见不得一个德国人:所以我就想要捉弄他一下。"

"您都说些什么呀,伏拉季米尔·尼古拉依奇!这个德国人,是个可怜的、孤零零的、受人欺负的人——您难道就不可怜他?您还想要捉弄他?"

潘申感到难为情了。"您说得对,丽莎维塔·米哈依洛芙娜,"他说,"错就错在——我这人凡事都欠考虑。不,您别反驳我;我很了解我自己。我这个欠考虑的缺点让我吃过不少的苦头。就因为这个,人家都说我自私自利。"

潘申不说话了。无论谈话从哪里开头,他最后往往都是谈到他自己身上,这一切在他嘴里都显得那么亲切、温柔、诚恳,仿佛不能不是这样的。

"就说在你们家里吧,"他继续说下去,"您妈妈,当然啦,待我非常之好——她是那么的好心肠。您嘛……不过,我不知道您对我意见如何;可是您的姑奶呀,她就是看不惯我。我,大概是,又用什么欠考虑的蠢话得罪了她。她不喜欢我,不是吗?"

"是的。"丽莎稍停了停才说,"她是不大喜欢您。"

潘申把手指在键盘上迅速地扫过;唇边掠过一丝几乎不能察觉的微笑。

"喏,那么您呢?"他说,"您也觉得我是个自私自利的人?"

"我还不大了解您，"丽莎不同意地回答，"不过我不认为您是个自私自利的人；我，恰好相反，是应该感谢您的……"

"我知道，我知道您想说什么，"潘申打断她的话，又拿手指头在键盘上一扫，"为了我给您带来的那些乐谱、那些书，为了那些我在您的纪念册上装点的蹩脚图画，如此等等，如此等等。我可以做了所有这些事，可照样还是个自私自利者呀。我斗胆设想，您不觉得我这人讨厌，不认为我是个坏人，但是您反正还是以为，我这个人——这话是怎么说的来着？——为了说句漂亮话，把父亲、朋友都搭上也在所不惜。"

"您这人心不在焉，过于健忘，所有交际场上的人们全都是这样，"丽莎说，"就这些。"

潘申轻轻皱了皱眉头。"您听我说，"他说，"咱们不再说我了；来弹咱们的奏鸣曲吧。我只要求您一点，"他补充说，一边用手把架上乐谱的书页展平："随便您怎么想我都行，把我叫作一个自私自利者也行——就这样吧！但是请您别把我叫作交际场上的人：这个称号我可受不了……An ch' io sono pittore ①。我也是个艺术家，虽然不高明吧，这一点嘛，正因为我是个不高明的艺术家——我马上就来给您证明一下。咱们开始吧。"

"好的，开始吧！"丽莎说。

第一个 adagio② 弹得挺不差，虽然潘申弹错了不止一回。自己写的和他记熟的东西他弹得很好，但是看谱子就弹得不好。因此奏鸣曲的第二部分——相当快的 allegro③——简直就不像样：在第二十节上潘申已经落后了两节，他再也弹不下去了，笑着把椅子推开。

"不行！"他喊叫一声，"我今天没法弹。幸亏勒穆没听见我们弹，要不他会昏过去的。"

---

① 意大利语：我也是个艺术家。

② 意大利语：慢板。

③ 意大利语：快板。

丽莎立起身来，盖上了钢琴，转身向着潘申。

"那么我们做点什么呢?"她问道。

"从这个问题就能看出您这个人来! 您怎么也不能空着手坐上一会儿。怎么，要是您高兴，咱们来画画儿吧，趁天还没全黑。或许，另一位缪斯——绘画女神——她叫什么名字来着? 我忘记啦……会对我更宽厚些。您的纪念册在哪儿? 我记得，我的一幅风景还没画完呢。"

丽莎去另一间屋里拿纪念册了，潘申一个人留在客厅里，他从衣袋里掏出一条细麻纱手绢来，擦着自己的手指甲，又乜斜着眼睛看了看自己的两只手。他那两只手是非常漂亮而且白净的；左手的大拇指上戴着一只螺旋状的金指环。丽莎回来；潘申去坐在窗前，打开纪念册。

"啊哈!"他叫了一声，"我看见了，您在临摹我的风景啦——临得真美呀。非常好! 不过就是这儿——把铅笔给我——阴影还不够浓。您瞧。"

于是潘申大笔一挥，添上了几根长长的线条。他总是画那同一幅风景：前景是几株枝叶蓬乱的大树，背景是田野和地平线上参差的群山。丽莎越过他的肩头看他作画。

"在绘画上，还有一般说来在生活上，"潘申把脑袋一会儿往右歪歪，一会儿往左歪歪，一边说道，"轻松和大胆——这是顶重要的事。"

在这一瞬间里，勒穆走进屋来，干巴巴鞠一个躬，便想离去；然而潘申丢下纪念册和铅笔，过去拦住他的路。

"您去哪儿呀，亲爱的赫利斯托弗·菲多里奇? 您不留下来喝茶吗?"

"我要回家了，"勒穆声音忧郁地说，"头痛。"

"哎，说什么废话——别走啦。咱俩来争论一下莎士比亚。"

"头痛。"老人再说一次。

"您不在的时候，我们弹了贝多芬的奏鸣曲，"潘申说下去，亲切地搂住老人的腰，爽朗地微笑着，"——可是怎么也弹不好。您想想吧,我连两个连接音符都弹不出来。"

"您顶好还是去唱唱您自己的罗曼斯吧。"勒穆顶了潘申一句,推开他的手,便走开了。

丽莎跟着他跑出去。她在门廊上追上了他。

"赫利斯托弗·菲多里奇,您听我说,"她踩着院子里矮矮的绿草送他到门口,用德语对他说,"我对不起您——请您原谅我。"

勒穆什么也没有回答。

"我把您的颂歌给伏拉季米尔·尼古拉依奇看了;我原是相信,他会鉴赏的——他的确也很喜欢。"

勒穆停了下来。

"没关系,"他用俄语说,接着又用他的本国话补充说道:"不过他什么也不懂的,您怎么看不清这一点?他只是半瓶子醋——如此而已!"

"您对他是不公平的,"丽莎不同意地说,"他什么都懂,也几乎什么都能干。"

"是呀,全都是些冒牌货、便宜货、粗制滥造的玩意儿。人家喜欢这种玩意儿,也喜欢这种人,他自己也就心满意足了——那好呀,我并不生气。这支颂歌,还有我——我们全都是些老傻瓜。我只觉得有点儿不好意思,不过这没关系。"

"原谅我吧,赫利斯托弗·菲多里奇。"丽莎又说。

"没关系,没关系,"他再用俄语重复说,"您是个好心肠的姑娘……瞧有人来找你们啦。再见。您是个心肠非常好的姑娘。"

于是勒穆匆匆向门口走去,这时,一位他不认识的先生正走进门来,这人穿一件灰色外套,戴一顶宽边草帽。勒穆向这人彬彬有礼地鞠一个躬(在O市,他对每一张陌生的面孔鞠躬,而在街上遇见熟人却转身就走——这已是他为自己定下的规矩),从他身边走过,隐没在篱墙后面。陌生人奇怪地从背后望了望他,再看看丽莎,便一直向她走过来。

七

　　"您认不出我是谁，"他摘下帽子说，"可是我认得出您，虽然从我最后一次见您已经过去八年了。那时候您还是个小孩呢。我叫拉夫列茨基。您妈妈在家吗？我能见到她吗？"

　　"妈妈会非常高兴的，"丽莎连忙说，"她已经听说您来了。"

　　"您大概，是叫丽莎维塔吧？"拉夫列茨基说，一边拾阶而上。

　　"是的。"

　　"我清清楚楚记得您。您那时候的一张面孔已经让人没法忘记了。那时候我常带糖给您吃。"

　　丽莎脸红了，她想：他这人真怪。拉夫列茨基在前厅里停留了一小会儿。丽莎走进客厅去，从那里正传出潘申的话音和笑声来；他在给刚从花园回来的玛丽娅·德密特里耶芙娜和格杰奥诺夫斯基讲城里的一个什么流言，为自己所说的故事哈哈大笑着。一听到拉夫列茨基的名字，玛丽娅·德密特里耶芙娜简直慌了神，脸色一下子变得很苍白，她向他迎面走去。

　　"您好呀，您好呀，我亲爱的 cousin① 啊！"她几乎是拖着哭腔喊叫着说，"看见您我多么高兴呀！"

　　"您好啊，我的好表姐，"拉夫列茨基回答，亲热地握住她伸过来的手，"您一切都好吧？"

　　"请坐下，请坐下，我亲爱的菲托尔·伊凡尼奇。哎呀，我多么开心呀！第一件事，让我给您介绍我的女儿，丽莎……"

　　"我已经自己给丽莎维塔·米哈依洛芙娜介绍过了。"拉夫列茨基打断她。

　　"麦歇潘申……谢尔盖·彼得罗维奇·格杰奥诺夫斯基……可您坐下谈呀！我瞧着您，真的，都不相信自己的眼睛呢。您身体

---

① 法语：表弟。

好吗?"

"您看见的,好得很呢。您呢,表姐——让我好好儿看一眼,但愿别把您运气看没了——这八年来也没显瘦啊。"

"想想吧,多久没见面啦,"玛丽娅·德密特里耶芙娜好像沉浸在幻想中,她喃喃地说,"您这会儿是打哪儿来的呀? 您是从……我是想说,"她连忙接着说,"我是想说,您会在我们这儿长待下去吗?"

"我这次是从柏林来,"拉夫列茨基回答说,"明天我就到乡下去——或许,要在那儿长住下去。"

"您,当然啰,要住在拉夫里基的吧?"

"不,不在拉夫里基,离这儿二十五里地,我还有个小庄子。我上那儿去。"

"这个小庄子嘛,是格拉菲拉·彼得罗芙娜留给您的那个?"

"就是那个。"

"何必呢,菲托尔·伊凡尼奇! 您在拉夫里基有那么一幢好极了的房子!"

拉夫列茨基微微皱了皱眉头。

"是呀……不过在那个小庄子上我也有一座小房子;我现在多余的也不需要。这个地方嘛——现在对我是最合适啦。"

玛丽娅·德密特里耶芙娜又变得不知所措了,甚至挺着身子,两手摊开来。潘申这时便来助她一臂之力,跟拉夫列茨基攀谈起来。玛丽娅·德密特里耶芙娜这才平静下来,靠在椅子背上,只偶尔插一两句话,但她仍是那么怜惜地注视着她的客人,那么意味深长地叹息着,还那么忧愁地摇着她的头。终于,她的客人再也忍耐不住了,便颇为直率地问她是不是身体不好。

"感谢上帝,我好的,"玛丽娅·德密特里耶芙娜回答,"干吗这样问?"

"没什么,我好像觉得您不大舒服。"

玛丽娅·德密特里耶芙娜做出一副郑重其事又略带委屈的样子。"要是这样的话,"她心中暗想,"反正也不关我的事,我的老天爷哟,你倒是满不在乎。换了别人呀,早就苦恼得皮包骨头了,可你倒心宽体胖啦。"玛丽娅·德密特里耶芙娜在暗自思忖中无所顾忌,而在出声说话时就文雅得多了。

拉夫列茨基的确不像个命运的牺牲品。他两颊绯红,一张纯粹俄罗斯人的面孔,额头又高又白,鼻子稍觉肥大,嘴唇宽厚端正,全身上下散发着一股来自草原的健康气息,充满强壮的、无穷无尽的精力。他生来体格健壮,淡黄色的头发拳曲在头顶上,像个年轻人一样。只是在他的一双眼睛——那双蔚蓝色的,向外突起又略显呆滞的眼睛中,流露出一种既像沉思,又像疲劳的神色来,而他的话音也显得有些儿过于平稳。

这时,潘申一直在把这场谈话支撑着。他把话头引到制糖业的利益上,不久前他读了两本法国人写的这种小册子。他谦虚而平静地叙述着其中的内容,只是一个字也没有提到这两本小书。

"这不是菲佳来了吗?"从隔壁房间半开着的门后面突然传来了玛尔法·季莫菲耶芙娜的声音,"是菲佳,一点不错!"于是老太太急速走进了客厅。拉夫列茨基还没来得及从椅子上站起来,她已经把他抱在怀里。"让我瞧瞧你,让我瞧瞧,"她退得离他脸远一点,嘴里不停地说,"咳!你长得多壮实。老了点,可一点儿也没变丑,真的。你干吗只吻我的手呀——你就亲亲我吧,要是你不嫌弃我这张满是皱纹的脸的话。你恐怕还没问起过我吧。怎么,说说看,姑妈还活着吗?你要知道你是在我手上生出来的呀,老成这个样子啦!喏,反正没关系。你哪有工夫想到我呢!不过你还是个乖孩子,到底是回来啦。怎么,我的妈呀,"她还在说,是冲着玛丽娅·德密特里耶芙娜的,"你给他吃点儿什么啦?"

"我什么也不要吃。"拉夫列茨基赶紧说。

"喏,哪怕喝杯茶也好呀,我的老爹呀。我的老天爷啊!还不知道他是从多远处来的,可连杯茶也不给他喝。丽莎,你去张罗张罗,快点儿。我记得,小时候他就是个大馋痨,如今嘛,一定是,还是爱吃东西的。"

"您好呀,玛尔法·季莫菲耶芙娜。"潘申从一边走到兴奋的老太太身旁,低低地鞠一个躬。

"对不起啦,我的老爷啊,"玛尔法·季莫菲耶芙娜说,"我高兴得没看见您啦。您变得像您的妈,您那亲爱的妈啦,"她继续说下去,还是向着拉夫列茨基,"只不过老早鼻子像您爸,现在还是像您爸。喏——您在我们这儿能待得久吗?"

"我明天就走,姑妈。"

"去哪儿?"

"去自己家,瓦西列夫斯科耶。"

"明天?"

"明天。"

"喏,明天就明天吧。上帝祝福你——你更明白应该怎么做。只是,你记住,要来告一声别。"老太太拍拍他的面颊,"我没想到还能活着见到你。不是说我打算着去死了,不——或许我还能再活十年呢。我们,别斯托夫家的人,都是长寿的;你过世的爷爷,就老是把我们家人叫作双料的。可是天知道,你还会在国外游荡多久啊。喏,可你是个壮实小伙子,是个小伙子。我说,还像从前一样,一只手就能举起十普特①来吧? 你那过世的老子呀,不客气地说,干什么事儿都是胡闹腾,可就这件事做得好,给你雇了个瑞士人。记得吧,你跟他比拳头,这叫做体操,是不是? 可是,我干吗这么一个劲儿地叨叨咕咕,让潘剩(她从来不好好地叫他潘申)先生都没法发表议论了。不过嘛,我们还是叫他,老爹呀,到露台上去喝茶吧;我们的奶皮子真好呢——跟你们那些伦敦和巴黎的货色不一样。去吧去吧,你,菲久沙②,过来搀着我。噢! 你的胳臂多粗呀! 跟着你,怕是不会摔跤啦。"

大家立起来往露台上走,只有格杰奥诺夫斯基没去,他悄悄地

---

① 普特,俄国重量单位,等于16.38公斤。
② 菲久沙,菲佳的爱称。

溜走了。在拉夫列茨基和屋子的女主人、潘申以及玛尔法·季莫菲耶芙娜谈话的整个这段时间里,他一直坐在屋角里,神情专注地眨巴着眼睛,嘴唇像个好奇的小孩子一样撅起来。现在他要赶忙跑去在全市传播有关这位新客人的消息。

同一天,晚上十一点,在卡里金娜太太家,情况是这样:楼下客厅门口,抓住一个方便的瞬间,伏拉季米尔·尼古拉依奇跟丽莎告别,拉住她的手对她说:"您知道是谁把我吸引到这儿来的;您知道为什么我要不停地往您家里跑;既然一切都这么清楚,还需要说什么呢?"丽莎什么也没回答他,没有露出笑容来,只轻轻抬一抬眉毛,脸红着,眼睛望着地板,但是也没有把手抽回来;而在楼上,在玛尔法·季莫菲耶芙娜的房间里,一盏灯挂在昏蒙蒙的古老的神像前,拉夫列茨基坐在一把扶手椅中,手肘撑在膝上,两手托着脸;老太太站在他面前,不时默默地抚摸他的头发。他在和屋子的女主人告别以后,又来她这儿待了一个多钟头。他几乎什么话也没有对他这位慈祥的老朋友说,而她也什么都没有问他……又有什么可说,有什么可问呢?就这样她已经全都明白了,就这样她已经对那充塞他心头的东西满怀着同情。

八

拉夫列茨基·菲托尔·伊凡尼奇(我们必须请读者允许,暂时把我们的叙述打断一下)出身于一个古老的贵族世家。拉夫列茨基家族的始祖从普鲁士迁移到失明者瓦西里二世①的公国,在别热茨基高地获得两百切特维尔基②的封地。他的后裔中许多人担任过各种官职,在边远辖区的王公权贵手下当差,但是其中没有一个升到御前大臣以上的位置,也没弄到什么可观的财产。在拉夫列茨基

---

① 瓦西里二世,瓦西里一世之子,1425 年起为莫斯科大公。
② 切特维尔基,俄国当时的土地面积单位,合 40×30 俄丈。

家族里最富有、最显赫的要算菲托尔·伊凡尼奇的曾祖父安德烈了，这是一个残暴、粗鲁、聪明，而又狡猾的人。直到今天还有人在传说关于他的专横、暴戾、疯狂的慷慨和无尽的贪欲的故事。他身材肥胖高大，面色黧黑，不长胡须，说话口齿不清，好像总是没睡醒似的。但是他声音愈低，他身边所有的人抖得便愈是厉害。他给自己找来的妻子也是和他匹配的。她暴眼突睛、鹰钩鼻、黄圆脸，有茨冈人血统，脾气急躁，爱记仇，无论什么事都不会让她丈夫一步，弄得他几乎要向她求饶，但她虽是跟他磕碰一辈子，却没他活得长。安德烈的儿子，彼得，菲托尔的祖父，不像他父亲：他是一个常居草原的普普通通的地主，性格相当古怪，喜欢大喊大叫，做事慢慢腾腾，粗暴，但不凶恶，待客人非常慷慨，还爱养狗。他三十岁时从父亲手中继承了两千个上等的农奴，但他很快就把他们全都放走了，一部分田产也卖掉了，家里的奴仆也都被他惯坏了。那些认识的和不认识的小人像蟑螂一样，从四面八方爬到他宽敞温暖又不大整洁的堂皇府邸来。这帮人见什么都吃，大吃大喝、酒足饭饱之后，把能拿的东西全都拿走，嘴里则大肆歌颂和赞扬着他们亲爱的主人。而主人呢，当他情绪不佳时，也会把他的客人们称之为寄生虫、下流胚，但是没有这些人他又会觉得寂寞无聊。彼得·安得烈依奇的妻子是一个性情温和的女人——是他遵从父亲的选择和命令从一个邻近的家族娶来的，她名叫安娜·巴芙罗夫娜。她什么也不干预他，高高兴兴地招待客人，自己也乐意出门做客，虽然在头上扑粉，用她的话说，简直就是要她的命。她在老年时说：给你头上套一块毛毡包头布，头发全都拢到头顶上，再抹上油、撒上粉，再扎上几根大铁针——过后洗也洗不掉。可是出门做客不扑粉又不行呀——人家要生气的呀——真受罪！她喜欢乘快车兜风，打起牌来可以从早坐到晚，每回当丈夫来到牌桌边，她便把她赢来的几枚小钱用手捂起来，而所有自己的陪嫁和所有的钱财全都毫无保留地交给他支配。她给他生了两个孩子：儿子伊凡——菲托尔的父亲，和女儿格拉菲拉。伊凡不是在自己家而是在有钱的老姨妈库本斯卡娅公爵小姐家里养大的：她指定他作为她的继承人（没这一条，父亲是不会放他去的），她把他打扮得像个洋娃娃一样，给他请来各种各样的教师，还请来一位外国家庭教师，法国人，退职的修道院长，让-雅各·卢梭的弟子，一个名叫 m-r Courtin de Vaucelles① 的，一个机敏灵巧，善于钻营拍马的人——照她的说法，是法国移民中的一个最好的 fine fleur② ——结果是她眼看七十岁时嫁给了这位"精华"，把自己所有财产转到他的名下，而不久之后，便抹上胭脂，擦上法国 a la Richelieu③ 的香水，在一群小黑奴、细腿巴儿狗和唧唧喳喳的鹦鹉的围绕下，被扔在一张路易十五时代的歪歪斜斜的丝绒小沙发上等死，手里还捧着一只伯第多制作的珐琅鼻烟壶——她在等死，因为她被她丈夫抛弃了：这位工于心计的古尔登先生认为，他还是带上她的钱财远走高飞，回巴黎为妙。

当这个突如其来的打击——我们说的是公爵夫人的婚姻，不是她的死——降临到伊凡头上时，他才只有二十岁。他从一个富有的继承人一变而为一个寄食者，他不愿再留在姨妈家里；在彼得堡，他在其中长大的社会从此对他关上了大门。去干个低级的小差事吧，非常艰苦，又不体面，他感到厌恶（所有这些都发生在亚历山大皇帝在位的初期），于是他不得不回到乡下去找他的父亲。他觉得这个老家肮脏、贫穷而破落。草原生活的荒凉和满屋的烟尘处处让他感到屈辱，寂寞又让他心神不宁，而且全家人，除了母亲，都对他没有好感。父亲不喜欢他京城生活的习惯、他的礼服、他衬衫上翘起的硬领、他的书籍、他的笛子、他的洁癖——对这种洁癖做父亲的感到厌恶是不无道理的。父亲不时地抱怨，对儿子嘀嘀咕咕。"家里他什么都看不上眼，"父亲老是说，"一上桌子就挑剔，吃不下去，人身上的气味大，屋里空气闷，他受不了，见人喝醉酒，他难过，你也不敢

---

① 法语：古尔登·德·弗赛先生。
② 法语：精华。
③ 法语：叶温赛牌。

当他面打架,他又不想去当差:瞧那身子骨多软,哎呀你个娘娘腔的男人! 这全都是因为,脑袋瓜子里装着个伏尔泰。"老头子特别不赏识伏尔泰,还有"暴徒"狄德罗,虽然他们写的书他一行也不曾读过:读书跟他是没有缘分的。彼得·安得烈依并没有弄错:的确,他儿子脑袋里装的又是狄德罗,又是伏尔泰,还不止这几个呢——还有卢梭,还有雷那尔[①],还有爱尔维修[②],还有许许多多跟他们一样的其他著作家,全都装在他的脑袋里——不过只是装在脑袋里而已。

伊凡·彼得罗维奇的那位老师,退职的修道院长和百科全书派的学问家,满足于把 18 世纪所有的智慧全都装进他弟子的脑袋里,他也确实都装满了这些东西:把个脑袋装得满满的,却并不混入他的血液中,不渗进他的灵魂里,没有表现为一种坚强的信念……但是,要求一个五十年前的年轻人拥有信念,这是否可能,毕竟直到今天我们也还没有发达到这种程度。伊凡·彼得罗维奇也令他父亲家的客人们局促不安:他讨厌他们,他们也害怕他,而他跟他那位比他大十二岁的姐姐格拉菲拉更是完全合不来。这位格拉菲拉是一个怪物:她脸丑、背驼、人瘦,一双又大又凶狠的眼睛,两片又紧又薄的嘴唇,她的面孔、声音、笨拙而急速的动作,都令人想起她的茨冈人祖母,安德烈的妻子。她固执而贪权,出嫁的话她连听也不愿意听。伊凡·彼得罗维奇的归来不合她的心意。当库本斯卡娅公爵小姐把他养在身边时,她曾指望至少可以得到父亲田产的一半:她即使在吝啬这一点上也跟她祖母一个样。不仅如此,格拉菲拉还嫉妒她的弟弟:他是那么有教养,法语讲得那么好听,一口的巴黎腔调,而她几乎连个"崩褥儿[③]"和"括蛮屋泡台屋[④]"也不会说。其实她的父母亲也是完全不懂法语的,不过这并不能让她心里好受些。

---

① 雷那尔(1713—1796),法国哲学家。
② 爱尔维修(1715—1771),法国哲学家。
③ 崩褥儿,法语"日安"的俄语读音。
④ 括蛮屋泡台屋,法语"您好"的俄语读音。

伊凡·彼得罗维奇不知道如何排遣烦闷和忧愁。他在乡下还没住上一年,却已经好像是过了十度春秋。只有跟自己的母亲在一起时,他才能够感到轻松,他一连几个钟头坐在她低矮的小屋里,倾听这位善良女人简单的闲聊,饱尝着果酱蜜饯。正巧在安娜·巴芙罗夫娜的使女中有一个非常漂亮的姑娘,两只明亮温存的小眼睛,面孔也秀气得很,她名字叫作玛拉尼娅,是一个聪明贤惠的姑娘。她从第一眼开始就被伊凡·彼得罗维奇看中了。于是他爱上了她:他爱她那畏怯的步态、羞涩的回答、轻柔的话音和文静的笑容。他觉得她一天比一天更加可爱了。而她也以自己心灵的全部力量眷恋着伊凡·彼得罗维奇,只有俄罗斯姑娘才会这样的缠绵——终于她委身于他了。在乡下地主家的宅子里,什么秘密都不能保持得长久:马上人人都知道了少爷跟玛拉尼娅的关系。最后关于这事的消息也传到彼得·安得烈依奇的耳朵里,换个时候,他或许,对这种小事不会去留意;然而他对儿子怀恨已久,真高兴能有个机会把这个彼得堡来的聪明和漂亮的家伙羞辱一番。于是掀起了一场喧哗、喊叫和吵嚷:玛拉尼娅被关进储藏室里,伊凡·彼得罗维奇被叫去见他的父亲。安娜·巴芙罗夫娜也闻声而来。她尽力让丈夫消气,但是彼得·安得烈依奇却什么话都听不进。他像老鹰抓小鸡一样向儿子扑去,骂他不道德、不信神,骂他虚伪,还趁机把自己对库本斯卡娅公爵小姐的全部积怨都发泄在儿子的身上,把他骂得个狗血喷头。最初伊凡·彼得罗维奇克制着,默不出声,然而当父亲想到要用一种侮辱性的惩罚来威胁他时,他忍耐不住了。"暴徒狄德罗又该出场了,"他想着,"那我就让他来表演一番,等着瞧。我要让你们都大吃一惊。"于是这时候,伊凡·彼得罗维奇用一种安静平稳的声音,虽然他全身上下都在发着抖,向他的父亲宣布说,他大可不必责骂他不讲道德;说他虽然无意为自己的过错辩解,但是却准备有所补救,并且,他感到自己是超乎一切的偏见之上的,因此他更是乐意如此,就是说——他准备娶玛拉尼娅为妻。说出这番话来,伊凡·彼得罗维奇无疑是达到了他的目的:他把彼得·安得烈依奇吓得眼珠子都突出来了,霎时间目瞪口呆。但是这位父亲马上就清醒过来,他身穿松鼠皮袄,赤脚蹬一双短筒皮靴,就这副姿态,攥紧着拳头向伊凡·彼得罗维奇冲将过来,而这一位今天也好像是特意有所安排,a la Titus① 的头发,穿一件全新的蓝色英国常礼服,靴子上饰着缨络,时髦的驼鹿皮裤子紧裹住两条细腿。安娜·巴芙罗夫娜拼命地喊叫着,两手捂住脸,而她的儿子已经穿堂而逃,跳进院子里,冲过了菜园、花圃,从花圃又奔上了大道,头也不回地跑掉了,一直跑到他听不见身后父亲沉重的脚步声和他断断续续的费力的咆哮……“你停住,你这个骗子!”他号叫着,“你停住!我要诅咒你!”伊凡·彼得罗维奇躲在附近一家独院小地主屋里,彼得·安得烈依奇筋疲力尽、满身大汗地回到家中,不等喘过气来,便宣布取消他给儿子的祝福和继承权,命令把他的混账书籍全都烧掉,而丫头玛拉尼娅要立即被遣送到一处遥远的庄子上去。几个好心的人找到了伊凡·彼得罗维奇,把这些都告诉了他。他感到受了侮辱,满心的愤怒,发誓要向他父亲报复。当天夜晚,他劫住运送玛拉尼娅的农家马车,把她抢了过来,带她快马逃奔到最近的一个市镇,便和她结为夫妻。有一位成天醉酒而却极其心善的退职海员,是他的邻居,由这人拿钱供给他。这人,如他自己所说,对一切高尚事件是无不热心支持的。结婚的次日,伊凡·彼得罗维奇给彼得·安得烈依奇写了一封措辞尖刻、冷漠而又很有礼貌的信,自己便到父亲的表兄德米特里·别斯托夫以及自己的表姐玛尔法·季莫菲耶芙娜所住的庄园去,这位表姐读者已经认识了。他把事情都告诉了他们,说他打算去彼得堡找一份差事,央求他们哪怕暂时给他的妻子一个容身之处。当他说到“妻子”这两个字时,他伤心地哭出声来,这时,他顾不得自己京城的教养和哲学,像个地道的俄国乞丐那样,卑恭地俯身在自己亲戚的脚前,甚至还磕了一个响头。别斯托夫一家人是慈悲而善良的,满心愿意地答应了他的请求;他在他们那里住了两

① 法语:梯变式。梯变(40—81),罗马皇帝。

三个礼拜,暗中期望着父亲的回信,但是并不见有回信来——也不可能有。彼得·安得烈依奇一听见儿子结婚的消息,便卧床不起了,他不许人家在他面前再提起伊凡·彼得罗维奇的名字。只有做母亲的,悄悄地瞒着丈夫,从教堂的监督司祭那里借来了五百个卢布的钞票给他们捎去,还给他妻子带来一尊小神像。她不敢写信,只让她派去的那个一天能走六十里路的干瘦的农夫对伊凡·彼得罗维奇说,叫他不要太难过,说上帝怜惜,一切都会有个安排的,父亲也会化怒气为宽恕的。而且,看来是上帝乐意这样,她也就给玛拉尼娅·谢尔盖耶芙娜送去了做母亲的祝福。那个干瘦的农夫本是新娘受洗时的教父,他得了一个卢布的赏钱,要求见一见新主妇,吻过她的手,就回家了。

而伊凡·彼得罗维奇却怀着轻松的心情出发去彼得堡了。等待着他的是一种全然未卜的前程,或许贫困就正在威胁着他,但是他摆脱了他所憎恶的乡村生活,而主要的是,他没有背叛自己的导师们,当真把卢梭、狄德罗和 la Declaration des droits de l'homme①“付诸实行”,并且用事实加以证明了。他心中充满着履行义务感、胜利感和骄傲感,跟妻子别离倒也不怎么让他害怕,但要是他必须和妻子永远厮守下去,他大概很快就会不知如何是好的。那件事已经完成,应该着手去干点别的了。在彼得堡,完全出乎他意料之外,他交上了好运:库本斯卡娅公爵小姐——麦歇古尔登虽然来得及把她抛弃,但是她却还没有来得及死掉——为了多少弥补一点自己在外甥面前的过失,把他介绍给自己所有的朋友,并且给了他五千个卢布——几乎是她最后的钱财——还给他一只列皮科夫制作的挂表,上面刻着一圈爱神围绕着的他名字简写的花字组合。不到三个月,他已经在俄国驻伦敦使馆里得到一个职位,便乘上随即开出的第一艘英国帆船漂洋过海去了(当时还不知轮船为何物)。几个月以后,他收到别斯托夫的来信。这位善良的地主祝贺伊凡·彼得罗

---

① 法语:人权宣言。

维奇喜得贵子,是 1807 年 8 月 20 日在波克罗夫斯科耶庄子上出生的,为纪念殉道的圣者菲奥托尔·斯特拉季拉特,起名叫做菲托尔。由于身体非常的衰弱,玛拉尼娅·谢尔盖耶芙娜只附笔写了几行字,然而这寥寥几行已经让伊凡·彼得罗维奇大吃一惊:他不知道玛尔法·季莫菲耶芙娜教会他的妻子识字了。不过,伊凡·彼得罗维奇并没有长久沉溺于亲情的甜蜜和激动之中:他正在给当时名气正大的一个芙琳或者拉伊丝①(那时还盛行着古典风雅的名字)大献殷勤呢。那时《吉尔西特和约》②刚刚签订,人人都忙于行乐,大家都卷入一股疯狂的旋风之中,他的脑袋也给一位活泼美人儿的一双黑眼睛搅得发昏了。他的钱很少;但是他赌运亨通,且广为结交,凡是寻欢作乐,他无不有份,总而言之,他是一帆风顺的。

九

拉夫列茨基的爷爷久久不能原谅儿子的婚姻;假如过上半年伊凡·彼得罗维奇来趴在他的脚下向他低头认错的话,他或许也就饶恕了他,当然少不了先把他臭骂一顿,再用拐杖敲他几下,吓唬吓唬他;但是伊凡·彼得罗维奇身在国外,并且,显然对此满不在乎。"住嘴,你敢再提!"每次当妻子一想劝说他宽恕儿子时,彼得·安得烈依奇就会这样说,"他个狗崽子应该一辈子为我向上帝祈祷,因为我没有诅咒他;要是先父的话,非亲手宰了他不可,没出息的东西,要那样就好了。"安娜·巴芙罗夫娜听见这种吓人的话,只敢偷偷地画十字。至于伊凡·彼得罗维奇的妻子,彼得·安得烈依奇起初连听也不愿意听人提起她,别斯托夫来信向他说到他的儿媳,他在吩咐回信时甚至对人家说,他好像根本不知道他有个儿媳妇,并且说他认为自己有责任警告人家,收留逃跑的女奴是法律难容的;但是

---

① 芙琳、拉伊丝,都是雅典名妓的名字。
② 《吉尔西特和约》,1807 年俄皇与拿破仑签订的和约。

后来,听说孙子出世了,他心软下来,叫人悄悄地打听产妇身体如何,还派人给她送了点钱去,假装不是他送的。菲佳还不满周岁,安娜·巴芙罗夫娜患下不治之症。临死前几天,已经起不来床了,她失神的眼睛里挂着胆怯的泪水,当着神父的面对丈夫说,她想见一见儿媳,向她道一声别,也给孙儿说一句祝福的话。伤心的老头儿让她放心,马上派人驾上他自己的马车去接儿媳回来,还第一次叫了她玛拉尼娅·谢尔盖耶芙娜。她带上孩子,由玛尔法·季莫菲耶芙娜陪着回来了,那老太太怎么也不肯放她一个人走,怕她受欺负。玛拉尼娅·谢尔盖耶芙娜走进彼得·安得烈依奇的房间时吓得半死。保姆抱着菲佳走在她后面。彼得·安得烈依奇望望她没说一句话;她走到他手跟前;战抖着的嘴唇稍稍地把那只手碰了碰,没有声音地吻了一下。

"喏,新来的少奶奶,"他终于说,"你好哇;我们到太太房里去吧。"

他站起来,俯身去看菲佳;婴儿微微一笑,向他伸出两只没有血色的小手来。老人脸色变得好难看。

"噢,"他喃喃地说,"无依无靠的孩子啊! 你在为你爸爸向我求情吧;我不会丢下你不管的,小东西哟。"

玛拉尼娅·谢尔盖耶芙娜一走进安娜·巴芙罗夫娜的睡房,就在门边跪下来。安娜·巴芙罗夫娜叫她到床前,拥抱了她,为她的儿子祝福,然后把她被病魔折磨得皮包骨头的脸转向她丈夫,想要说句什么话……

"我知道,我知道你想要求什么,"彼得·安得烈依奇喃喃地说,"别难过:她就留我们这儿,为她我也饶了凡卡①了。"

安娜·巴芙罗夫娜竭尽全力抓住丈夫的手,把嘴唇贴上去。当天晚上她就去世了。彼得·安得烈依奇说话算话。他告知儿子,为了他母亲临终时的心愿,为了小菲托尔,恢复自己对他的祝福,并把玛拉尼娅·谢尔盖耶芙娜留在自己家里。在一层和二层楼之间的

————————

① 凡卡,伊凡的蔑称。

阁楼里给她腾出两间房子来,他还把她介绍给自己最尊贵的客人,独眼的旅长斯库列辛和他的妻子,又派两名婢女和一名童仆供她使唤。玛尔法·季莫菲耶芙娜跟她告辞了:她讨厌格拉菲拉,一天里就跟她吵了三架。

可怜的女人起初觉得处境尴尬,日子很难过;不过后来她逆来顺受,渐渐也就对自己的公公习惯了。而他也习惯了她,甚至还喜欢上她了,尽管几乎没跟她说过一句话,尽管在他对她的好心照顾中多少带有几分不由自主的轻蔑。玛拉尼娅·谢尔盖耶芙娜最难忍受的,是她的大姑子。早在母亲活着的时候,格拉菲拉已经一点点儿地把家务大权握在自己手中。家里每个人,从父亲开始,都得听她的管辖;没有她的许可,一块糖也别想拿出来;她宁死也不会和另一个主妇分享权力——再说这算是个什么样的主妇啊!她对弟弟的婚事比彼得·安得烈依奇还要气愤:她便着手来教训这个一步登天的小女人了,而玛拉尼娅·谢尔盖耶芙娜一开始便做了她的奴隶。再说她这样一个唯命是从的,成天担惊受怕,而且身体虚弱的女人,又哪里是专横霸道的格拉菲拉的对手呢?格拉菲拉没有一天不提醒她记住她原先的地位,没有一天不表扬她没有忘记这一点。无论这样的提醒多么伤人,玛拉尼娅·谢尔盖耶芙娜都心甘情愿地忍受下来……然而他们竟把菲佳从她手中夺走了:这可真毁了她。他们借口她不配教育孩子,便几乎不许她跟孩子接近;这事由格拉菲拉来管;婴儿完全落入她的掌握之中。玛拉尼娅·谢尔盖耶芙娜实在心痛,她一次次写信给伊凡·彼得罗维奇,求他赶快回来;彼得·安得烈依奇自己也想要早日见到亲生的儿子;伊凡在回信里为妻子、为寄给他的钱感谢父亲,答应尽快回家,但却一再推脱——总也不见归来。终于,1812 年把他从国外召了回来。六年离别,初次相会,父子紧紧拥抱,过去的龃龉只字未提;那时顾不得这个;全俄国奋起抗敌,他俩都感到俄罗斯人的血液在他们的血管里流淌。彼得·安得烈依奇捐献了整整一个团的后备民兵的服装,然而战争结束,危险已过,伊凡·彼得罗维奇重又寂寞难熬,重又向往着远方的另一个世界，他跟那个世界已难解难分，他觉得那里才是自己的家。玛拉尼娅·谢尔盖耶芙娜无法留住他；她对他太微不足道了。她一心希望的一件件事甚至也皆成泡影：她丈夫也发现，教育菲佳的事托付给格拉菲拉要合适得多。伊凡·彼得罗维奇的可怜的妻子经不起这个打击，她也经不起再一次和丈夫分离：她没说一句抱怨谁的话，不几天便与世长辞了。她一辈子不会反抗任何东西，对致她死命的疾病也不去抗争。她已经不能讲话，坟墓的影子已经落在了她的脸上，她却依然是一副温良谦卑、逆来顺受、惶惑不解的表情；她依然那样无言而顺从地望着格拉菲拉，像安娜·巴芙罗夫娜弥留时吻一次彼得·安得烈依奇的手那样，她也把嘴唇贴在格拉菲拉的手上，托她，这个格拉菲拉，抚养自己唯一的儿子。一个从来一声不响的、心地良善的人儿就这样结束了她人生的旅程，天知道为什么要把她像一棵小树苗似的从地母的土壤中拔出来，又马上连根抛弃，任烈日曝晒；这个也曾有过生命的存在物，她凋萎了，不知去哪儿了，连个痕迹也没有在世上留下，也不会有人来为她悲伤。可怜玛拉尼娅·谢尔盖耶芙娜的，有她的两个使女，还有彼得·安得烈依奇。身边缺少了她这个悄无声息的人儿，老人感到寂寞。"饶恕吧——永别了，我的无话不听的孩子啊！"在教堂里向她最后敬礼的时候，他喃喃地说。在向她的坟墓撒下一把土时，他哭了。

他自己比她没多活多久，不到五年。他带上格拉菲拉和孙儿搬到莫斯科去住，1819 年在那里静静地去世了，嘱咐家人把他跟安娜·巴芙罗夫娜和"玛拉莎"葬在一起。那时伊凡·彼得罗维奇正在巴黎自得其乐；他是 1815 年过后不久便退职的。知道父亲死去的消息，他决定回俄国来。必须考虑一下安顿家业的事，还有菲佳，格拉菲拉来信说，他已经过了十二岁，该是认真抓一抓他的教育的时候了。

十

伊凡·彼得罗维奇像个英国人一样回到俄国来。头发剪得很短,浆过的硬领遮住耳朵,长襟礼服是灰黄色的,带有多层的小衬领,一脸酸溜溜的表情,说起话来生硬而冷漠,声音从牙缝里透出来,突如其来地木声木气地"哈哈"两声,却从不见有笑容,除政治和政治经济之外的话题一概不谈,酷爱血迹未干的牛排和波尔多黑葡萄酒——他整个儿一身全是大不列颠气味;好像浑身上下浸透了那个国家的精神。然而——真叫奇怪!伊凡·彼得罗维奇变成了一个英国人,却同时也成为一个爱国者,至少他自称是一个爱国者,虽然他对俄国所知甚少,没有一点儿俄国的生活习惯,俄国话也说得怪腔怪调:日常谈话中他说的话都结结巴巴,有气无力,满口的法国式语句;然而一谈到紧要话题,伊凡·彼得罗维奇嘴里马上便会出现类似这样的言词:"表现自我热情之新经验","此事与事物之本质不符"等等。伊凡·彼得罗维奇带回来几份有关政府结构及其改进办法的计划手稿;他对所见所闻的一切非常不满——缺乏制度特别令他大动肝火。跟姐姐刚一见面,他第一句话便是向她宣布,他打算实施几项根本性的改革,今后他家中凡事都将按新制度进行。格拉菲拉·彼得罗芙娜对伊凡·彼得罗维奇的话一句也没有回答,只是咬一咬牙齿,心里想:"那我上哪儿去?"不过跟弟弟和侄儿一回到乡下,她很快就放下心来。家里的确发生了一些改变:寄食者和懒惰虫马上被逐出门外;遭殃的有两个老太婆,一个瞎子,另一个是瘫子,还有一个年老体衰的奥恰科夫时代①的少校,这人确实是贪吃得出众,他们一向只拿黑面包和扁豆喂他。还发布一道命令,以前的客人概不接待:取而代之的是一位远处的邻居,一个淡黄色头发的体弱多病的男爵,这人极有教养,也极其愚蠢。摆上了从莫斯科运来的新式家具;用上了痰盂、铃铛、脸盆架;早餐的吃法一改旧观;外国酒代替了伏特加和果子酒;佣人们都穿上新式的制服;家族纹章之外,又添上一句题辞:"in recto virtus②……"而实际上格拉菲拉

① 奥恰科夫时代,指(第二次俄土战争中)俄军占领奥恰科夫要塞的 1788 年。

② 拉丁语:守法即德。

的权力丝毫未减:买进付出,一切依然是她说了算;国外带回来的那个阿尔萨斯随身侍仆也曾试图跟她较量一番——结果却丢了饭碗,尽管老爷还在庇护他。至于农务的经营和产业的管理(格拉菲拉·彼得罗芙娜这些事也要插手),尽管伊凡·彼得罗维奇一再声称:要在这一团乱麻中注入新的生命——而一切却依然如故,只是有些地方农民的租子增加了,劳役也比以前更重,再就是,庄稼人不允许直接和伊凡·彼得罗维奇说话:这位爱国者对自己的同胞是非常蔑视的。伊凡·彼得罗维奇的制度只是在菲佳身上才得到充分的应用:他的教育确实发生了"根本的改革",这事完全由父亲来管。

十一

如前所述,伊凡·彼得罗维奇从国外回来之前,菲佳归格拉菲拉·彼得罗芙娜照管。母亲去世时他还不满八岁;他并不能每天见到她,而却爱她爱得非常强烈。他心中永远铭刻着对她的记忆,记得她静悄悄的苍白的面容,她忧郁的眼神和胆怯的抚爱;不过他也能模糊地理解她在家里的地位;他感到他和她之间存在着一种她所不敢逾越也不能逾越的障碍。对父亲他敬而远之,而伊凡·彼得罗维奇也从来没有对他亲热过;祖父偶尔摸摸他的头,允许他吻一吻手,但是却称他做小怪物,认为他是一个傻瓜。玛拉尼娅·谢尔盖耶芙娜死后,姑母把他完全捏在手里。菲佳怕她,怕她那双又尖又亮的眼睛和她刺耳的声音;在她面前他不敢顶一句嘴;往往,他在椅子上刚一动弹,她已经恶狠狠地压低声音说:"去哪儿? 乖乖坐着。"每逢礼拜天,做完日祷以后,才准许他玩一小会儿,就是说,给他看一本厚厚的神秘莫测的书,是某个马克西莫维奇·安泼季克的著作,书名是:《象征与图谱》。书里有上千幅极为莫名其妙的图画,配以五种文字的同样莫名其妙的说明。一丝不挂、又肥又胖的爱神丘比特在这些图画里扮演着主要的角色。其中的一幅题为《番红花与彩虹》,说明词是"此物有大效";另一幅题为《口衔紫罗兰飞翔之白鹭》的图画旁边,有一句题词"这你都知道"。《丘比特与舐犊之熊》那一幅的说明是"慢慢做来"。菲佳把这些图画仔仔细细地看了又看;每幅画他都熟悉得细致入微;其中的几幅,老是那几幅,令他不由得思索起来,唤起了他的想象;其他的消遣他是从不知道的。到了应该教他学习语言和音乐的时候,格拉菲拉·彼得罗芙娜便廉价为他雇来一个老处女,一个长着兔子眼睛的瑞典女人,她勉强会说几句法语和德语,钢琴弹得马马虎虎,此外,黄瓜却腌得极好。在这位女教师、姑妈和一个老婢女瓦西里耶芙娜的陪同下,菲佳度过了整整四年的时光。往往是这样,他手捧自己那本《图谱》坐在墙角里——坐呀坐……低矮的房里散发着天竺兰的气息,一支油蜡烛昏暗地燃烧着,一只蟋蟀单调地吱吱叫着,好像它很寂寞,小小的挂钟在墙上急匆匆地咔咔作响,一只老鼠偷偷地在墙纸后面挠动,牙齿沙沙地磨着,而这三位老姑娘,仿佛命运三女神似的,默默地飞快地挥动着织针,她们那几只手的影子,在朦胧的烛光中忽而闪过,忽而奇异地抖动,于是一些奇异的,也是朦胧的思想便涌现在这孩子的头脑里。谁也不会把菲佳叫作一个讨人喜欢的孩子:他相当的苍白,但却肥胖,身材很不匀称,又很笨拙——用格拉菲拉·彼得罗芙娜的话来说,是一个地地道道的庄稼汉;若是经常放他到户外去走走,或许他很快就会面带血色的。他学习得不坏,虽然老是懒得做功课;他从来不哭,但却时常显得毫无道理的固执;那时就谁也没法对付了。菲佳不喜欢他周围的任何一个人……一颗从小就不曾爱过的心灵是很悲哀的啊!

伊凡·彼得罗维奇看见他的时候,他就是这副样子,于是,事不宜迟,这位父亲便立即着手对他实行起自己的一套制度来。"我要首先把他造就成一个人。"

"un homme①,"伊凡·彼得罗维奇对格拉菲拉·彼得罗芙娜说,"不仅是一个人,而且是一个斯巴达人。"伊凡·彼得罗维奇这样

----

① 法语:人。

开始来实现自己的意图:给儿子穿戴得像个苏格兰人;十二岁的孩子便光着两条小腿四处跑,头上端端正正戴一顶便帽,帽子上插一根公鸡毛;把那个瑞典女人请走,换来一个精通体操的年轻瑞士人;音乐这玩意儿与男子汉身份不符,从此驱逐;自然科学、国际法、数学、木工手艺,这是根据让-雅各·卢梭的建议要学的,还有纹章学,这是为了保持侠义的情操——未来的"人"要学的就是这些;每天四点钟把他从床上喊起来,马上迎头用凉水一浇,再强迫他抓住一条绳索围绕一根高高的立柱奔跑;他每天只吃一餐,每餐只吃一个菜,还要骑马射箭;一有适当机会,便以父亲大人为榜样锻炼坚强的意志,每天夜晚在一个特备的本子里记录当天的所作所为,并写下自己的感想;而伊凡·彼得罗维奇也尽心尽责,用法语为他写下一条条训词,其中把他叫作 mon fils①,并以 vous② 相称。菲佳讲俄语时对父亲称"你",但是当他面却不敢落座。这一套"制度"把孩子弄得个莫名其妙、头脑混乱、无所适从;然而这套新式的生活方法对其健康却大有裨益:开头时他患过一场热病,但很快就康复了,而且变成一个精壮的小伙子。父亲很是得意,用他那奇特的语言称孩子为:自然之子,我的创造。当菲佳过了十六岁,伊凡·彼得罗维奇认为有责任及时给他灌输对女性的轻蔑——于是这个年轻的斯巴达人,唇边茸毛初现,心灵尚感怯懦,年富力强,血气方刚,却已经竭力地要装出一副淡漠、冷酷和粗鲁的神情了。

　　光阴荏苒。伊凡·彼得罗维奇一年的大部分时间在拉夫里基度过(拉夫里基是他主要的一份祖产),每到冬天,他便一个人上莫斯科去,住饭店、泡俱乐部、去家家户户高谈阔论、宣扬其种种方案,越发把自己表现为一个英国派,一个能言善辩、具有雄才大略的人物。然而 1825 年来到,苦难亦随之而来。伊凡·彼得罗维奇的亲朋好友全都受到严峻的考验。伊凡·彼得罗维奇连忙躲回乡下,闭

---

① 法语:我的儿子。
② 法语:您。

门谢客,深居简出。再过一年,伊凡·彼得罗维奇忽感衰颓、软弱无力,一蹶而不振;他的健康完全地垮了。这位自由思想家开始天天去教堂并定时祷告了;这位欧洲派人物开始洗起蒸汽浴来,并且每天两点吃午餐,九点上床,在一个老管家的唠叨声中昏昏入睡;这位雄才大略者把自己各种的方案计划,全部来往信件一把火烧掉,见到省长时要两腿发抖,对县警察局长也会低头哈腰;这位意志坚如铁的人如今身上起一个疖子或是端给他一盆冷汤便会抽抽噎噎、怨天尤人。格拉菲拉·彼得罗芙娜重又掌握起家中的大权;管家、村长、普通庄稼人又开始从后门进来拜见"老泼妇"了——家里的佣人都这样称呼她。伊凡·彼得罗维奇的变化令他的儿子震惊;他已经十九岁,已经开始思考问题,并想要摆脱父亲对他的压制了。他早已留意到父亲豪壮的自由主义理论和冷酷琐碎的暴君作为之间的差异;但是他没料到会有如此急剧的转变。这个根深蒂固的自私自利者忽然间原形毕露了。年轻的拉夫列茨基正打算去莫斯科,准备上大学——一场突如其来的新的灾难降临到伊凡·彼得罗维奇的头上:他双目失明了,而且是无可救药地失明了,就在一天之内。

他不相信俄国的医生,设法申请出国去就医。申请遭到拒绝。于是他带上儿子整整三年在俄国到处游荡,一个接一个地寻访医生,不停地从一个城市往另一个城市奔跑,他的畏缩沮丧和缺乏耐心让医生、儿子和仆人全都无可奈何。他回到拉夫里基时已经变成一个废物,一个哭哭啼啼、喜怒无常的孩子了。这下日子难过了,人人都吃他不消。伊凡·彼得罗维奇只有在吃饭时才会安静。他从来不曾吃得这样贪馋和这样多;而所有吃饭以外的时间里,他既不让自己安静,也不让别人安静。他祷告上帝,抱怨命运,咒骂自己,咒骂政局,咒骂自己的那一套制度,咒骂一切他过去自吹自擂的东西和一切当初给儿子树为典范的东西;他声称自己什么东西都不信,却又再次去祷告上帝;他受不住片刻的孤单,要家里人成天到晚、不分昼夜地坐在他的安乐椅旁讲故事给他听,又时而大喊大叫地打断人家:"你们全都在撒谎——简直胡说八道!"

格拉菲拉·彼得罗芙娜尤其难受;他根本离不开她——病人的每一个刁钻古怪的要求她全都彻底照办,虽然有时不能马上拿定主意回复他,怕的是她话音之间会流露出憋在心头的恼怒。他就这样勉强拖延了两年,在5月初死去了,那时他们正抬他到阳台上去晒太阳。"格拉莎,格拉什卡! 拿肉汤来,肉汤,你个老傻……"他僵硬的舌头嘟哝着,没说完最后那句话,就永远沉默了。格拉菲拉·彼得罗芙娜刚从佣人手中接过一杯肉汤来,她停住不动了,瞧一眼弟弟的面孔,慢慢地大大地画了个十字,便悄悄走开了;儿子当时也在场,他一言未发,手撑在阳台栏杆上,久久地注视着花园,那儿正一片翠绿,百花飘香,万物在春天金色太阳的光照下灿烂辉煌。这时他二十三岁;这二十三年是多么可怕、多么不知不觉而又多么急急匆匆地流逝过去的啊! ……人生在他的面前展开了。

十二

年轻的拉夫列茨基埋葬了父亲,把经营产业和监督几个管家人员的事仍然托付给那位一成不变的格拉菲拉·彼得罗芙娜,便动身前往莫斯科,一种朦胧但却强烈的感情在把他往那里吸引。他意识到自己所受教育的缺陷,存心要竭尽所能地弥补损失。近五年里他读书很多,也见过一些世面;头脑里酝酿着许多思想;他在某些方面的知识或许可以受到任何一位大学教授的仰慕,但是,同时,许多中学生都早已熟知的东西他却一无所知。拉夫列茨基心里明白,他是并非没有困难的;他暗中觉得自己是一个怪人。那位英国狂跟自己的儿子开了个不幸的玩笑;那种随心所欲的教育方法带来了后果。多年来他不由自主地对父亲百依百顺;而当他终于看清父亲到底是怎么回事的时候,却是木已成舟,许多习惯在他的身上已经根深蒂固,要改也难了。他不善与人交往:已是二十三岁的年纪,羞怯的心中怀有对爱情难以遏制的渴望,而他却不敢对任何一个女人正视一眼。凭他清醒健全虽说略显迟钝的头脑,凭他倾向于顽强、自省和带有惰性的性格,他早就该投身于生活的旋涡之中了,但是他被人为地与世隔绝……现在那魔法的圈子已经破除,而他却依然故我,原地不动,自我压缩,自我封闭。在他这样的年纪穿一身学生制服着实可笑;然而他不怕嘲笑;他所受的斯巴达式教育在他身上养成一种蔑视他人议论的习性,这一点至少有了用处——于是他便把学生制服穿在身上,毫无窘态。他读的是数理系。他身体健康,面颊红润,胡须初生,沉默寡言,给同学们留下一种奇特的印象;他们料想不到,这个每天按时乘一辆宽大农村双驾雪橇车前来听课的外表严肃的男子,内心深处却几乎像是一个幼儿。他们觉得他是个难以理解的墨守成规的人,他们不需要他做朋友,不向他寻求友谊,而他也避开他们。在大学两年期间,他只接近过一个大学生,他请这个学生为他补习拉丁文。这个大学生名叫米哈烈维奇,他为人热情,会写几首诗,对拉夫列茨基是真心地喜欢,而完全偶然地,他后来成为使拉夫列茨基命运发生重大变化的罪人。

一天,在剧院里(摩恰洛夫①正红极一时,拉夫列茨基每场必看),他在二楼包厢看见一个姑娘——虽然没有一个女人从他神情阴郁的身影旁走过时不让他心旌荡漾,但他的心跳得从来没像今天这样猛烈过。姑娘两臂撑在包厢座位的丝绒扶手上一动不动;她黑黑的、圆圆的、好看的脸蛋上每一根线条都闪烁着灵敏而年轻的生命的光辉;细细的眉毛下一双漂亮的眼睛观望得那么专注而又柔和,富有表情的唇边匆匆掠过一丝笑意,还有那头、那手、那头颈的姿势,所有这些无不透露出一种优雅的聪慧;她的衣着也充满魅力。她身边坐着一位约莫四十五六岁的黄面孔有皱纹的女人,袒胸露背,戴顶黑色直筒高女帽,紧张忧虑、目光呆滞的脸上挂着不露牙齿的微笑,包厢深处隐隐看见一位上了年纪的男人,穿一身宽大的常礼服,领结打得高高的,显得架子十足,非常愚蠢,一对小眼睛里还带着某种谄媚似的怀疑,唇上和额下的胡须都染过颜色,平凡无奇

----

① 摩恰洛夫(1800—1848),俄国 19 世纪上半叶的著名演员。

的宽额头,无精打采的瘦脸颊,从各种特点来判断,准是个退役的将军。拉夫列茨基目不转睛地注视着这位令他失魂落魄的姑娘;忽然包厢门开了,进去的是米哈烈维奇。这人是拉夫列茨基在整个莫斯科唯一的朋友,他的出现,而且竟出现在这个唯一令拉夫列茨基心驰神往的姑娘的周围,拉夫列茨基觉得这是意义重大而且异乎寻常的。他继续观察那个包厢,发现里面所有的人都待米哈烈维奇像老朋友一样。拉夫列茨基不再留意台上的演出了;摩恰洛夫这晚虽是"精神饱满",连他也不能让拉夫列茨基留下像平时那样的印象。当演出进行到一个动人心弦之处,拉夫列茨基不由得朝自己的美人儿望了一眼:她全身前倾,两颊绯红;她的眼睛本是紧紧地盯住舞台,然而,许是他固执不移的目光产生了作用,这时竟缓缓转过来,停留在他的身上……这两只眼睛整夜都隐隐约约地对他闪现。终于,人工筑起的堤防坍塌了:他又是战抖,又是发烧,第二天马上去找米哈烈维奇。他从米哈烈维奇那里知道,美人儿名叫瓦尔瓦拉·巴夫罗芙娜·科罗宾娜;跟她坐一个包厢的老头、老太是她的父母,而他,米哈烈维奇自己,跟她家一年前就认识了,是他在莫斯科郊区 H 伯爵家当"补课老师"时候认识的。这个热情洋溢的人谈起瓦尔瓦拉·巴夫罗芙娜来,真是赞不绝口。"这一个呀,我的老兄,"他以他所特有的急促的唱歌似的嗓音大声说,"这个姑娘呀——可是个尤物,天才,一个实实在在的表演家,而且还非常之善良。"他从拉夫列茨基反复的追问中发现,瓦尔瓦拉·巴夫罗芙娜给拉夫列茨基留下极其深刻的印象,他便自己提出,由他介绍他跟她结识,还说他在他们家里像自己人一样;说将军这人一点儿也不傲慢,那个母亲蠢得什么事都不懂。拉夫列茨基脸红了,喃喃地说了句什么听不清的话,就跑开了。他跟自己的胆怯足足斗争了五天;到第六天,这位年轻的斯巴达人穿一身崭新的制服,听随米哈烈维奇的摆布,米哈烈维奇作为自己人,只是把头发梳了梳——两人便出发去科罗宾家了。

十三

瓦尔瓦拉·巴夫罗芙娜的父亲,巴维尔·彼德洛维奇·科罗宾,是一个退役的少将,一生在彼得堡供职,年轻时舞跳得极好,很有些名气。也是一个精通队列勤务的军人,由于家境不好,给两三个不很像样的将军当过副官,其中一个把女儿嫁给了他,拿到两万五千卢布的陪嫁,他对操练检阅之类事情的奥妙极其熟悉,苦苦地干呀干,终于,干了整整二十年,弄到个将军头衔,当了一团之长。他本该在这时驻足歇息,不慌不忙巩固一下自己既得的利益;他倒也是这么盘算的,然而一不小心却误了大事:他想到一种新的动用公款的办法——办法倒真是不差,可是他该打点时不肯花钱,吝啬得不是时候;人家告发了他;结果比不愉快还要更糟,搞出一件丑闻来。将军勉强让自己摆脱了干系,但是他的前程却就此断送:他被奉劝退役了。他在彼得堡又混了两年,希望会有一个什么文职的美差落到他的头上;但是并没有一个这样的差事撞上来;女儿从贵族女子中学毕业,开销一天天大起来……万般无奈,他决定搬到莫斯科住,图的是东西便宜一点,他在老马房街租下一幢低矮的小屋,那屋顶上有个足足一丈长的贵族家族大纹章,靠一年两千七百五十卢布的收入,过起一个莫斯科退役将军的日子。莫斯科是个好客的都城,五方杂处,来者不拒,对于将军就更不用说了;巴维尔·彼德洛维奇虽是身体笨拙,却也不失其军人风度,他很快便在莫斯科许多上等人家的客厅里抛头露面了。他光秃的后脑勺,头上几根染过色的头发,颜色像乌鸦翅膀的领结上油腻的圣安娜勋章绶带,立即就被那帮神情倦怠、面色苍白,趁别人跳舞时阴沉地围着赌台转悠的年轻人所熟悉了。巴维尔·彼德洛维奇善于在社交场合保持自己的身份;他说话很少,而且,出于老习惯,用鼻子把话哼出来——当然,跟比他官阶大的人物不是这样的;他玩牌非常谨慎,在家节制饮食,而出门做客则可以以一当六。关于他的妻子我们几乎没什么可以介绍:她名叫卡里奥帕·卡尔洛芙娜;她的左眼睛上老是挂着一小滴泪水,为此卡里奥帕·卡尔洛芙娜(再说她是德国血统)认为自己是个多愁善感的女人;她老像是在为点什么事担惊受怕,老像没吃饱饭,穿的是紧身丝绒连衫裙,戴高顶直筒的女帽和一对暗淡无光的空心手镯,巴维尔·彼德洛维奇和卡里奥帕·卡尔洛芙娜的独养女儿瓦尔瓦拉·巴夫罗芙娜从某女子学校出来时年纪刚过十七岁,她在学校里,若不算是第一位美人,也大约可算是第一个聪明女子和优秀的音乐家,获得过皇后颁发的花字奖章;拉夫列茨基第一次见她时,她还不到十九岁。

十四

当米哈烈维奇把这个斯巴达人带进科罗宾家那间相当不整洁的客厅里,并把他介绍给主人夫妇时,他的两条腿都软了。然而令他不知所措的怯懦感很快便消失了:将军跟所有俄罗斯人一样天生善良,加上那种大凡名声有瑕的人莫不有之的特别的殷勤,便更是和气待客;将军夫人不知怎的不久便隐退了;说到瓦尔瓦拉·巴夫罗芙娜嘛,那么,她是那般的从容、娴静、温雅,让每一个人在她面前顿时感到就像在自己家里一样;而且,她整个儿迷人的身体,她含笑的眼睛,她微微下斜、显得极其天真的肩头,她略带玫瑰色的手臂,她看似慵倦却也轻盈的步态,她说话的声音,那慢腾腾、甜蜜蜜的声音——所有她身上的一切都散发出一种一缕幽香般不可捉摸的存心诱人的魅力,一种温顺的,暂且还是羞怯的柔美情意,一种难以用言语表达,但却令人兴奋的、激发人的东西——当然,不是激发你的胆怯。拉夫列茨基谈起剧院,谈起昨天的演出;她马上自己也谈起摩恰洛夫来,不是几声赞叹而已,而是对他的表演做了几处中肯的、女人家的敏锐的评论。米哈烈维奇提起音乐来;她毫不拘束地在钢琴前坐下,清清楚楚地弹了几支当时刚刚流行的肖邦的玛祖卡舞曲。到开饭时间,拉夫列茨基想要告辞,然而主人留住他;将军用上等的拉菲特葡萄酒款待他，那是将军的仆人乘出租马车奔到德普尔酒店去搞来的。拉夫列茨基深夜回家，一个人久久地坐着，两手蒙住眼睛，衣服也不脱，沉醉在茫然的迷惑里。他好像觉得，他这会儿才算明白人活在世上为了什么；他所有的意图、打算，所有这些乱七八糟一钱不值的东西立刻烟消云散了；他整个心灵都融汇为一种感情、一种企求，他企求幸福，企求拥有，企求爱情，甜蜜的女性的爱情。从这天起他便经常去科罗宾家。半年后他向瓦尔瓦拉·巴夫罗芙娜表白了心意，并且向她求婚。他的求婚被接受了；将军老早老早，或许就在拉夫列茨基初次来访的前夕，便问过米哈烈维奇：拉夫列茨基有多少个农奴；就连瓦尔瓦拉·巴夫罗芙娜，她在整个这位年轻人求爱期间，甚至在表白情意的那一刹那，都保持着自己内心惯常的明白和平静，就连她也非常清楚地知道，他的未婚夫是个有钱人；而卡里奥帕·卡尔洛芙娜则想"Meine tochter macht eine schone Partie"①——便去给自己买了一顶新的高筒帽子。

十五

这样，他的求婚被接受了，但是有几个条件。第一，拉夫列茨基必须马上退学；谁愿意嫁给一个大学生，再说这种想法多奇怪——一个地主，有的是钱，都二十六岁了，还像个小学生似的天天去上课听讲。第二，订购嫁妆，甚至挑选新郎送新娘的礼物。这些操劳都由瓦尔瓦拉·巴夫罗芙娜来承担。她的想法很切合实际，口味很高雅，又很爱舒适，也很会让自己舒适。刚一结婚，拉夫列茨基便带上妻子乘那辆由她选购的合适的马车到拉夫里基去，这时，瓦尔瓦拉·巴夫罗芙娜的这种善于让自己享受舒适的本领特别地令他叹服。瓦尔瓦拉·巴夫罗芙娜把他身边的一切考虑得、估计得、预想得多么周到啊！从一个个舒适到角落里冒出来一些多么讨人喜欢的旅

---

① 法语：我女儿攀了一门好亲。

47

行用品啊,那些梳妆盒子、咖啡壶多么令人惊叹啊,每天清晨瓦尔瓦拉·巴夫罗芙娜亲自煮咖啡的样子多么可爱啊!不过拉夫列茨基那时顾不得观赏这些:他怡然自得,为幸福所陶醉;他像个孩子似的沉湎于幸福之中……这个年轻的阿尔喀得斯①也确实天真得像一个孩子,难怪他年轻的妻子整个儿一身都散发出魅力;难怪她会应许说,他将从种种不曾体验过的享乐中感受到无比的神秘的美妙;她所隐而未发的东西比她所应许的还要多得多呢!他们来到拉夫里基时正是盛夏,她发现那个家又脏又暗,仆人都是滑稽可笑而又年老不中用的,但是她认为甚至对丈夫暗示这一点也没有必要。假如她打算在拉夫里基住下不走的话,她会把这个家里的一切全都改造过来,当然是从房子开始。然而她脑子里却片刻也不曾想到过要在这个偏僻的草原里长住;她住在这所房子里,就像旅行时住在帐篷里,温顺地忍受着一切的不便,凡此种种,她都一笑置之。玛尔法·季莫菲耶芙娜来看望她亲手带大的孩子;瓦尔瓦拉·巴夫罗芙娜很喜欢她这个人,但是瓦尔瓦拉·巴夫罗芙娜却很不讨她喜欢。新主妇跟格拉菲拉·彼得罗芙娜也不能相处得融洽;她本来是可以不去理睬这个老太太的,但是科罗宾老头儿想要插手女婿的事务:他说,给这样亲近的自家人管理产业,对一位将军来说,也不是什么丢丑的事。其实不妨这样说:巴维尔·彼德洛维奇哪怕是给与他素昧平生的人管理产业,他也不会以为是有失身份的。瓦尔瓦拉·巴夫罗芙娜进攻得非常之巧妙;她丝毫不动声色,表面看来是全心全意沉醉于蜜月的幸福中,安静的乡村生活中,音乐和书籍中,而同时,她却一点点儿地把格拉菲拉逼得走投无路,以至于,一天早上,那一位像发疯似的奔进拉夫列茨基的书房,把一串钥匙往桌上一甩,宣布说,她没法再管这份家当了,也不想再在这个村子里待下去。拉夫列茨基早已知道事情该怎么办,立即同意她离开这里。这一点格拉菲拉·彼得罗芙娜可是真没有料到。"好呀,"她说道,两只眼睛都

①　阿尔喀得斯,希腊神话中的英雄赫拉克勒斯的最初名字。

48

暗淡无光了，"我看出来啦，我在这儿是个多余的人啦！我知道是谁把我从这儿撵走的，从我的老窝儿里把我撵走的。只是你要记住我的话，侄儿呀：连你将来也不会有个地方造窝的，你要一辈子四处流浪。这就是我要留给你的话。"她当天就搬到自己的那个小庄子上去了，过一个礼拜，科罗宾将军驾到，他目光和举止间莫不带着愉快的忧愁神情，接管了全部的产业。

九月间，瓦尔瓦拉·巴夫罗芙娜把她的丈夫带到彼得堡。她在彼得堡住了两个冬天（夏天他们迁到皇村去），住的是一套漂亮的、光线充足的、家具摆设十分优雅的公寓；他们结交了许多中等乃至上等社会圈子的朋友，经常出外做客，或是在家接待，举办了许多次极其诱人的音乐晚会和跳舞晚会。瓦尔瓦拉·巴夫罗芙娜引得那些客人们如飞蛾扑火似的向他们涌来。菲托尔·伊凡尼奇并不完全喜欢这种放浪的生活。妻子劝他担任公职；他则由于对父亲当年的事犹有记忆，也是出于自己的看法，无意从政，然而为了讨瓦尔瓦拉·巴夫罗芙娜的欢心，便留住在彼得堡不走了。而不久他便悟到，谁也不会来妨碍他独自清静，他有这样一间全彼得堡最安静舒适的书房，也并非是毫无缘由的，他体贴入微的妻子甚至还高兴帮助他去独自清静——从此一切如意。他重又专心于他认为自己尚未完成的学业，重又开始读书，甚至学起英语来。他那魁伟的、宽肩膀的身躯，成天伏在书案上，一张丰满红润、毛发参差的脸，半埋在一页页字典或是笔记本里，那样子看起来真是古怪。他每天工作一个上午，享受一顿精美的午餐（瓦尔瓦拉·巴夫罗芙娜作为一个主妇真是无可挑剔），晚上则加入到那个迷人的、芳香的、灯火辉煌的、满是年轻人快活面孔的世界里——这个世界的中心就是这位勤勉的女主人，他的妻子。她为他生了一个儿子，让他非常开心，然而可怜的孩子没活多久，春天时死了；到夏天，拉夫列茨基听医生的意见带妻子到国外温泉疗养地去。经过这样不幸的事件，她必须去散一散心，再说温暖的气候也有助于她的健康。整个夏天和秋天他们在德国和瑞士度过，冬天理所当然要去巴黎。在巴黎，瓦尔瓦拉·巴夫罗芙娜像一朵玫瑰花儿似的欣然怒放，也像在彼得堡一样，迅速而灵巧地为自己营造了一个小窝。她找到一处极为可爱的住所，坐落在巴黎一条幽静而又时髦的街上；她为丈夫缝制一件他从来没穿过的睡袍；雇一个非常漂亮的女仆、一个技艺超群的厨师和一个机灵的男仆；买来招人喜爱的马车、精致已极的钢琴。没过一个礼拜，她已经披肩巾、撑阳伞、戴手套，招摇过市，和纯血统的真正巴黎女郎比也毫不逊色了。她很快便弄到一批朋友。起初来找她的全是俄罗斯人，后来出现了那些极其殷勤、彬彬有礼的单身汉，这些人个个风度翩翩，连姓名听起来也是铿锵悦耳的；他们全都口若悬河，非常健谈，鞠躬行礼，皆随随便便，眼睛都会愉快地眯缝着；人人皓齿红唇——多么擅长于微微发笑！他们每个人又带来自己的朋友，于是 la belle madame de Levretzki① 便成为从 Chaussee dd' Antin 到 Rue de Lille② 一带无不知晓的人物。那时候（事情是在 1836 年）小品作家和专栏编辑之流还没来得及广为繁衍，如现今这样四处乱爬，像挖了窝的蚂蚁似的；然而那时在瓦尔瓦拉·巴夫罗芙娜的沙龙里已经出现了一位 m-r Jules③，是一位其貌不扬、名声很差的先生，厚颜无耻、卑鄙下流，跟所有那些决斗专家和社会渣滓丝毫不差。瓦尔瓦拉·巴夫罗芙娜本来很不喜欢这位 m-r Jules，但是她仍是接待他，因为他在各种各样的小报上发表文章，不断地提起她的名字，一会儿称她为 m-me de L……tzki④，一会儿又称她为 m-me de * * *，cette grande dame russe si distinguee, qui demeure rue de P⑤……这位先生对全世界，就是说，对那几百个与 m-me de L……tzki 毫无瓜葛的报纸订户宣扬，说这位太太是一个实实在在、地地

---

① 法语：漂亮的拉夫列茨基太太。
② 法语：安丹街；里尔街。
③ 英语：儒勒·朱尔斯先生。
④ 法语：拉夫列茨基太太。
⑤ 法语：P 街的绝色美人俄国贵夫人某某太太。

道道的法国女士（une vraie francaisepar l'esprit①）——在法国人嘴里没有比这更高的赞扬了——她既可爱，又亲切，她是一位多么不同寻常的音乐家，她的华尔兹舞跳得多么美妙（瓦尔瓦拉·巴夫罗芙娜的确华尔兹舞跳得极好，能把所有在场者的心都吸引到她轻盈飞旋的裙子边上）……总而言之，使她扬名天下——而这，不管怎么说，总是件让人愉快的事情。玛尔女士②那时已经退出舞台，而拉舍尔女士③则尚未登场；但是瓦尔瓦拉·巴夫罗芙娜依然勤去剧场，毫不怠惰。意大利的音乐令她狂喜，奥德理的遗风令她大笑，她在法兰西喜剧院里不失体面地打打哈欠，多尔瓦尔夫人④在一部超浪漫主义的闹剧中的表演令她哭出声来；而重要的是，李斯特在她家的客厅里演奏过两次，态度是那么亲切，那么大方——简直美极啦！冬天就在这样的愉快感受中度过，春天将临时，瓦尔瓦拉·巴夫罗芙娜甚至被引见而进入宫廷。至于菲托尔·伊凡尼奇，他倒也不觉寂寞，只是感到这日子过得两肩沉重——所谓沉重，是指空虚无聊。他看报纸，去 Sorbonne⑤ 和 College deFrance⑥ 听课，留心议会的辩论，还着手翻译一位知名学者关于水利灌溉的著作。"我没浪费时间，"他想，"所有这些都是有益的事；可是明年冬天以前一定要回俄国去干我的事业了。"很难说他自己是否清楚他所谓的事业到底指什么，而且天知道冬天以前他能不能回到俄国去；这会儿他正要和妻子一同到巴登—巴登去……一件意想不到的偶然事破坏了他所有的计划。

十六

　　一天，瓦尔瓦拉·巴夫罗芙娜不在家，拉夫列茨基走进她的房

---

① 法语：地地道道的法国女士。
②③④ 玛尔、拉舍尔、多尔瓦尔，都是当时法国著名女演员。
⑤ 法语：巴黎大学。
⑥ 法语：法兰西学院。

间,看见地板上有张仔细叠好的纸片。他无心地把它拾起来,无心地打开来,读到下面这些用法文写的话:

"可爱的天使培特茜!(我怎么也没法叫你 Barbe 或者瓦尔瓦拉——Varvara。)我在街心花园的拐角处白等你半天;明天一点半钟到我的住处来吧。你那个好心的胖家伙(ton gros bonhomme de mari)这种时候总是埋在他的书堆里的;我们可以再来一块儿唱你们那个诗人普希金(de votre poete Pouskine)的那首小歌子,就是你教我的那个:年老的丈夫哟,可怕的丈夫——把你的小手儿和小脚儿吻一千次。我等你。艾尔勒斯特。"

拉夫列茨基没有马上明白他读到的这些话是什么意思;他再读一遍——于是他感到头晕目眩,地板在脚下像轮船颠簸时的甲板样晃动起来。他又是呼喊,又是叹息,又是哭泣,都发生在同一刹那间。

他失去理智了。他如此盲目地信任自己的妻子;他从没想到过有欺骗和不忠的可能。这个艾尔勒斯特,这个他妻子的情夫,是一个浅黄头发的小白脸儿,约莫二十二三岁,鼻子往上翘,嘴唇上的胡子细细的一条,在她那一堆朋友当中几乎是最不起眼的一个。几分钟过去了,半个小时过去了;拉夫列茨基仍然站在那里,手里捏着那张致命的纸条,脑子里空空的,眼望着地板;透过一股黑暗的旋风,他隐隐约约看见一张张苍白的面孔;他的心痛苦得麻木了;他似乎觉得,他在往下坠落、坠落、坠落……坠向无底的深渊。一阵他熟悉的绸衣衫轻轻的沙沙声使他从麻木状态下清醒过来;瓦尔瓦拉·巴夫罗芙娜,戴着帽子,披着肩巾,匆匆地散步回来。拉夫列茨基浑身战栗着冲向门外;他感到在这一刹那间他真可能把她撕个粉碎,把她打个半死,像庄稼人那样,把她亲手活活地掐死。瓦尔瓦拉·巴夫罗芙娜大吃一惊,想要拦住他;他却只能喃喃地说一句:"培特茜。"——便从屋里跑了出去。

拉夫列茨基叫一辆马车,吩咐拉他到城外去。这一天剩余的时间和整个夜晚直到早晨,他都在四处游荡,他不时地停下来,拍着两只手：一会儿，他疯狂地发怒；一会儿，他觉得自己非常可笑，甚至好像非常快活。清晨他冻僵了，走进城外一家肮脏的带住房的小酒店，要了一个房间，坐在窗下。他忍不住接连地抽筋似的打哈欠。他几乎站立不稳，感到全身无力，却又不觉疲劳——然而他毕竟无法抵挡住疲倦：他坐在那里，茫然直视，脑子里一团糊涂；他不明白他发生了什么事，为什么他会一个人待在这间空荡荡的陌生的房间里，浑身麻木，口中苦涩，心上压着一块石头；他不明白是什么东西让她，让瓦尔瓦拉，委身于这个法国人，她又怎么可以明知自己的不忠而又照样跟他亲热，做得好像是相互信任！"我什么也不明白！"他干涸的嘴唇发出喃喃的声音，"现在谁能给我保证，在彼得堡时候……"他不等说完这个问题，又打起哈欠来，全身战抖着，缩成一团。快乐的回忆，痛苦的回忆，全都令他心痛难忍；他忽然想起，前两天，她当着他的面，和艾尔勒斯特一起坐在钢琴前高唱："年老的丈夫哟，可怕的丈夫！"他记起了她那时脸上的表情，她眼睛里奇特的光辉和她面颊上的红晕——他从椅子上站了起来，他想去对他们说："你们用不着跟我开玩笑；我的曾祖父能把那些庄稼人穿住肋骨吊起来，我祖父自己就是个庄稼汉。"然后就把他们两个都杀掉。一会儿他又忽然觉得，他所发生的这些事全都是一场梦，甚至连梦也不是，只是一件什么荒诞不稽的事；只须身子一抖，回头一望……他便真的回头望了望，而苦恼却往他的心中愈扎愈深，像老鹰用爪子钩牢被它抓住的鸟儿一样。尤其是，拉夫列茨基还盼望着再过几个月就能当爸爸呢……过去、未来，整个的生活，现在都被破坏了。最后他回到巴黎，住在一家旅馆里，把艾尔勒斯特先生的那张纸条送交瓦尔瓦拉·巴夫罗芙娜，同时写了这样一封信：

　　　　附上的纸片可以向您解释一切。顺便告诉您，我对您真不了解了：您，这样一个工于心计的人，竟会把如此重要的文件随便乱丢。（这个句子让可怜的拉夫列茨基足足推敲了几个钟头，也欣赏了几个钟头。）我不能再和您见面；我想您也不应该希望跟我见面。我一年给您一万五千法郎；更多我不能给了。请把您的地址寄给乡下的账房。您想做什么就做什么吧，想在哪儿住就在哪儿住吧。祝您幸福。不必回答。

拉夫列茨基在信里对妻子说不需要回答……可是他却在等待一个回答，他渴望着能有一个回答，能给他把这件不明不白、无法理解的事解释清楚。瓦尔瓦拉·巴夫罗芙娜在同一天给他送来一封法文写的长信。这封信彻底断送了他；他最后的一些疑虑全消失了——他为自己竟会有这些疑虑而感到羞耻。瓦尔瓦拉·巴夫罗芙娜并不为自己辩解：她只希望能见到他，求他不要无可挽回地对她作出判决。这封信写得很冷淡、很不自然，虽然有几个地方可以看见泪水的痕迹。拉夫列茨基苦苦一笑，吩咐送信的人传话，说一切都好。三天后他已经不在巴黎了；但是他没有回俄国，而是去了意大利；他自己也不知道为什么偏偏选中意大利；其实对他来说，去哪儿都一样——只要不回家。他给自己乡下的管家寄去一封书面的指令，是关于妻子赡养费的事，同时吩咐管家马上，不等结账，便从科罗宾将军手上把家产的事情全部接过来，并且安排这位阁下离开拉夫里基；拉夫列茨基生动地想象着这位被赶走的将军那副狼狈相和他枉费心机的装模作样，虽然自己心里非常痛苦，仍感到某种恶意的满足。也在这时候，拉夫列茨基写信给格拉菲拉·彼得罗芙娜，请求她回到拉夫里基来，并给她写下一封委托书；格拉菲拉·彼得罗芙娜没有回拉夫里基，还亲自出面在报纸上刊登启事，声明委托书无效，这都是完全多余的事。拉夫列茨基隐居在意大利的一个小城里，仍然久久不能解脱，老是留意着妻子的一举一动。他从报纸上知道，她离开巴黎去了巴登—巴登，这是她早有安排的；她的名字很快便出现在一篇报纸屁股上的小文章里，文章的署名还是那位儒勒·朱尔斯先生。这篇文章仍是以往那种游戏的口吻，不过也透露出几分友善的怜惜之情；菲托尔·伊凡尼奇读这篇文章时，感到非常恶心。后来他知道，他有了一个女儿；再过两个月，他接到管家的报告,知道瓦尔瓦拉·巴夫罗芙娜要去了第一笔钱,是一年赡养费的三分之一。后来不断传来越来越多的丑闻;终于,各家报刊为一个令人啼笑皆非的事件大大热闹了一阵,他的妻子在其中扮演了不光彩的角色。一切都完了:瓦尔瓦拉·巴夫罗芙娜已经是个"名人"了。

拉夫列茨基不再注意她的行踪,但他并不能很快使自己心中平静。他仍在思念着妻子,有时候他甚至觉得,他什么都可以放弃,哪怕是,或许……哪怕是全都原谅了她,只要能再听到她亲昵的声音,再感觉到她的手是握在自己手里。然而光阴并未虚度。他天生不是一个受苦受难的人;他健全的体魄发挥了应有的作用。渐渐地,许多事他全明白了;他不再认为这次令他震惊的打击是意料之外的事;他现在完全了解他妻子了——只有在分开以后,你才能完全了解一个关系非常亲密的人。他又可以学习和工作了,虽然劲头已经远不如从前:生活经验和教育所养成的怀疑主义最终占有了他的心灵。他变得对一切都很淡漠。又过了四年,他觉得自己有足够的力气回国和亲人们见面了。他既不在彼得堡,也不在莫斯科停留,便来到 O 市,我们是在那里和他分手的,现在请好心的读者跟我们一块儿再回到那里去。

十七

在我们前面写到的那一天的第二天,早上九点多钟,拉夫列茨基踏上卡里金家门前的台阶。丽莎戴着帽子和手套走出来,和他迎面相遇。

"您去哪儿?"他问她。

"去做祷告。今天是礼拜天。"

"您未必也常去做祷告?"

丽莎没说话,惊讶地望着他。

"请您原谅,"拉夫列茨基说,"我……我不是想说这个,我是来跟您告别的,过一个钟头我就去乡下了。"

"离这儿不远,是吗?"丽莎问。

"二十五里路吧。"

一个侍女陪着莲诺奇卡从门里出来。

"记住,别忘了我们。"丽莎说着走下了台阶。

"您也别忘了我呀。啊,听我说,"他又说,"您去教堂:顺便也为我祈祷一下。"

丽莎停住脚向他转过身来。

"好的,"她说,眼睛正面望着他的脸,"我也会为您祈祷的。我们走吧,莲诺奇卡。"

拉夫列茨基在客厅里见玛丽娅·德密特里耶芙娜独自一个人待着。她身上有一股花露水和薄荷草的香味。她说她头痛,一夜没睡好。她像平时那样懒洋洋而又很亲切地接待他,两人慢慢地就谈起来了。

"您说是吗,"她向他问道,"伏拉季米尔·尼古拉依奇真是个讨人喜欢的年轻人啊!"

"哪一个伏拉季米尔·尼古拉依奇?"

"就是潘申呀,昨天在这里的那个。他喜欢您喜欢得不得了;我悄悄告诉您,Mon cher cousin①,他爱我的丽莎都爱得简直要发疯啦。怎么?他出身好、职务好、人聪明,喏,宫廷侍从,若是上帝的旨意是这样……我呀,当娘的嘛,从我这方面来说,我会很高兴的。责任嘛,当然啦,大得很啰;儿女的幸福决定于做父母的,这是当然的事,要知道事情就得这么说:直到如今,好也罢,歹也罢,全都得我一个人张罗,走哪儿也是我一个人:把孩子们养大,教他们念书,全都是我……我刚才还写信给波留斯太太,请她给找个女家庭教师……"

玛丽娅·德密特里耶芙娜就没完没了地说起她的烦恼事,她的苦处和她当娘的心情。拉夫列茨基默默地听她述说,把个帽子在手

---

① 法语:我亲爱的表弟。

里转来转去。他冷峻沉重的目光让这位喋喋不休的太太觉得奇怪了。

"您觉得丽莎讨您喜欢吗?"她问道。

"丽莎维塔·米哈依洛芙娜是天下顶好的姑娘。"拉夫列茨基回答说。他站了起来,鞠一个躬,便去见玛尔法·季莫菲耶芙娜了。玛丽娅·德密特里耶芙娜不满地望着他的背影,心想:"这么个笨蛋、庄稼汉! 喏,现在我明白,为什么他老婆不能老老实实跟着他了。"

玛尔法·季莫菲耶芙娜坐在自己房间里,她这个家庭的全体成员围在她身旁。一共是五个,对她全都一样的贴心:一只受过训练的粗脖子红肚皮灰雀,她爱它,是因为它不再唧唧乱叫和到处洒水;一只小小的、非常胆怯、性情温和的巴儿狗罗斯卡;一只气呼呼的小猫玛特罗斯;一个九岁的、黑皮肤的顽皮小姑娘,大眼睛,尖鼻子,名叫苏洛奇卡和一个五十五岁上下的老妇人,戴一顶白色压发帽,穿一件黑色连衫裙,上面套一件棕色短棉袄,名叫纳斯塔霞·卡尔坡芙娜·奥加尔可娃。苏洛奇卡是一个城里小户人家的女儿,父母都没有了,玛丽娅·德密特里耶芙娜可怜她,就收养下来,罗斯卡也是这样:小狗和小姑娘她都是从街上找来的;两个都又瘦又饿,身上被秋雨淋得湿透;谁也没来找过罗斯卡,而苏洛奇卡的舅舅心甘情愿把她让给了玛丽娅·德密特里耶芙娜,这是个成天喝酒的鞋匠,他连自己也喂不饱,也不给这个外甥女儿吃饭,还用鞋楦头敲她的头。纳斯塔霞·卡尔坡芙娜是玛丽娅·德密特里耶芙娜在修道院里朝圣时认识的,在教堂里,她自己走到这个老妇人跟前(用玛丽娅·德密特里耶芙娜的话来说,这个老妇人祈祷得有滋有味,所以她喜欢她),自己跟她聊起来,请她到家里来喝一杯茶。从这一天起,她就离不开这个人了。纳斯塔霞·卡尔坡芙娜这个女人性情快活而温和,是个寡妇,无儿无女,出身于没落的贵族家庭;她的头圆圆的,满头白发,一双手又白又软,脸是柔和的,脸盘粗粗的,看起来很善良,一只多少显得滑稽的翘鼻头;她尊敬玛丽娅·德密特里耶芙娜,玛丽娅·德密特里耶芙娜也非常喜欢她,虽然时常嘲笑她,说她心肠太软:她喜欢所有的年轻人,一个无伤大雅的玩笑也会让她像个大姑娘似的脸红起来。她的全部财产是一千两百个纸卢布;她由玛丽娅·德密特里耶芙娜养着,但是她们俩平等相待:玛丽娅·德密特里耶芙娜受不了人家对她低声下气。

"啊!菲佳!"她一看见他就说起来,"你昨天晚上没见到我这一大家子:你来瞧瞧吧。我们正聚拢来要喝茶;这是我们第二次的,过节一样的茶会了。你可以跟每一个亲热亲热;只是苏洛奇卡不许人碰她的,还有猫儿会抓人。你今天就走吗?"

"今天就走,"拉夫列茨基坐在一只小椅子上,"我已经跟玛丽娅·德密特里耶芙娜告别过了。我也看见过丽莎维塔·米哈依洛芙娜了。"

"你就叫她丽莎吧,我的爹呀,在你面前她算个什么米哈依洛芙娜?你乖乖坐吧,要不苏洛奇卡的椅子要让你给坐坏了。"

"她去做祷告了,"拉夫列茨基接着说,"她未必也很虔诚?"

"是的,菲佳,她很虔诚。比你我都虔诚,菲佳。"

"您还不够虔诚的吗?"纳斯塔霞·卡尔坡芙娜细声细气地插话说,"就说今天,早上的祷告您没去,晚上的您一定会去的。"

"我就是不去——你一个人去吧:我懒劲儿来啦,我的妈呀,"玛尔法·季莫菲耶芙娜说着反对的话,"我喝茶喝上瘾啦。"她对纳斯塔霞·卡尔坡芙娜用"你"来称呼,虽然她俩平等相待——她毕竟是别斯托夫家的人:在伊凡·瓦西里耶维奇·雷帝追荐亡灵的名单上就有三个别斯托夫;玛尔法·季莫菲耶芙娜是知道这个的。

"请您说说,"拉夫列茨基又说话了,"玛丽娅·德密特里耶芙娜刚刚给我说起这个……他叫什么来着……啊,潘申。这位先生是怎么一个人?"

"她真是个多嘴婆,上帝饶恕吧!"玛尔法·季莫菲耶芙娜埋怨地说,"一定是悄悄告诉你,说什么,撞上了一个多好的女婿。成天跟她那个牧师的儿子叽里咕噜;不啊,看样子,她还嫌不够。还八字没一撇儿呢,真是谢天谢地! 她倒已经在胡说八道了。"

"为什么说谢天谢地呢?"拉夫列茨基问。

"因为是,这种漂亮小伙子我不喜欢;再说有什么好高兴的呢?"

"您不喜欢他这个人?"

"是呀,不是谁都能让他勾引上的。要是纳斯塔霞·卡尔坡芙娜能爱上他,那他也就够不错的啦。"

可怜的寡妇被她说得坐立不安。

"您这是怎么啦,玛尔法·季莫菲耶芙娜,您就不怕上帝呀!"她大声地说,脸和脖子一下都红了。

"可他知道,这个骗子手,"玛尔法·季莫菲耶芙娜没让她说下去,"他知道用什么办法去讨好她:他送她了一个鼻烟壶儿。菲佳,你去找她要点儿鼻烟闻闻;你就会看见,多漂亮的一个鼻烟壶儿啊:盖子上画着个骑在马背上的骠骑兵。你就别给自己辩解啦,我的妈呀。"

纳斯塔霞·卡尔坡芙娜只是一个劲儿地摇手。

"喏,那么丽莎,"拉夫列茨基问,"对他不是没意思吧?"

"她好像蛮喜欢他,不过天知道她! 别人的心思,你知道,猜不透,姑娘家的心思更难猜。就说苏洛奇卡的心思吧——你试着猜猜看! 为什么你一进来她就躲着,可又不走开?"

苏洛奇卡忍不住扑哧一声笑出来,跑出门外去了,拉夫列茨基从他坐的地方立起来。

"是呀,"他一字一顿地喃喃说道,"姑娘家的心思猜不透啊。"

他告辞了。

"怎么? 我们过不久就能见到你吧?"玛尔法·季莫菲耶芙娜问道。

"看情况吧,姑妈:反正也不远。"

"是呀,你是去瓦西列夫斯科耶。你不想住在拉夫里基——喏,这是你的事情;只是你得去你妈坟上,还有你奶奶坟上鞠个躬。你在那边,在外国学了那么多学问回来,谁知道呢,他们在坟墓里也许都觉得出，知道你去看过他们。还有，别忘了，菲佳，也要给格拉菲拉·彼得罗芙娜做个安魂弥撒；给你一个卢布。拿上，拿上，这是我想给她做弥撒用的，她活着时候我不喜欢她，说句良心话，这姑娘是个有性子的人。她也是个聪明人；没亏待过你。那你就走你的吧，要不我该惹你讨厌啦。"

于是玛尔法·季莫菲耶芙娜拥抱了她的侄儿。

"丽莎不会嫁给潘申的，你别担心；这种男人配不上她。"

"我一点儿也不担心。"拉夫列茨基回答说，就离开了。

十八

四个小时后他动身回家。他的四轮旅行马车在乡间软软的土道上急速滚动。已经旱了两个礼拜；天空弥漫着一层牛奶似的薄雾，遮住了远方的树林；这雾气有一种焦烘味。许多片边沿上淡淡化开的灰暗的小云朵在浅蓝色的天空中漂浮；风相当大，一股股不停地干乎乎地刮来，并不能驱散暑热。拉夫列茨基把头枕在靠垫上，两臂交叉在胸前，眼望着一块块田地呈扇形展开，匆匆掠过，一丛丛爆竹柳缓缓闪去，愚蠢的黑乌鸦和白嘴鸦面带迟钝的疑虑斜眼瞧着奔驰而过的马车，长长的地埂上到处长满着山艾、苦蒿和野菊；他望着……这片草原中的清新、肥沃的不毛之地，这片绿荫，这些蜿蜒的山冈和长满低矮橡树丛的峡谷，灰扑扑的小村庄，稀疏的白桦树——整个这幅他阔别已久的俄罗斯风景令他心头万感交集，甜蜜而又近于忧伤，也令他胸部感到一种愉快的压力。他渐渐沉入漂浮的遐思；他的思绪一如天边漂浮的云片，朦胧不清。他想起自己的童年，想起母亲，想起她临死时，人家把他抱到她面前，她把他的头贴在胸口上，正想要有气无力地对他哭诉，但是她望了格拉菲拉·彼得罗芙娜一眼——就一声没响。他想起父亲，起先是精神抖擞，傲视一切，说起话来声如铜钟，后来是瞎着两只眼，哭哭啼啼，灰白的胡须又脏又乱；他想起，有一回，父亲吃饭时多喝了一杯酒，把肉汤洒在自己的餐巾上,忽然哈哈大笑,眨巴着一双什么也看不见的眼睛,面红耳赤地开始说起一桩桩自己当年的得意事;他想起瓦尔瓦拉·巴夫罗芙娜——他不由得眯起了眼睛,就像人们突然间感到体内疼痛那样地眯起了眼睛,再把头猛地一摇。后来他的思绪停留在丽莎身上。

"瞧呀,"他想着,"这个刚刚踏上人生道路的新人儿。多好的姑娘啊,她将来会怎样呢? 她真是美。一张苍白的新鲜的脸,眼睛和嘴唇都显得那么严肃,目光是诚挚的、天真的。可惜,她,好像是,多少有点儿容易兴奋。漂亮的身材,走起路来那么轻盈,说话声音那么安静。我非常喜欢看她突然停下来,仔细听你说话的样子,没有笑容,接着就思考起来,把头发往后一甩。的确,我自己也觉得潘申配不上她。可是他不好在哪里呢? 不过我又干吗胡思乱想呢? 人人都要走的路,她也得去走的。我顶好还是睡一会儿。"于是拉夫列茨基合上了眼睛。

他睡不着,但也迷糊着打盹,行路人都这样。过去日子的种种形影仍然缓缓在心头浮现、升起,和心中其他的一些想象错综地交织在一起。天知道为什么,拉夫列茨基忽然想起了罗伯特·皮尔①……想起了法国历史……他想着,假如他是一个将军,他将怎样在战场上取胜;他仿佛听见耳边有射击声和呼喊声……他的头滑到了一边,他睁开眼睛……还是那些田野,还是那种草原景色;拉边套的马蹄子上磨光的蹄铁在滚滚尘土中轮番地闪着亮光;车夫的两侧腋下镶红条的黄衬衫迎风鼓起……"好一个我啊,又回到了家乡。"——他脑子里这样一闪,便喊叫说:"跑快点儿!"——然后把外套往身上一裹,更紧地依在靠垫上。马车一颠,拉夫列茨基挺起身子,眼睛睁大了。他面前的山坡上展现出一个小小的村庄;稍稍偏右一点,能看见一座不大的破旧的地主家的住房,百叶窗都关着,屋顶歪歪斜斜的;宽阔的庭院里,直到大门跟前,长满了绿茵茵的茂密的荨麻,

---

① 罗伯特·皮尔(1788—1850),19世纪上半叶的法国首相。

远看像大麻一样；院子里有一座橡木造的，还很结实的谷仓。这就是瓦西列夫斯科耶。

车夫把马车掉个头，来到大门前，停住了马；拉夫列茨基的侍仆从御座上抬起身来，像要往下跳，他"嘿"地一声喊。传来一阵干哑、低沉的狗叫声，但是连一只狗也没看见；仆人再次准备往下跳，再喊一声"嘿"，又是一阵衰老的狗叫声，过一小会儿，院子里，不知道从哪儿，跑出一个穿南京土布长袍的、头发雪白的人来；他用手遮住太阳，朝马车一望，忽然两手往大腿上一拍，先是在原处乱动了一会儿，然后便奔过去开门了。马车驶进院落，轮子碾过荨麻沙啦沙啦地响，停在了阶前。白头发的人看来动作还很灵敏，他已经站在最低一层台阶上，两条弯曲的腿分得开开地站着，他手忙脚乱地把皮马套往上一拉，让四轮车的前部先脱下来，又帮老爷下车，吻了他的手。

"你好呀，你好呀，兄弟，"拉夫列茨基说，"你，好像是，叫安东吧？你还活着？"

老人默默地鞠一个躬，便跑去取钥匙。他跑开的时候，车夫一动不动地坐着，歪着身子望着那扇锁住的门；拉夫列茨基的侍仆一跳下车，便姿态优美地站在那里，一只手搭在御座上。老人拿来钥匙，完全没必要地像蛇一般扭动着身体，两肘高高抬起来，打开了门，退到一边，再深深鞠一个躬。

"我到底到家啦，我到底回来啦。"——拉夫列茨基想着，一边走进小小的前厅，而这时百叶窗一扇接一扇吱吱嘎嘎地打开了，白日的光亮透进了空空荡荡的房间里。

十九

拉夫列茨基到达的，也就是两年前格拉菲拉·彼得罗芙娜去世的这幢小住房，是上个世纪建造的，木料是结实的松材；它看似破旧，但还能再住五十年或者更多。拉夫列茨基把所有房间查看了一遍，吩咐打开每一扇窗户，大大地惊扰了那些一动不动停在门楣上，背部积满白色灰尘的年老体衰的苍蝇；这些窗子自从格拉菲拉·彼得罗芙娜去世那天，就谁也没有打开过。屋子里的一切都是原来的样子：客厅里那几只蒙着的有光泽的灰布套子的细脚白沙发，磨损了，塌陷了，让人活活地记起叶卡捷琳娜的时代；女主人心爱的那只靠背又高又直的安乐椅还摆在客厅里，她即使到了老年也没往上面靠过一回。正面墙上挂着一幅菲托尔的曾祖父，安德烈·拉夫列茨基的古旧的画像，背景发黑了，起了皱褶，他那张暗色的胆汁质的黄脸几乎都显不出了；一双凶狠的小眼睛从低垂的、仿佛肿胀的眼皮下阴地注视着；没有扑粉的黑头发刷子似的翘起在笨拙的布满皱纹的额头上。画像的一角上挂着一只落满灰尘的蜡菊花环。"这是格拉菲拉·彼得罗芙娜亲手给编的。"安东禀报说。卧室里高耸着一架很窄的床，床上罩着条子布的幔帐，年代很长了，还很结实；床上堆着些褪了颜色的枕头和一条绗过的薄被，床头上挂着一幅圣母进神殿的圣像，这个老姑娘遭众人遗忘，孤独地死去时，把她渐渐变冷的嘴唇最后一次贴上去的，就是这幅圣像。窗下一只拼木梳妆台，装点着红铜花饰，镶一面镀金层已经发黑的歪镜子。卧室旁边是供奉圣像的小房间，四壁空空，屋角里安置着笨重的神龛；地上铺一块磨破的，洒满蜡烛油的小地毯，格拉菲拉·彼得罗芙娜就伏在这上面敬神叩头。安东带上拉夫列茨基的侍仆去开马厩和车棚的门；来代替他的是一个跟他差不多年纪的老太婆，包头布一直压到眉毛上；她的头不停地摇，目光很迟钝，但却显得很尽心，是一种多年养成的驯服习惯，同时也表现出一种恭敬的怜惜之情。她过来吻了拉夫列茨基的手，站在门边听候吩咐。他根本记不起她叫什么名字，甚至记不得见过她没有；原来她叫阿普拉克西娅；四十多年前，就是这个格拉菲拉·彼得罗芙娜把她从老爷家赶出来，叫她去养鸡；不过她说话很少，好像年老昏聩了，而目光还是恭恭敬敬的。除了这两个老人和三个穿长衬衫大肚皮的小男孩——安东的三个曾孙以外，老爷院子里还住着一个一只手的、不服劳役的小老头儿，他咕咕哝哝，好像耳朵也背，什么都不会干；比他用处大不了多少的，是那条用吠叫声欢迎拉夫列茨基归来的老态龙钟的狗，按格拉菲拉·彼得罗芙娜的吩咐，买了这条链子锁住它已经整整十年，它已经几乎挪不动腿，也拖不动它沉重的负担了。看完了房屋。拉夫列茨基走进花园，对花园他很满意。园里长满杂草、牛蒡、刺李、马林果；但是那里满是阴凉，有许多株老菩提树，它们又高又大、枝叶茂密、年久失修，样子非常惊人；当年种它们时种得过密，也曾经——大约一百年前——修剪过。花园尽头是一个清澈的小池塘，四周长满微带红色的高高的芦苇。人类的生活痕迹往往是很快就湮没了的：格拉菲拉·彼得罗芙娜的庄园还没有荒芜，但是已经好像沉入了静静的昏睡之中，大地上凡是没有人世纷扰污染的地方，都是这样昏睡的。菲托尔·伊凡尼奇又去村子里走了一圈；女人们手撑着脸颊站在自家茅屋的门槛上望着他；庄稼汉远远地就向他弯腰鞠躬，孩子们跑去躲在一边，狗儿冷漠地叫几声。他终于想吃东西了；但是他的佣人和厨子要晚上才能到；从拉夫里基运食物来的车子也没有到达——只好求安东想办法了。安东马上作出安排：抓来一只老母鸡，杀掉，拔毛，阿普拉克西娅把它又搓又洗，弄了半天，把鸡像衣服似的揉一阵，然后才放进锅里煮；鸡煮熟了，安东收拾桌子，铺上台布，在餐具前摆上一只发黑的三只脚的盐缸和一只细颈圆玻璃塞的车料水瓶；然后用唱歌似的声音向拉夫列茨基报告说开饭了——他自己则站在拉夫列茨基的椅后，右手的拳头上裹一条餐巾，身上发出一种强烈的、古老的，类似柏树的木头味儿。拉夫列茨基尝了尝汤的味道，便吃起母鸡来；鸡皮上满是小疙瘩；腿上暴出青筋；鸡肉有一股子木炭味和碱水味。饭后拉夫列茨基说，他想喝一杯茶，如果……"这就给您送上来。"老人打断他的话，并且说到做到。找到一小撮包在一片红纸里的茶叶；找到一只不大的，但是一烧就滚，咝咝作响的茶炊，还找到一些好像要溶化的小糖块。拉夫列茨基用一只很大的茶杯喝茶；他从小就记得这只茶杯：上面有纸牌花样的，从前只有客人才能用它——于是他便用这只茶杯喝茶，像个客人似的。黄昏前他的佣人到了；拉夫列茨基不愿意睡在姑妈的床上；他吩咐给他在餐厅铺一张床。吹掉蜡烛后，他久久地注视着四周，想着不愉快的心思；他的感受是每个头一次在长久没人住过的地方过夜的人都熟悉的；他好像觉得，从四面八方包围着他的这一片漆黑不习惯这个新来的住户，连房子的墙壁都觉得莫名其妙。终于他叹息一声，拉上被子，睡着了。安东比谁都睡得晚；他跟阿普拉克西娅悄悄地谈了很久，低声地叹着气，还画过两回十字；他俩都没料到老爷会到他们这个瓦西列夫斯科耶住下，旁边就有他那个多漂亮的庄园，那里有一座盖得多好的房子；他们就不会想到，拉夫列茨基讨厌的正是那幢房子；它会在他心头引起痛苦的回忆。他俩悄悄话说够了，安东拿起一根木棍，往挂在谷仓墙上的沉默已久的那块木板上敲了几记，就在院子里蜷着身子睡下了，也没把自己白发的头盖上。五月的夜是静谧的、温和的——老人睡得很香甜。

二十

次日，拉夫列茨基起得相当早，和村长聊一会儿，去打谷场待一会儿，吩咐给看院子的狗把铁链子摘掉，这狗摘掉链子只叫了几声，甚至没离开它的窝——回到屋里，他沉入一种平平静静、无知无觉的状态中，这一整天都是如此。"我就这样沉到河底里了。"他不止一次地对自己说。他坐在窗下，一动不动，仿佛倾听着他身边这种静静的日子在怎样流走，倾听这穷乡僻壤里偶尔的动静。听，荨麻丛里有谁在用细细的、细细的嗓音唱歌；蚊虫的嗡嗡声仿佛在跟他应和。听，他不唱了，而蚊虫却还在哼哼着；在成群的苍蝇讨人嫌的如怨如诉的齐声嗡叫中，响起一只肥大雄蜂的鸣声，它不时地把自己的头撞在天花板上；街上一只公鸡啼叫起来，沙哑地拖长着最后一个音符，一辆农家马车轧轧地驶过，村里一家人的大门吱嘎地打开了。"干啥？"突然响起一个女人的声音。"噢，你呀，我的小乖乖。"是安东在跟他怀里抱着的一个两岁的小女孩说话。"拿克瓦斯来。"又是那个女人的声音——忽然间又像死一般的寂静；什么也不发响,什么也不颤动;风儿也不拂动树上的叶片;小燕子不吭声地一只接一只贴着地面掠过,它们无声的飞翔在人的心头引起一阵哀愁。"我就这样沉到河底里了,"拉夫列茨基又想着,"这儿的日子从来、任何时候,都是静悄悄的,不慌不忙的,"他想着,"一旦进到这个圈子里——那你就乖乖地屈服吧:在这儿,没什么事好让你激动,也没什么可以令你不安的;在这儿,要稳稳当当地去为自己开辟一条小路,就像农夫用犁头划出一道犁沟一样,只有这样的人才能成功。这儿的四周存在着一股多么巨大的力量啊,这种无所作为的寂静中蕴含着怎样一种健全的生命啊!瞧这儿,窗子底下,一株根深叶茂的牛蒡从密草中挤出头来,它上面,一株当归伸长了它饱含液汁的细茎,那种名叫圣母泪的小草在更高处散开它蔷薇色的卷须;而那边,远处,田野中,黑麦正在发亮,燕麦已经抽穗,每棵树上的每片叶子,每根茎上的每株小草全都在尽量地延伸、开拓、发展。"而我却在跟女人的谈情说爱上浪费了我的最美好的年华,"拉夫列茨基继续想着,"但愿这儿的寂寞生活能让我清醒过来,但愿它能使我安静,让我做好准备,可以不慌不忙地干出些事业来。"于是他重新又无所期待地倾听着寂静——而同时又好似不停地在期待着什么:寂静从四面八方包围着他,太阳从静静的蓝天中悄悄滚过,云朵在天空悄悄地飘浮;似乎它们知道自己在飘向何处,又为了什么。在这同一个时间里,在世界的其他许多地方,生活在沸腾,匆匆而去,哗然有声;而这里,同是这个世界的生活,却悄无声息地逝去,如同流水在沼泽地里的野草上淌过;直到黄昏时,拉夫列茨基都丢不开他对这种悄然流逝、一去不返的生活的遐思;对往事的哀伤之情在他心灵深处如春雪般消融了——真是怪事情!——对家乡的恋情在他心头从来不曾像现在这样深沉、这样强烈过。

二十一

菲托尔·伊凡尼奇用了两个礼拜的时间把格拉菲拉·彼得罗

芙娜的小屋收拾整齐,又清理了庭院和花园;从拉夫里基给他运来舒适的家具,从城里运来酒、书籍、杂志;马厩里马也有了;总之,菲托尔·伊凡尼奇把一切必须的东西都准备齐全,开始过日子了——一种既不像地主,又不像隐士的日子。他的日子过得很单调;虽然见不到任何人,而他并不觉寂寞;他勤恳地、仔细地管理家业,骑马去四处查看,而且还读书。不过他读得很少:他更喜欢安东老头儿给他讲故事听。往往是,拉夫列茨基手持烟斗,端一杯凉茶坐在窗前,安东站在门边,两手放在身后,开始不紧不慢地讲起古时候,那神话般的时代的故事来,那时候燕麦和黑麦卖起来不论升斗,而是装在大大的口袋里,一口袋只卖两三个戈比;那时候四面八方,甚至在城跟前,都是一望无边的树林子和从来没人碰过的草场。"可这会儿呀,"老人抱怨说,他已经满八十岁了,"全都砍光啦,犁过种上庄稼啦,赶上车也没路好走啦。"安东还讲了许多关于他的女主人格拉菲拉·彼得罗芙娜的事:说她多么的通情达理,多么的勤俭;他说有那么一位老爷,一个年轻的邻居,想要讨她欢喜,就老是来拜访,说她甚至还为这个人戴上过自己过节才戴的,有紫色丝带的小帽子,穿过地地道道利凡廷绸子①做的黄色连衫裙;他说,后来,就为这位邻居老爷一句不体面的问话"我说,小姐呀,您手头到底有多少钱啦",就对他大发脾气——吩咐不准再让他进门,他说,那时候女主人就发过话,她死后,哪怕一块碎布头,都得交给菲托尔·伊凡尼奇。也的确是这样,拉夫列茨基发现全部姑妈的家当都完整无缺,连那顶过节戴的有紫色丝带的小帽子,和那件地地道道的利凡廷绸子黄色连衫裙都在。拉夫列茨基本想找到些古老的文稿和有趣的文件,却什么也没有发现,只有一个破旧的小本子,他祖父彼得·安德列依奇在里边写了些东西——有一处是"庆祝亚历山大·亚历山德罗维奇·普罗索罗夫斯基公爵殿下与土耳其帝国于彼得堡签定和约";有一处是一张催奶药处方,附有说明:"此方乃众生之源三位

---

① 利凡廷绸子,俄国从地中海一带进口的绸缎。

一体教会大神甫费多尔·阿夫克森基耶维奇授予普拉斯科维娅·菲多罗芙娜·萨尔蒂科娃将军夫人者";有一处是这一类的政治新闻:"有关法兰西虎之议论销匿,未知何故"——这旁边又有一段:"《莫斯科新闻》载,中校米哈依尔·彼得罗维奇·科雷切夫先生去世。此人可是彼得·瓦西里耶维奇·科雷切夫之子?"拉夫列茨基也找到了几本老旧的历书和圆梦书,以及安波季克先生的那本神秘著作;他所熟悉而又早已遗忘的《象征与图谱》在他心头引起许多回忆。在格拉菲拉·彼得罗芙娜的梳妆台里,拉夫列茨基发现一个小包,用黑色丝带扎着,封了黑色火漆,塞在抽屉的顶里边。小包里是两张面对面放着的彩粉画像,一张是他父亲年轻时候的,柔软的鬈发散在额前,长长的无精打采的眼睛,半开半闭的嘴;一张几乎已经磨得看不清了,是一个面色苍白的女人,穿一件白色连衫裙,手里拿一支白玫瑰——这是他的母亲。格拉菲拉·彼得罗芙娜从来不许人家为她画像。"我呀,菲托尔·伊凡尼奇老爷,"安东对拉夫列茨基说,"虽说那时候没在老爷府上住过,可您的曾祖父,安德烈·阿方纳西耶维奇我还记得的,那还用说:他老人家去世的时候我都过了十八岁啦。有一回我在花园遇上他老人家——吓得两腿直哆嗦;可他老人家倒没啥,只是问,你叫什么名字,还叫我去他屋里拿一块手绢儿来。他是老爷呀,有啥好说的——他不知道天底下有谁会比他更大。就为这个,我给您禀告,您的曾祖父有一只法力无边的护身香袋;那香袋是一个从阿封圣山上下来的僧人送他的。这个僧人给他时说:'老爷,为你对待客人的盛情送这个给你;带上它——你就甭怕审判啦。'喏,要知道,老爷呀,谁都明白,那是什么时候啊:老爷心里想个什么,就能做出个什么来,常有这种事儿,别的老爷里头有想跟他抬杠的,他老人家只要瞧这人一眼,说一句:'你还嫩得很呢。'——这是他顶喜欢说的话。您那死了的曾祖父,他住的是一幢小木屋;可他留下的东西可多着呢,有银器,有各种各样的存货,地窖里全都塞得满满的:他是个会当家的人。就那个水瓶子,您说您喜欢的那个,就是他用过的:他用它喝伏特加呢!您的祖父,彼得·

安德烈依奇嘛,给自己盖下了石头房子,可没攒下钱;什么在他手里全是一场空;他过得比他老子差,自己什么福也没享上——钱可都没啦,对他没啥好说的,他连个银调羹也没留下来,就这还多亏了格拉菲拉·彼得罗芙娜帮他一把。"

"是真的吗,"拉夫列茨基打断他的话,"人家叫她老泼妇?"

"那是什么人在叫呀!"安东不满意地反驳说。

"怎么,老爷呀,"这老头儿有一回决心要问一问,"我们的太太怎么啦,她打算住哪儿呀?"

"我跟妻子分开了,"拉夫列茨基好不容易才说出口来,"请你别问起她。"

"遵命。"老头儿难过地回答,心里还弄不明白。

三个礼拜后,拉夫列茨基骑马去O市,看望了卡里金一家,在那里度过一个傍晚。勒穆在她们家里;拉夫列茨基很喜欢他这个人。他虽然由于父亲的恩典,什么乐器也不会,但却酷爱音乐,实用和古典音乐他都爱。潘申这天晚上不在卡里金家。省长派他出城办事去了。丽莎一个人弹琴,弹得非常清晰;勒穆好兴奋,来回走动着,卷一个纸筒打起拍子来。玛丽娅·德密特里耶芙娜看着他,起初也笑了笑,后来就去睡了;用她的话说,贝多芬太刺激她的神经了。半夜时分,拉夫列茨基送勒穆回家,在他那儿直坐到凌晨三点钟。勒穆说了许多话;他驼着的脊背伸直了,眼睛睁大了、放光了;连额头上的头发都竖起来了。很久以来没有人关心过他,而拉夫列茨基显然对他很感兴趣,关切而仔细地问了他许多事情。这让老人感动了;末了他把自己的乐曲拿给客人看,还从自己作品中选了几段弹出来,甚至用他毫无生气的嗓子唱出来,其中包括整首他为席勒的抒情叙事诗《弗里多林》所谱的曲子。拉夫列茨基称赞了他,有些地方还请他再来一遍,临走时邀请他到自己的庄园里小住几天。勒穆把他送到街上,马上就答应了他的请求,跟他紧紧地握手;但是,当只剩勒穆一个人时,空气清新而湿润,面对刚刚升起的朝霞,他望望四周,眯起眼睛,把身子缩起来,好像做错了事情似的,慢慢走回到自己的小屋里。"Ich bin wohl nicht klug"①——他躺在自己又硬又短的床上咕哝着说。几天以后，当拉夫列茨基坐马车来找他，他试图称病谢绝，但是菲托尔·伊凡尼奇走进他屋里，说服了他。最让勒穆感动的是，拉夫列茨基特别为他从城里把一架钢琴运到了乡下。他俩一同去卡里金家，在那儿过了一个晚上，但却没像上次那样愉快。潘申在，大谈他外出旅行的事，非常开心地把他见到的地主们一个个嘲笑一番，还模仿他们的样子；拉夫列茨基笑起来，但是勒穆坐在屋角里不肯过来，也不说话，全身上下像只蜘蛛一样悄悄地不停晃动，目光阴郁而迟钝，只是在拉夫列茨基起立告辞时，他才有了生气。已经坐进马车了，老人家还是那副腼腆畏缩的样子；然而，宁静温暖的空气，柔和的轻风，淡淡的阴影，青草和白桦树幼芽的清香，无月的星空那平静的闪光，几匹马儿和谐一致的蹄声和鼻息声，所有这些旅途、春天、夜晚的魅力沁入了这个可怜的德国人的心灵，于是他先开头跟拉夫列茨基聊起来了。

二十二

　　他开始谈起音乐，谈起丽莎，后来又谈音乐。当他谈到丽莎时，好像话说得更慢一些似的。拉夫列茨基把话题引到他的作品上，并且半开玩笑地向他建议，说自己要写一部歌剧请他来配曲。

　　"哼，歌剧！"勒穆不以为然地说，"不行，这我不合适：我已经没有那份活力、那种变化无穷的想象了，要写歌剧曲子非有这样的想象不行；我现在已经没力气啦……可是我要还能做点什么的话，我或许会乐意写些浪漫曲；当然啦，我还希望能有好的歌词……"

　　他不说下去了，久久地一动不动坐着，抬眼望着天空。

　　"比如说，"他终于又说话了，"类似这样的歌词：你们啊，星星，噢，你们，纯洁的星星！……"

_____

① 法语：我神经不正常。

拉夫列茨基把脸向他微微转过去，注视着他。

"你们啊，星星，纯洁的星星，"勒穆再重复一次，"你们用同一种目光观望着善良的人和有罪的人……而惟有心灵无邪的人——或者类似这样的句子……能理解你们，啊不，能爱你们。不过我不是个诗人，我算个什么呀！但是就是类似这样的句子，崇高的句子。"

勒穆把帽子推到后脑勺上；在明亮的夜晚那微微的幽光下，他的脸显得更苍白、更年轻了。

"而你们也，"他继续说，声音渐渐低下去，"你们也知道，谁在恋爱，谁懂得怎样去爱，因为你们，纯洁的你们，惟有你们能够安慰……不啊，这全都不对头！我不是个诗人，"他说着，"不过就是类似这样的句子……"

"我真觉得遗憾，我也不是个诗人。"拉夫列茨基对他说。

"都是空虚的幻想啊！"勒穆有些不以为然地说，便缩到了马车的角落里。他闭上眼睛，似乎想睡觉。

过一小会儿……拉夫列茨基侧耳倾听……"星星啊，纯洁的星星，爱情。"老人在喃喃地说。

"爱情。"拉夫列茨基在心里重复着这两个字，沉思起来——于是他感到心头沉重。

"您给弗里多林谱的曲真美，赫利斯托弗·菲多里奇，"他大声地说，"您是怎么想的，这位弗里多林，在伯爵带他去见妻子以后会怎么样？他马上就会成为她的情人了吧，啊？"

"这是您这么想，"勒穆不以为然地说，"大概是，因为经验……"他突然不说了，很窘地掉过头去。拉夫列茨基勉强地笑笑，也掉过头去，向大路上张望。

星光渐渐暗淡了，天色微微发白，这时马车来到瓦西列夫斯科耶村那幢小屋的阶前。拉夫列茨基把客人带进给他准备的房间里，回到自己书房中，坐在窗前。夜莺在花园里唱起它黎明前最后一支歌。拉夫列茨基想起，卡里金家的花园里也有夜莺在唱歌；他也想起丽莎，想起当夜莺刚一唱起来，他们向黑暗的窗外望去时，她那两只静静移动的眼睛。他开始想念着她，于是他的心变得沉静了。"纯洁的姑娘啊。"他低声地说道，"纯洁的星星。"他含着笑又这样说一句，便静静地躺下了。

而勒穆还在他的床上坐了很久，膝上放着乐谱本。他觉得，一个前所未有的、甜美的旋律即将在他的心中诞生：他已经浑身发热，激动不安，他已经感觉到那旋律临近时的心力交瘁和甜美……然而他却没把它等来……

"不是诗人也不是音乐家啊！"他终于轻声地说……

于是他疲倦的头重重地倒在了枕头上。

二十三

第二天早晨，主客二人在花园里一株老菩提树下喝茶。

"大师啊！"拉夫列茨基在谈话间说道，"过不久您就得要写一支庄严的赞歌了。"

"为什么事写？"

"为潘申先生和丽莎喜结良缘呀。您注意到吗，他昨天晚上向她献殷勤的样子？ 他俩似乎进展得很顺利呢。"

"这是不会有的事！"勒穆大声地说。

"为什么不会？"

"因为这是不可能的。不过，"停了一会儿他又补充说，"世界上什么事都可能发生。尤其是在你们这儿，在俄国。"

"俄国咱们暂且不谈吧；不过您觉得这件婚事有什么不好呢？"

"全都不好，什么都不好。丽莎维塔·米哈依洛芙娜是一个正直、严肃、感情高尚的姑娘，而他呢……他是一个浅——薄——之——徒，总而言之。"

"可是她爱他呀？"

勒穆从长靠椅上站起来。

"不对，她并不爱他，就是说她心地太单纯了，自己也不知道爱情——这意味着什么。封·卡里金太太给她说,这个年轻人很好,而她就听封·卡里金太太的,因为她还完全是个小孩子,虽说她都十九岁了;早也祷告,晚也祷告——这是非常值得称赞的;但是她并不爱他。她只可能爱美好的东西,而他并不美好,就是说他的灵魂并不美好。"

勒穆这番话说得语句连贯、态度热烈,一边说,一边迈着小步子在小茶桌前来回地走动,眼睛在地面上扫来扫去。

"我尊敬的大师啊!"拉夫列茨基突然高声地说,"我看呀,你自己爱上我的表侄女啦。"

勒穆突然停住不走了。

"请您,"他声音摇曳不定地说,"别跟我开这样的玩笑。我不是个疯子:我眼睛望到的是黑暗的坟墓,不是玫瑰色的未来。"

拉夫列茨基开始可怜起这位老人了;他请他原谅。勒穆喝过茶以后给他弹了自己的一首颂诗,午饭时拉夫列茨基自己挑起了话头,勒穆便又谈了一些关于丽莎的话。拉夫列茨基听得很仔细,很有兴趣。

"您以为怎么样,赫利斯托弗·菲多里奇,"他终于说道,"我们这儿好像一切都安顿好了,园子里花儿开得正鲜……要不要把她跟她母亲,还有我的老姑妈一块儿请来待一天,呃? 这您会高兴的吧?"

勒穆把头埋在盘子上。

"那就请来吧。"他几乎听不见地说。

"那潘申就不必请啦?"

"不必请啦。"老人带着简直像孩子般的笑容表示反对请这个人。

两天后菲托尔·伊凡尼奇进城去卡里金家。

二十四

他到达时一家人都在,但是他没有立即说明来意;他想先单独跟丽莎谈谈。正巧有个机会:就留下他们两个人在客厅里。他们便交谈起来;她对他已经习惯了——一般说她这人跟谁也不怯生。他倾听着她,眼睛望着她的脸,心里重复着勒穆的话,觉得那些话都对。往往会有这样的情况:两个已经认识但彼此还不亲密的人在短短一小会儿时间里便突然而迅速地变得亲近了——他们的目光里,他们友好的、无声的笑容里,以及他们的每一个动作上,都立即表现出,他们都已经意识到这种亲近。拉夫列茨基和丽莎这时恰恰是这样。"他是这么一个人呀。"她想着,眼睛亲切地望着他;"你是这么一个人呀。"他也在这样想。所以,当她不无迟疑地向他说明,她心里早有句话想告诉他,但怕他生气时,他并不觉惊异。

"您不用怕,请说吧。"他说着,站在了她的面前。

丽莎把自己一双明亮的眼睛抬起来注视着他。

"您是这样一个善良的人。"她说开了,一边说一边心里在想:"是的,他非常善良……""请您原谅我,或许我不应该这样大胆地跟您说这个……可是您怎么能……您为什么要跟您的妻子分开呢?"

拉夫列茨基猛地一怔,望了丽莎一眼,在她身边坐下。

"我的孩子啊,"他说,"请您别碰这个伤口吧;您的手是轻柔的,可我还是会觉得痛的哟。"

"我知道,"丽莎继续说下去,好像没听见他的话,"她在您面前是有过错的,我不想为她辩解;可是上帝结合在一起的人怎么能把它分开呢?"

"我们在这件事情上的看法差别太大了,丽莎维塔·米哈依洛芙娜,"拉夫列茨基不由得说得颇为生硬,"我们是没法让彼此相互理解的。"

丽莎脸色发白了;她整个身子在微微战抖,但是她没有沉默。

"您应该宽恕,"她轻轻地说,"假如您也想得到宽恕的话。"

"宽恕!"拉夫列茨基马上接着说,"您是否应该首先弄清楚,您在为谁求情吗?宽恕这个女人,让她再进我的家门?她,这个空虚的、没心肝的东西!是谁给您说她想回到我这儿来呢?得了吧,她对她现在的处境满意得很呢……不过谈这些干吗？她的名字不应该由您嘴里说出来。您太纯洁了，您甚至于没法理解像她这样的东西。"

"为什么要侮辱别人！"丽莎费很大气力才说出这句话。她两手战抖得很明显了，"是您自己抛弃了她的，菲托尔·伊凡尼奇。"

"可是我给您说了，"拉夫列茨基反驳她的话，不由得爆发出一股烦躁，"您不明白这是怎么样的一个人物啊！"

"那您为什么娶了她？"丽莎轻声地说，眼睛垂下去。

拉夫列茨基一下子从椅子上立起来。

"我为什么娶了她吗？那时候我年轻，没有经验；我受骗了，我被漂亮的外表迷住了。我不了解女人，我什么也不了解。愿上帝保佑您的婚姻更加幸福吧！不过，请您相信我的话，什么事都别看得那么稳。"

"我也可能会不幸福，"丽莎轻轻地说（她的声音开始断断续续），"但是那时候也只好听天由命了；我不知道怎么说才好，可是假如我们不听天由命的话……"

拉夫列茨基两手捏得紧紧的，顿一顿脚。

"请您别生气，请原谅我。"丽莎连忙说。

正在这时候，玛丽娅·德密特里耶芙娜进来了。丽莎站起来，想要走开。

"请您等一等，"拉夫列茨基突然在她身后喊一声，"我有件大事想请求您母亲跟您的同意：上我的新居去看看吧。您知道，我还弄了架钢琴；勒穆在我那儿做客；丁香这会儿正开花呢，你们可以呼吸呼吸乡下的空气，当天就能回来——您答应吗？"

丽莎望望母亲，而玛丽娅·德密特里耶芙娜显出不大情愿的样子；但是拉夫列茨基没让她有机会开口，马上就去吻了她的两只手。玛丽娅·德密特里耶芙娜对别人的亲切表示一向是容易动心的，更没料到这只"海豹"会有这份盛情，心里一感动，也就同意了。她在考虑哪天去的时候，拉夫列茨基走到丽莎跟前，依然非常激动，悄悄对她说:"谢谢,您是个好心肠的姑娘;是我错了……"于是她苍白的脸被她快活而羞涩的微笑染红了;她的两只眼睛也在微笑着——她一直到这会儿还在担心,她别得罪了他。

"伏拉季米尔·尼古拉依奇也能跟我们一块儿去吗?"玛丽娅·德密特里耶芙娜问道。

"当然啦,"拉夫列茨基有不同的想法,他回答说,"不过咱们自家人聚聚不是更好吗?"

"可是,好像……"玛丽娅·德密特里耶芙娜本来想要说下去,但是没说。"那就随您的意思吧。"她添了一句。

她决定把莲诺奇卡和苏洛奇卡都带上。玛尔法·季莫菲耶芙娜不肯去。

"我受不了哟,亲爱的,"她说,"老骨头要给折腾断啦;你那儿也没个地方好过夜,别人家的床上我也睡不着。让年轻人去蹦蹦跳跳吧。"

拉夫列茨基没机会再和丽莎单独在一起;可是他望着她的那眼神,让她既感到心里舒服一些,又觉得有点儿害羞,心里也很可怜他。他跟她告别时紧紧握住她的手;独自一人时,她陷入了沉思。

二十五

拉夫列茨基回到家里时,在客厅门前遇到一个瘦长的人,穿一件破旧的蓝色常礼服,脸上满是皱纹,却很有生气,乱蓬蓬的灰白色的络腮胡子,鼻子又长又直,一对充血的小眼睛。这人是米哈烈维奇——拉夫列茨基大学的同学。拉夫列茨基起初没认出他来,但那人一说出自己的名字,拉夫列茨基便立刻热烈地拥抱住他。他们自从在莫斯科分手以后再没有见过面。惊讶叹息,问长问短;久已湮没的记忆又重新回到人间。米哈烈维奇急匆匆一斗接一斗地抽烟,大口地喝茶,挥舞着他长长的双臂,给拉夫列茨基叙说他的奇遇;其中没什么可以令人欣慰的,他干过许多事,并无可以夸耀的成绩——而他却不停地嘶哑而神经质地哈哈大笑着。一个月前他在一个有钱的包税商的私人账房里找到份工作，离O市大约三百来里，听说拉夫列茨基从国外返回，便绕道过来，跟老朋友见一面。米哈烈维奇说起话来还像年轻时一样急促，喧嚷冲动，一如从前。拉夫列茨基本要跟他谈起自己的情况，但米哈烈维奇打断他的话，连忙含含糊糊地说："听说啦，老兄，听说啦——谁能料得到呢？"马上又把话题引入一般的议论。

"我嘛，老兄呀，"他说，"明天就得走啦；今天咱们，对不起你啦，就睡晚点儿吧。我一定得了解了解，你怎么样啦，你的见解如何、信念如何，你变成了个什么样的人，生活给了你一些什么教训？（米哈烈维奇还使用着30年代的语汇。）至于我嘛，我变了很多啦。老兄：生活的浪涛冲击着我的胸膛——这话，喂，是谁说的？——虽然我没什么重大的本质的变化；我还像原先一样相信善，相信真；可是我现在不光是相信而已——我现在有信仰啦，对——我有信仰啦，有信仰啦。听着，你是知道的，我一向写点儿诗；没什么诗味儿的，不过说的全都是真话，我给你念念我最近的一首：我在这首诗里表达了我内心最真挚的信念。听着。"米哈烈维奇便读起自己的诗来；这首诗相当的长，结尾是这样四句：

> 我把整个心献给了新的感情，
> 我变成一个婴儿般真正的人：
> 我焚毁我以往所崇拜的一切，
> 我向我焚毁的一切鞠躬致敬。

读那最后两行诗句的时候，米哈烈维奇几乎要哭出声来；他宽阔的嘴唇上掠过一阵轻微的战抖，这表明他有着强烈的情感，他一张不漂亮的脸放出了光彩。拉夫列茨基听着，听着……他心中渐渐产生一种抵触的情绪：这种莫斯科大学生所特有的随手拈来、永远激昂的兴奋情绪激怒了他。还没过一刻钟，他俩已经热烈地争吵起来,俄国人都喜欢这样没完没了的争吵,也只有俄国人才善于这样争吵。这两位,多年分离,各奔东西,没弄清对方的意思,甚至也没弄清自己的意思,便毫无准备地、咬文嚼字地、纸上谈兵地争论起一些极为抽象的话题来——争得就好像这事关系到他们的生死存亡似的:他们高谈阔论、大叫大嚷,弄得全家人惶惶不安,可怜的勒穆自从米哈烈维奇一到就把自己关在房间里,这会儿真觉得莫名其妙,甚至开始惊慌地担心起来。

"这以后你怎么啦? 悲观失望了吗?"半夜一点钟的时候,米哈烈维奇这样喊叫着。

"难道悲观失望的人会是这样的吗?"拉夫列茨基反驳说,"那都是些面色苍白、浑身是病的人——可是我,只要你高兴,我能一只手把你举起来,你要不要试试?"

"喏,要不是个悲观失望者,那就是个怀疑论者,这更糟糕(米哈烈维奇说话带着他家乡小俄罗斯①的口音)。而你有什么权力可以去做个怀疑论者呢? 你在生活里没走好运,就算吧;这件事情上你并没有过错:你生就一颗热烈多情的心,而你被强制着跟女人隔开:第一个碰上的女人就理所当然会让你上当。"

"她也让你上了当的呀。"拉夫列茨基阴郁地指出。

"就算吧,就算吧;那是我做了命运的工具——不过我胡说些什么呢——这里没有什么命运;还是表达不清这个老毛病。可是这件事证明了什么呢?"

"证明我从小就被人家弄得手脚脱了臼。"

"那你就自己给自己正骨复位吧! 这你才算得是个人,是个男子汉;你用不着花力气的——但是无论怎么,把个别的,就这么说吧,把个别的事实拿来当做一般的准则,当做不可更易的准则,这难道可以吗,难道容许吗?"

"这里有什么准则可言呢?"拉夫列茨基打断他的话,"我不承

———————————
① 指乌克兰。

78

认……"

"不,这就是你的准则,准则。"米哈烈维奇也打断他的话。

"你自私自利,问题就在这里面!"一小时后他吼叫着说,"你希望自我陶醉,你希望日子过得幸福,你想要只为你自己活着……"

"什么叫做自我陶醉?"

"一切都在欺骗你;你脚下的一切全都崩溃了。"

"什么叫做自我陶醉,我在问你呢?"

"它当然应该崩溃呀。因为你在没有支撑的地方寻找支撑,因为你把房子盖在沙滩上……"

"你说明白点儿,别用比喻,因为我不懂你的意思。"

"因为嘛——你就尽管笑吧——因为你心中没有信仰,没有热忱;聪明人,一个只值一文小钱的聪明人而已……你简直是个可怜的、落伍的伏尔泰信徒——你就是这种人!"

"哪种人,我是伏尔泰信徒?"

"对,跟你父亲一个料,自己还没发现呢。"

"这下子,"拉夫列茨基喊叫着说,"我就有权说你是个狂热之徒!"

"哎哟哟!"米哈烈维奇伤心地反驳说,"我嘛,不幸的是,还怎么也配不上这么崇高的称号呢……"

"我现在发现该怎么称呼你啦,"还是这个米哈烈维奇在半夜三点钟喊着说,"你不是怀疑论者,不是悲观失望者,不是伏尔泰信徒,你——就是个懒汉,你是个无可救药的懒汉,一个心中有数的懒汉,而不是一个天真幼稚的懒汉。那些天真幼稚的懒汉成天躺在热炕上什么也不干,因为他们什么也干不了;他们什么也不会思想,可是你是个会思想的懒汉——而你躺着不干;你本来是可以干点什么的——可是你什么也不干;你成天吃得饱饱的,挺着个大肚皮仰面朝天躺着,嘴里说:就该这样呀,躺着吧,因为人们干的事情全都是胡扯呀,毫无结果的胡说八道呀。"

"可你根据什么说我成天躺着不干呢?"拉夫列茨基强调地说,

"你凭什么以为我有那些想法呢？"

"除此之外，你们大家，所有你们这帮人，"吵个没完的米哈烈维奇继续说，"都是些博学多识的懒汉。你们知道德国人哪条腿有毛病，知道英国人和法国人哪点不过硬——你们这些可怜的知识变成了你们的帮手，来为你们可耻的懒惰，为你们卑鄙的游手好闲做辩护。有些人甚至引以为荣，说，瞧我多聪明——躺着不干，而那些傻瓜蛋就成天忙活。是啊！我们这儿就有那么一些先生们——不过我这话不是指你——他们一辈子就那么麻木不仁、百无聊赖地度过，他们过惯了这种日子，他们泡在这种日子里，就好像蘑菇泡在酸奶油里一个样，"米哈烈维奇接着说下去，自己为自己的比喻笑起来，"噢，这种麻木不仁、百无聊赖——就是俄国人的灾星！那些讨人嫌的懒汉，一辈子都在说他要去工作……"

"可你干吗要骂人呢？"这回轮到拉夫列茨基吼叫了，"工作……干活……你顶好是说说应该干什么，而不要骂人，你这个波尔塔瓦的狄摩西尼①！"

"瞧，你想听这个呀！这我才不告诉你呢，老兄，这是每个人自己都应该知道的，""狄摩西尼"用嘲笑的口气反驳说，"一个地主老爷，贵族——不知道自己该干些什么！没有信仰呀，要不就会知道啦；没有信仰呀——所以就得不到启示。"

"你至少让人家休息一会儿呀，你这个鬼家伙，让人家回头看看呀。"拉夫列茨基央求着。

"一分钟也不准休息，一秒钟也不行！"米哈烈维奇反驳说，用手做了一个命令式的动作，"一秒钟也不行！死不会等待，那么活着也不应该等待。"

"人们是在什么时候、什么地方想起要当懒汉的呢？"他在清晨四点钟这样喊叫着，只不过嗓子已经有些嘶哑了，"就在我们这儿！

---

① 狄摩西尼（前384—前322），古希腊雄辩家。这里拉夫列茨基是说，他的朋友是一个俄国的雄辩家。

就是现在！在俄国！在每一个个别的人面对上帝、面对人民、面对自己都负有义不容辞的伟大责任的时候！我们在睡大觉，可是光阴一去不复还；我们在睡大觉……"

"请允许我提醒你，"拉夫列茨基说，"我们现在根本不是在睡觉，而恰恰是不许别人睡觉。我们像公鸡似的撕破嗓子在吼着。你听听看，这，好像是，第三遍鸡叫声了。"

这一招把米哈烈维奇逗笑了，也让他安静了下来。"明天见。"他微笑着说，把烟斗塞进烟袋里。"明天见。"拉夫列茨基也说。但是这两位朋友又谈了一个多钟头……只不过嗓门没再提高了，说的都是些低声的、伤感的、好心的话。

米哈烈维奇第二天走了，拉夫列茨基怎么留也留不住。菲托尔·伊凡尼奇没能说服他不走；却也跟他把话谈了一个够。显然米哈烈维奇身上一文钱也没有。拉夫列茨基头天晚上已经注意到他身上种种多年穷困的特征和习惯，心里很怜惜他：他的靴子是破的，常礼服后面缺一粒扣子，手上没有手套戴，头发里翘起一根羽毛；到家也没想到要洗一把脸，晚饭时狼吞虎咽，用两只手撕肉吃，两排结实的黑牙齿把骨头啃得嘎嘎地响。显然这份差事也没给他带来好处，他把希望都寄托在那个包税商身上，而那家伙要他只为了自己账房里有一个"有教养的人"。尽管如此，米哈烈维奇毫不气馁，过着一种犬儒主义者、理想家和诗人的生活，为全人类的命运，为自己身负的使命兢兢业业鞠躬尽瘁——极少为自己会不会饿死而操心。米哈烈维奇没有娶妻，却也恋爱过无数次，为所有自己爱过的女人写过诗；他特别热烈地歌颂一位神秘的黑色鬈发的"潘娜"……确实有人传话说，这位潘娜是一个普普通通的犹太女子，许多骑兵军官对她很熟悉……然而，随你怎么想吧——还不都无所谓吗？

米哈烈维奇跟勒穆两人处不来：由于不习惯，他吵吵嚷嚷的言谈、剧烈的举止动作可把这位德国人吓坏了……他俩都是苦命人，本来远远地就能嗅出彼此的味道来，但是老也老了，就很难相互接近了，这也毫不足怪：他和他之间没什么好交流的——就是谈谈各自心里的想望吧，也各不相同。

临行前米哈烈维奇又和拉夫列茨基做了一次长谈，向他预言说，他如果不及早清醒，则只有死路一条，他要求拉夫列茨基认真关心自己农民的生活，他以自身为例说，他已是在苦难的熔炉里得到了净化的人——说到这个，他几次自称是一个幸福的人，拿自己比作天空的飞鸟，比作幽谷的百合花……

"还是比作一朵黑色的百合花吧，无论怎么说。"拉夫列茨基给他指出。

"嗳，老兄，别耍你那贵族的一套吧，"米哈烈维奇好心地反驳说，"顶好还是感谢上帝吧，因为你的血管里也流着诚实的平民百姓的血。可是我看出来，你这会儿需要有那么一个纯洁的天仙似的人儿，好把你从这种冷漠情绪里拉出来。"

"谢谢啦，老兄，"拉夫列茨基说，"这些天仙似的人儿把我闹得够苦啦。"

"住口，你这个圈入主义者！"米哈烈维奇大吼一声说。

"是'犬儒主义'。"拉夫列茨基纠正他。

"就是圈入主义者。"米哈烈维奇毫不难为情地再说一遍。

甚至当他那只扁平的、黄色的、轻得出奇的皮箱已经送进了旅行马车，自己也坐了进去，他还在滔滔不绝地说话；他裹一件领子褪成了红褐色、几只狮爪形钩子代替扣子的西班牙式披风，还在发挥着他关于俄罗斯命运的意见，把一只黝黑的手在空中舞动，仿佛在播撒未来幸福的种子。终于马儿起步了……"记住我最后三句话，"他从马车里面把整个身子探出来，极力保持着平衡，一边喊叫着说，"宗教，进步，人性！……再见啦！"他的头，连同那顶扣到眼睛上的小帽子，消失不见了。拉夫列茨基一个人留在阶前——直到马车已经望不见的时候，他都在凝视着道路的远方。"或许他说得对，"他想着，一边往屋里走，"或许，我真是个懒汉。"虽然拉夫列茨基跟米哈烈维奇争吵，不同意他的看法，但是米哈烈维奇的许多话都无可辩驳地进入了他的心灵之中。一个人，只要心地善良——那就谁也不能驳倒他。

二十六

　　两天后,玛丽娅·德密特里耶芙娜依照诺言带领全家年轻人来到瓦西列夫斯科耶。两个小姑娘马上跑进了花园,而玛丽娅·德密特里耶芙娜懒洋洋地一间间屋子看过,又懒洋洋地称赞着她所见到的一切。来拉夫列茨基家做客她认为是表现了很大的迁就,简直是在行善。当安东和阿普拉克西娅依照古老的家仆习惯过来吻她的手时,她客气地笑笑——从鼻孔里哼出有气无力的声音,叫给她上茶。安东这天戴上线织的白手套,但是端茶给这位太太的却是那个拉夫列茨基出钱雇来的,照老人的话说是根本不懂规矩的侍仆,这一点很让他不快。不过午餐时安东达到了目的:他在玛丽娅·德密特里耶芙娜椅子后面牢牢地站定——这个位子他谁也不让。老人既兴奋又快活,因为瓦西列夫斯科耶早已没有过客人来访了:看见他家老爷跟上等人交往,他心里非常愉快。而这天心情激动的不止他一个人:勒穆也非常激动。他穿一件烟草色的后襟很尖的短燕尾服,领结打得很紧,不停地清着嗓子,面色愉快而又彬彬有礼地站在一边。拉夫列茨基高兴地注意到,他跟丽莎之间仍是很亲近:她一进门便友好地把手伸给他。饭后勒穆从他老是用手去摸一摸的燕尾服的后衣袋里取出一小卷乐谱来,闭着嘴默默地把它放在钢琴上。这是一首浪漫曲,他昨天夜晚拿一首老旧的德国歌词谱写的,这歌词里说的是天上的星星。丽莎马上坐在钢琴前试着弹起这首浪漫曲……唉! 乐曲显得混乱、不自然,听起来不是很愉快;看得出,作曲者极力想要表现某种热烈、深沉的东西,却没有表现出来:拉夫列茨基和丽莎两人都感觉到这一点——勒穆也明白这个:他一句话没说,把自己的浪漫曲放回衣袋里,丽莎建议再弹一遍,他只摇了摇头,说一句:"现在——结束啦!"话里显然含有更多的意思——他躬着腰,身子缩起来,就走开了。

傍晚大家去钓鱼。花园那一头的池塘里养着许多鲫鱼和红点鲑鱼。请玛丽娅·德密特里耶芙娜坐在池边树荫下一把扶手椅上，脚下为她铺一张地毯，又把最好的钓竿给她；安东以一个经验丰富的老渔翁资格来为她效劳。他热心地把蚯蚓挂在钓钩上，用手一拍，再吐口唾沫，甚至还由他自己把钓钩甩出去，整个身子优美地往前倾斜着。这一天玛丽娅·德密特里耶芙娜用下面这句女子贵族学校里常说的法语对菲托尔·伊凡尼奇谈到安东："Il n'y a plus maintenant decesgens comme ca comme autrefois。"①

勒穆跟两个小姑娘去了远处，快到堤坝边上了；拉夫列茨基就待在丽莎身边。鱼儿不停地咬着钓钩；不时地有鲫鱼钓上来，在空中甩来甩去，一会儿闪金光，一会儿闪银光；两个小姑娘不停地欢叫着；玛丽娅·德密特里耶芙娜自己也娇声地尖叫了两次。拉夫列茨基和丽莎钓得比别人都少；这大概因为他们不像别人那样留心于垂钓，任浮标漂到了岸边。高高的微微泛红的芦苇在他们身边轻轻地沙沙作响，面前是毫无波纹的水面在静静地发光，他俩谈话的声音也很轻很轻。丽莎站在一块木头踏板上；拉夫列茨基坐在一株柳树倾斜的树干上；丽莎穿一件白连衫裙，腰间围一条宽宽的腰带，也是白色的；草帽挂在她的一只手臂上——另一只手有点儿吃力地握住弯曲的钓竿。拉夫列茨基注视着她洁白无瑕、略显拘谨的身段，她向耳后掠过的头发，她柔美的、像孩子样晒得发红的面颊，他心中在想："哦，你站在我的池塘边是多么可爱啊！"丽莎没有面向着他，而是眼望着水面，又像眯缝着眼睛，又像在微笑。近旁一株菩提树的影子投在他俩的身上。

"您知道吗，"拉夫列茨基说话了，"我们上次谈话以后，我想了好多好多，我得出的结论是，您的心太好啦。"

"我完全不是存心要……"丽莎原是要说出不同的想法的——但是她害羞了。

――――――――――

① 法语：如今不比从前，这样的人再也没有了。

"您的心太好啦，"拉夫列茨基再说一次，"我是个粗心的人，可是我觉得，人人都会喜欢您的。就说勒穆吧；他简直就爱上您啦。"

丽莎的眉头不是皱起来，而是微微一颤；她听见什么不喜欢听的话时往往都这样。

"我今天真是很为他难过，"拉夫列茨基接着说，"那首浪漫曲没能写好。年轻人没有本领做——也就罢了；可是年纪大了想做做不到——这就难受了。不知不觉间，你的精力已经衰退了，这是很让人伤心的啊。一个老年人来承受这样的打击是很困难的！……当心您那儿鱼上钩啦……听说，"拉夫列茨基沉默了一会儿又说，"伏拉季米尔·尼古拉依奇写了一首非常美的浪漫曲。"

"是的，"丽莎回答，"一个小玩意儿，不过挺不错的。"

"那么，您以为，"拉夫列茨基问，"他是个好音乐家吗？"

"我觉得，他很有音乐才能；可是他从来没好好儿学过。"

"是这样。那么他这个人好吗？"

丽莎笑起来，匆匆地望了菲托尔·伊凡尼奇一眼。

"您问得多奇怪呀！"她大声地说，一边把钓线拉出水，再远远地甩出去。

"为什么奇怪呢？我刚来不久，是您的亲戚，所以向您问到他。"

"您是我亲戚？"

"是呀。我还应该算是您的，好像是，舅舅吧？"

"伏拉季米尔·尼古拉依奇这个人心很好，"丽莎说开了，"他很聪明；maman 非常喜欢他。"

"那么您喜欢他吗？"

"他是个好人；为什么我要不喜欢他呢？"

"啊！"拉夫列茨基这样说一声，便不说话了。他脸上闪过一种半是忧愁、半是嘲笑的表情。他固执的目光让丽莎觉得好窘，但是她仍然脸带笑容。"喏，那就愿上帝赐福给他们吧！"他终于喃喃地说，好像自言自语似的，并且把头转了过去。

丽莎脸红了。

"您错啦，菲托尔·伊凡尼奇，"她说，"您可别以为……那么未必您不喜欢伏拉季米尔·尼古拉依奇？"她突然问道。

"不喜欢。"

"为什么？"

"我觉得他这人缺的就是一颗心。"

丽莎脸上的笑容消失了。

"您老是苛求别人。"她沉默了好一会儿才说出这句话来。

"我不这样想。我自己还需要别人宽容呢，有什么权利苛求别人？您是不是忘记了，只有懒惰得什么也不去想的人才不会嘲笑我？……怎么，"他又说，"您说的话做到了吗？"

"什么话？"

"说您要为我祈祷的？"

"是的，我为您祈祷了，而且每天都祈祷。可是请您谈起这种事别这么随便。"

拉夫列茨基便向丽莎保证，说他根本没想到要说这件事，说他深深地尊重一切信仰；接着他便大谈起宗教来，谈到宗教在人类历史上的意义，基督教的意义……

"需要做一个基督徒，"丽莎不无几分费力地说着，"倒不是因为可以认识天国……那边……认识人间，而是因为人都会死的。"

拉夫列茨基不由得感到惊讶，抬眼向丽莎望去，正好和她的目光相遇。

"您都说了些什么话啊！"他说。

"这都不是我的话。"她回答。

"不是您的话……可是您为什么要说到死？"

"我不知道。我常常想到死的。"

"常常？"

"是的。"

"瞧着您现在的样子，不相信您会说出这种话的：您脸上那么幸福、快乐，您在微笑……"

"是呀,我这会儿是很快活呀。"丽莎天真地跟他顶嘴说。

拉夫列茨基想把她的双手握住,紧紧地握住……

"丽莎,丽莎,"玛丽娅·德密特里耶芙娜在喊叫,"来呀,来看呀,看我钓到多大一条鲫鱼啊。"

"我就来,maman。"丽莎回答着,便到她那儿去了,拉夫列茨基还坐在柳树干上。"跟她谈话时候,好像我并不是一个心灰意懒的人。"他想着。丽莎走开时把她的帽子挂在树枝上;拉夫列茨基怀着一种奇怪的几乎是温柔的感情望着这顶帽子,望着帽子上长长的稍稍揉皱了的丝带。丽莎很快就回到他这里来了,重又站在那条木板上。

"为什么您觉得伏拉季米尔·尼古拉依奇这个人没有人心?"过一小会儿她问。

"我已经对您说过我可能看错了;不过时间会证明一切的。"

丽莎沉思起来。拉夫列茨基谈起瓦西列夫斯科耶的家常,谈起米哈烈维奇,谈起安东;他感到自己有一种欲望,想和丽莎谈话,想把自己心中的一切都告诉她:她那么可爱地留意听他说话;她偶尔插一句话,说点不同的意见,他觉得都是那么的朴实、聪明。他甚至把这个想法也告诉了她。

丽莎很惊讶。

"真的吗?"她轻轻地说,"我还以为我跟我的使唤丫头纳斯佳一样,说不出一点自己的话呢。她有一回对她的未婚夫说:你跟我一块儿过日子一定闷得慌;你说给我听的都那么有味儿,可我没有一句自己的话好说。"

"赞美上帝吧!"拉夫列茨基想着。

二十七

这时暮色已经降临,玛丽娅·德密特里耶芙娜说她想回去了。好不容易才把两个小姑娘从池边喊回来,给她们穿戴好。拉夫列茨基说他要把客人送半程,吩咐给他备马。把玛丽娅·德密特里耶芙娜安顿上了车以后,他忽然想起了勒穆;但是哪儿也找不着这个老头儿。刚钓过鱼他就不知哪儿去了。安东砰的一声把车门关上,在他那样大的年纪有这把力气真了不起,他还郑重地喝叫一声:"走啦,车夫!"——车子便启动了。玛丽娅·德密特里耶芙娜和丽莎坐在后座上,前座上是两个小姑娘和女佣人。夜晚暖和而宁静,两边的车窗都敞开着。拉夫列茨基骑马小跑,紧跟在丽莎这一边。他把一只手搭在车门上——缰绳丢在稳步奔跑着的马的头颈上——不时地跟年轻姑娘谈上两三句。晚霞隐没了;黑夜来临,而空气甚至更暖和了。玛丽娅·德密特里耶芙娜很快便昏昏入睡;两个小姑娘和女佣人也睡着了。马车在迅速平稳地滚动;丽莎身子向前倾;刚刚升起的月儿照亮了她的脸,夜晚芳香的轻风拂打在她的眼睛上和脸颊上。她心情很好。她的一只手撑在车门上,贴近着拉夫列茨基的手。他也觉得心情好极了:在这宁静暖和的夜晚骑马奔驰,眼睛不住地望着这张善良年轻的脸,倾听着年轻的、银铃般的低声细语,她说的又都是些淳朴善良的话;他不知不觉间已经走过了一半路程。他不想唤醒玛丽娅·德密特里耶芙娜,把丽莎的手轻轻捏住,说:"我们现在是朋友了,不是吗?"她点点头,他勒住了马。马车摇摆着、颠簸着向前驶去;拉夫列茨基掉转马头回家了。夏夜的魅力令他神往;周围的一切好像忽然间变得多么奇异,而同时他好像早就熟识它们,早就品尝过它们甜美的滋味;近处、远处——远处也看得见的,虽然眼睛不知道看见的是什么——万籁无声;恰在这安谧宁静中,正流露出富有青春活力的、春花正茂的生命。拉夫列茨基的马精神抖擞地跑着,均匀地左右摇晃着;它庞大的黑色的身影紧紧跟随着它;马蹄的嗒嗒声中有一种神秘而愉快的东西,鹌鹑的啼叫声中也有某种快活而奇妙的东西。星星在一层明亮的雾气中隐没了;一弯月牙儿照耀得明晃晃的;它的亮光如一股蔚蓝色的水流倾泻在天空中,从旁飘过的片片轻云被洒上点点朦胧的金光;清新的空气让眼睛感到微微的湿润,让四肢感到亲切,让你感到有一股舒畅的暖流涌入了胸膛。拉夫列茨基因自己的喜悦而感到快乐、满足。"喏，我们还要活下去啦，"他想，"我们还没被人家吞吃掉啦……"他没有把话说完：没有说被谁或者被什么东西吞吃掉……然后他便开始想起丽莎来，他想，她未必就真爱潘申吧；想到他还会在其他许多场合见到她——天知道会有什么结果呢；他想到，他现在理解勒穆了，虽然她没有"自己"的话好说。不过这话不对：她有她自己的话好说的……"谈起这种事别这么随便。"拉夫列茨基想起她的这句话。他骑在马上走了很久很久，先是低着头，后来挺直身子，慢慢地吟道：

> 我焚毁我以往所崇拜的一切；
> 我向我焚毁的一切鞠躬致敬……

——但立刻对马抽了一鞭，奔回家去。

跨下马来，他不由得面带感激的微笑回首一望。夜，无言的、亲切的夜，笼罩着山岗和峡谷；远方，从那夜色芬芳的深处，天知道是从什么地方——从天上呢，从地上呢——飘来一股宁静、柔和的温馨。拉夫列茨基向丽莎送去了他今天最后一次的问候，便奔上了台阶。

第二天过得相当乏味。一早就落雨；勒穆皱着眉头，把嘴唇闭得紧而又紧，好像他发誓不再开口似的。躺下要睡觉的时候，拉夫列茨基把他桌上两个多礼拜没拆过封的一大堆法国报刊带到床上。他漫不经心地把封套一一打开，浏览着报纸的栏目，不过其中也没什么新东西。他已经想要丢开不看了——忽然，他像被火烧着似的从床上一跃而起。在报上一篇我们已经熟悉的那位麦歇儒勒所写的小品文中，作者向他的读者们报告了一个"悲痛的消息"：美丽、迷人的莫斯科女郎——他写道——时髦的女皇之一，巴黎许多沙龙的点缀，Madame de Lavretzki 死了，几乎是突然暴卒的——遗憾的是，这是一个极其可靠的消息，儒勒先生刚刚得知的。他曾经——他继续写道——不妨说,是死者的朋友……

拉夫列茨基穿好衣服来到花园里,老是沿着同一条林阴道来回地走动,直到天明。

二十八

第二天早上喝茶的时候,勒穆请拉夫列茨基给他备马,他要回城里去。"我该干事情了,就是说,该给人家上课了,"老人说,"在这儿只是白白地浪费时间。"拉夫列茨基没有马上回答他:他好像心不在焉。"好吧,"终于他说,"我跟您一块儿去。"勒穆不要仆人帮忙,自己哼哼唧唧地、气呼呼地收拾好那只小皮箱,把几页乐谱撕碎烧掉。马套好了。拉夫列茨基从书房出来时,把昨天那份报纸塞进口袋里。一路上勒穆和拉夫列茨基彼此很少说话:他们各人想着自己的心思,都高兴另一个没来打扰他。他们分手时相当的冷淡,不过在俄国朋友之间往往都是这样的。拉夫列茨基把老人送到他小屋的门前:他下了车,拿起自己的箱子,手也没向他的朋友伸一伸(他用两只手把个箱子抱在胸前),甚至没瞧他一眼,便对他用俄语说一声:"再见啦!""再见。"拉夫列茨基也说一声,便吩咐车夫到他自己的住处去。他在O市租了一套房子以备不时之需。他写了几封信,匆匆吃过午饭,便去了卡里金家。他见潘申一个人在客厅里,潘申告诉他,玛丽娅·德密特里耶芙娜这就出来,并且马上极为殷勤友好地跟他交谈起来。这以前,潘申对待拉夫列茨基虽非倨傲不恭,却也是一副屈尊俯就的神气;但是丽莎,她把自己昨天出游的事说给潘申听了,谈起拉夫列茨基来,竟说他是个极好的聪明的人;这就足够啦:一个"极好"的人,那总得把他争取到手才是。潘申先是把拉夫列茨基恭维一番,又谈起玛丽娅·德密特里耶芙娜一家人对瓦西列夫斯科耶印象如何如何之好,把她们的快乐心情向拉夫列茨基作了描述,然后便依照他的习惯,把话题机敏地转到自己身上,开始大谈其自己的事务,自己对生活、对社会、对职务的看法;还谈了两句有关俄国未来的话，说到该如何把省长们管住等等；说到这里，他快活地自嘲了几句，又顺便说起他在彼得堡受托担任"de populariser l'idee ducadastre"①的事。他高谈阔论，喋喋不休，一切困难他都能信心十足、满不在乎地解决，像魔术师玩弄几只圆球儿似的玩弄着那些极其重大的行政上和政治上的问题。"我要是当局的话，我就这么干"；"您是个聪明人，跟我一拍即合"，诸如此类的话一直吊在他的嘴巴上。拉夫列茨基冷冷地聆听着潘申的夸夸其谈：他不喜欢这个聪明漂亮、从容优雅的年轻人，连同他那爽朗的笑容、谦恭的话音和探询的眼神。潘申是善于察言观色的，他很快便猜到，这位谈话对手对他不大感兴趣，便找个堂皇的借口离他而去，暗自断定拉夫列茨基或许是个很好的人，但却不讨人欢喜，"aigri"②，而且"en somme"③有点儿滑稽。玛丽娅·德密特里耶芙娜在格杰奥诺夫斯基的陪伴下出来了；后来玛尔法·季莫菲耶芙娜和丽莎也来了，接着来的是家庭的其他成员；后来又到了一位音乐爱好者，别列尼岑娜，这是一位又瘦又小的太太，小小的脸蛋儿慵困而美丽，真像个孩子似的，穿一件沙沙作响的黑色连衫裙，手里拿一把花里胡哨的扇子，戴一副重重的金手镯；她的丈夫也随之来到，这是个红鼻头胖身体的人，大手大脚、白睫毛、厚嘴唇，老是呆呆地笑着；出外做客时，他妻子从不和他说话，而在家里卿卿我我时，则称他为自己的小猪猡；潘申回来了。房间里人太多，喧闹得很。拉夫列茨基生性不喜欢跟这么多的人在一起；尤其是这中间还有个别列尼岑娜，这女人不时地举起她的长柄眼镜望着他。要不是丽莎在场，他会拔脚就走；他想跟她单独说两句话，但是老是找不到一个方便的瞬间。能够怀着悄悄的喜悦用目光注视她，他也就满足了；他觉得，她的脸从没有显得像今天这样高贵，这样可爱。身边有个别列尼岑娜，她

---

① 法语：普及有关土地登记册主张（的一种职务）。

② 法语：愤世嫉俗。

③ 法语：毕竟，终究。

就显得更加的出色。那个女人坐在椅子上不停地挪动,两只瘦肩膀扭来扭去,娇声娇气地笑着,眼睛一会儿眯起,一会儿又睁得老大。而丽莎则安静地坐在那里,眼望着前面,从不笑出声来。女主人玛丽娅·德密特里耶芙娜跟玛尔法·季莫菲耶芙娜、别列尼岑娜和格杰奥诺夫斯基在打牌,格杰奥诺夫斯基打得慢腾腾的,不停地把牌出错,眨巴着眼睛,用手绢擦脸上的汗。潘申做出一副悒郁的神情,话说得很简短,意味深长,忧思满怀——活活儿一个怀才不遇的艺术家模样——但是,尽管对他大卖风流的别列尼岑娜一再地请求,他还是不肯唱一遍他写的那首浪漫曲:拉夫列茨基弄得他很不自在。菲托尔·伊凡尼奇话也说得很少;他刚一进屋来,脸上那种不寻常的表情便让丽莎感到了惊讶:她即刻感觉到他有话要对她说,但是,她自己也不知是为什么原因,不敢开口问他。终于,当她去大厅添茶时,她不由自主地向他转了转头。他立即随她走去。

“您怎么啦?”她把茶壶坐在茶炊上,一边说。

“未必您察觉到什么啦?”他问道。

“您今天的样子跟我以前见到的不同。”

拉夫列茨基低头向着桌子。

“我想,”他开始说,“告诉您一个消息,但是现在不可能。不过请您读读这篇小品文里用铅笔标出来的地方,”他又说,把自己带来的那份刊物递给她,“我请求您保守秘密,我明天上午再来。”

丽莎惊讶了……潘申出现在房门口:她把那份刊物放进了衣袋里。

“您读过《奥伯曼》①吗,丽莎维塔·米哈依洛芙娜?”潘申若有所思地问她。

丽莎随口回答他一声,便走出大厅上楼去了。拉夫列茨基回到客厅,走近牌桌。玛尔法·季莫菲耶芙娜把压发小帽上的带子也解开了,脸涨得通红,对他抱怨起自己的搭档格杰奥诺夫斯基来,她说

---

① 《奥伯曼》,法国作家瑟南古(1770—1846)的小说。

格杰奥诺夫斯基连牌也不会出。

"看起来,打牌这事儿,"她说,"可跟编造谣言不一样。"

格杰奥诺夫斯基还是眨巴着眼睛,用手在脸上抹。丽莎走进客厅,坐在一个角落里;拉夫列茨基望她一眼,她也望拉夫列茨基一眼——两人都感到一种近乎惧怕的心情。他在她的脸上察觉到的,是惶惑不解和一种隐秘的责备。他非常想跟她谈谈,可是他做不到;跟她同在一个房间里像别人一样地做客——他觉得难以忍受:他决定走掉。跟她告别时,他抓紧时间再说一句他明天来,又说他信赖她的友谊。

"来吧。"她回答说,脸上仍是那种惶惑不解的神情。

拉夫列茨基一走,潘申就活跃了;他开始给格杰奥诺夫斯基出主意,向别列尼岑娜开玩笑似的献殷勤,最后又唱了自己的那首浪漫曲。但是他跟丽莎说话和望着她的神气还和原先一个样:意味深长而又忧思深沉。

而拉夫列茨基又通宵未眠。他并不觉悲伤,他也不激动,他心静如水;但是他睡不着。他甚至也没有回忆往昔;他只是在凝视自己的生活:他的心跳得又重又匀,时间一小时一小时地飞过,他根本没想到睡觉。只有一个念头不时地在他脑海中浮现:"这不是真的呀,这全是胡说八道。"——一有这个念头,他马上停住不想下去,低垂着头,重新又去凝视自己的生活。

二十九

当拉夫列茨基第二天来到她家时,玛丽娅·德密特里耶芙娜接待他的态度并不过于亲切。"瞧,来成习惯啦。"她心里想着。她自己对他原本不大喜欢,加之潘申昨晚对他那种极其阴险而又漫不经心的称赞仍在影响着她。因为不把他当客人待,她也不认为有必要去陪着一个几乎像自家人一样的亲戚,所以不到半个钟头,他已经跟丽莎两人在花园里林阴道上散步了。莲诺奇卡和苏洛奇卡两人在离他们几步以外的花坛里奔跑。

丽莎像平时一样的安静，但是比平时更加苍白。她从衣袋里把那张叠得很小的刊物掏出来，递给拉夫列茨基。

"这太可怕啦！"她轻轻地说。

拉夫列茨基什么话也没回答。

"不过也许这还不确实。"丽莎又说。

"所以我要您别说给别人听。"

丽莎向前慢慢地走了几步。

"您说说，"她开始说话了，"您不伤心吗？一点儿也不吗？"

"我自己也不知道我有什么感觉。"

"可是您以前爱过她的呀？"

"爱过的。"

"很爱吗？"

"很爱。"

"那么她死您不伤心吗？"

"她对我来说不是现在才死的。"

"您说这话是有罪的……别生我的气。您是把我称作您的朋友的：朋友是什么话全好说的。说真的，我甚至于觉得可怕……昨天您的脸色多么不好啊……记得吗，才几天以前，您怎么抱怨过她的？而她那时候，或许已经不在人世了。这太可怕了。这好像是上帝用来惩罚您的。"

拉夫列茨基苦苦一笑。

"您这样想吗？……至少我现在自由啦。"

丽莎微微一抖。

"够啦，别这么说啦。您的自由对您有什么用呢？您现在应该考虑的不是这个，而是宽恕……"

"我早就宽恕她了。"拉夫列茨基一挥手打断她的话。

"不对，不是这样，"丽莎跟他想法不同，她脸红了，"您没听懂我的意思。您应该关心的是，要您也能得到宽恕……"

"要谁来宽恕我?"

"谁? 上帝呀。除了上帝,又有谁能宽恕您呢?"

拉夫列茨基抓住她的手。

"哎,丽莎维塔·米哈依洛芙娜,请您相信,"他高声地说,"我已经被惩罚得够啦。我的罪早就赎完啦,请您相信我的话。"

"这您是不会知道的,"丽莎低声地说,"您忘记啦——才几天以前,您跟我谈话的时候——您还不愿意宽恕她呢。"

两人默默地沿林阴道缓缓地走着。

"那您女儿怎么办呢?"丽莎突然问道,停住不走了。

拉夫列茨基身子猛地一颤。

"噢,请您别担心! 我已经给各处去了信。我女儿的将来,正像您对她……正像您说的……是有保障的。请您别担心。"

丽莎忧愁地微微一笑。

"不过您说得对,"拉夫列茨基接着说下去,"我要我的自由做什么呢? 它对我有什么用呢?"

"您是什么时候收到这份刊物的?"丽莎轻声地说,没回答他的问题。

"您来我家的第二天。"

"那么未必您……未必您哭也没哭一声?"

"没有。我吓呆了;可是眼泪从哪儿来呢? 哭我的过去吗——过去的事早已经一把火烧光了! ……她做的事本身并没有毁掉我的幸福,而只是向我证明了,我根本就不曾有过幸福。那么,这里有什么好哭的呢? 不过谁又知道呢,我,或许会更加伤心一些,假如我早两个礼拜接到这个消息的话……"

"早两个礼拜?"丽莎反问说,"那这两个礼拜里究竟发生了什么事呢?"

拉夫列茨基什么也没回答,而丽莎却突然间脸红得比原先更厉害了。

"是的,是的,您猜对啦,"拉夫列茨基突如其来地接着说,"在这两个礼拜里,我知道了一个纯洁的女性的心灵意味着什么。于是,我的过去离我就更加遥远了。"

丽莎窘得不知所措,悄悄地进了花坛,向莲诺奇卡和苏洛奇卡走去。

"而我能把这份刊物拿给您看,心里也就满足了,"拉夫列茨基说,跟着在她后面走着,"我已经习惯了对您什么也不隐瞒,希望您也能给我同样的信任。"

"您这样想吗?"丽莎低声地说,站住不走了,"这么说,我就应该……啊不! 这不可能。"

"怎么回事? 您说呀,说呀。"

"真的,我觉得,我不应该……只不过,"丽莎微笑着转向拉夫列茨基,又这样说,"话说一半算什么坦白呢——您知道吗? 我今天收到一封信。"

"潘申写的?"

"是的,他写的……您怎么知道?"

"他向您求婚?"

"是的。"丽莎说,严肃地直视着拉夫列茨基的眼睛。

拉夫列茨基也严肃地直视着丽莎。

"喏,那您怎么回答他呢?"他终于说。

"我不知道该怎么回答。"丽莎话音里带着跟他不同的想法,两只交叉着的手垂了下去。

"怎么? 您不是爱他的吗?"

"是的,我喜欢他这个人;他,好像,是一个好人。"

"三天以前,您用同样的字眼跟我说过同样的话。我希望知道,您是不是以那种我们习惯上叫做'爱情'的强烈、热切的感情在爱着他?"

"像您所理解的那种感情吗——不是。"

"那您没有爱上他?"

"没有。可是难道需要这样吗?"

"怎么?"

"妈妈喜欢他,"丽莎接着说,"他人很好;没有什么地方让我讨厌。"

"可是您还在犹豫?"

"是的……或许——您,您说的那些话是我犹豫的原因。记不记得您两天前说的话?不过,这是一种软弱……"

"噢,我的孩子呀!"拉夫列茨基突然大声地说,他的声音在战抖,"还是老老实实说,别卖弄聪明啦,别把您心灵的呼声叫做软弱啦,您的心,它不愿意没有爱而把自己交出去啊。对那么一个您并不爱而又愿意归属于他的人,别让自己对他承担那么可怕的责任吧……"

"我只是听从,我没让自己承担什么。"丽莎正要说下去……

"那就听从您的心灵吧;只有您的心灵给您说的才全都是真话,"拉夫列茨基打断她……"什么经验啦,理智啦——全都是空的,一钱不值!不要把自己在世上唯一的美好的幸福剥夺掉吧!"

"这话是您说的吗,菲托尔·伊凡尼奇?您自己当年是凭恋爱结的婚——可是您幸福了吗?"

拉夫列茨基举起两手来轻轻地一拍。

"唉,别说我的事吧!一个年轻、没有人生经验、没受过像样教育的孩子会把什么东西当做是爱情,所有这些,您是不可能理解的!……不过,说到底,我干吗要妄自菲薄?我刚才对您说,我没尝到过幸福滋味……不对!我也幸福过的!"

"我觉得,菲托尔·伊凡尼奇,"丽莎把声音放低些说(当她不同意对方说的话时,她总是放低了声音;再说,她也觉得自己非常激动),"世上的幸福并不由我们做主……"

"由我们做主,由我们做主,请您相信我。(他抓住她的两只手;丽莎面色苍白,她几乎是恐怖地,然而也是非常专心地注视着他。)只是我们不能自己糟蹋自己的一生。对别的人来说,出于爱情的婚姻有可能得不到幸福;但是对您不是这样,凭您安静的性情,凭您清澈的灵魂,不会是这样! 我恳求您,不要嫁给一个您不爱的人,不要出于责任感,出于对自我的放弃去嫁人,好不好……这样做跟没有信仰是一个样,跟出于利害盘算一个样——还要更糟些。请您相信我——我有权力这样说:我为这种权力付出过高昂的代价。而假如您的上帝……"

这一刹那间,拉夫列茨基发现莲诺奇卡和苏洛奇卡都站在丽莎身后,眼睛吃惊地盯住他,一声不响。他放开丽莎的手,急匆匆地说:"请您原谅我。"——便向屋里走去了。

"我只求您一件事,"他又回到丽莎身边低声地说,"不要马上做决定,等一等,考虑一下我说的话。就算您不相信我的话,就算您一定要凭理智去结婚——那您也别嫁给潘申先生:他不能做您的丈夫……您答应我不匆促行事,好不好?"

丽莎想要给拉夫列茨基一个回答——而她一个字也没说,不是因为她决定要"匆促行事";而是因为,她的心跳得实在太猛烈,一种类似恐惧的感觉让她喘不过气来。

三十

拉夫列茨基从卡里金家出来时遇见了潘申;他们彼此冷淡地弯了弯腰。拉夫列茨基回到住处,把自己反锁在房间里。他此刻心中体验到许多种感觉,这些感觉他以前任何时候都未必体验过。刚刚不久前,他不是还处于一种"安然的麻木"状态中吗? 刚刚不久前,他不是还感到自己,像他自己所说的,已经沉到了河底里吗? 是什么让他的处境发生了变化? 是什么把他拖到了外边,拖到了表面上? 是一种极其普通,不可避免,却总是突如其来的偶然:死亡吗? 是的;但是他心里想着的与其说是妻子的死,是自己的自由,倒不如说是丽莎将怎样回答潘申。他感到,这三天以来,他开始用另一种眼光在看待丽莎了;他想起来,那天他返家途中,夜深人静时想到她,他对自己说过:"假如! ……"这个他当时针对过去、针对不可能实现的事情的"假如"，现在竟然变成了现实，虽然不像他原先所想的那样——但是仅仅有他的自由还是不够的啊。"她听从母亲，"他想着，"她要嫁给潘申；但是就算她拒绝了潘申——跟我有什么相干？"走过镜子时他对自己的脸瞟了一眼，耸了耸肩头。

　　一天在这样的胡思乱想中很快过去了；天黑了。拉夫列茨基往卡里金家走去。他走得很快，但是却放慢了脚步走近了她们那幢房子。门前停着潘申的轻便马车。"好吧，"拉夫列茨基心想，"我不会做个自私自利的人。"——便走进屋里。他一个人也没遇见，客厅里悄无声息；他推开门，看见玛丽娅·德密特里耶芙娜在跟潘申玩"皮凯特"。潘申没出声地向他欠欠身子，女主人则大声地说："没想到呀！"——又微微地皱了皱眉头。拉夫列茨基在她身边坐下，看她手上的牌。

　　"您未必也会打皮凯特？"她问他时带着一种隐隐的懊恼，说完马上就宣称，她扣牌了。

　　潘申数到九十，便开始彬彬有礼而又心安理得地收进他赢得的牌，脸上是一种认真而庄重的表情。交际场中的人都是应该这样打牌的——大概他在彼得堡跟某个大腕人物打牌时也是这样的，以便让对方留下一个好的印象，认为他老成持重。"一百零一，一百零二，红桃，一百零三。"他有腔有调地数着，拉夫列茨基听不出他话里的意思：指责别人呢，还是自鸣得意？

　　"可以见见玛尔法·季莫菲耶芙娜吗？"他问，注意到潘申更加不可一世地洗起牌来。他身上的艺术家气派已经荡然无存了。

　　"我想可以的吧。她在楼上自己房间里，"玛丽娅·德密特里耶芙娜回答，"您去问问看。"

　　拉夫列茨基往楼上走去。他见玛尔法·季莫菲耶芙娜也在玩牌：她在跟纳斯塔霞·卡尔坡芙娜玩"捉傻瓜"。罗斯卡对他汪汪叫；但是两位老太太都对他很客气，玛尔法·季莫菲耶芙娜的情绪特别好。

"啊！菲佳！欢迎，欢迎，"她说，"坐下吧，我的老爹呀。我们这就打完啦。要吃果酱吗？苏洛奇卡，把草莓酱罐子拿给他。不想吃吗？喏，那就这么坐着；抽烟嘛——可不许抽：我受不了你们那种烟味儿，水手闻了也得打喷嚏。"

拉夫列茨基连忙说他根本不想抽烟。

"你去过楼下？"老太太继续说，"看见谁啦？潘申还在那儿旗杆似的竖着？看见丽莎没有？没看见？她说她想上这儿来的……瞧她来啦；说到她，她就来啦。"

丽莎走进屋来，看见拉夫列茨基，她的脸就红了。

"我来看看您就走，玛尔法·季莫菲耶芙娜。"她正要说下去……

"干吗就走呀？"老太太不同意地说，"干吗你们这些年轻姑娘家都这么坐不住？你瞧，我有客人啦：跟他说说话儿，把他留住呀。"

丽莎坐在一张椅子边上，抬眼望着拉夫列茨基——于是她感到，她不能不让他知道她跟潘申见面的结果。可是怎么说好呢？她觉得又不好意思又别扭。她认识他，认识这个很少去教堂，对自己妻子的死讯那么冷漠的人才几天呀——而她却已经要把自己的秘密告诉他了，他关心她，这是确实的；是她自己信任他，感到自己喜欢跟他在一起；然而她仍是很不好意思，就好像有一个生人走进了她清洁的闺房。

玛尔法·季莫菲耶芙娜过来给她帮忙了。"要是你不留住他，"她说，"那谁能留得住这个可怜的人儿呢？我对他来说是太老啦，他对我来说又太聪明啦，而对纳斯塔霞·卡尔坡芙娜来说，他又太老啦：她总是喜欢跟年轻人在一起。"

"我怎么能留得住菲托尔·伊凡尼奇呢？"丽莎轻轻地说。"要是他愿意，我还是给他在钢琴上弹点什么吧。"她又犹豫不决地补充说。

"那好极啦，你真聪明啊，"玛尔法·季莫菲耶芙娜说，"那就下楼去吧，我亲爱的孩子，弹完再上来；瞧我这回当了傻瓜啦，真丢人,我得赢回来。"

丽莎站起来。拉夫列茨基跟她走了。下楼梯时,丽莎停住了。

"这话真不错,"她开始说,"人心都是充满矛盾的。您的例子本来应该吓住我的,让我不相信凭恋爱结合的婚姻,可是我又……"

"您拒绝他啦?"拉夫列茨基打断她的话。

"没有,不过也没答应。我把我感觉到的都跟他说了,请他等一等。这您满意吗?"她匆匆一笑,说了最后那句话,把手轻轻扶在栏杆上,跑下楼去。

"我给您弹点什么呢?"她问道,一边掀起琴盖。

"随您喜欢吧。"拉夫列茨基回答,坐在能注视着她的地方。

丽莎开始弹琴,眼睛很久都不从她的手指上抬起来。终于她望了拉夫列茨基一眼,停住不弹了:她觉得他的表情那么奇特和古怪。

"您怎么啦?"她问道。

"没什么,"他说,"我很好;我为您高兴,我高兴能看见您,继续弹吧。"

"我觉得,"过一小会儿,丽莎说,"要是他真那么爱我,他就不会写那封信了;他应该能够感觉到,我不会现在就答复他的。"

"这不重要,"拉夫列茨基低声说,"重要的是,您不爱他。"

"别说啦,这是谈些什么呀! 我好像老是看见您死掉的妻子的影子,我觉得您好可怕。"

"是不是呀,沃德马尔①,我的丽瑟特②弹得多美呀?"这时玛丽娅·德密特里耶芙娜对潘申说。

"是呀,"潘申回答,"美极啦。"

玛丽娅·德密特里耶芙娜含情脉脉地望着她年轻的牌友;然而那一位却摆出一副更加煞有介事和忧心忡忡的神气,宣称他总共得了十四张老 K。

---

① 沃德马尔,对伏拉季米尔的亲热称呼。
② 丽瑟特,丽莎的一种爱称。

三十一

　　拉夫列茨基不是年轻人；对于丽莎在他心中唤起的感情，他不可能长时间判断错误；这一天，他最终认定他是爱上了她。认定这一点并没有给他带来多少快乐。"难道说，"他想着，"我都三十五岁的人了，除了把自己的心交给一个女人之外，就没别的事好做？但是，丽莎和那个女人是不能相提并论的：她不会要我做出可耻的牺牲的；她不会让我丢开自己的事业的；她自己就会鼓励我去从事诚实、严肃的劳作，我们会一块儿进步，一块儿去寻求美好的目标。是的，"想到这里，他不再想下去了，"这一切都很好，但是不好的是，她根本没意思跟着我一起走。难怪她说，她觉得我可怕。可是，她也并不爱潘申呀……这对我是多大的安慰啊！"

　　拉夫列茨基回到瓦西列夫斯科耶；但是没住上三四天——他便寂寞难忍了。同时，他也在苦苦等待：儒勒先生报告的消息需要证实，可是，他什么信也没收到过。他又回到城里，上卡里金家坐了一个晚上。他不难看出，玛丽娅·德密特里耶芙娜对他已经有了反感；但是他在玩皮凯特时输给她十五个卢布，她对他的脸色就不那么难看了，甚至让他有半个小时几乎和丽莎单独在一起——尽管这位母亲头天晚上还对她好言相劝，要她别跟这个"qui a un si grand ridicule"①的人过于亲密。

　　他发现她变了：她变得似乎更喜欢陷入沉思，怪他为什么这几天不来，还问他：明天去不去做祷告？（明天是礼拜天。）

　　"去吧，"没等他回答，她已经说了，"我们一块儿祈祷她的亡灵得到安息。"后来她又说，她不知道该怎么办才好，不知道她有没有权力让潘申继续等她的决定。

　　"为什么呢？"拉夫列茨基问。

---

① 法语：如此滑稽可笑。

"因为，"她说，"我现在已经开始怀疑，这个决定会是怎么样的了。"

她说她头痛，回楼上自己房间了，临走时犹犹豫豫地把手指尖伸给拉夫列茨基。

第二天，拉夫列茨基去做祷告。他到教堂时丽莎已经在里面了。她没回头看，就知道他来了。她热诚地祈祷着：她的眼睛静静地放着光，她的头静静地一会儿低下，一会儿抬起。他感觉到她也在为他祈祷——于是，他心中充满一种奇异的柔情。他感到又舒服又有些儿惭愧。规规矩矩站在那里的人们，一张张亲切的面孔，和谐的歌声，神香的气味，窗口投下来的倾斜的长长的光线，墙壁和拱顶幽暗的颜色——这一切全都触动着他的心。他很长时间没进教堂了，很长时间没向上帝祈祷了：就是这会儿，他也什么祷词都没念——甚至也没默祷一句——然而，虽只是一刹那间，他即使不是用身体，也是用意念匍匐下去，恭敬地把脸贴在了地上。他回想起了他的童年，那时他每次进教堂，都要祷告到似乎有什么东西清凉地触摸到他的额头为止；那时他想着，这是护命天使在接纳我了，在给我打上入选的印记了。他望了丽莎一眼……"你把我带到了这里，"他心想，"你就接触一下我吧，接触一下我的灵魂吧。"她依旧那么静静地祷告着；他觉得她的脸显得很快活，于是他重又深深地感动了，他便为另一个灵魂祈求——祈求安宁，也为自己的灵魂祈求——祈求宽恕……

他俩在教堂门外的台阶上相遇了；她以快乐而亲切的庄严态度欢迎他。阳光明丽地照耀着教堂院子里鲜嫩的青草，照耀着女人们花花绿绿的衣衫和头巾；附近其他教堂的钟声在天空嗡嗡地回响；麻雀在围篱上啁啾。拉夫列茨基没戴帽子站在那儿，面带笑容；微风吹拂着他的头发和丽莎帽子上的飘带。他把丽莎以及跟她一块儿来的莲诺奇卡和苏洛奇卡安顿在马车里坐好，把身边所有的钱都散给了乞丐，便悄然缓步地走回家去。

三十二

菲托尔·伊凡尼奇艰难的日子来临了。他成天焦急不安。每天一早他上邮局去，激动地把收到的信和报刊一件件拆开——哪一件里也找不到任何一点可以证实或者推翻那个决定他命运传闻的消息。有时他自己都觉得自己讨厌："我是个什么呀？"他想，"像乌鸦等着喝血似的等着妻子确实死了的消息！"他每天都上卡里金家去；但是就在那儿他也不觉轻松；女主人显然对他不满，接待他是出于宽容；潘申对他客气得有些夸张；勒穆故意装出一副厌世者的姿态，对他爱理不理——而主要的是：丽莎好像总是躲着他。当他俩偶尔单独在一起时，她不像原先那样对他表示着信任，而是显得忸怩不安；她不知道对他说什么好，而他自己也感到困窘。几天工夫，丽莎变得跟他熟悉的样子全然不同了：她的举止、话音，甚至笑声中都让人觉察出一种隐秘的惊恐，一种前所未有的激荡。玛丽娅·德密特里耶芙娜这人从来只关心她自己，因此她什么也不疑心；然而玛尔法·季莫菲耶芙娜开始留意起她这个心爱的姑娘了。拉夫列茨基不止一次责备自己不该拿那份他所收到的刊物给丽莎看；他不能不承认，他的精神状态中有某种对纯洁的感情具有挑逗性的东西，他还以为，丽莎的变化是由于她在跟自己作斗争，因为她犹豫不决：怎样回答潘申呢？一天她给他一本书，瓦尔特·司各特的长篇小说，是她自己向他借的。

"您读完了这本书吗？"

"没有；我这会儿顾不上读书。"她回答说，想要走开了。

"等一会儿；我好久没跟您单独在一起了。您好像怕我似的。"

"是的。"

"为什么呢，请问？"

"我不知道。"

拉夫列茨基沉默了一会儿。

"告诉我，"他又说了，"您还没决定吗？"

"您想说什么？"她轻声地说，不抬起眼睛来。

"您明白我的意思……"

丽莎忽然满脸绯红。"什么也别问我吧，"她感情激烈地说，"我什么也不知道；我连我自己也不知道……"

说着，她马上就走开了。

第二天，拉夫列茨基饭后去卡里金家，见他们正为彻夜祈祷做各种准备。餐厅角落里一张铺好洁白台布的方桌上，已经靠墙摆好一尊披着金色装饰，头顶的光轮上嵌有许多暗色碎宝石的小圣像。一个老仆人身穿灰色燕尾服和皮鞋，不慌不忙，脚下也不出声音地走过整个房间，把两支插在细长烛台上的蜡烛放在圣像前面，画过十字，行过礼，又悄悄地走出去。客厅里没有人，也没点灯。拉夫列茨基在餐厅里走了走，问是不是哪一个过命名日。人们悄悄地回答他不是，说是按丽莎维塔·米哈依洛芙娜和玛丽娅·德密特里耶芙娜的意思要做一次彻夜的祈祷；本来是要请一尊能显灵的圣像的，可是被三十里路以外的一个病人家请去了。接着，神甫带一帮执事都来了。神甫是一个已经不年轻的人，头顶秃了一大块，在前厅里大声地咳嗽；太太小姐们马上排成一行从书房里走出来，接受他的祝福；拉夫列茨基默默地向她们鞠一个躬；她们也默默地给他还礼。

神甫站了一会儿，又咳嗽一阵，才用他的男低音轻轻地问："请问就开始吗？"

"开始吧，神甫。"玛丽娅·德密特里耶芙娜回答。

神甫开始穿他的法衣；一个穿好法衣的执事低声下气地要来一块火炭；神香点燃了。女仆和男仆们从前厅出来，在门前挤作一团。从来不下楼的罗斯卡忽然出现在餐厅里；大家开始赶走它——它吓坏了，打几个转转，便坐在地上；一个仆人抓住它把它抱走了。彻夜祈祷开始。拉夫列茨基靠在一个角落里站着，他的感受是奇特的，几乎是忧郁的；他自己也弄不清感觉到了什么。玛丽娅·德密特里耶芙娜站在最前面，身后放一把椅子；她娇气十足又漫不经心地画一个十字,一副贵妇人派头——一会儿四处望望,一会儿眼睛瞧着天花板:她觉得很乏味。玛尔法·季莫菲耶芙娜显得很操心;纳斯塔霞·卡尔坡芙娜叩了几个响头,立起来时嘴里发出某种谦卑而轻柔的声音;丽莎一站住就没有再动一动;从她专心致志的表情上可以猜到,她是在全神贯注地热烈祈祷。仪式结束后吻十字架时,她也吻了吻神甫那只又大又红的手。玛丽娅·德密特里耶芙娜请神甫喝茶;他解下绣花的长巾,带几分不像做法事的样子,跟太太们一块儿到餐厅去了。开始交谈,气氛不十分活跃。神甫喝了四杯茶,不停地用手绢擦他的秃头,顺便说到商人阿沃什尼科夫捐献七百卢布为教堂"旋顶"镏金的事,还告诉她们一个消除雀斑的有效方法。拉夫列茨基原是坐在丽莎的旁边,但是她神情肃穆,近于严厉,瞧也没瞧他一眼。她似乎存心不注意他;她显得非常兴奋,好像事关重大,态度很是冷峻。拉夫列茨基不知为什么总想发笑,想说点什么有趣的话;然而他心中感到惶惑不安,于是他终于走了,暗怀着疑虑……他感到,丽莎心事重重,而他又无力探其究竟。

另一回,拉夫列茨基坐在客厅里听格杰奥诺夫斯基甜言蜜语但却令人难受的夸夸其谈时,突然,自己也不知为什么,一转头遇上了丽莎眼中深沉、凝重、若有所问的目光……这难以猜度的目光是直直地向他射来的。拉夫列茨基后来把这目光整整思索了一夜。他不是像一个小男孩那样地在爱,长吁短叹和愁眉苦脸对他都很不相称,而且,丽莎在他心中激起的也不是这种情感;但是,任何年龄的人恋爱时都有他们各自的苦处——这些苦处他现在完全体会到了。

<h1 style="text-align:center">三十三</h1>

一次,拉夫列茨基跟往常一样坐在卡里金家里。一天难熬的酷暑之后,黄昏时真舒服极了,连非常讨厌穿堂风的玛丽娅·德密特里耶芙娜,也吩咐打开所有通向花园的门窗,并且说她不想打牌,这

样好的天气打牌简直是罪过,应该用来欣赏大自然。客人只有潘申一个,美好的黄昏令他心神荡漾,他不愿意当着拉夫列茨基的面唱歌,但艺术的灵感却汹涌而来,于是,他便朗诵起诗歌来:他读了几首莱蒙托夫的诗(那时普希金还没有再度流行),读得很不错,但是过于斟酌,一些细微之处显出不必要的做作——突然间,仿佛由于自己真情毕露而羞愧起来,便就着那篇著名的《沉思》,对最新一代的年轻人横加指责;并且不放过这个可以表现一番的机会,说若是他大权在握,他就会把天下一切照他的意思来个彻底改变。"俄国,"他说,"落在欧洲后面啦;必须迎头赶上。他们说,我们年纪还轻,这是胡说八道;再说我们的头脑迟钝;霍米亚科夫本人就承认,我们连个老鼠夹子也发明不了。所以说,我们由不得自己,非模仿别人不可。莱蒙托夫说,我们都有病——我同意他的话;但是我们之所以生病,是因为我们还只有一半变成欧洲人;我们得对症下药,"(Le cadastre①,这时拉夫列茨基想。)"我们的,"他继续说下去,"那些优秀的人物——les meilleures tetes②——对此早已确信不疑了;所有的民族在本质上都是一样的;只要引进一些好的制度——就万事大吉了。看来,这些制度对现存的人民生活方式是可以适应的;这就是我们要做的事,我们这些……(他差一点没说:我们这些在政府里当官的)公职人员要做的事;不过,在必要的时候,请别担心;制度也是可以对生活方式加以改造的。"玛丽娅•德密特里耶芙娜大为感动地对潘申连连称是。"瞧呀,"她心里想,"来我家说话的这位是个多么聪明的人。"丽莎一声不响地靠在窗子上;拉夫列茨基也不吭声;玛尔法•季莫菲耶芙娜跟她的女友坐在屋角里玩牌,低声地咕哝了一句什么话。潘申在屋子里来回地走动,嘴里说得漂亮,但是暗中心里却怀着愤恨;似乎他骂的不是整个一代,而是某几个他所认识的人。卡里金家花园里那巨大的丁香丛林中住着一只

---

① 法语:土地登记册。
② 法语:那些优秀的人物。

夜莺,在潘申滔滔不绝的演说稍稍停顿的时候,它便唱起自己黄昏时最初的歌声来;在菩提树一动不动的树梢上,刚刚露头的星星在玫瑰色的天空中闪亮。这时拉夫列茨基站起来反驳潘申,掀起一场争论。拉夫列茨基坚持说俄国有她自己的青春和独立性;他愿意牺牲自己,牺牲自己这一代人——但是他却为新一代人,为他们的信念和愿望而辩护;潘申气愤而且粗鲁地反驳着,宣称聪明人负有改造一切的责任,最后竟然到了这样的程度:连自己宫廷侍从的身份和升官发财的前程都不顾了,把拉夫列茨基叫做落后的保守主义者,甚至于在话中——当然是极其含蓄地——暗示说,拉夫列茨基的社会地位是假冒的。拉夫列茨基没有动气,也没抬高嗓子(他记得米哈烈维奇也说他落后——不过,是落后的伏尔泰信徒)——只是不动声色地在所有论点上把潘申一一击破。他向潘申证明,大步跃进和恩赐改造,既没有以本乡本土的认识做依据,也没有以理想,哪怕是消极理想的真实信念为理由,都是行不通的;他以自己所受的教育为例,要求首先必须承认人民大众的真理,并且在这种真理面前甘拜下风,没有这种甘拜下风的精神就不可能有反对虚伪假冒的勇气;最后,他也没有回避自己应该受到的指责,比如承认自己轻率地浪费了时间和精力。

"您这些话全都漂亮极啦!"最后怒气冲冲的潘申大喊着说,"现在您不是回到了俄国吗——那么您打算做点什么呢?"

"种地,"拉夫列茨基回答,"尽量把地种得好些。"

"这非常值得称赞,毫无疑问,"潘申反驳说,"人家告诉我,您在这方面已经取得很大的成效;不过您得同意说,并非每个人都适合从事这一类的工作……"

"Une nature poetique①,"玛丽娅·德密特里耶芙娜说话了,"他当然是不能去种地的啦……et puis②,您是天生要,伏拉季米尔·尼

---

① 法语:诗人气质。
② 法语:而且。

古拉依奇，干 en grand① 的呀。"

这话就是用在潘申身上也未免过头：他无言以对，于是这场谈话也就无以为继了。他试图把谈话引向星空如何绚丽，舒伯特的音乐如何美妙等等——可怎么也不顺利；最后他建议陪玛丽娅·德密特里耶芙娜玩皮凯特。"怎么！在这么美好的夜晚打牌吗？"她无力地反对说；但却吩咐把纸牌拿来。

潘申咔嚓咔嚓地拆开一副新牌，而丽莎和拉夫列茨基，好像商量好似的，都站起来去坐在玛尔法·季莫菲耶芙娜的身边！突然间，他们两人同时都觉得心里那么舒畅，以至于他们都害怕两人待在一块儿了——而同时他们俩又都感觉到，近几天里他们之间的窘状已完全消失，一去不返了。老太太偷偷拍一拍拉夫列茨基的脸颊，狡黠地眯起眼睛来，一连摇了几次头，悄悄地说了几回："你把这个聪明人给治住啦，谢谢你。"房间里悄无声息；只能听见蜡烛轻微的毕剥声，还有偶尔手碰桌子的声音，还有惊叹声，或是数分声，还有伴随夜露的清凉，如浪潮般涌入窗内的、强劲的、响亮得过于大胆的夜莺的歌唱。

三十四

拉夫列茨基和潘申争论时，丽莎没说一句话，只是仔细地听他们往下讲，她完全站在拉夫列茨基一边。政治她很少关心；然而这位世俗官吏的自负口吻（他还从来不曾这样暴露过）令她反感；他对俄罗斯的轻蔑态度令她觉得自己受了侮辱。丽莎从没想到，她竟是个爱国者；然而跟俄国人在一起她觉得心情舒畅；俄国人的思维方式她觉得喜欢；母亲庄园的村长每次进城来，她总要跟他无拘无束地谈上几个钟头，就像跟一个地位平等的人交谈一样，没有一点儿主人的架子。这些拉夫列茨基都感觉到了；若是今天就潘申一个人

---

① 法语：大事。

在场,他其实是不会起而反驳的;他这些话全是为了说给丽莎听。他俩彼此间今天什么话也没谈过,甚至他们的目光也很少相遇;但是他俩都明白,在这个夜晚,他们亲密地接近了,明白他们所爱和所不爱的东西都是共同的。只有在一件事上他们有分歧:丽莎暗自希望自己能引导他信仰上帝。他们坐在玛尔法·季莫菲耶芙娜身旁,看起来好像是在注意她打牌;他们也的确是眼睛盯住她看——而同时他俩每一个胸中的那颗心都在扩张,对于他们,一切都没有白白失去:夜莺是在为他们歌唱,星星为他们放光,在梦魇、夏夜的温存和暖意中昏昏入睡的林木为他们窃窃私语。拉夫列茨基整个儿陶醉在令他悠然神往的波澜里——他感到多么愉快;然而姑娘纯净的心灵中所发生的那一切却是言语所不能表达的:这对她本人也是一种奥秘;那就让它对每个人都永远是一种奥秘吧。没有人知道,没有人见过,也永远不会有人看见,在大地的怀抱里一粒种子是怎样生长、成熟、开花、结果的。

时钟敲过十点。玛尔法·季莫菲耶芙娜跟纳斯塔霞·卡尔坡芙娜回楼上卧室去了;拉夫列茨基和丽莎穿过房间,停在敞开的通向花园的门前,眼望着黑暗的远方,后来他们彼此一顾——相视一笑;那情景,仿佛是,他们会手牵起手来,谈个心满意足。他们回转身走到玛丽娅·德密特里耶芙娜和潘申旁边,那两人的皮凯特还没有打完。终于,最后一张老K打出来了,女主人哼哼唧唧地从围满靠垫的安乐椅中站起身来;潘申拿起帽子,吻过玛丽娅·德密特里耶芙娜的手,说这会儿别的幸运儿正可以无牵无挂睡大觉,或是欣赏夜景,他却得通宵坐着去看那些混账的公文,又向丽莎冷冷地鞠一个躬(他没料到他来求婚她竟要他等一等再说——因此对她满肚子气)——便离开了。拉夫列茨基跟着他往外走。他们在大门口分手;潘申用手杖头捅一捅车夫的脖子把他叫醒,坐上那辆轻便马车便绝尘而去。拉夫列茨基不想回家:他走出城去,来到田野间。夜色宁静而清朗,虽然没有月光;拉夫列茨基踏着露湿的青草漫步走去,走了很长时间;面前出现一条窄窄的小径;他便沿着它向前走。

小径把他引到一道围篱前，又引向一扇篱笆门；他自己也不知道是为着什么，伸手把门推开：那扇门微微地吱嘎一声便打开了，好像就等着他来推开似的。拉夫列茨基进了一座花园，他沿一条菩提树林阴走了几步，忽然惊讶地停住了：他认出这是卡里金家的花园。

他立刻走进茂密的核桃树林投下的一团浓黑阴影里，在那儿一动不动地站立了很久，他感到很奇怪，耸了耸肩头。

"这不是没有来由的。"他想着。

周围一切都静悄悄的；房屋那边没一点儿声音传过来。他小心地向前走去。走着走着，在林阴道的第二个转弯处，忽然整座房屋的正面影影绰绰呈现在他的眼前：只有楼上两扇窗子里闪着灯光：丽莎房间的白窗帘后面燃着一支蜡烛，玛尔法·季莫菲耶芙娜卧室里的圣像前那盏灯暖暖地闪着一点儿红红的火光，从圣像金色装饰上均匀地反射出来；下面通阳台的门大大地敞开着。拉夫列茨基在一条长木椅上坐下，手撑着头，向那扇门和丽莎的窗户凝望起来。城里传来午夜的更声；房子里的小钟也清脆地响着十二点；守夜人嗒嗒地敲打着更板。拉夫列茨基心里什么也没想，他什么也没有期待；他感到自己在丽莎的近旁，坐在她的花园里，在这条她不止一次坐过的长椅上……丽莎房间里的灯光熄灭了。

"祝您晚安，我可爱的姑娘。"——拉夫列茨基轻轻地说，仍然一动不动地坐着，目光没有从那扇熄了灯的窗户上移开。

忽然底层一扇窗子里现出了灯光，移到另一扇窗前，第三扇窗前……有个人拿着蜡烛在屋子里一间间走。"未必是丽莎？不可能！……"拉夫列茨基抬起身子……一个熟悉的面影一掠而过，丽莎出现在客厅里。她穿一身白色连衫裙，散开的发辫披散在两肩上，轻轻走到桌前，向桌子俯下身去，放下了蜡烛，她在寻找什么；然后她把脸转向花园，她走近那扇敞开的门了，于是她整个儿雪白、轻盈、亭亭玉立地站在了门前。一阵战栗传遍了拉夫列茨基的全身。

"丽莎！"他唇边进出一声几乎听不见的呼喊。

她猛地一颤，开始向暗处仔细地看。

"丽莎!"拉夫列茨基提高声音再喊一次,从林阴道的阴影中走出来。

丽莎吓得把头向前一探,身体向后退了退:她认出是他了。他第三次呼唤了她,并把两手向她伸过去。她离开那扇门,走进花园来。

"是您?"她说,"您在这儿?"

"我……我……请您听我说。"拉夫列茨基悄悄地说,抓住她的一只手,把她带到长椅前。

她顺从地跟在他身后;她苍白的脸,她凝重的眼睛,她全身上下的举动,都表现出一种无法用言语吐露的惊惶。拉夫列茨基让她坐在长椅上,自己站在她面前。

"我没想到会走到了这里,"他开始说,"有个什么把我领到这儿来的……我……我……我爱您。"他说这话时不由得感到一阵恐惧。

丽莎缓缓地抬头望他一眼;似乎刚刚才明白自己现在在什么地方,发生了什么事。她想要站起来,却站不起来了,便用双手把脸捂住。

"丽莎,"拉夫列茨基说着,"丽莎。"他又喊一声,俯向她的脚边……

她的肩头开始微微战抖了,苍白的两手上所有的手指都紧紧贴在脸上。

"您怎么啦?"拉夫列茨基喃喃地说,他听见轻轻的啜泣声。他的心忽地收紧了……他明白这些泪水意味着什么。"未必您也爱我吗?"他轻声地说,手碰着她的膝盖。

"站起来,"是她在说话,"站起来,菲托尔·伊凡尼奇。我跟您这是在做什么啊?"

他站起来,坐到椅子上,挨在她身边。她已经不哭了,一双湿润的眼睛凝神注视着他。

"我害怕;我们这是在做什么啊?"她又这样说。

"我爱您,"他再一次说,"我要把我全部的生命都交给您。"

她再次浑身一颤，好像有个什么东西刺痛了她，她抬眼望着天空。

"这全是上帝在管着的。"她喃喃地说。

"可是您爱我吗，丽莎？我们会幸福吗？"

她眼睛移下来；他轻轻把她拉向自己，于是她的头垂在他的肩上……他稍稍低下头去，接触到她苍白的嘴唇。

半小时后，拉夫列茨基已经站在花园的篱笆门前。他发现门锁上了，不得不翻篱笆出来。他向市区走去，穿过一条条昏睡的街道。出乎意料的，无比巨大的欢乐感充满着他的心灵；他心头一切的疑虑都消失了。"销声匿迹吧，过往的一切，黑暗的幽灵，"他想着，"她爱我啊，她将会属于我啦。"忽然他感觉到，他头顶的天空中飘扬着某种奇异的、庄严的声音；他停住脚步：这声音响得更加宏伟了，好似一股富于旋律的、强劲有力的洪流在天空涌动——而他全部的幸福正在这声音中叙说着，歌唱着。他四处张望：这声音来自一幢小小的屋子楼上的两扇小窗。

"勒穆！"拉夫列茨基大喊一声，便向那屋子跑去，"勒穆！勒穆！"他反复地高喊着。

那声音消失了，老人的身影出现在窗口，穿一件睡衣，胸前敞开着，头发乱蓬蓬的。

"啊哈！"他矜持地说道，"是您吗？"

"赫利斯托弗·菲多里奇，多么奇妙的音乐啊！看在上帝分上，让我进来吧。"

老人一句话也没说，把手威严地一挥，从窗户里把大门钥匙丢到街上。拉夫列茨基动作迅速地跑上楼来，进了房间，想要扑进勒穆的怀里；但是老人下命令似的指了指椅子，断断续续地用俄语说："坐下来听着。"自己走过去坐在钢琴前，目光傲然而严厉地向四边一扫，便弹了起来。拉夫列茨基很久没听到像这样的音乐了：那甜美、热烈的旋律从第一个声音开始便抓住了他的心；这旋律整个都放射着光辉，整个陶醉在灵感、幸福和美之中，它悠悠升起，又融融而去；它触及了世上一切善良、隐秘、神圣的东西；它以它不朽的胸怀呼吸着，消逝于九天之上。拉夫列茨基挺直身子站立着，他觉得冷，他因狂喜而面色苍白。他的灵魂刚刚被爱情的幸福震撼过，现在又让这些声音深深地浸透进去；这些声音本身就燃烧着爱情。"再弹一遍吧。"当最后一个合音刚刚响过，他轻轻地说。老人向他投来炯炯有神的目光，拍了拍自己的胸膛，不慌不忙地用他自己本国的语言说："这是我作的，因为我是个伟大的音乐家。"——然后把自己奇妙的乐曲重弹一遍。屋子里没点蜡烛；已经升起的月亮把光辉斜投在窗子上；敏感的空气在响亮地震颤着；这小小的可怜的房间仿佛是一座圣殿，在那银色的半明半暗的月光中，老人满怀灵感地、高高地抬起了他的头。拉夫列茨基走到他身边，拥抱着他。最初，勒穆对他的拥抱没有反应，甚至用手肘想推开他；久久地四肢一动不动，依旧那么严厉甚至是粗鲁地眼望着他，只含混地说过一两声："啊哈！"终于他变了形的面孔显得安静了，头低了下来，在回应拉夫列茨基热烈的祝贺时，他起初微微地一笑，然后便失声痛哭起来，轻轻抽泣着，像个孩子一样。

"真是不可思议啊，"他说，"您恰恰这时候来了；不过我知道的，我全都知道的呀。"

"您全都知道的吗？"拉夫列茨基困窘地说。

"您听见我的琴声了，"勒穆反问他，"难道您不明白，我什么都知道的吗？"

拉夫列茨基直到早晨都不能入睡；他在床上坐了一个通宵。丽莎也没有睡：她在祈祷。

三十五

读者知道拉夫列茨基是怎样长大成人的；我们也来谈谈丽莎所受的教育吧。父亲死时她刚过十岁；不过父亲对她很少关心过。他事务繁忙，老是操心于增加自己的财产，这个胆汁质的、烈性的、缺乏耐心的人，为孩子花钱付学费、请家庭教师，以及衣食住行等等他毫不吝惜；但是就像他说的，要他像保姆一样去管教这些唧唧喳喳的小东西，他忍受不了——再说，他也没时间来管教她们：他要工作，处理种种事务，他睡得很少，偶尔打一次牌，马上又去工作了；他把自己比作套在打谷机上的马。"我这一辈子过得多快啊。"——临终时，他干涸的嘴唇上挂着苦笑低声地说。玛丽娅·德密特里耶芙娜对丽莎管得其实并不比丈夫多多少，虽然她在拉夫列茨基面前夸口说，是她一个人把几个孩子拉扯大的：她把丽莎打扮得像个洋娃娃，在客人面前摸摸她的头，当面叫她一声"聪明女儿、小宝贝儿"——如此而已：要这位生性懒惰的贵妇人成天事事操心，她是会感到厌烦的。父亲在世时，丽莎由家庭女教师，巴黎请来的老姑娘莫洛小姐照管；父亲死后则交给了玛尔法·季莫菲耶芙娜。玛尔法·季莫菲耶芙娜，读者是知道的；而莫洛小姐是一个满脸皱纹又矮又小的女人，举止和头脑都像只小鸟儿似的。年轻时她过着非常闲散的生活，到老年只剩下两个嗜好——吃好东西和打牌。当她一旦吃饱喝足，不打牌也不饶舌聊天的时候——她的脸马上是一种几乎是僵死不动的表情；往那儿一坐，往往是眼睛望着、鼻子呼吸着——就这样，显然脑袋瓜子里什么思想活动也没有。甚至于不能说她是善良的：鸟类中生性善良的并不多见。不知是由于她年轻时过于轻浮呢，还是她从童年时代便吸足了巴黎空气，受它的影响——她身上有一种根深蒂固的类似于普遍流行的廉价怀疑主义的东西，通常都表现在这样一句话里："Tout ca c' est des betises."①她讲一口文法不通但却是地道巴黎土语的法国话，从不搬弄是非，不挑剔任性——还能希望一个家庭女教师怎么样呢？她对丽莎没什么影响；倒是她的保姆阿加菲娅·弗拉西耶芙娜对她的影响更大一些。

这个女人的遭遇很值得注意。她出身于一个农民家庭；十六岁

---

① 法语：全是胡说八道。

出嫁;但是她跟自己那帮乡下姐妹却截然不同。她父亲二十岁时当了村长,攒下许多钱,非常娇惯她。她出落得美貌异常,是左近一带穿戴最漂亮的姑娘,聪明、能说会道,很有胆量。她的老爷,玛丽娅·德密特里耶芙娜的父亲德米特里·别斯托夫,一个端正持重、安静寡言的人,一次在打谷场上看见她,跟她说了两句话,便热烈地爱上了她。她没多久就守了寡;别斯托夫虽是个有妻室的人,还是把她带回家里,给她穿戴得像老爷家的人一样。阿加菲娅马上便习惯了她的新地位,好像她这辈子就没过过别样的日子似的。她变白了、发福了;她细纱衣袖里的手臂变得像生意人家的女人那样"好似精白面粉捏出来的";桌子上成天摆着茶炊;除了丝绸天鹅绒,她别的什么也不愿穿,睡的是羽毛床垫子。这样舒服的日子过了五年,可是德米特里·别斯托夫一命呜呼了;他的未亡人是个好心肠的太太,念及亡夫的一段情分,不想对自己的敌手不仁不义,再说阿加菲娅在她面前也从来不曾得意忘形过;就这样,她还是把她嫁给了一个管牲口的,打发她到一个自己眼睛看不见的地方去了。三年过去。一次,正当酷暑,太太来到自家的牲口院。阿加菲娅拿出多么好吃的冰奶酪款待她,自己表现得多么谦卑恭敬,而且穿戴整齐,乐天知命,心满意足,于是太太宣布宽恕她,准许她回宅子里走动;六个月后,跟她简直难舍难分了,便叫她管理钱财,又把所有产业上的事都交托给她。阿加菲娅重又当权,身子又发福了,人又变白了;太太对她是言听计从。这样又过了五年。阿加菲娅再次倒霉了。她把她丈夫从牲口院弄出来,在家里当仆人,这男人开始酗酒,家里老是见不到他,结果是偷了主人家六把银调羹,拿去藏在——事也凑巧——老婆的箱子里。事情暴露了。他又被送回牲口院,阿加菲娅丢了位子;不过没把她赶出家门,不当管家,去做一个裁缝,还吩咐她只许戴头巾,不许戴包头发的帽子。大家都非常惊讶,阿加菲娅竟能逆来顺受地忍下了这场致命的打击。这时她已经三十岁,生下的孩子全死光了,丈夫这以后也没再活多久。她已经到了应该醒悟的时候:她确实醒悟了。她变得非常沉默、非常虔诚,一次早祷和午

116

祷都不错过,把自己所有的好衣裳都分送了别人。她安静、恭顺、稳重地过了十五年,跟谁也没拌过嘴,对谁都谦让在先。有谁对她说了粗话——她只是鞠躬行礼,感谢教训。太太早就原谅了她,解除了对她的处分,还从自己头上摘下包发帽来送给她;但是她自己不肯除掉头巾,而且仍然穿暗色的衣裳;太太故世后,她变得更加静默,更加卑下,要一个俄国人怕你爱你都容易,而要他敬重你那就难了:俄国人是不会一下子就敬重谁,也不会随便谁都敬重的。家里每个人都敬重阿加菲娅;从前的罪过谁也不记得了,仿佛这些事都已随老主人埋进坟墓。

卡里金做了玛丽娅·德密特里耶芙娜的丈夫以后,想要把家务托付给阿加菲娅;但是她"有错在前",拒绝承担。他对她大声喝责;她低低一鞠躬,转身退去。卡里金这个聪明人善知人心;他也明白阿加菲娅的心意,并且没有忘记她。搬进城住以后,他取得她的同意,让她做了丽莎的保姆,那时丽莎刚满五岁。

丽莎起初害怕这位新保姆严肃认真的面容;然而她很快便习惯了她,并且强烈地喜爱她。她本身就是一个严肃认真的孩子:她的相貌和卡里金那轮廓分明的端正的面容有些相像;只是眼睛不像父亲;目光中透着沉静的专注和善良,这在孩子身上是少见的。她不喜欢玩洋娃娃,从不大声发笑或是笑个没完,总是规规矩矩的。她并不经常沉思冥想,但是一这样做便总是不无缘由的;通常她都是先沉默一会儿,然后便开始向某个年纪大的人发问,表明她又得到了什么新的印象,正在脑子里加以思考。她咿呀学语的时间很短,四岁时话便说得完全清楚了。父亲她怕;对母亲的感情难以说明——她并不怕她,也对她并不亲热;不过她对阿加菲娅也不显得亲热,虽然她只爱她一个人。阿加菲娅跟她形影不离。看见她俩在一起的样子你真会感到奇怪。往往是,阿加菲娅穿一身黑,头上蒙块深色的头巾,面庞消瘦,蜡一般透明,但是仍然很漂亮,富有表情,她直直地坐着,织一只袜子;她脚边一把小椅子上坐着丽莎,也在做一件什么活计,或是郑重地抬起一双明亮的眼睛听阿加菲娅给她讲故事;但是阿加菲娅不是讲童话故事给她听:她用均匀、平稳的声音给她讲圣母的事迹,隐士、侍奉上帝的人、受苦的女圣徒们的事迹;她告诉丽莎,那些圣人怎样在沙漠里生活,怎样获救,怎样忍饥受困——这些人不怕沙皇,他们信奉的是基督;天上的小鸟儿怎样给他们带食物来,野兽怎样听他们的话;在他们流过血的地方鲜花怎样开放。"是桂竹香吗?"——有一次丽莎问道,她是非常喜爱鲜花的……阿加菲娅跟丽莎讲话时,态度庄重而恭顺,好像她自己感到,如此崇高神圣的话,不该由她嘴里说出来。丽莎倾听着她的话——于是,一个无所不在、无所不知的上帝的形象,便以一种甜美的力量注入了她的灵魂,让她的心中充满了纯洁、虔诚的畏惧,而基督就这样好像变得跟她非常熟悉、非常接近,简直像家里的亲人似的;阿加菲娅也教会她怎样祈祷。有时她天一亮便把丽莎喊醒,匆匆给她穿好衣裳,悄悄把她带去做晨祷;丽莎踮起脚跟随她走,大气也不敢出;早晨天气很冷,晨光半明半暗,教堂里清静得很,一个人也没有,这样突然离家,又悄悄返回,再钻进被窝里,真是神秘极了——这些事好像是不许做的,是奇怪的、神圣的,所有这些融汇在一起,让这个小姑娘震撼,直透入她心灵的最深处。阿加菲娅从不责怪任何人,也从没为淘气的事骂过丽莎一句。她若是对什么不满意了,就只是沉默不语;而丽莎也懂得她为什么沉默;每当阿加菲娅对别人——玛丽娅·德密特里耶芙娜也好,卡里金本人也好——有所不满的时候,她凭孩子的灵敏的洞察力也非常明白是为了什么。阿加菲娅照料丽莎有三年多一点时间;老姑娘莫洛小姐接替了她;但是,这个轻浮的法国女人凭她冷漠的态度和"Tout ca c'est des betises"这句大喊大叫的话,并不能从丽莎心中把她亲爱的保姆挤走:阿加菲娅播下的种子已经在丽莎心中深深扎根。而且阿加菲娅虽说不再照看丽莎了,却还留在家中,时常跟自己养大的孩子见面,孩子也仍像原先一样地信任她。

可是玛尔法·季莫菲耶芙娜搬进卡里金家住以后,阿加菲娅和她却不能相处。这位急躁任性的老太太不喜欢从前这个"穿方格呢裙子的乡下女人"那副刻板的、自视甚高的神气。阿加菲娅出发去朝圣，去了就没有回来。有些不确实的传闻，说她进了一家分裂教派的隐修院。然而她在丽莎心灵中留下的痕迹并没有磨灭。她仍像从前一样，去做一次祷告就像过一次节，祈祷时总是怀着某种极力克制的羞怯的激情，好像在享受着什么。玛丽娅·德密特里耶芙娜对她这种激情暗中很是惊奇，就连玛尔法·季莫菲耶芙娜——她虽然什么事情上都没限制过丽莎，却也要设法抑制她的热忱，不许她叩过多的响头；她说，这不是贵族气派。丽莎书读得很好，就是说，她很用功；上帝并没有赋予她特别出众的才能和很大的智慧；她若是不花力气就什么也学不到手。她钢琴弹得很好；然而只有勒穆一个人知道为此她付出过多少代价。她书读得并不算多；她没有所谓"自己的话语"，但是却有自己的思想，并且走着自己的路。有其父必有其女：她的父亲也是个从不问别人他该做什么的人。她就这样长大起来——安静地、从容不迫地长大起来，就这样长到十九岁的年纪。她自己并不知道她有多么可爱。她的一举一动中都表现出一种不由自主、略显拘谨的优雅神态；她嗓音里含着一种银子般的纯朴无邪的青春的声响，一丝轻微的快感便会在她的唇边唤起富有魅力的微笑，在她明亮的眼中添加上深情的光彩和某种隐秘的爱意。她全身浸透着责任感，生怕委屈了任何一个人，她怀着一颗温和善良的心去爱所有的人，对谁也不过分；她唯独对上帝爱得热烈、羞怯、温情。拉夫列茨基是第一个打破她宁静的内心生活的人。

丽莎就是这样的一个姑娘。

三十六

第二天中午十二点，拉夫列茨基往卡里金家走去。他在路上遇见了潘申，是骑马从他身边奔过的，帽子低低地压在眉毛上。在卡里金家，拉夫列茨基不被接待——自从他认识这家人，这还是头一次。玛丽娅·德密特里耶芙娜"在躺着休息"——仆人这样向他报告;"她老人家"头痛。玛尔法·季莫菲耶芙娜和丽莎维塔·米哈依洛芙娜不在家。拉夫列茨基在花园四周走了走,模糊地希望或许能遇见丽莎,但是谁也没看见。两小时后他回来,得到的还是那个回答,并且那个仆人还好像对他侧目而视。拉夫列茨基觉得,同一天三次来访似乎不大得体——他便决定去瓦西列夫斯科耶一趟,他在那儿本来就有事要办。一路上他构想了各种计划,一个比一个更美;但是到达姑妈的小村庄时,忧愁却涌上心头;他跟安东聊起来,可这老头儿好像故意如此,满脑子尽是些不开心的事。他对拉夫列茨基说,格拉菲拉·彼得罗芙娜临死前曾经自己啃自己的手——停了一会儿又叹一口气说:"无论谁,东家老爷啊,都得自己吃自己的肉。"天色已经很晚了,拉夫列茨基才起身回城里来。昨夜的音响犹在耳际,丽莎的形象极其柔顺而清晰地呈现在他的心灵中;一想起她爱他,他便情不自禁、柔肠满怀——到达他城内小小的寓所时,他的心情是宁静的,觉得自己很幸福。

一踏进前厅,他便闻到一股他很讨厌的广藿香气味,让他非常惊异;那里还放着一些高大的衣箱和几只小旅行箱。他觉得向他迎面奔来的侍仆面孔有些奇怪。对这些印象他没多作考虑,一步跨进了客厅……一位身穿皱褶镶边黑绸连衫裙的女士从沙发上迎着他站起来,举起细麻布手绢半遮住苍白的脸,几步走上前来,低垂下精心梳理、香气扑鼻的头——便跪倒在他的脚下……这时他才认出:这位女士是他的妻子。

他呼吸都停止了……他身子贴住墙站着。

"特奥托尔!① 别把我赶走啊!"她用法语说,她的声音像刀子似的割着他的心。

他茫然不知所措地望着她,然而这时他也不由得注意到,她不只是头上有了几茎白发,而且人也发胖了。

"特奥托尔!"她继续说,偶尔抬一抬眼睛,还小心翼翼地扭着自

---

① 菲托尔的亲密称呼。

己美得惊人的、指甲又红又亮的手指头，"特奥托尔，我在您面前是有罪的，罪孽深重——我再说一遍，我是一个罪人；可是请您听我把话说完；悔恨折磨着我的心，我自己都受不了我自己了，我再也不能忍受我的处境了；我多少次想回到您身边来，可是我怕您发火；我下决心跟从前一刀两断……puis, j'ai' ete' si malade,①我病成这个样子，"她用手摸了摸前额和面颊，又说，"我利用到处传扬的说我死了的流言，抛弃了从前的一切；我日夜不停地赶到这里来；我犹豫了好久，敢不敢来接受您的审判，您就是我的法官——paraitre devant vous, mon juge②可是我最后下了决心，因为我记得您的心从来都是好的，我决心来找您；我打听到您在莫斯科的地址。请您相信我的话，"她继续说下去，一边悄悄地从地上站起来，坐在一把椅子上，只搭着一点儿椅子边，"我常常想到死，我或许能找到足够的勇气来自己夺去自己的生命——唉，生命现在对我来说，已经是一种忍受不住的负担了！——可是一想到我的女儿，我的阿达奇卡③，我就做不下去了；她就在这儿，她在隔壁房间里睡觉，可怜的孩子啊！她累啦——您就会看见她的：至少她在您面前没有犯罪吧，而我是多么不幸，多么不幸啊！"拉夫列茨基太太大声地喊着，流下几滴眼泪来。

拉夫列茨基终于清醒过来；他离开身后的墙壁，向房门口走去。

"您要走吗？"他妻子绝望地说，"噢，这是残酷的啊！——一句话也不对我说，连一声责骂也没有……您这种轻蔑会要我的命的，这太可怕啦！"

拉夫列茨基站住了。

"您想听我说什么话呢？"他声音低哑地说。

"什么也不要，什么也不要，"她机灵地马上接着说，"我知道，我

---

① 法语：况且，我病成这个样子。

② 法语：接受您，我的法官的审判。

③ 阿达奇卡，阿达的爱称。

没有权利提任何要求;我不是没有头脑的人,请您相信我;我不希望,也不敢希望得到您的宽恕,我只斗胆请求您吩咐我该做什么,去哪儿住下。我像奴隶一样听从您的吩咐,不管您怎样吩咐我。"

"我不会对您有任何吩咐的,"拉夫列茨基仍用那样的声音反驳说,"您知道——我们之间一切全了结了……现在比以前任何时候更是了结了。您高兴住哪儿住哪儿;要是您嫌每年给您的钱少了……"

"哎呀,别说这么可怕的话啦,"瓦尔瓦拉·巴夫罗芙娜打断他,"您就饶了我吧,哪怕是……哪怕是为了这个小天使呢……"于是,说完这句话,瓦尔瓦拉·巴夫罗芙娜冲进另一间屋里,又立刻回来,手上抱了个穿戴华丽的小女孩。大卷大卷的淡褐色头发垂到她漂亮的小红脸蛋上,垂到她又大又黑的没睡醒的眼睛上;她微微笑着,灯光下眯缝着眼睛,胖胖的小手儿紧紧钩住母亲的头颈。

"阿达,vois, c'est ton pepe,①"瓦尔瓦拉·巴夫罗芙娜说着把她眼睛上的鬈发撩开,深深地吻一吻她,"prie le avec moi。"②

"C'est ca, papa。"③小女孩口齿不清地咿呀着。

"Oui, mon enfant, n'est ce pas, que tu l'aimes?"④

然而这时拉夫列茨基忍受不住了。

"这是哪一出传奇剧里才有的这种场面?"他含糊地说了这样一句话,便走出去了。

瓦尔瓦拉·巴夫罗芙娜在原地站了一小会儿,微微地把肩头一耸,又把小女孩抱回另一间房里,脱掉衣服让她睡觉了。后来她拿起一本书,坐在灯下,等了将近一个钟头,终于自己也上床睡觉。

"Eh bien, madame?"⑤她从巴黎带来的法国女佣人为她解开紧身胸衣时问她。

---

① 法语:瞧,这是你爸爸。
② 法语:跟我一起求他吧。
③ 法语:这是爸爸。
④ 法语:对,我的孩子,你爱他,是不是?
⑤ 法语:怎么样,夫人?

"Eh bien，Justine，"①她回答说，"他老多啦。不过，我觉得，他心肠还是那么好。把过夜戴的手套给我，把明天要穿的上下一套灰衣裳准备好；别忘了阿达吃的羊肉饼……真的，这儿还不好找呢；不过尽量想想办法。"

"A la guere comme a la guerre。"②茹斯汀回答，便吹熄了蜡烛。

三十七

拉夫列茨基在城里的街道上徘徊了两个多钟头。他忽然想起他在巴黎郊外度过的那一个夜晚。他的心碎了，头脑里空空的，好像遭到迎头的痛击，同样一些阴暗的、荒谬的、恶毒的思想不住地在心头盘旋。"她活着，她来了。"他喃喃地说，不断地惊讶着，又惊讶着。他感到他失去了丽莎。怒火令他喘不过气来；这个打击来得太突然了。他怎么竟会如此轻易就相信了那篇小品文的胡说八道，相信了那种破烂刊物呢？"喏，我要是没有相信，"他想着，"那么区别在哪里呢？那我就不会知道丽莎爱我；她自己也就不会知道这一点了。"他没法从心里把妻子的形象、声音、目光驱除掉……他诅咒自己，诅咒世上的一切。

清晨以前，他筋疲力尽地来找勒穆。他敲了半天的门，没人答应；终于老人戴着睡帽的脑袋从窗子里伸出来，满脸不高兴的神气，眉头紧皱着，这颗脑袋跟二十四个小时以前，从他伟大艺术的顶峰威严地俯视拉夫列茨基的那颗充满灵感的严肃的脑袋，毫无共同之处。

"您有什么事？"勒穆问道，"我不能每天晚上都弹琴的，我服过汤药了。"

---

① 法语：就这样，茹斯汀。
② 法语：打仗就像个打仗的样子。

但是看得出,拉夫列茨基的脸色非常奇怪:老人用一只手搭在眼睛上,朝这个半夜三更来访的客人仔细瞧了瞧,放他进了门。

拉夫列茨基一进屋便瘫倒在一把椅子上;老人站在他面前,把自己破烂花睡袍的大襟往身上一裹,缩起身子,咬住嘴唇。

"我的妻子来啦。"拉夫列茨基说道,他抬起头,突然自己不由自主地笑了起来。

勒穆的脸上表现出惊讶,但是他甚至一点儿笑意也没有,只把自己在长袍里裹得更紧。

"您还不知道呢,"拉夫列茨基继续说,"我曾经以为……我在一个刊物上读到,说她已经不在人世了。"

"噢——噢,这您是没多久以前读到的?"勒穆问。

"没多久以前。"

"噢——噢,"老人又这样"噢"两声,眉毛抬得老高,"这么说她到这儿来啦?"

"来啦。她这会儿在我家里,而我……我真是个不幸的人。"

他再一次笑笑。

"您是个不幸的人。"勒穆慢慢地重复着他的这句话。

"赫利斯托弗·菲多里奇,"拉夫列茨基又开始说,"麻烦您送张纸条行吗?"

"嗯。可以知道给谁的吗?"

"丽莎维……"

"啊,好的,好的,明白啦。行啦。要什么时候送到呢?"

"明天,尽可能早点儿。"

"嗯,可以叫卡特琳,我的厨娘去。不,还是我自己去送。"

"把回信也给我带来?"

"回信我也带来。"

勒穆叹一口气。

"是啊,我可怜的年轻朋友;您,这话不错——是个不幸的年轻人。"

拉夫列茨基给丽莎写了两句话：他告诉她自己妻子来到的消息，要求她定个见面的时间——便脸朝墙壁扑在那只窄小的沙发上；而老人则躺在床上，不停地翻来覆去，一边咳嗽，一边偶尔喝几口他的汤药。

早晨，他俩都起床了。相互用奇怪的眼光注视着。这一刹那间拉夫列茨基恨不得自杀。厨娘卡特琳给他们端来难以下咽的咖啡。钟敲八点，勒穆戴上帽子，说他在卡里金家上课是十点钟，不过他找到个体面的借口，就出发了。拉夫列茨基又去扑倒在那只窄小的沙发上，他心灵深处又迸出一声苦笑。他在想，是妻子把他赶出了家门；他想象着丽莎的处境，便闭上眼睛，双手抱住头。终于勒穆回来了，给他带来了一小块纸片，丽莎在上面用铅笔涂了这样两句话："我们今天不能见面；也许——明天傍晚可以。再见。"拉夫列茨基干巴巴地、心神恍惚地谢了谢勒穆，便回家去了。

他到家时，妻子正在吃早饭；阿达披散着一绺绺鬈发，穿一件有蓝色丝带的白色小连衫裙，在吃一块小小的羊肉饼。拉夫列茨基一进屋，瓦尔瓦拉·巴夫罗芙娜立刻站起来，脸上挂着恭敬顺从的表情向他走来。他叫她跟他到书房里，随手关上房门，自己来回地踱起步来；她坐着，端端正正地一只手放在另一只手上，做出注视他的姿态来，用她那双虽然淡淡描过却仍然漂亮的眼睛紧盯住他。

拉夫列茨基半天说不出话来：他感到难以控制自己，他很清楚瓦尔瓦拉·巴夫罗芙娜根本不害怕他，只是装出一副马上就要昏倒在地的姿态。

"请您听我说，夫人，"终于他开始说话了，重重地喘着气，不时地咬咬牙齿，"我们在彼此面前没什么好装模作样的；我不相信您的悔过；就算这种悔过是真心的吧，跟您重新结合，跟您一同生活——这对我是不可能的。"

瓦尔瓦拉·巴夫罗芙娜咬住嘴唇，眯起眼睛。"这是厌恶呀，"她想着，"完蛋啦！我对他连个女人都不是啦。"

"是不可能的，"拉夫列茨基重复一次，把衣服扣子一直扣到领口边，"我不知道。您大驾光临有什么贵干；大概是，您身边没钱花了吧。"

"唉！您是在侮辱我哟。"瓦尔瓦拉·巴夫罗芙娜悄声地说。

"不管怎么的吧——您到底，非常遗憾，是我的妻子——我不能把您赶出家门。我现在建议您这样：您可以今天就——若是您高兴的话，到拉夫里基去，您就住那里；那儿，您知道，有一幢很好的房子；除了每年给您的钱，您还可以得到必需的一切……您同意吗？"

瓦尔瓦拉·巴夫罗芙娜用一方绣花手绢捂在脸上。

"我已经对您讲过，"她像神经有毛病似的扭动着嘴唇说，"我什么都同意，您随便处置我好啦；这一次我只想请问您：准不准我至少能为您的宽宏大量向您表示感激？"

"别感激了，请求您，这样更好些，"拉夫列茨基连忙说，"那么，"他继续说着，一边向门口走去，"我可以指望……"

"我明天就会在拉夫里基了，"瓦尔瓦拉·巴夫罗芙娜轻声地说着，恭恭敬敬从座位上立起来，"可是，菲托尔·伊凡尼奇（她不再叫他"特奥托尔"了）……"

"您有什么事？"

"我知道，我现在还根本不配得到宽恕，我能不能希望，至少，过些时候……"

"唉，瓦尔瓦拉·巴夫罗芙娜，"拉夫列茨基打断她的话，"您是个聪明人，不过我也不是傻瓜；我知道您完全不需要这个。而我也早就不跟您计较了；但是在您和我之间永远有一条不可逾越的鸿沟。"

"我会听话的，"瓦尔瓦拉·巴夫罗芙娜表示不同意地说，并且垂下她的头，"我没有忘记我的过错；要是说我知道了，您听见我死的消息甚至都会快活的话，我也不会觉得惊奇的。"她温和地又补充说，一边说一边用手指着桌子上那份拉夫列茨基忘在那里的刊物。

菲托尔·伊凡尼奇的身子一颤。那篇小品文用铅笔勾了出来。瓦尔瓦拉·巴夫罗芙娜仍然用那种低首下心的态度望着他。这一刹那间她显得非常漂亮。那件巴黎缝制的灰色连衫裙匀称地裹着她仿佛只有十七岁的苗条腰身,她那围在白色衣领里的又细又嫩的头颈,均匀起伏的酥胸,一双没戴手镯和戒指的手——她整个的体态,从光亮的头发到微露在外的鞋尖,都显得那么优雅……

拉夫列茨基愤恨地瞅了她一眼,差一点没喊一声:"Bravo!"[1]也差一点没迎头给她一拳——便走开了。一小时后他已经去瓦西列夫斯科耶了,而两小时后,瓦尔瓦拉·巴夫罗芙娜吩咐雇了一辆城里最好的马车,戴一顶普通的草帽,蒙上面纱,披一件短斗篷,把阿达交给茹斯汀照管,便上卡里金家去了:她从仆人向她报告的话里知道,她丈夫每天都到他们那里去。

三十八

妻子到达 O 市的那一天对拉夫列茨基来说,是个不愉快的日子,对丽莎来说,也是非常难过的一天。她还没来得及下楼向母亲问安,窗下已经传来马蹄的响声,看见潘申走进院子里,她心中暗自害怕。"他这样早就来,是想彻底谈清楚。"她想着——果然没错;潘申在客厅里打了个转,便请她跟他去花园里,要她对他的命运做出决定。丽莎鼓足勇气告诉他,不能做他的妻子。他把她的话听完,侧着身子站在她旁边,把帽子拉下来遮住额头;用变了声调的嗓音很有礼貌地问她:这话是否一言为定,她如此改变主意是否出于他这方面的什么原因?然后把一只手蒙在眼睛上,短促而生硬地叹一口气,再把手从脸上缩回来。

"我不想走别人走过的老路,"他闷声地说,"我想找一个称心如意的伴侣;但是,显然不该这样做。我再也不去幻想啦!"他向丽莎深深鞠一个躬,回到屋里去了。

她希望他马上走掉;但是他却进了玛丽娅·德密特里耶芙娜的

---

① 源自意大利语的法语:恶人。

书房,在她那儿坐了将近一个小时。临走时,他对丽莎说:"Votre mere vous appelle. adieua jamais …"①——跨上马背,从台阶边上疾驰而去。丽莎进去见玛丽娅·德密特里耶芙娜,发现她在落泪:潘申把他的这件不幸事告诉了她。

"你干吗要往死里折磨我呀?你干吗要往死里折磨我呀?"这位伤心的寡妇是这样开始她的抱怨的,"你还想找个什么样的人呢?他哪一点配不上你?宫廷侍从呀!又不图你什么!他在彼得堡随便哪个宫廷女官都能娶得到。而我还、我还指望着呢!你对他是不是早就变了心?这团乌云总有个来头,不会是无缘无故的。该不是那个蠢货干的吧?你算找到个好参谋啦!"

"可他呀,我的宝贝女儿哟,"玛丽娅·德密特里耶芙娜继续说下去,"他这人多么恭敬,在自己顶伤心的时候还那么殷勤!他答应不丢下我。哎呀,这我真受不了啦!哎呀,我的头痛得要死啦!去把帕拉什卡给我叫来。你要是不回心转意呀,那你就是要我死啊,听见了吗?"于是玛丽娅·德密特里耶芙娜又骂了丽莎几声忘恩负义之后,就打发她走开了。

丽莎回到自己的房间里。但是她还没从方才跟潘申和母亲的一番解释上喘过气来,又遭到一场狂风暴雨的袭击,她怎么也预料不到,会从这个方面出事情。玛尔法·季莫菲耶芙娜走进她的房间,马上把门"砰"的一声关上。老太太脸色苍白,压发小帽子歪戴在头上,两眼放光,手和嘴唇都在战抖。丽莎大吃一惊:她还从来没见过这位头脑清醒、通情达理的姑奶变成这副样子。

"好极啦,小姐呀,"玛尔法·季莫菲耶芙娜开始哆嗦着,断断续续地、悄悄地说,"好极啦!你这是跟谁学来的啊,我的妈呀……给我点儿水;我说不出话来啦。"

"您静一静,姑奶,您怎么啦?"丽莎说,一边递一杯水给她,"您自个儿,好像是,也不喜欢潘申先生的呀。"

---

① 法语:您母亲叫您。永别了……

玛尔法·季莫菲耶芙娜把杯子放下。"我喝不下去:把我自己最后这几颗牙齿敲掉算啦。什么潘申不潘申的?跟潘申有什么相干?您顶好是给我说说,是谁教会你三更半夜去跟人约会的,呃,我的妈呀!"

丽莎脸色忽地变白了。

"你呀,我说,别想推脱啦,"玛尔法·季莫菲耶芙娜接着说,"苏洛奇卡什么都亲眼看见啦,也都说给我听啦。我不准她胡说,她也不会撒谎的。"

"我也不会推脱,姑奶。"丽莎几乎听不见地低声说。

"啊——啊!是这么回事儿,我的妈呀;你去跟他约会啦,跟那个老坏蛋,那个假装老实的家伙约会啦?"

"不是的。"

"怎么不是的?"

"我下楼去客厅里拿一本书:他在花园里——就喊了我。"

"那你就去啦?好极啦。你爱他的吧,是不是?"

"我爱他。"丽莎轻声地回答。

"我的妈妈呀!她爱他的哟!"玛尔法·季莫菲耶芙娜一把把她头上的小帽子扯下来,"她爱一个有老婆的人!呃?她爱他!"

"他告诉我说……"丽莎开始说。

"他告诉你什么话,那个美男子,什么话——话?"

"他告诉我说,他的妻子已经死了。"

玛尔法·季莫菲耶芙娜画了个十字。

"愿她进天国吧,"她轻轻地说,"那是个不正经的女人——往后就别提这个啦。这么说:他成了个鳏夫啦。他呀,我看是,手脚来得个快哟。一个老婆刚死掉,就找上第二个啦。这个不声不响的家伙到底算个啥?只不过我要给你说,侄孙女儿哟:在我们那时候,我年轻时候,姑娘家做这种事情可要吃苦头的哟。你别生我的气,我的妈呀;只有傻瓜才对说真话生气。我今天就吩咐了不叫他进门。我喜欢他,可是这件事我怎么也不能饶过他。瞧呀,鳏夫!给我杯水。

说起你当面打发掉潘申的事嘛,为这个我要说你是好样的;可就是别天天夜里跟这种山羊似的人,跟这种男人一块儿坐着;你别毁了我这个老太婆吧!要不我可不是什么事儿都好说话的人——我也会咬人的……鳏夫!"

　　玛尔法·季莫菲耶芙娜走了,而丽莎坐在屋角里哭起来。她心里好苦啊;她不该受这样的屈辱。爱情并没有让她感到快乐:从昨天晚上到现在,她已经哭过两次了。她心中刚刚萌发出那种新的、突如其来的感情,她就已经得为它付出那么沉重的代价了,就已经有人伸过手来粗暴地干预她心底的秘密了!她感到羞愧、痛苦、伤心;然而她心中既无怀疑,也无恐惧——拉夫列茨基现在对她更加珍贵了。当她自己还不明不白的时候,她是犹豫不决的;而那次幽会以后,那个吻以后——她已经不能再犹豫不决了;她知道,她在恋爱了——于是她便诚实地爱着,决不开玩笑,紧追不舍,终生无悔——也决不怕任何威胁;她感到任何强力也不能拆散他们。

三十九

　　当仆人向玛丽娅·德密特里耶芙娜通报说瓦尔瓦拉·巴夫罗芙娜·拉夫列茨卡娅①来访时,她非常慌乱;她不知道该不该接待她:她怕得罪了菲托尔·伊凡尼奇。最后是好奇心占了上风。"这有什么?"她想着,"她也是亲戚嘛。"于是她往安乐椅上一坐,对仆人说一声:"有请!"过一会儿,门开了;瓦尔瓦拉·巴夫罗芙娜快速而轻盈地,几乎听不见脚步声地来到了玛丽娅·德密特里耶芙娜面前,在她还来不及从椅子上立起身来的时候,已经差不多要跪倒在她的脚下了。

　　"谢谢您,表姐,"她开始动人地、轻声地用俄语说,"谢谢您;我不敢期望您这样委屈您自己;您像天使一样的善良。"

---

① 拉夫列茨卡娅,拉夫列茨基的太太。

说完这几句话，瓦尔瓦拉·巴夫罗芙娜忽地把玛丽娅·德密特里耶芙娜的一只手轻轻捏在自己戴着淡紫色法国若温手套的手中，卑躬屈节地捧向自己玫瑰色的丰满的唇边。玛丽娅·德密特里耶芙娜看见面前一位穿戴如此华丽的女人几乎跪倒在自己的脚下，她慌了手脚，简直不知该怎么办才好；又想把自己的手从人家手里抽回来，又想请人家坐，又想对人家说点什么亲切的话；最后是，她微微抬起身来，在瓦尔瓦拉·巴夫罗芙娜那光滑芳香的额头上吻了一吻。瓦尔瓦拉·巴夫罗芙娜在这一吻之下，全身都酥软了。

　　"您好，bonjour，①"玛丽娅·德密特里耶芙娜说，"当然啦，我没想到……不过嘛，我，当然啦，很高兴见到您。您明白，我的亲爱的——你们夫妻间的事，不该由我来评判……"

　　"我丈夫是完全对的，"瓦尔瓦拉·巴夫罗芙娜打断她的话，"错全在我。"

　　"这是非常值得称赞的感情，"玛丽娅·德密特里耶芙娜回答说，"非常值得称赞。您到了很久了吗？您见过他啦？坐下吧，请呀。"

　　"我昨天到的，"瓦尔瓦拉·巴夫罗芙娜回答，一边乖乖地在椅子上坐下，"我见到菲托尔·伊凡尼奇了，跟他谈过了。"

　　"啊！喏，他怎么样呢？"

　　"我怕我突然跑来会激怒他，"瓦尔瓦拉·巴夫罗芙娜继续说，"不过他并没有拒绝跟我见面。"

　　"那就是说，他不……是的，是的，我明白，"玛丽娅·德密特里耶芙娜喃喃地说，"他这人只是表面上有点儿粗暴，可是心软着呢。"

　　"菲托尔·伊凡尼奇没有宽恕我；他不愿意听我把话讲完……可是他的心是那么善，他把拉夫里基派给我当住处了。"

　　"啊！那个庄园美极啦！"

　　"我明天就上那儿去，为了执行他的意愿；但是我认为我应该先上您这儿来一趟。"

---

① 法语：日安。这是法语中最常用的见面问候语。

"非常、非常感谢您,我的亲爱的。任何时候也不该把亲戚忘记了。你知道吗,我奇怪您的俄语怎么讲得这么好。C'est etonnant。①"

瓦尔瓦拉·巴夫罗芙娜叹一口气。

"我在国外待得太久啦,玛丽娅·德密特里耶芙娜,这我知道;可是我的心永远都是一颗俄国心哟,我并没有忘记自己的祖国呀。"

"是呀,是呀;这比什么都强呀。菲托尔·伊凡尼奇,可是,完全没料到您会来的呀……不过,请您相信我的经验,la patrie avant tout。② 啊,让我瞧瞧,您这件斗篷多美呀!"

"您喜欢吗?"瓦尔瓦拉·巴夫罗芙娜麻利地从肩头上把斗篷解下,"非常朴素的,是 madame Baudran③ 的手艺。"

"这用眼就看得出来。madame Baudran 的手艺……多漂亮,多时髦啊!我相信您一定带了好多好多了不起的东西来。我要能看看也好呀。"

"我的衣裳随您挑,我最亲爱的表姐。要是您说可以的话,我让我的贴身女仆拿点东西来给您瞧瞧。我有个巴黎带来的女佣人——针线活做得好极啦。"

"您真是好心肠,我的亲爱的。不过,说真的,我不好意思呢。"

"不好意思……"瓦尔瓦拉·巴夫罗芙娜责备似的重复她的话,"您要是想让我高兴的话,尽管吩咐吧,就当我是属于您的一件东西就是啦!"

玛丽娅·德密特里耶芙娜的心已经完全融化了。

"Vous etes charmante,"④她说,"您干吗不把帽子、手套脱掉呀?"

"怎么,您准我脱掉吗?"瓦尔瓦拉·巴夫罗芙娜问道,似乎深深

---

① 法语:真奇怪呢。
② 法语:祖国高于一切。
③ 法语:鲍法兰夫人。
④ 法语:您真是很迷人。

地受到了感动,轻轻地把两只手叠起来。

"这还用说呀;您要留下来吃饭的呀,我希望您能留下来。我……我把我女儿叫来跟您认识。"玛丽娅·德密特里耶芙娜稍稍犹豫了一下。"喏!只好这样啦!"她心里想着,"她今天有点儿不大舒服。"

"噢,表姐,您的心多好啊!"瓦尔瓦拉·巴夫罗芙娜惊叹地说,又把手绢儿举到眼睛边。

一个小仆人报告说格杰奥诺夫斯基来了。这个多嘴老头儿走进来,又是鞠躬,又是微笑。玛丽娅·德密特里耶芙娜把自己的客人介绍给他。他起初有点儿窘态;但是瓦尔瓦拉·巴夫罗芙娜跟他又轻佻又恭敬地那么一折腾,他的一双耳朵便发起烧来了,于是谎话、谣言、奉承便像蜜似的从他嘴巴里流了出来。瓦尔瓦拉·巴夫罗芙娜听他说着,矜持地微笑着,渐渐地自己也谈了起来。她温文尔雅地谈起巴黎,谈起她旅行过的地方,谈起巴登—巴登;她两次引得玛丽娅·德密特里耶芙娜发出笑声,每次过后她都轻轻叹息一下,仿佛在心里责备自己此时此地不该有这样的快乐心情;她请求准她把阿达带来;她把手套摘掉,用她光滑的、a la guimauve① 肥皂洗过的手演示着在哪儿和怎样起皱、打褶、镶花边、打花结;她答应下次带一瓶最新出品的英国香水来:Victoria's Essence②,当玛丽娅·德密特里耶芙娜同意作为礼物接受下来时,她还像个孩子一样的高兴;回想起第一次听见俄国教堂的钟声时心头涌起的情感,她还忍不住流下几滴眼泪来:"那钟声在我心灵深处引起了多大的惊动啊。"她轻轻地说。

恰在这一瞬间,丽莎走进屋来。

从早上起,从她读到拉夫列茨基的纸条,全身吓得冰凉时起,丽莎便准备着跟他的妻子见面了;她预感到自己会见到她。她决定不

———————

① 法语:檀香制的。
② 英语:维多利亚女王用的香水。

躲避她，她把这种会面当做是对自己那有罪的希望的惩罚，这是她自己这样说的。她命运中的这个突如其来的转折从根本上震撼了她；这两个小时不知怎么过的，她的脸都变瘦了；但是她连一滴眼泪也没流。"这是我应该受的！"她对她自己说，一边这样说，一边艰难而激愤地压制住内心深处某些苦涩的、危险的、连她自己也害怕的冲动。"好吧，我该去啦！"她想着，一听说拉夫列茨基太太到了，她便走过来……她在客厅门前站了很久，才下定决心把门推开；她心中在想："我在她面前是有罪的。"她跨过门槛，迫使自己望着她，迫使自己微笑。瓦尔瓦拉·巴夫罗芙娜一看见她便迎面走过来，向她微微一鞠躬，但态度仍是恭敬的。"请允许我介绍我自己，"她曲意奉迎地柔声说，"您 maman 对我那么的宽宏大量，所以我想，您也会待我……很好的。"瓦尔瓦拉·巴夫罗芙娜说那最后几个字时脸上的表情，她狡猾的笑容，她冰冷的同时又是温柔的目光，她手部和肩部的动作，她那件衣裳，她整个的人——都在丽莎心中激起一股厌恶之情，使得她什么话也回答不出，费了很大力气才把手向这个女人伸过去。"这位小姐瞧不起我。"瓦尔瓦拉·巴夫罗芙娜一边紧紧捏住丽莎的指头尖，一边想，她转过身对玛丽娅·德密特里耶芙娜低声地说："Mais elle est delicieuse!"[1]丽莎的脸突然有点儿红了。她好像听出，这声赞美中带有嘲笑和羞辱的意味；而她决计不相信自己的这种印象，坐在窗前绣起花来。瓦尔瓦拉·巴夫罗芙娜这时仍不让她安宁，走到她身边，夸起她的趣味和手艺来……丽莎的心跳得很厉害，好像生了病似的；她几乎控制不住自己，几乎不能在原处继续坐下去。她觉得瓦尔瓦拉·巴夫罗芙娜什么都知道，正在取笑她，并且暗中自鸣得意。幸亏这时格杰奥诺夫斯基过来跟瓦尔瓦拉·巴夫罗芙娜说话，引开了这女人的注意力。丽莎俯身在绣架上，偷偷地观察着她。"这个女人，"丽莎想，"他从前爱过。"但是她立即把有关拉夫列茨基的思想从头脑里赶走：她怕她会失去对自己

---

[1] 法语：这位小姐真有魅力。

的控制,她感到她的头有些昏。这时玛丽娅·德密特里耶芙娜谈起了音乐。

"我听说,我的亲爱的,"她说开了,"您在音乐上有很高的造诣。"

"我好久没弹过琴啦,"瓦尔瓦拉·巴夫罗芙娜一边谦让着,一边却慢慢地坐到了钢琴前面,手指在键盘上矫健地一抹,"要我弹点儿什么吗?"

"请吧。"

瓦尔瓦拉·巴夫罗芙娜技术熟练地弹了一首赫尔兹的练习曲,这曲子精彩而且很不容易弹。她这人精力非常旺盛,动作十分敏捷。

"女神仙啊!"格杰奥诺夫斯基惊叹地说。

"了不起呀!"玛丽娅·德密特里耶芙娜接着便说,"啊,瓦尔瓦拉·巴夫罗芙娜,说实话,"她这是第一次称这女人的名字,"您让我大吃一惊呢;您真可以开个演奏会。我们这儿有位音乐家,老头儿,德国来的,一个怪人,非常有学问的;他给丽莎上课;您简直会让他发疯的。"

"丽莎维塔·米哈依洛芙娜也是个音乐的行家吧?"

瓦尔瓦拉·巴夫罗芙娜问道,把头微微向丽莎转过去。

"是的,她弹得不算坏,也喜欢音乐;不过在您面前这算得了什么? 可是我们这儿还有一位年轻人;这一位您可得认识认识。这位呀——本性上就是个表演家,曲子还写得很好呢。这儿唯有他能完全懂得您的价值。"

"是个年轻人吗?"瓦尔瓦拉·巴夫罗芙娜说,"他是怎么个人呀? 一个可怜人吧?"

"哪里呀,是我们这儿的头号公子哥儿,还不光是我们这儿呢——eta Petersbourg①。宫廷侍从官,出入最高等的社会的。您

---

① 法语:而且在彼得堡。

大概听说过他的吧:潘申,伏拉季米尔·尼古拉依奇。他来这儿办公事的……将来准是个大臣呢!"

"还是个表演家?"

"表演家,天生就是的,还那么讨人喜欢。您会见到他的。他这些时候上我家来得很勤;我请他今天来参加晚会的;我盼望着他来。"玛丽娅·德密特里耶芙娜补充说最后一句话时,短短地叹一口气,还撇着嘴苦苦地一笑。

丽莎懂她这种苦笑的含义;但是她心里顾不上这个。

"还是个年轻人?"瓦尔瓦拉·巴夫罗芙娜再问,一边轻轻地调着钢琴的声调。

"二十八岁——长相帅极啦。Un jeune homme accompli,①没错儿。"

"一个标准的,可以说是,年轻人。"格杰奥诺夫斯基指出。

瓦尔瓦拉·巴夫罗芙娜出其不意地弹起一支施特劳斯的喧闹的圆舞曲,开头就是强烈而急速的颤音,把格杰奥诺夫斯基吓了一跳;圆舞曲刚弹一半,她忽然又转入一个伤感的旋律,并以《桑塔露琪亚》中的吟叹调结束:Fra poco②……她想,欢快的乐曲跟她现在的处境不合。《桑塔露琪亚》中的吟叹调在伤感的音符上都用了加强音,让玛丽娅·德密特里耶芙娜大为感动。

"她的心灵多美哟。"她低声地对格杰奥诺夫斯基说。

"女神仙啊!"格杰奥诺夫斯基再说一次这句话,还抬眼望着天空。

到午餐时间。玛尔法·季莫菲耶芙娜从楼上下来时,汤已经摆在桌上。她对瓦尔瓦拉·巴夫罗芙娜非常冷淡,瓦尔瓦拉·巴夫罗芙娜百般讨好,她只答以半言只字,眼睛也不朝这个女人望一下。瓦尔瓦拉·巴夫罗芙娜自己也很快就有数了,从这个老太婆这里捞

---

① 法语:一位有教养的年轻人。
② 意大利语:不久以后。

不到半点好处，便也不再去跟她搭讪；然而玛丽娅·德密特里耶芙娜对她的客人却愈加亲切了；姑妈的不礼貌态度令她很是生气。不过玛尔法·季莫菲耶芙娜倒不是眼睛不望瓦尔瓦拉·巴夫罗芙娜一个人：她连丽莎也不望一眼，虽然她的两只眼炯炯地放光。她坐在那里，像座石雕像，面色憔悴，病态地发黄，嘴唇紧闭着——而且什么也不吃。丽莎显得很安静；的确，她心里平静多了；她显得奇特的无知无觉，像被判罪的犯人那样无知无觉。进餐时，瓦尔瓦拉·巴夫罗芙娜说话很少：她似乎再一次胆怯起来，给自己脸上铺上一层谦卑而忧郁的表情。只有格杰奥诺夫斯基一个人东拉西扯，让谈话活跃起来，虽然他也得时时提心吊胆地瞧玛丽娅·德密特里耶芙娜几眼，再干咳几声——每当他打算在她面前撒谎时，总忍不住想要干咳几声——但是她今天没干涉他，也没打断他的话。饭后大家发现，原来瓦尔瓦拉·巴夫罗芙娜也非常喜欢用纸牌玩普列费兰斯，玛丽娅·德密特里耶芙娜为此高兴至极，她甚至感动得心都软下来了，不禁暗自想："菲托尔·伊凡尼奇该是个多大的傻瓜蛋啊；居然不懂这样一个女人的心！"

她坐下跟瓦尔瓦拉·巴夫罗芙娜和格杰奥诺夫斯基玩牌，玛尔法·季莫菲耶芙娜说丽莎脸色不好，一定是头痛，把她带到楼上去了。

"是呀，她头痛得好厉害，"玛丽娅·德密特里耶芙娜对瓦尔瓦拉·巴夫罗芙娜说，一边眼珠子直转，"我自个儿也老是犯偏头痛的病……"

"真的吗，您说说看！"瓦尔瓦拉·巴夫罗芙娜不相信地说。

丽莎走进姑奶的房间，疲惫不堪地坐到一把椅子上。玛尔法·季莫菲耶芙娜久久地、默默地注视着她，悄悄地跪立在她的面前——开始，仍是一声不响地，吻她的手，吻过一只又吻另一只。丽莎身子向前倾，脸红着——便哭了起来，但是没有把玛尔法·季莫菲耶芙娜扶起来，也没抽回自己的手：她感到她没有权利把手抽回来，没有权利干涉老太太不让她表达自己的悔恨和同情，并且为昨天的事向她请求原谅；玛尔法·季莫菲耶芙娜把那双可怜的、苍白的、软弱无力的手怎么也吻不够——从她的眼睛里和丽莎的眼睛里一同流出了无言的泪水；猫儿玛特罗斯在宽大的安乐椅上拖着一只袜子的线团打呼噜，圣像前那盏小灯上椭圆形的火苗微微战抖着、晃动着，隔壁房间里门背后站着纳斯塔霞·卡尔坡芙娜，拿一块卷成一团的方格花手绢，也在悄悄地擦着眼睛。

四十

与此同时，客厅里的普列费兰斯还在继续着；玛丽娅·德密特里耶芙娜赢了钱，兴致很高，仆人进来通报说潘申来了。

玛丽娅·德密特里耶芙娜手里的牌滑落下来，在椅子里坐不安稳了；瓦尔瓦拉·巴夫罗芙娜似笑非笑地望了她一眼，把目光转向房门。潘申出场了，穿一身黑色燕尾服，英国式的硬领高高耸起，扣子一直扣到脖子根。"遵命前来对我是件痛苦的事；可是您瞧，我还是来啦。"——他那张刚刚刮过胡须的、微微含笑的脸上就带着这样的表情。

"哎呀呀，沃德马尔呀，"玛丽娅·德密特里耶芙娜大声一喊，"您以前进门从来不要通报的呀！"

潘申只向玛丽娅·德密特里耶芙娜望了一眼，客客气气鞠一个躬，但没有过去吻她的手。她把他介绍给瓦尔瓦拉·巴夫罗芙娜，他向后退了一步，对她也同样客客气气鞠一个躬，但是表情之中带有优雅和恭敬的意味，然后便去坐在牌桌边。普列费兰斯很快便结束了。潘申问起丽莎维塔·米哈依洛芙娜，听说她不大舒服，便表示了惋惜之意；然后他跟瓦尔瓦拉·巴夫罗芙娜交谈起来，说起话来字斟句酌，听她答话也毕恭毕敬，决不打断，一副外交家的神气，然而他这种外交家的庄严姿态对瓦尔瓦拉·巴夫罗芙娜却毫无效果，她并不理会这一套。相反地：她却神情愉快地注视着他的面孔，说话无拘无束，一双纤巧的小鼻孔儿微微地颤动，仿佛强忍着嬉笑。

玛丽娅·德密特里耶芙娜便大大地赞扬起她的才能来；潘申则彬彬有礼地，就其硬领所能允许的范围点头称是，并且宣称：对此他早已确信不疑——而他却差一点儿把话题扯到了梅特涅的头上。瓦尔瓦拉·巴夫罗芙娜眯起她一双天鹅绒般柔美的眼睛，压低着嗓音说："可您也是个表演家呢，unconfrere①。"然后又声音更低地添上一句："Venez!"②——又向钢琴的方向点一点头。这声随便说出且并不礼貌的"Venez"顷刻之间，好似拥有魔力一般，改变了潘申整个的外貌。他那副顾虑重重的神态顿然消失；他微微一笑，活跃起来，解开了燕尾服的纽扣，一再地说："我算个什么表演家呀，哎哟！您啊，我听说啦，才是个真正的表演家咧。"——便跟在瓦尔瓦拉·巴夫罗芙娜的身后向钢琴走去。

"让他唱那首浪漫曲吧——月儿高高。"玛丽娅·德密特里耶芙娜大声地说。

"您也会唱歌呀？"瓦尔瓦拉·巴夫罗芙娜明亮而迅速的一瞥让潘申七窍生辉，这一瞥之后，她才轻轻地说了这句话，"坐下吧。"

潘申推托起来。

"坐下吧。"她敲了敲椅子背，再说一声，并不听他的一套。

他坐下了，清清嗓子，扯掉硬领，把自己的浪漫曲唱了一遍。

"Charmant③，"瓦尔瓦拉·巴夫罗芙娜说道，"您唱得真美，vou savez du style④——再来一遍。"

她绕过钢琴，站在潘申的正对面。他把浪漫曲又唱了一遍，在嗓音里加上了矫揉造作的战抖。瓦尔瓦拉·巴夫罗芙娜目不转睛地注视着他，两肘撑在钢琴上，两只雪白的手放在唇边。潘申唱

---

① 法语：同行吧。

② 法语：来吧。

③ 法语：好极了。

④ 法语：您有您自己的风格。

完了。

"Charmant, charmante idee,"①她带着一种行家的不动声色的自信说道,"请您说说,您为女声,为 mezzo-soprano② 写过点什么吗?"

"我几乎没写过什么呀,"潘申连忙解释,"这个我只不过是,休息时候……您未必也唱歌的?"

"我唱的。"

"噢,给我们唱点什么听听吧。"玛丽娅·德密特里耶芙娜说道。

瓦尔瓦拉·巴夫罗芙娜伸手撩开散在绯红面颊上的头发,摇了摇头。

"我俩的嗓音应该能彼此配得上,"她说着便把脸向潘申转过去,"咱们来个二重唱吧。您熟悉不熟悉 Son geloso③,或者 La bianca luna④,或者 Mira la bianca luna⑤?"

"我以前唱过 Mira la bianca luna,"潘申答道,"但早忘记啦。"

"没关系,我们先小声练练。让我来弹琴。"

瓦尔瓦拉·巴夫罗芙娜坐在钢琴前,潘申站在她身旁。他们轻声地唱起二重唱来,瓦尔瓦拉·巴夫罗芙娜纠正了他的几处错误,然后他们大声地唱了,又重复地唱了两遍:Mira la bianca lu...u...una。瓦尔瓦拉·巴夫罗芙挪的嗓音已经不响亮了,但是她掌握得非常巧妙。潘申开头时胆怯,有些儿走调,随后激动起来,如果说他唱得并非无懈可击的话,那么他那副双肩抖动、身体摇晃、不时举起一只手来的姿态,倒真像是个地道的歌唱家。瓦尔瓦拉·巴夫罗英娜弹了两三首塔尔贝格⑥的小作品,卖俏似的不是唱,而是用嘴"说"了一

----

① 法语:好极了,极好的意境。
② 意大利语:女声。
③④⑤ Son geloso、La bianca luna、Mira la bianca luna,都是意大利浪漫歌曲的名称。
⑥ 塔尔贝格(1812—1871),奥地利作曲家。

段法国咏叹调。

玛丽娅·德密特里耶芙娜已经快活得不知怎样表达才好了；她几次想要派人去把丽莎叫来；格杰奥诺夫斯基也找不出适当的赞美之词来，只是一个劲儿地摇头晃脑——但却忽然打了一个哈欠，几乎没来得及用手把嘴捂住。他这个哈欠没有逃出瓦尔瓦拉·巴夫罗芙娜的眼睛；她猛地把身子一转，背向着钢琴，低声地说："Assez de musique①；咱俩来聊聊天吧。"——说着便把两手交叉放起来。"Oui, assez de musique。"②潘申快活地重复她的话，便和她谈起话来——谈得热烈、轻松，用的是法语。"够味儿极啦，就像在上等法国沙龙里一样。"玛丽娅·德密特里耶芙娜倾听着他们拐弯抹角、闪烁其词的言谈，心里这样想着。潘申感到十分的称心如意；他笑容满面，眼睛放着光；起初当他和玛丽娅·德密特里耶芙娜目光偶尔相遇时，他还用手抹一抹脸，皱一皱眉头，不连贯地叹几口气；而后来他把她完全抛诸脑后了，只顾得去享受那种半社交半艺术的胡扯了。瓦尔瓦拉·巴夫罗芙娜表现出她还是个大大的哲学家：无论什么疑难问题，她都能拿出个现成的解答，无论对什么事，她都毫无疑虑、毫不犹豫；显然她是经常并且大量跟各式各样的聪明人物谈话的。她一切的思想、感情全都围绕着巴黎旋转。潘申把话题引到文学上：原来她跟他一个样，是非法文书不读的：乔治·桑令她愤怒，巴尔扎克她是敬重的，虽然她对他已经厌倦，她认为苏和斯可里布是伟大的理解人心的作家，她崇拜大仲马和费法尔；从心里说，在所有作家中她最喜爱的是波尔·德·科克，然而，当然啦，她连他的名字也不会提起。其实她对文学并不很感兴趣。瓦尔瓦拉·巴夫罗芙娜非常巧妙地躲开一切哪怕是稍稍涉及她处境的话题；她对爱情是只字不提的；相反地，在她的谈话中，对于放纵情欲的事，她与其说是态度严厉，不如说是灰心失望、自我克制。潘申则反驳她；她不

---

① 法语：音乐已经够了。

② 法语：是的，音乐已经够了。

同意他的看法……然而真是奇怪——当她嘴里吐出谴责的词句,并且往往非常严厉时,她说这些话的声音却亲切而温柔,连她的眼睛也在说话……这双富有魅力的眼睛到底说了些什么话,倒很难讲得清;然而决不是些严厉之词,也不是些含混不清的甜言蜜语。潘申竭力想要了解个中神秘的含义,竭力想要自己也来用眼睛说话,他却毫无所获;他心里明白,瓦尔瓦拉·巴夫罗美娜这头真正国外养大的母狮子比他高明得多,因此他不大能完全把握住自己。瓦尔瓦拉·巴夫罗芙娜有个习惯,在谈话中间要轻轻地碰一碰对方的衣袖;在每次这种接触的一刹那间,伏拉季米尔·尼古拉依奇都心旌摇荡。瓦尔瓦拉·巴夫罗芙娜拥有能跟任何人一拍即合的本领;不到两个小时,潘申已经觉得,他跟她已是多年的知交了,而丽莎,那个他毕竟还是爱着的丽莎,他昨天夜晚还向她求婚的丽莎——似乎已经消失于烟雾迷蒙之中了。上茶了,谈话进行得更加没有拘束。玛丽娅·德密特里耶芙娜打铃唤来一个小佣人,叫他去对丽莎说,头痛好些的话,就下楼来。潘申一听丽莎的名字,便大谈其自我牺牲精神,谈男人和女人相比哪一个更能牺牲自己。

玛丽娅·德密特里耶芙娜立刻激动起来,开始断言说,女人更能如此,并且宣称她只须三言两语便能加以证明,她语无伦次地打了个颇不恰当的比方,就说不下去了。瓦尔瓦拉·巴夫罗芙娜拿起一本乐谱,半遮住脸,身子斜向潘申一边,嘴里嚼着一块饼干,唇边和眼中带着一丝儿静静的微笑,悄声地说:"Ellen' a pas invente la poudre, la bonne dame."①潘申稍稍一怔,瓦尔瓦拉·巴夫罗芙娜的放肆令他惊讶;然而他没能领会到这句突如其来的话中流露的真情,隐含了多少对他本人的轻蔑,他忘记了玛丽娅·德密特里耶芙娜对他的真诚和厚爱,忘记了她给他吃的那许多饭食,借给他花的那许多现钱——竟含着跟她同样的浅笑,用和她同样的声音(这个

---

① 法语:这位可爱的太太没有发明火药。

不幸的人啊!)回答说:"Je crois bien"①——甚至还不是说"Je crois bien,"而是说:"J' crois ben!"②

瓦尔瓦拉·巴夫罗芙娜向他抛了一个亲热的媚眼,便站了起来。丽莎进来了;玛尔法·季莫菲耶芙娜要拦她没拦得住:她决意要把这次考验承受到底。瓦尔瓦拉·巴夫罗芙娜和潘申一起向她迎来,潘申脸上又摆出原先那种外交官式的表情。

"您身体好吗?"他问丽莎。

"这会儿好些啦,谢谢您。"她回答说。

"我们在这儿来了点儿音乐;可惜啊,您没听见瓦尔瓦拉·巴夫罗芙娜唱歌。她唱得美极啦,en artiste consommee③。"

"请您过来吧,ma chere④。"响起玛丽娅·德密特里耶芙娜的声音。

瓦尔瓦拉·巴夫罗芙娜马上像个小孩子一样听话地走到她跟前,坐在她脚边一个小凳子上。玛丽娅·德密特里耶芙娜叫她过去是为了自己女儿跟潘申单独在一起,哪怕一小会儿:她仍在暗中希望女儿会醒悟过来。此外,她有个想法,一定要立即说出来。

"您知道吗,"她对瓦尔瓦拉·巴夫罗芙娜悄悄地说,"我想试试让您跟您丈夫和解;我不能保证办得成,不过我想试试。他对我,您知道,是很敬重的。"

瓦尔瓦拉·巴夫罗芙娜慢慢抬起眼睛朝玛丽娅·德密特里耶芙娜望去,姿势优美地叠起两只手。

"那您就是我的大救星啦,表姐,"她用忧愁的声音说道,"我不知道怎么感激您对我的这番情意才是;可是我在菲托尔·伊凡尼奇

---

① 法语:我想是这样。
② 法语:我想是这样。这是一种随意而轻佻的说法。
③ 法语:像是个完美的艺术家。
④ 法语:我的亲爱的。

面前实在过错太大啦；他不会原谅我的。"

"可是未必您……当真……"玛丽娅·德密特里耶芙娜本来要好奇地把话说下去……

"您别问我吧，"瓦尔瓦拉·巴夫罗芙娜打断她的话，低下了头，"那时候我年轻、浮躁……不过我不想辩白。"

"喏，反正是，干吗不试试看？别灰心失望嘛。"玛丽娅·德密特里耶芙娜对她这样说，还想要拍拍她的面颊，然而，瞧了瞧她的脸——便没敢伸手。"挺老实的呀，挺老实的呀，"玛丽娅·德密特里耶芙娜想着，"可确确实实是一头母狮子哟。"

"您不舒服吗？"这时潘申对丽莎说。

"是的，我身体不大好。"

"我明白您的意思，"好长的一阵沉默之后，他喃喃地说，"是的，我明白您的意思。"

"怎么？"

"我明白您的意思，"潘申意味深长地再说一遍，他简直不知道说什么话好。

丽莎有些难为情了，而后来她想："随他去吧！"潘申做出一副神秘的样子，缄口不言，煞有介事地眼望着一边。

"已经都，好像是，敲十一点啦。"玛丽娅·德密特里耶芙娜说了一声。

客人心领神会，开始告辞了。瓦尔瓦拉·巴夫罗芙娜不能不答应明天来吃午饭，还要把阿达带来；格杰奥诺夫斯基坐在屋角里几乎要睡着了，这时挺身而出，要送她到家。潘申洋洋得意地向大家鞠躬告别，他在门前把瓦尔瓦拉·巴夫罗芙娜扶上马车，握了她的手，还在车后高喊一声："Au revoir!"①格杰奥诺夫斯基跟瓦尔瓦拉·巴夫罗芙娜并肩而坐；她一路上寻他的开心，仿佛无意地把她的小脚尖儿放在他的脚上；他实在难为情，便对她恭维几句；她咭咭

---

① 法语：再见。

地笑着,当路灯的光线照到车里时,还对他做几个媚眼。她自己方才弹过的华尔兹舞曲仍在她头脑中回响,令她春心动荡;她无论身在何处,只要一想起灯光、舞池、音乐伴奏下急速的旋转——她的心便会火一般地燃烧,眼睛闪出奇异的光彩,微笑也会徘徊在唇边,某种优雅而狂热的东西便会散布到她的全身。到家了,瓦尔瓦拉·巴夫罗芙娜轻盈地一跃,便下了马车——只有母狮子才会这样地跳跃——回身面向格杰奥诺夫斯基,忽然冲他的鼻子尖发出一连串响亮的哈哈大笑。

"讨人爱的娘们儿啊,"这位五品文官在回家去的路上不停地想道,这时他的家仆正手持一瓶肥皂樟脑液等待他的归来,"幸亏我是个规矩人……只是她那么个笑法,是为个啥呢?"

玛尔法·季莫菲耶芙娜整夜坐在丽莎的床头,通宵未眠。

四十一

拉夫列茨基在瓦西列夫斯科耶待了一天半,几乎所有时间全都在四处漫游。他不能在一个地方停留很久:苦恼啃啮着他;一次次急切而又软弱无力的冲动不停地折磨着他。他想起回到乡下的第二天占据他心灵的那种情感;想起自己当时的种种打算,对自己非常气愤。有什么东西能够使他丢开他所认定的责任,他未来唯一的任务呢?对幸福的渴望——又是对幸福的渴望!"显然,米哈烈维奇说得对,"他想着,"你想要再一次品尝人生的幸福,"他自言自语说,"你忘记了,幸福来光临你,哪怕只有一次,也是一种奢侈,一种你所不配享受的恩赏啊。幸福这东西从来是不完整的,它从来是虚假的,你也许会这样说;但是你有权享受完整而真实的幸福吗?把你的权利拿出来看看!你到处瞧瞧,在你的四周有哪个人是幸福的,哪个人在享受它的乐趣?瞧那个庄稼人赶车去割草;或许他是满足于自己命运的吧……怎么,你想跟他换个位置吗?回想一下你的母亲吧:她一生所要求过的东西实在少得可怜,而落到她头上的命运又如何呢？你啊，看得出，在潘申面前给他说，你回到俄国来是为了耕种土地，这只不过是吹吹牛皮而已；你回来是想在这把年纪上还去追求人家那些小姑娘的。一听到你有了自由的消息，你就把什么都抛开了，都忘记了，你连忙跑过去，像个抓蝴蝶的小孩子一样……"当他这样思索时，丽莎的形象不断地出现在他的眼前；他费尽气力把这个形象赶开，也把另一个在心头纠缠不去的形象，那张不动声色而又诡计多端的，美丽而又可恨的面孔赶开。安东老头儿注意到，老爷不大舒服；他在门外叹过几声气，又站在门口叹几声气，便决定去找老爷，劝他喝点儿什么热的东西。拉夫列茨基对他大声地呵斥，叫他滚出去，而后来又向他道歉，说是自己不好；但是这一来老头儿倒更忧愁了。拉夫列茨基不能坐在客厅里：他好像觉得，曾祖父安德烈从画布上轻蔑地注视着他这个不肖儿孙。"你呀！还嫩得很呢！"他那双歪向一边的嘴唇好像在说。"莫非我，"他想着，"连自己也对付不了，这点儿……小事情就抵挡不住啦？（战场上重伤倒地的人总是把自己的伤叫做"小事情"。人生在世，莫不自欺。）我就当真，怎么，是个小孩子？喏，是呀：近在眼前，终生幸福的可能性几乎已经捏在手里了——却忽然不知去向；轮盘赌也是这样啊——轮子只要再稍稍一转，穷光蛋，或许，就变成大富翁了。镜花水月，毕竟终成空——现在结束啦。我得咬紧牙关去干我该干的事，不许自己出声；好在我不是第一次控制住自己。我为什么要逃跑，为什么坐在这儿，像只把脑袋藏在树丛里的鸵鸟似的？灾祸临头先害怕，不敢睁开眼睛来——胡说！""安东！"他大喊一声，"吩咐马上套车。""对，"他又想，"必须让自己保持沉默，必须牢牢地控制住自己……"

拉夫列茨基竭力想用这样一些思索来排解心头的痛苦，然而这痛苦是太大、太强烈了；他坐进马车要回城里去时，就连老得不仅头脑昏聩，而且知觉全无的阿普拉克西娅也摇起头来，伤心地用目光送他登程。马儿在奔跑；他一动不动地、直挺挺地坐着，眼睛也一动不动地凝视着前方的道路。

四十二

昨天夜里丽莎给拉夫列茨基写信，要他今晚上她们家来；但是他先回到了自己的住处。妻子和女儿都不在家；从佣人那里知道，她带女儿去卡里金家了。这个消息令他又惊又怒。"看来瓦尔瓦拉·巴夫罗芙娜是决心不让我安生了，"他想，心中恨恨地激动不安。他开始来来回回地走动，把随处碰到的孩子玩具、书本、各种女人用的东西踢翻、扔开；他把茹斯汀叫来，吩咐她把这些"垃圾"全都拿走。"Oui, monsieur，"①她说，做了一个鬼脸，便开始收拾房间，姿势优雅地弯下身子，她的每一个动作都让拉夫列茨基感到，她把他当做一头粗野的狗熊。他厌恶地瞧着她那张衰颓而依然"诱人的"、讥笑似的巴黎面孔，她雪白的袖套，丝织的围裙和轻巧的小帽子。他终于打发她走开，犹豫了好一阵子（瓦尔瓦拉·巴夫罗芙娜还没有回来）才决定到卡里金家去——不去玛丽娅·德密特里耶芙娜那边（他怎么也不愿走进她的客厅，那间他妻子待着的客厅），而去玛尔法·季莫菲耶芙娜那边；他记得，女仆们出入的后楼梯是直通她的房间的。拉夫列茨基便这样做了。他运气很好：在院子里就碰见了苏洛奇卡，她把他带到玛尔法·季莫菲耶芙娜屋里。他看见她跟往常不同，只是独自一人；她坐在屋角里，没戴帽子，俯着腰，两手交叉着放在胸前。看见拉夫列茨基走进来，老人家慌了手脚，连忙站起来，在屋子里到处走动，好像在找她的小帽子。

"啊，你来啦，啊，"她说着，躲开他的目光，显得很不安，"喏，你好呀。喏，怎么？这咋办呢？你昨天去哪儿啦？喏，她来啦，喏，是呀。喏，只好这么着……不管怎么样吧。"

拉夫列茨基在一把椅子上坐下。

"喏，你坐吧，坐吧，"老太太继续说着，"你直接上楼的吗？喏，

---

① 法语：好的，先生。

对呀,当然啦。怎么? 你是来看我的吗? 谢谢你。"

老太太不说话了;拉夫列茨基不知道给她说什么好;但是她明白他的意思。

"丽莎……对,丽莎刚刚还在这儿,"玛尔法·季莫菲耶芙娜继续说,一边把手提袋上的绳子结上又解开,"她不太舒服。苏洛奇卡,你在哪儿? 过来,我的妈呀,怎么你就坐不住呀? 我也头痛。一定是让这些个唱歌呀弹琴呀给闹出来的。"

"什么唱歌呀,姑妈?"

"怎么;刚才还这么,你们把这些玩意儿叫什么来着,二重唱,还在唱着呢。全是意大利话:唧唧喳喳的,简直是一帮子喜鹊。把那调子使劲儿一唱呀,就跟抽你的魂儿一样。这个潘申,还有你那口子。怎么这么快就混熟啦:真叫做,亲人一样啦,不讲规矩啦。不过嘛,按说是:狗也得给自个儿找个窝呀;不会死在外头的,好在人家不赶走它。"

"反正是,说真的,我没料到会这样,"拉夫列茨基回答,"这也得有很大的勇气呢。"

"不对,我的宝贝儿,这不叫勇气,这叫会打算盘呀。上帝保佑她吧! 你要把她,人家说,送到拉夫里基去,是真的吗?"

"是的,我把这个庄园给瓦尔瓦拉·巴夫罗芙娜用了。"

"她找您要钱了吗?"

"暂时还没有。"

"喏,拖不了多久就会要的。我这会儿才把你看仔细了。你身体好吗?"

"好的。"

"苏洛奇卡,"玛尔法·季莫菲耶芙娜突然喊一声,"你去给丽莎维塔·米哈依洛芙娜说——就说是……不,你去问问她……她是在楼下的吧?"

"在楼下。"

"喏,好的;那你就问问她:就说,她把我的书放哪儿啦? 她就明白啦。"

"听见啦。"

老太太又忙乱起来,把她的梳妆台抽屉一只只拉开。拉夫列茨基一动不动地坐在他的椅子上。

忽然听见楼梯上轻轻的脚步声——丽莎进来了。

拉夫列茨基站起来,鞠一个躬;丽莎在门边停住。

"丽莎,丽索奇卡[①]," 玛尔法·季莫菲耶芙娜手忙脚乱地说,"你把我的书放哪儿啦,书你放哪儿啦?"

"什么书呀,姑奶?"

"那本书嘛,我的天啦! 不过我没喊你来……喏,反正一个样。你在下面干什么呢? 瞧,菲托尔·伊凡尼奇来啦。你的头还痛吗?"

"没什么。"

"你老是说:没什么。你们在下面干什么,又是搞音乐?"

"没有——玩牌呢。"

"是呀,她干什么都在行。苏洛奇卡,我看,你想去花园里跑跑吧。去吧。"

"啊不,玛尔法·季莫菲耶芙娜……"

"别犟嘴啦,得了,去吧。纳斯塔霞·卡尔坡芙娜一个人去花园了:你去陪陪她。对老人家要恭敬点儿。"苏洛奇卡出去了,"我的小帽子哪儿去啦? 放哪儿啦,真的?"

"我去找找吧。"丽莎轻声地说。

"坐下,坐下,我的两条腿还没垮呢。大概是在我的睡房里。"

于是,玛尔法·季莫菲耶芙娜向拉夫列茨基斜瞟了一眼,就走开了。她本来是让房门开着的,可又忽然回身来关上了它。

丽莎靠在椅背上,默默地用手捂住自己的脸;拉夫列茨基停在他原先站着的地方。

"我们就像这样的见面了。"他终于说道。

---

① 丽索奇卡,丽莎的爱称。

149

丽莎把手从脸上移开。

"是的，"她声音低沉地说，"我们很快就要受到惩罚了。"

"惩罚，"拉夫列茨基说，"您为什么该受惩罚？"

丽莎向他抬起自己的眼睛。这双眼睛并没有显露出痛苦和惊慌：它们显得小一些，暗淡一些了。她的脸是苍白的；微微张开的嘴唇也是苍白的。

拉夫列茨基的心又怜又爱地战抖了一下。

"您给我写了信：说一切都结束了，"他喃喃地说，"是的，一切都结束了——结束在开始以前。"

"这一切都应该忘掉，"丽莎说，"我高兴您来了；我原想写给您看，可是这样更好些。只是要赶快利用这几分钟时间。我们俩都得去尽自己的责任。您，菲托尔·伊凡尼奇，应该跟您的妻子和解。"

"丽莎！"

"我求您做到这一点；只有这样才能赎取……过去的一切。您想想看——就不会拒绝了。"

"丽莎，看在上帝分上，您要我做的是办不到的事。无论您命令我做什么，我都肯做；可是现在跟她和解！……我什么都同意，我什么都忘记了；可是我不能强迫自己的心去……别这样吧，这是残酷的啊！"

"我也没要求您……像您说的那样做；不要跟她住一起，要是您做不到的话；可是要和解，"丽莎回答他，又把手捂在眼睛上，"想想您的女儿吧；您就为了我这样做吧。"

"好，"拉夫列茨基透过牙齿缝说道，"我就这样做，就算吧；这是我在尽自己的责任。可您呢——您要尽的责任是什么？"

"这一点我知道。"

拉夫列茨基突然一抖。"您不会是要嫁给潘申吧？"他问。

丽莎露出一丝几乎看不见的笑容。

"噢，不会的！"她轻轻地说。

"唉，丽莎，丽莎！"拉夫列茨基激动地叫道，"我们本来可以多么幸福啊!"

丽莎再次望了望他。

"现在您自己看见了,菲托尔·伊凡尼奇,幸福不由我们决定,由上帝决定。"

"是的,因为您……"

隔壁房间的门迅速打开了,玛尔法·季莫菲耶芙娜拿着她的小帽子走进来。

"好不容易找到了,"她说,站在拉夫列茨基和丽莎中间,"是我自己乱塞。这就叫做老啦,真要命啊! 不过嘛,年纪轻轻也未必就强些。怎么,你自己带老婆上拉夫里基去?"她又转身向着菲托尔·伊凡尼奇,说了这最后一句。

"跟她去拉夫里基? 我? 我不知道这事。"他稍稍停了停,才说。

"你不去楼下?"

"今天吗? ——不去。"

"喏,好的,随你吧;那你呢,丽莎我觉得,该去楼下了吧。哎呀,我的老天爷,我忘记给我的红腹灰雀儿喂食啦。那你们就再等等,我这就……"

于是玛尔法·季莫菲耶芙娜跑出去了,并没有戴那顶小帽子。

拉夫列茨基急忙走到丽莎身边。

"丽莎,"他开始用恳求的语气说,"我们要永远被拆开了,我的心要碎了——把您的手给我,让我们告别吧。"

丽莎抬起头来。她疲倦的,几乎已经失去光芒的眼睛停在他的身上……

"不,"她轻声地说,把已经伸出的手收了回去,"不,拉夫列茨基(她第一次这样称呼他),我不把我的手给您。何必呢? 您走吧,我请求您。您知道,我爱您……是的,我爱您,"她迫使自己补充说了最后这句话,"可是不,不。"

她把手帕举到唇边。

"至少请您把这块手帕给我吧。"

门吱嘎地响了……手帕顺丽莎的膝盖滑落下来。拉夫列茨基在它还没落到地上的时候抓住了它，迅速塞进自己侧面的衣袋里，一回过头，遇上玛尔法·季莫菲耶芙娜的目光。

"丽索奇卡，我好像听见你妈妈叫你。"老太太说。

丽莎立即站起来走了。

玛尔法·季莫菲耶芙娜又坐到自己的角落里。拉夫列茨基开始跟她道别。

"菲佳。"她突然地说。

"什么，姑妈？"

"你是个诚实的人吧？"

"怎么？"

"我在问你：你是个诚实的人吗？"

"我希望我是的。"

"哼。那您给我说句担保的话，说你是个诚实人。"

"好吧。可这是为什么呢？"

"我当然知道为什么。可你，老兄啊，你要是好好儿想想，你又不傻，你自己就会明白，我为什么问你这个。这会儿嘛，老爷子呀，谢谢你来看我啦；可要记住自己说过的话哟，菲佳，来亲亲我吧。噢，我的心肝宝贝儿，你心里不好受啊，我知道；可人人都过得并不轻松呢。所以我以前老是羡慕那些个苍蝇：瞧，我想呀，这世上就它们日子过得好；可有一回半夜里，我听见一只苍蝇在蜘蛛爪子里苦苦地叫——不啊，我就想，连它们也有灾有难哟。怎么办呢，菲佳；可是你反正得记住自己的话啊。去吧。"

拉夫列茨基从后门走出去，快走到大门前了……一个仆人赶上了他。

"玛丽娅·德密特里耶芙娜盼咐请您上她那儿去一趟。"仆人向拉夫列茨基报告说。

"告诉她，小兄弟，就说我这会儿不能……"菲托尔·伊凡尼奇正要说下去。

"吩咐说一定要请您去的，"仆人继续说，"还吩咐说，她就一个人在。"

"那客人们都走了吗？"

"都走了。"仆人回话，咧开嘴笑着。

拉夫列茨基耸耸肩头，便跟着他走了。

四十三

玛丽娅·德密特里耶芙娜一个人坐在她书房里一把伏尔泰式的安乐椅中，闻着科伦香水；一杯泡着橙花的水放在她身边一张小台子上，她很激动，好像为什么事担着心。

拉夫列茨基走进来。

"您想要见我。"他说，冷冷地鞠一个躬。

"是的，"玛丽娅·德密特里耶芙娜回答，喝了一口水，"我知道您直接上姑妈那边去了；我叫人去请您到我这儿来：我需要跟您谈谈。请坐。"玛丽娅·德密特里耶芙娜停下来喘一口气。"您知道，"她继续说，"您妻子来过。"

"这我已经知道了。"拉夫列茨基说。

"哦，是的，那就是说，我想说的是：她来找过我了，我也接待了她；我这儿想跟您解释的就是这个，菲托尔·伊凡尼奇。我，谢天谢地，受到，可以这么说吧，普遍的尊重，怎么也不会做出不像样的事来的。虽然我也预料到这对您会不大愉快，可是我怎么能忍心拒绝她呢；她是我的亲戚——由于您的关系：您设身处地为我想想，我有什么权利不让她进门呢——您同意我这么说吗？"

"您没必要为这个心里不安，玛丽娅·德密特里耶芙娜，"拉夫列茨基回答说，"您做得很好；我一点儿也不见怪。我根本不打算剥夺瓦尔瓦拉·巴夫罗芙娜跟她的熟人见面的机会；我今天没上您这边来，只是因为我不想跟她碰见——就这样，没别的。"

"哎呀，我多高兴听见您这么说呀，菲托尔·伊凡尼奇，"玛丽娅·德密特里耶芙娜激动地大声说，"不过，凭您这样高尚的情感，我一向就知道您会这样做的。要说我为什么激动嘛——这不奇怪呀：我是个女人和做母亲的呀，而您的太太……当然啦，你们之间的事儿我不能来评判——我对她也是这么说的；可她是多么讨人喜欢的一位女士啊，见了她就只有喜欢的份儿啦。"

拉夫列茨基笑笑，把帽子在手里翻弄着。

"我还想给您说的是，菲托尔·伊凡尼奇，"玛丽娅·德密特里耶芙娜继续说下去，身子微微向他移过来，"您要是看见她待人接物的谦虚样子就好了，多么恭敬啊！真的，甚至于让人动起感情来了。要是您听见她怎么说到您就好啦！我呀，她说，在他面前是错到底的啦；这个人呀，她说，是天使，不是凡人。真的，她是这么说的：天使。她那个后悔劲儿啊……我，真的，还没见过有谁这样后悔的呢！"

"不过，玛丽娅·德密特里耶芙娜，"拉夫列茨基说道，"请允许我出于好奇问一问：人家说，瓦尔瓦拉·巴夫罗芙娜在您这儿唱歌来着；她在自己后悔的时候还唱歌——是不是这样？……"

"哎呀呀，您这么说话不觉得害臊吗！她唱歌弹琴只不过是想叫我开心，因为我一定要她这么做，我几乎就是命令她啦。我看得出来，她心里不好受，不好受得很；我想让她散散心——再说我早听说她的才能是十全十美的！得了吧，菲托尔·伊凡尼奇，她已经垮到底啦，不信您问问谢尔盖·彼得罗维奇；一个心里好愁好苦的女人哟，tout-a-fait①，您干吗这样呢？"

拉夫列茨基只耸了耸肩头。

"再说，您那个阿达奇卡是个多美的小天使哟，多迷人哟！又可爱，又聪明；法国话讲得那么好；俄国话她也听得懂——还喊我姑妈呢。您知道吗，说起怕生，她那么大年纪的孩子都怕生——可她就一点儿也不怕。真像您啊，菲托尔·伊凡尼奇，像极啦。眼睛，眉

---

① 法语：完全是的。

154

毛……就是您——一点儿不差。这样大的孩子我是不大欢喜的,说实在的;可是您的女儿我可真是爱上了。"

"玛丽娅·德密特里耶芙娜,"拉夫列茨基忽然说,"请准许我问一句,您干吗给我说这些呢?"

"干吗说这些吗?"玛丽娅·德密特里耶芙娜又闻了闻科伦香水,喝了一口水。"我给您说这些嘛,菲托尔·伊凡尼奇呀,为的是……要知道我是您亲戚,我对您是非常关心的呀……我知道您这人心善极啦。听我说,mon cousin①,我毕竟是个有经验的女人,不会随口乱说话,您就宽恕了吧,宽恕了您的妻子吧。"玛丽娅·德密特里耶芙娜的眼睛忽然满溢着泪水,"您想想看:年轻,没经验……喏,或许还有个坏榜样;没一个能把她引上正路的母亲。宽恕她吧,菲托尔·伊凡尼奇,她已经被惩罚得够受得啦。"

泪水沿玛丽娅·德密特里耶芙娜的面颊滴落下来;她没去擦掉:她喜欢哭态。拉夫列茨基如坐针毡。"我的上帝,"他想,"这受的算是什么罪啊,今天这一天过的什么日子啊!"

"您不给个回答,"玛丽娅·德密特里耶芙娜又说开了,"我该怎么了解您的意思呢?难道您就可以这么残忍吗?不啊,我不愿意相信您是这样的。我觉得我的话是说服了您的。菲托尔·伊凡尼奇,上帝会奖赏您的好心的,您现在就从我手里把您妻子接过去吧……"

拉夫列茨基不由得从椅子上立起来;玛丽娅·德密特里耶芙娜也立起身来,一闪身走进屏风后边,从那里把个脸色苍白、半死不活、两眼低垂的瓦尔瓦拉·巴夫罗美娜拖了出来,她看起来似乎自己毫无思想、毫无主见——完全听从玛丽娅·德密特里耶芙娜的摆布。

拉夫列茨基倒退了一步。

"刚才你在这儿!"他惊叫一声。

"别责怪她,"玛丽娅·德密特里耶芙娜连忙说道,"她怎么也不

---

① 法语:我的表弟。

想留下的,可是我叫她留下别走,是我把她放在屏风后边的。她再三给我说,这样做会更加激怒您;我根本不愿意听她的;我比她更了解您的为人。从我手里把您的妻子接过去吧;瓦丽娅,别害怕,给您的丈夫跪下(她拉起瓦尔瓦拉·巴夫罗芙娜的手)——我祝福……"

"等等,玛丽娅·德密特里耶芙娜,"拉夫列茨基打断她的话,话音低沉而战抖,"您,大概,喜欢看见感情丰富的场面(拉夫列茨基没说错:玛丽娅·德密特里耶芙娜还在女子中学的时候就极其热衷于某种戏剧性效果)。这种场面能让您开心;可是别人却受不了。不过我不想跟您多说了:在今天这个场面里唱主角的不是您。您想让我怎么样呢,夫人?"他又补充一句,是对他妻子说的,"我不是把能为您做的事都做了吗? 别辩解说,这种夫妻相会的把戏不是您出的主意;我是不会相信您的——您知道,我不可能相信您;您想要什么呢? 您是个聪明人——您做什么事都不会没有目的。您应该明白,跟您一块儿过日子,像我从前那样过日子,我是做不到的;这不是因为我还在怪罪您,而是因为,我已经变成另外一个人了。您回来的第二天我就把这话给您说过了,您本人,在那一刹那间,也是从心底里同意我的话的。可是您希望恢复别人对您的评价;住在我家里对您还不够,您还希望我跟您同住在一起——这话对不对?"

"我希望您能宽恕我。"瓦尔瓦拉·巴夫罗芙娜说道,并不抬起眼睛来。

"她希望您能宽恕她呀。"玛丽娅·德密特里耶芙娜重复一遍。

"也不是为我自己,是为了阿达哟。"瓦尔瓦拉·巴夫罗芙娜轻声地说。

"不是为她自己,是为了阿达哟。"玛丽娅·德密特里耶芙娜重复一遍。

"好极啦,您就想要这个?"拉夫列茨基好不容易才说出这句话,"好吧,这我也同意。"

瓦尔瓦拉·巴夫罗芙娜急速对他瞟一眼,而玛丽娅·德密特里耶芙娜却激动地大声喊叫了:"啊,谢天谢地啦!"便再一次拉起了瓦尔瓦拉·巴夫罗芙娜的手,"请您现在从我手里……"

"等等,我对您说,"拉夫列茨基打断她,"我同意跟您住在一起,瓦尔瓦拉·巴夫罗芙娜,"他继续说,"就是说,我带您去拉夫里基,跟您住一阵,一直到我实在住不下去的时候,然后我走开——我还会经常再来的。您看得出,我不想欺骗您;但是您别要求更多了。您自己也会发笑的吧,假如我照我们这位尊敬的亲戚所希望的去做,把您搂在怀里,给您担保说……说过去的事都并不存在,说砍倒的树还会再生叶开花的话。可是我看我只好屈服了。您不会理解我这话的意思的……这也没关系。我再说一遍,我跟您一起住……或者不,我不能答应这个……我会跟您同居的,会把您当做自己的妻子的……"

"您至少为这个把手伸给她吧。"玛丽娅·德密特里耶芙娜说道,她的眼泪早已经干了。

"我直到现在从没欺骗过瓦尔瓦拉·巴夫罗芙娜,"拉夫列茨基不同意地说,"她也会相信我这一点的。我带她到拉夫里基去——请记住,瓦尔瓦拉·巴夫罗芙娜:只要您一从那儿走开,我们说定的条件就算破坏了。现在请允许我离开了。"

他向两位女士鞠一个躬,急忙从那儿走掉。

"您没带上她一块儿走呀,"玛丽娅·德密特里耶芙娜在他身后喊叫着……

"让他走吧,"瓦尔瓦拉·巴夫罗芙娜悄悄对玛丽娅·德密特里耶芙娜说,马上便去拥抱她,开始感谢她,吻她的手,称她做自己的救命恩人。

玛丽娅·德密特里耶芙娜宽宏大量地接受了她的这番亲热;然而在内心深处,她对拉夫列茨基,瓦尔瓦拉·巴夫罗芙娜,乃至她所导演的这场戏并不满意。演得并不那么打动人心;瓦尔瓦拉·巴夫罗芙娜本应该,依她看,扑倒在丈夫的脚下。

"您怎么就不懂我的意思呀?"她解释说,"我不是给您说:跪下吧。"

"这样更好些,亲爱的表姐;您放心——一切都好极啦。"瓦尔瓦拉·巴夫罗芙娜肯定地说。

"是吗,可他呀——冷得像块冰似的,"玛丽娅·德密特里耶芙娜指出,"就算吧,您没哭,我倒在他面前痛哭流涕的。他想把您关在拉夫里基。怎么,您连我这儿也不能来啦?男人们全都是无情无义的。"她最后说了这句话,还意味深长地摇了摇头,

"可是女人家是知道善心和大度的价值的哟。"瓦尔瓦拉·巴夫罗芙娜说着便悄悄跪在了玛丽娅·德密特里耶芙娜的脚下,双手搂住她的腰,把脸贴在她身上。这张脸此时正偷偷在微笑,而玛丽娅·德密特里耶芙娜却重新又落下了泪水。

而拉夫列茨基回到家中,把自己关在贴身侍仆的房间里,倒在沙发上,就这样躺到早晨。

四十四

第二天是礼拜日。晨祷的钟声不是唤醒了拉夫列茨基——他整夜都没有合眼——而是让他回想起了另一个礼拜日,他按丽莎的意思去教堂的那一个礼拜日。他连忙起身,有一个神秘的声音告诉他说,他今天也能在那儿见到她。他一声不响地从家里出来,吩咐还在睡觉的瓦尔瓦拉·巴夫罗芙娜说,他回来吃午饭,便大踏步地向那单调忧伤的声音召唤他去的地方走去。他来早了:教堂里几乎还没有人;一个执事在唱诗班的席位上念诵着经文;他的声音均匀而低沉地嗡响着,忽起忽落,时而被咳嗽声打断。拉夫列茨基坐在离入口不远的地方,祈祷的人们一个个来到,他们站住脚,画个十字,再向四面八方鞠个躬;他们的脚步在空寂宁静的教堂里发出嗒嗒的声音,又清晰地在拱顶下回响。一个衰弱的老妇人,披一件带风帽的破斗篷,跪在拉夫列茨基身旁,虔诚地祈祷着;她没牙的、苍黄的、布满皱纹的脸上显出紧张的、深深感动的表情;两只充血的眼睛定定地注视着上方神龛中的圣像;一只瘦骨嶙峋的手不停地从斗

篷下伸出来,缓慢而有力地画着又大又宽的十字。一个胡须浓密、面色阴郁的农民,头发乱蓬蓬的,衣服破破烂烂,走进了教堂,一下子双膝点地,立刻画起十字来,每磕一个头便把头向后一仰,再摇一摇。他全身上下的动作中,他的脸上,流露出一种那么深沉的痛苦,使得拉夫列茨基决意要走到他面前,问他出了什么事情。那农民吓坏了,严肃地向旁边一闪,眼睛注视着他……"儿子死啦。"他急忙说一句,又接着磕起头来……"对这些人,有什么能代替从教堂里得到的安慰呢?"拉夫列茨基想着,便自己也试着祈祷起来;然而他的心变得沉重了、冷酷了,思想也远远飞逝了。他还在等候着丽莎的到来——但是丽莎没有来。教堂里已经挤满了人;她还是不见来。祈祷仪式开始了,执事已经念完福音书,正式祈祷的钟声也敲响了;拉夫列茨基向前边走了几步——忽然他看见了丽莎。她比他来得更早,但是他没有发现;她缩在墙壁和唱诗班席位中间的空隙里,不张望,也不移动。拉夫列茨基直到祷告结束,一直盯住她望着:他在向她做最后的诀别。人群开始走散了,而她仍旧立在那里不动;似乎她在等拉夫列茨基先走。终于她画了最后一个十字,便走开了,头也不曾回一下。一个侍女陪伴着她。拉夫列茨基跟着她从教堂走出来,在街上赶上了她;她走得非常快,低着头,蒙着面纱。

"您好,丽莎维塔·米哈依洛芙娜,"他高声地说,装出无所拘束的样子,"可以送送您吗?"

她什么也没说;他便和她并肩走着。

"您对我满意了吗?"他压低声音问她,"您听说昨天的事了吗?"

"嗯,嗯,"她轻声说,"这很好。"

她走得更快了。

"您满意吗?"

丽莎只点了点头。

"菲托尔·伊凡尼奇,"她开始说,声音很安静,但很微弱,"我想请求您:别再上我们家来了,快点离开吧;我们以后什么时候会见面的,过一年。可现在为了我这样做吧;请您照我的要求做,看在上帝分上。"

"我一切都愿意听从您,丽莎维塔·米哈依洛芙娜;可是未必我们就应该这样分手吗;未必您跟我就一句话也不说?……"

"菲托尔·伊凡尼奇,瞧您现在走在我旁边……可是您离我已经那么远、那么远了。而且不止您一个人,而是……"

"您把话说完呀,求求您!"拉夫列茨基激动地大声说,"您想说什么?"

"您以后会听到的,或许……可是无论怎么样,请您忘掉……不,请您不要忘掉我,记住我。"

"要我把您忘掉……"

"够啦,永别了。不要跟着我走。"

"丽莎——"拉夫列茨基正要说下去……

"永别了,永别了!"她反复说了两遍,把面纱拉得更低些,几乎像跑步一样急急地向前走去。

拉夫列茨基目送她离开,然后低垂着头,沿着街道往回走。他碰见了勒穆,也在街上走着,帽子压在鼻梁上,眼睛望着脚下面。

他们互相默默望一眼。

"啊,您有什么话说吗?"终于拉夫列茨基说道。

"我有什么话好说?"勒穆阴郁地顶撞他,"我什么话也不要说。Alles ist todt, und wir sind todt。① 您是朝右边走吧?"

"朝右边。"

"可我朝左。再见啦。"

第二天清早,菲托尔·伊凡尼奇带妻子去拉夫里基了。她和阿达还有茹斯汀坐一辆轿车走在前面;他坐旅行马车跟在后面。漂亮的小姑娘一路上不离开车窗;她看见什么都惊奇:种庄稼的男人、女人,茅草屋,水井,马轭,铃铛和许许多多的白嘴鸦;茹斯汀跟她一样的惊讶;听着她们说的话和她们的喊叫声,瓦尔瓦拉·巴夫罗芙娜嘻嘻地笑着。她兴致很好;从O市出发前她对丈夫做过一次表白。

---

① 法语:一切都死啦,我们也死啦。

"我明白您的处境，"她对他说——而他从她那双聪明的眼睛的表情上可以认定，她确实是完全明白他的处境的，"可是您哪怕给我这样一点儿公平的评价呢：承认我这人很容易相处；我不会纠缠您、束缚您的；我是想要阿达的将来有一个保证；再多的我不需要了。"

"是的，您达到了您所有的目的。"菲托尔·伊凡尼奇说道。

"这会儿我只梦想一点：永远把自己埋在穷乡僻壤里；我会一辈子记住您的恩典的……"

"呸！得了吧。"他打断她。

"我也会尊重您的自主和您的安宁的。"她把她事先准备好的句子说完了。

拉夫列茨基对她深深鞠个躬。瓦尔瓦拉·巴夫罗芙娜懂得这意思了，丈夫从心底里在感激她。

第二天黄昏前他们便到了拉夫里基；一个礼拜后，拉夫列茨基动身去了莫斯科，给妻子留下一千五百个卢布作为日用开销，拉夫列茨基走后的第二天，潘申就来到拉夫里基，瓦尔瓦拉·巴夫罗芙娜要求他别在她孤单寂寞的时候忘记了她。她把他款待得无以复加的好，那一间间宽大高敞的房屋里乃至花园里直到深更半夜都响彻音乐声、歌唱声，以及愉快的法语交谈声。潘申在瓦尔瓦拉·巴夫罗芙娜那儿做了三天客；临别时紧紧拉住她一双漂亮的手，答应很快再来——并且履行了自己的诺言。

四十五

家里母亲住的二层楼上有一间丽莎自己的小房间，干净、明亮、雪白的一张床，屋角和窗前摆着几盆花，一张小小的写字台，一大堆书，墙上挂着一个有耶稣受难像的十字架。大家把这间房叫作孩子的房间；丽莎就是在这间房里出生的。在教堂见到拉夫列茨基以后，她回到屋里，比平时仔细得多地把自己的东西收拾整齐，擦掉每个地方的灰尘，把自己所有的笔记本和女友们的信用带子扎起来，锁上所有的抽屉,给花浇了水,用手把每一朵花都摸过。这一切她都做得不慌不忙、无声无息,脸上带着一种百感交集而又平静安详的关切和思虑。最后,她站在屋子的中央,徐徐地看一看四周,再走到桌边,那儿挂着那个十字架,她跪了下去,头放在握紧的手上,便一动不动地留在那里。

玛尔法·季莫菲耶芙娜进来时她还是这样。丽莎没察觉她进来。老太太踮起脚跟走出门,在门外大声地咳嗽了几声。丽莎动作迅速地站起来,擦了擦眼睛,几滴没有流尽的晶莹的泪水还在她眼睛里闪光。

"你啊,我看得出,又把你的小窝儿收拾干净啦,"玛尔法·季莫菲耶芙娜说道,一边向一盆新开花的玫瑰低低地弯下腰去,"这味儿真好闻呀!"

丽莎沉思地凝望着她的姑奶。

"您刚才说什么啦!"她喃喃地说。

"我说什么啦,说什么啦?"老太太兴奋地接着就说,"你想说什么话呢? 这真吓人啊,"她忽然把小帽子一扔,往丽莎床上一坐,就说起来了,"我真受不了啦:今天第四天了,我就像在锅子里煮着;我不能再装作什么也没看见啦,我不能眼看你脸色发青,人变瘦,成天地哭,我不能,不能啊。"

"您怎么啦,姑奶?"丽莎低声地说,"我没什么呀。"

"没什么吗?"玛尔法·季莫菲耶芙娜动情地大叫着说,"这话你跟别人说去吧,别跟我说! 没什么! 那是谁刚才跪在地上呢? 是谁的睫毛上眼泪水还没有干? 没什么! 你就瞧瞧你自己吧,你把你的脸弄成啥样子啦,你眼睛长哪儿去啦——没什么! 未必我不是什么全知道?"

"这都会过去的,姑奶;到时候就过去了。"

"会过去的,那要到什么时候? 我的上帝呀,主啊! 你就真的那么爱他吗? 他是个老头子呀,丽索奇卡。喏,我不反对,他是个好人,他不会咬人;可那又怎么样呢? 我们全都是好人;世界大得很呢,这种货色有的是啊。"

"我给您说这些都会过去的,其实已经都过去了。"

"你听着,丽索奇卡,听我给你说,"玛尔法·季莫菲耶芙娜把丽莎叫到她身边床上坐下,给她理理头发,理理围巾,忽然间开始慢慢地说,"你觉得你苦得没治了,这只不过是一时半时的事情,唉,我的宝贝儿,除了死,什么都有药可治的呀!你只要给你自己说:'我顶得住,就是说,我行,去它的吧!'——那你过后自己也会奇怪,怎么这苦味儿一下子就好好儿地过去啦。你只要忍忍就行啦。"

"姑奶啊,"丽莎回答说,"它已经过去啦,全都过去啦。"

"过去啦!怎么个过去啦!瞧你的小鼻子都变得尖尖的啦,可你还说:过去啦。好一个'过去啦'!"

"是的,过去啦,姑奶,您要是想帮我一把的话,"丽莎突然间兴奋地说,扑在玛尔法·季莫菲耶芙娜的头颈上,"亲爱的姑奶啊,做我的朋友吧,帮助我吧,您别生气,请您理解我……"

"你怎么啦,怎么啦,我的妈呀?你别吓唬我,求你啦;我要喊叫啦,别那么瞧着我;赶快说话呀,你怎么啦!"

"我……我想……"丽莎把自己的脸藏在玛尔法·季莫菲耶芙娜的怀里,"我想到修道院去。"她声音低沉地说。

老太太忽地从床上跳起来。

"赶快老老实实画十字吧,我的妈呀。丽索奇卡,你清醒点儿,你这是怎么啦,上帝保佑你啊,"她终于喃喃地说道,"躺下吧,心肝宝贝儿,睡一会儿;都是因为你没睡好觉啊,我的宝贝儿。"

丽莎抬起头,她的两颊火一样红。

"不,姑奶,"她慢慢地说,"别这么说;我拿定主意了,我祈祷过,我请求过上帝给我忠告;一切都结束了,我跟你们一块儿过的生活结束了。这样的教训不是平白无故的;而我也不是第一次这样想了。幸福没有来找我;甚至于当我怀着幸福希望的时候,我的心也在发痛。我全知道,知道我自己的罪孽、别人的罪孽,知道爸爸的钱财是怎么积攒起来的,我全都知道。所有这些都必须用祈祷来赎取,用祈祷来赎取。我舍不得您,舍不得妈妈,舍不得莲诺奇卡;可是没办法;我感觉到这儿不是我该住的地方;我已经跟所有的东西告别过了,对家里所有的一切都鞠过最后一次躬;有个什么东西在召唤我离开这里;我心里苦极了,我想要把自己永远锁在一个房子里。您不要留我,不要劝说我,要帮助我,要不我就自己一个人走了……"

玛尔法·季莫菲耶芙娜满怀恐惧地听着侄孙女儿的诉说。

"她病了,她在说胡话,"她想,"得派人去请医生,可是请哪一个呢?格杰奥诺夫斯基前几天夸过有个医生好;他这人老是说假话——或许这一回说的是真话呢。"然而当她确实知道丽莎并没有生病,也没有说胡话时;当她无论怎样反驳,丽莎总是用同样的话来回答时,玛尔法·季莫菲耶芙娜真的被吓住了,她发愁了,伤心了,知道这不是闹着玩的事。

"可是你不知道啊,你,我的宝贝儿,"她开始来劝说她,"修道院里过的是什么日子哟!要知道,他们会给你吃生的大麻籽油的呀,给你穿顶厚顶厚的粗布,还非要你大冷天的到处跑;要知道这些你是受不了的哟,丽索奇卡。这都是阿加菲娅给你留下的结果;是她把你给弄糊涂啦。可是你要知道,她当初是过过舒服日子的呀,她享过福的呀;你也该过些好日子才是啊。你至少让我安安静静地死掉,然后你高兴做什么再做什么吧。谁听说过这样的事情,为了这么个山羊胡子的家伙,上帝饶恕我,为了一个男人就进修道院?喏,你要是心里真这么难过,就去走走,找个侍奉主的人向他祷告祷告,做做祈祷,可是别蒙上那顶修女戴的黑帽子吧,我的老爹呀,我的老娘呀……"

于是玛尔法·季莫菲耶芙娜伤心地哭起来了。

丽莎安慰她,给她把眼泪擦掉,自己也哭了,但是仍然不肯动摇。无路可走时,玛尔法·季莫菲耶芙娜试着用威胁的办法:把这些都告诉母亲……但是就这也不起作用。只是在老人家的强烈请求下,丽莎才答应过半年再实现自己的心愿;而玛尔法·季莫菲耶芙娜向她保证,亲自帮她设法取得玛丽娅·德密特里耶芙娜的同意,若是六个月以后她没有改变决定的话。

天刚一冷下来,瓦尔瓦拉·巴夫罗芙娜,虽然她答应过要避世隐居的,却攒够一笔钱,搬到彼得堡去住了,潘申为她在那里找到一处不算宽敞但却舒适的住处,他比她早一步离开O市。在他逗留O市的最后一段时间里,玛丽娅·德密特里耶芙娜对他完全失去了好感:他忽然不再来拜访她,几乎住在拉夫里基不出来了。瓦尔瓦拉·巴夫罗芙娜把他变成了自己的奴仆,名副其实的奴仆——换一个字眼不足以形容她对他所拥有的毫无限制的、无须回报的、唯命是从的权力。

拉夫列茨基在莫斯科住了一个冬天,第二年开春时他得到消息说,丽莎在俄罗斯一个边远地区的B修道院里削发出家了。

尾声

八年过去了。又是春天……不过我们先来略为谈谈米哈烈维奇、潘申和拉夫列茨基的妻子这几个人的遭遇吧——然后我们就好跟他们告别了。米哈烈维奇漂泊多年,后来终于偶然地有机会从事自己真正的事业:他得到一所公立学校学监主任的位置。他对自己的命运非常满意,他的学生们都"崇拜"他,虽然也不时地拿他取笑。潘申官运亨通,已经快当上部门首长了;他走路时稍有点驼背:一定是他脖子上挂着的那枚伏拉季米尔十字勋章压得他身子向前倾斜了。他身上的官僚气质已经取得决定性的优势,压倒了艺术家气质;他那张依然年轻的面孔泛黄了,头发稀疏了,他已经不再唱歌作画,不过却暗中搞点儿文学:写了一部类似"谚语"的小喜剧,因为现今拿笔杆儿的人少不了都得写出一个什么人物或是一个什么名堂来,就像俗话说的,是骡子是马,牵出来"遛遛",所以他在他的剧本里便也写出了一个风情女子来,他还把他的作品偷偷念给两三位对他垂青的女士听。然而他始终没有结婚,虽然有过许多次极好的机会:这都得怪瓦尔瓦拉·巴夫罗芙娜不好。说起她,她仍然长住在巴黎:菲托尔·伊凡尼奇给她开了一张支票,算是从她手上赎了身,免得她再来搞一次突然袭击。她显得老了,也发福了,不过风韵依旧。人人都有自己的理想;瓦尔瓦拉·巴夫罗芙娜也找到了她的理想——那是在小仲马先生的剧作里。她剧院去得很勤,那里上演的,都是些痨病缠身而又情缘难断的风流女子的故事;她觉得,能当个多什夫人,也就幸福到顶了:她有一次宣称,她希望自己女儿的命运能有这么好。但愿命运之神别让 madamoiselle① 阿达去享受这种福分:她从当初那个红面孔胖身体的婴儿,变成一个肺部虚弱、面色苍白的小姑娘了;她的神经已受到损伤。瓦尔瓦拉·巴夫罗芙娜的崇拜者已经减少,不过尚未绝迹;其中几位,或许,她将能一直保存到此生结束的时候。近来最为热烈的一位当数某个名叫查库尔达罗·斯库贝尔尼科夫的人,此人是个退役近卫军官,一脸大胡子,大约三十八九岁,体格出奇的健壮。拉夫列茨基夫人沙龙里的那些法国客人把他叫做"le grost aureau de l' Ukraine"②;瓦尔瓦拉·巴夫罗芙娜从不请他出席自己的时髦晚会,然而他充分享有着她的宠爱。

　　就这样……八年过去了。春天绚丽多彩的幸福又普降人间;春之神又向大地和众生绽露了笑容;在她的爱抚下,世间万物又在开花、相爱和歌唱了。O市这八年来少有变化;只是玛丽娅·德密特里耶芙娜家的那幢房舍仿佛变年轻了:它新近粉刷的墙壁白得喜人,敞开的窗户上玻璃泛出红光,夕阳斜照下闪闪地发亮;从这些窗户里不断飘向大街的,是年轻人响亮快乐的欢声笑语;整座房屋似乎都沸腾着生命,满溢着欢乐。房屋的女主人早已进入坟墓:玛丽娅·德密特里耶芙娜在丽莎出家的两年后便去世了;玛尔法·季莫菲耶芙娜也没比她侄女儿多活多久;她们并排长眠在市民墓地里。纳斯塔霞·卡尔坡芙娜也去世了;这位忠实的老太太一连几年每礼

---

① 法语:小姐。
② 法语:乌克兰肥牛。

拜去她女友的遗骨前祈祷……时辰一到,她的一把骨头也入了潮湿的泥土。但是玛丽娅·德密特里耶芙娜的这幢房舍并没有落入他人之手,还属于她家族的人,这个贵族的窝窠没有零落瓦解;莲诺奇卡出落得亭亭玉立,非常漂亮,是个大姑娘了,她的未婚夫是个浅黄头发的骠骑兵军官,玛丽娅·德密特里耶芙娜的儿子不久前在彼得堡结了婚,带上年轻的新娘到O市来踏青,他妻子的妹妹,一个十六岁的大学生,红红的脸颊,明亮的眼睛;还有苏洛奇卡,也长大成人了,而且非常漂亮——正是这样一群年轻人让卡里金家这幢房子充满着欢声笑语。其中一切都改变了,一切都随了新主人的口味。仆人都是些嘴上没毛、嘻嘻哈哈的小伙子,原先那些举止稳重的老人都打发走了;当年肥胖的罗斯卡昂首阔步的地方,如今有两条猎狗在发疯似的相互追逐,在沙发上蹦跳;马房里养的是苗条精壮的溜蹄骏马,矫捷的驾辕马,编起鬃毛的烈性边套马,顿河种的乘骑;一日三餐随时而定,乱作一团;用邻居们的话来说,这里行的都是些"从前没有的规矩"。

我们谈到的那个晚上,卡里金家的这伙人(其中年龄最长的是莲诺奇卡的未婚夫,也不过二十四岁)正在玩一种多少有点儿复杂的——但从他们亲热的欢笑来看,是令他们非常开心的游戏:他们满屋乱跑,彼此追捕,狗儿也跟着狂奔乱吠,窗前笼子里的几只金丝雀竞相鸣叫,那声嘶力竭的响亮啼啭更是增加了屋里的喧闹。当这震耳欲聋的玩耍搞得正欢时,门前驶来一辆满是泥污的四轮旅行马车,一个四十五岁上下的人,一身行路人打扮,从车里下来,惊讶地站住不动了。他定定地站立了一小会儿,对这幢屋子仔细地望了望,从大门上小的便门走进庭院,一步步缓慢地走上台阶。他在前厅里没见到人;但是大厅的门急速开了——苏洛奇卡从那里满脸通红地冲出来,一眨眼间,随着一阵响亮的喊叫声,一群年轻人跟在她身后奔了出来。看见一个陌生人,这群年轻人突然停住,一声不响了;然而他们一双双明亮的盯住他看的眼睛都非常亲切,一张张青春的面庞上仍挂着欢笑。玛丽娅·德密特里耶芙娜的儿子向客人走来，很有礼貌地问他，有何贵干。

"我是拉夫列茨基。"来客低声地说。

他们齐声地呼叫着回答他——并非因为这群年轻人十分欢喜一个几乎已经忘记了的远方亲戚的到来，只是因为这群人一有机会便会大声喧哗和欢笑。他们马上把拉夫列茨基团团围住：莲诺奇卡是最老的朋友了，她第一个介绍了自己，她肯定地对他说，只需再有一小会儿时间，她便一定能认出他来，她把其余的人，甚至自己的未婚夫，向他一一做了介绍，全都称呼他们的小名。一大群人穿过餐厅向客厅走去。这两间屋子的墙纸都换过了，但是家具依旧；拉夫列茨基认识那架钢琴；甚至窗前的绣架也还是原先的那只，并且放在原先的地方——那上面也几乎就是八年前的那一副没做完的刺绣。他们请他坐在一把舒适的安乐椅里；大家规规矩矩地围着他坐下。不停地抢着提问，惊叹和讲述过去的事。

"我们好久没见您啦，"莲诺奇卡天真地说，"也好久没见瓦尔瓦拉·巴夫罗芙娜了。"

"那还用说！"她哥哥连忙接着她的话说，"我把你带到彼得堡去了，可菲托尔·伊凡尼奇一直住在乡下。"

"是呀，那以后妈妈也过世了。"

"还有玛尔法·季莫菲耶芙娜。"苏洛奇卡低声地说。

"还有纳斯塔霞·卡尔坡芙娜。"莲诺奇卡马上就说，"还有麦歇·勒穆……"

"怎么？勒穆也死啦？"拉夫列茨基问。

"死了，"年轻的卡里金回答，"他从这儿去了奥德萨；人家说有个人把他骗去的；他就死在那儿了。"

"您知不知道，他遗留下什么写好的曲子了吗？"

"不知道，未必有吧。"

大家都不出声，你望望我，我望望你。一片哀伤的阴云飘到了这群年轻人的脸上。

"可是玛特罗斯卡还活着呢。"莲诺奇卡突然说。

"格杰奥诺夫斯基也活着。"她哥哥补充说。

一提起格杰奥诺夫斯基的名字,便发出一阵不约而同的欢笑。

"是的,他还像从前一样活着,也还像从前一样爱撒谎,"玛丽娅·德密特里耶芙娜的儿子继续说,"您信不信吧,就是这个淘气鬼(他指着那个贵族女子中学学生,他妻子的妹妹),昨天给他的鼻烟壶里撒了胡椒粉。"

"他打了多少喷嚏啊!"莲诺奇卡激动地叫喊着,于是又掀起一阵止不住的响亮的欢笑。

"我们不久前得到过丽莎的消息,"年轻的卡里金说——周围的人又都安静下来,"她很好,她身体现在稍微恢复一点儿了。"

"她一直在那一座修道院里吗?"拉夫列茨基不无紧张地问道。

"一直在那里。"

"她给你们写信吗?"

"不,从来不写;这些消息我们是从别人那里听说的。"

一阵突然的、深深的沉默;这是"一个安静的天使在展翅飞过"——大家都在这么想。

"您不想去花园里走走吗?"卡里金对拉夫列茨基说,"院子现在美极啦,虽然我们多少有点儿让它荒芜了。"

拉夫列茨基走进花园,首先投入他眼帘的,就是那只长木椅,他曾跟丽莎一块儿坐在那上面,度过那幸福的、一去不返的瞬间;椅子变黑了,歪斜了;然而,看见这只椅子,一种无比甜蜜、无比辛酸的感情便攫住了他的心灵——这是一种对他逝去的青春和他曾一度拥有的幸福的痛切哀伤。他跟这群年轻人一同走在林阴道上:八年来,这些菩提树变老了一点,长高了一点,它们的树荫更浓密了;而那片小树丛也长大了,马林果非常茂盛,核桃树年久失修,完全长野了,到处都是密林、树丛、青草和丁香花的气息。

"这儿真是个玩'抢四角'的好地方,"莲诺奇卡突然叫起来,她走进菩提树林中不大的一片空地,"我们正好五个人呀。"

"你把菲托尔·伊凡尼奇忘记啦?"她哥哥指出,"干吗你把自己没算上？"

莲诺奇卡的脸微微发红了。

"可是菲托尔·伊凡尼奇,那么大年纪,还……"她话还没说完。

"你们玩去吧,"拉夫列茨基连忙接着说,"别管我。我没让你们觉得拘束,那我就高兴了。我们这种人,老头儿,有一种你们不知道的事要干,什么好玩的事也代替不了的:那就是回忆。"

年轻人恭敬之中略带嘲讽地听拉夫列茨基说完这些话——就像听老师上课一样——便忽的一下子跑开了,他们跑进那片林中小空地;四个人站在四边的四棵树下,一人站在当中——游戏便开始了。

拉夫列茨基回到屋里,走进餐厅,来到钢琴旁,碰了碰琴上的一只键:响起一阵微弱而清晰的声音,于是他的心悄悄地战抖了:好多年以前,就在那个幸福的夜晚,勒穆,死去的勒穆,就是用这个音符开始弹出那引他狂喜的、充满灵感的旋律的。后来拉夫列茨基又来到客厅,很久没有从那里走出来;他那时老是在这间屋子里见到丽莎,此刻她的形象更加生动地出现在他的眼前;他好像觉得他感觉到了她存在的痕迹,就在他身边的每一个地方;然而对她的思念是令人痛苦的,是很不轻松的:这份思念并不像死亡那样,能给人带来宁静。丽莎还在某一个地方活着,一个偏僻、遥远的地方;他思念着她,就像她是活生生站在眼前,然而他想象到的,只是香烟缭绕中蒙着一件修女衣服的一个模糊、苍白的幻影,他认不出这幻影就是那个他曾经爱过的姑娘。假如拉夫列茨基能够像他凭想象看见丽莎一样看自己一眼的话,他或许也会认不出自己来。八年来,他的生活终于完成了一个重大的转折,一个许多人不会体验到的转折,然而若是没有这个转折,他将不会至今仍是一个彻底的正派人;他确实不再考虑个人的幸福,不再抱有自私的目标了。他已经变得心平气和了,并且——何必隐瞒真相呢——已经不只是容貌和体态上衰老了,而是从心灵上衰老了;有些人常说:人老心不老,这其实是很难做到的,也几乎是滑稽可笑的;一个人若是能够不失掉对善良的信心,保持有所作为的意愿,那已经应该心满意足了。拉夫列茨基拥有这种心满意足的权利:他确实成为了一个很好的当家人,确实学会了耕作土地,并且确实不是在为他自己一个人而操劳;他竭尽所能地保障他的农民的生活,并且要使他们所过上的这种日子长久保持下去。

　　拉夫列茨基从屋子里走出来,进了花园,坐在那条他所熟悉的长椅上——他坐在这个珍贵的地方,坐在一幢房屋的面前,在这幢房屋里,他曾经最后一次徒劳地把手伸向那只他所朝思暮想的、喷涌着幸福快乐的金色美酒的酒杯——他,一个孤单的、无家可归的天涯漂泊者,耳听着已经将他取而代之的年轻一代人欢乐的呼喊声——他回顾着自己的一生。他心头忧郁了,然而却并不沉重,也不哀伤:他虽然有所遗憾,但却无可羞愧。"你们玩吧,乐吧,成长吧,年轻的力量啊,"他想着,心头毫无悲苦,"你们面前有整个的一生,你们将会活得比我们轻松愉快:你们不需要像我们那样去寻觅自己要走的路,去挣扎,在黑暗中跌倒再爬起来;我们这一代人必须为苟全性命而烦神操心——而我们当中有多少人并没能保住性命啊——而你们则只需要去干事业,做工作,我们老年人的祝福将会和你们同在。而我呢,经过了今天这一个日子,有了这许多深切的感受,该是向你们致以最后敬礼的时候了——虽然怀有哀愁,但是并无嫉妒,也没有任何阴暗的情感,我要为了行将到来的结局,为了等待着我的上帝,说一声:'你呀你,孤苦伶仃的老年! 赶快燃尽吧,毫无用处的生命!'"

　　拉夫列茨基悄悄地立起来,又悄悄地离去了;谁也没注意他,谁也没挽留他;高大的菩提树像一堵茂密的绿色的墙,那后边,花园里,传来比原先更加高扬的欢乐的呼喊声。他坐进那辆旅行马车,吩咐车夫不必催马,且慢慢驶回家去。

　　"就这么结束啦?"不满足的读者或许会问,"可是后来拉夫列茨基怎么样了? 丽莎怎么样了?"然而,有什么好说呢,都是些虽然活着,却已退出人生舞台的人,何必再提起他们? 据说,拉夫列茨基曾经上丽莎藏身的那个偏远的修道院去过——也看见了她。当她从一个唱诗班的席位移到另一个席位上去时,从他身边很近处走过,她迈着修女的均匀的、急促而温顺的步子向前走——并没有朝他望一眼;只是有一只眼睛转向了他这一边,那眼睫毛微微地、微微地抖了一抖,只是把她变得消瘦了的脸垂得更低——那双缠着一串念珠的紧握着的手,手指与手指间贴得更紧了。这时他们两人的心里都在想些什么? 他们有什么感觉? 有谁知道呢? 有谁说得出呢? 人生有那样的一些瞬间,那样的一些情感……它们是只能稍作指点,便一晃而过的。

一八五八年

(全文完)

前　夜

一

　　一株高大的菩提树的浓荫下，莫斯科河岸上，离昆卓沃不远，
1853 年夏日酷热的一天里，两个年轻人躺在一片草地上。一个看
来约莫二十三岁，高身材，黑皮肤，尖而微钩的鼻子，开阔的前额，宽
宽的嘴唇上含着矜持的笑容，仰面躺着，若有所思地注视着远方，微
微眯起他一双灰色的小眼睛；另一个俯身趴着，两只手托起他淡黄
色鬈发的头，也在注视着远处的某个地方。他比他的同伴大三岁，
但是看起来要年轻很多；他的胡髭刚刚长出来，下巴上有一层薄薄
的拳曲的茸毛。在他鲜嫩的小圆脸上，甜甜的褐色眼睛中，突起的
漂亮嘴唇边和一双白白的小手上，有着某种孩子似的讨人喜欢的东
西，某种诱人而优雅的东西。他全身都焕发出一种幸福愉快的健康
气息，一种年轻人的气息——无忧无虑、充满自信、娇生惯养、富于
青春魅力的气息。他抬眼、微笑、托腮，这一切动作都像个明知人家
都喜欢瞅他几眼的小男孩。他穿一件宽阔的白外套；像件短上衣似
的，一条天蓝色纱巾裹住他纤细的头颈，一顶揉皱的草帽扔在他身
边的草地上。

　　与他相比，他的同伴像是个老头儿，看他那不灵便的形体，或许
没人会想到，他此刻心中也正充满喜悦，也感觉良好。他笨拙地躺
着，那颗上宽下狭的脑袋笨拙地顶在长长的头颈上；他的一双手，他
的被一件黑色短襟欧式常礼服紧紧裹住的躯体，他那两只膝盖向上
抬起、像蜻蜓后腿似的长腿，所有这些身体部位的姿态都显得笨拙。
尽管如此，你却不能不承认他是一个有良好教养的人；在他全身上

175

下的笨拙中流露出一种"君子风度"的印迹。他的面孔不漂亮，甚至有点令你觉得可笑，但却表现着善良和深思的习惯。他名叫安德烈·彼得罗维奇·别尔森涅夫；他的同伴，那个淡色头发的年轻人，本姓舒宾，名字和父名是巴维尔·雅科夫列维奇。

"你干吗不像我似的，脸朝下躺着？"舒宾说话了，"这样舒服得多，尤其是把脚抬起来，两只鞋后跟撞着的时候——像这样。青草就在你鼻子底下；风景看腻了——你就盯着个大肚皮的小虫子，看它怎么在一根草上爬，或是盯着个蚂蚁，看它怎么奔忙。真的，这样舒服些。可你现在采取的是一种伪古典主义的姿势，简直像个跳芭蕾舞的女演员，斜靠在一块纸糊的布景石头上。你要记住，这会儿你有充分的权利休息一阵子。是说着玩儿的吗？学士毕业生第三名！歇会儿吧，先生；别绷得那么紧啦，让你的胳膊腿儿也舒展舒展！"

舒宾这些话全都是半开玩笑地懒洋洋地从鼻子里哼出来的（娇生惯养的小孩对带糖给他们吃的朋友都是这么讲话的），没等对方回答，他又继续说：

"在蚂蚁、甲虫跟别的昆虫先生们身上，顶叫我绝倒的是它们这种惊人的严肃：一副那么郑重其事的面孔，跑来又跑去，真好像它们的生命多么了不起似的！怎么，一个人，创造的君王，万物之灵长，正在瞧着它们，它们却睬也不睬他；或许，还会有只蚊子高踞在创造君王的鼻子上，拿他饱餐一顿呢。这真是耻辱。而从另一方面看，它们的生命又哪点比我们差呢？为什么它们不可以妄自尊大？假如我们可以妄自尊大的话。喂，哲学家，给我解答这个问题吧！你干吗不说话呀？啊？"

"什么？"别尔森涅夫猛地一怔，说道。

"什么！"舒宾重复他的话，"你的朋友在对你阐述一些深刻的思想，可是你却充耳不闻。"

"我在欣赏风景呢，你瞧，这片田野在阳光下闪耀得多么富于热情！"（别尔森涅夫稍稍压低了声音在说。）

"好一片强烈的色彩，"舒宾轻轻地说，"总而言之，大自然！"

别尔森涅夫摇摇头。

"你应该比我更加赞赏这些才是。这是你的本行：你是个艺术家。"

"非也，阁下；此非我之所长，阁下。"舒宾反驳说，把帽子扣在后脑勺上，"我是个卖肉的，阁下：我的事儿——是肉，把肉捏出来，肩头、腿脚、手臂，可是这儿既无确定的外形，也无整体的完美，四面八方散开来……看你能捕捉点儿什么吧！"

"但是这里也有美呀，"别尔森涅夫指出，"说起来，你完成你的浮雕啦？"

"哪个浮雕？"

"'婴儿与山羊'。"

"见鬼去吧！见鬼去吧！见鬼去吧！"舒宾拖长声音喊叫着，"看看真货色，看看老一辈人，看看古代的珍品，我就把自己一钱不值的玩意儿给砸碎啦。你给我指着大自然，说：'这里也有美呀。'当然，万物之中皆有美，甚至于你的鼻子上也有美，可你不能成天忙着见美就去追呀。老一辈的人——他们才不去追求美呢；是美自个儿进入他们作品的，怎么来的——上帝才知道，或许是，天上掉下来的。老一辈人拥有整个的世界；我们就不能铺得那么开，手太短啦。我们在一个小小的点上甩下钓鱼竿，就守住不挪窝儿。上钩啦，好哇！可不上钩呢……"

舒宾吐一吐舌头。

"等一会儿，等一会儿，"别尔森涅夫反驳说，"你这是奇谈怪论。假如你不能跟美共鸣，不能在无论什么地方见到美都爱它，那么你也就不可能在你的艺术当中把握它。假如一幅美的景色，一支美的乐曲不能对你的灵魂有所倾诉，我想说，假如你不能与它们共鸣……"

"哎呀，你这个共鸣家！"舒宾脱口而出，自己也为这个他所生造的新词发笑了。而别尔森涅夫却在沉思。"不，老弟，"舒宾继续说，"你是个有头脑的人，哲学家，莫斯科大学第三名毕业生，跟你争论太可怕啦,尤其我这个没念完大学的学生,不过我要告诉你:除了我的艺术之外,我所爱的美只在女人……只在女孩子身上,这也是最近以来……"

他翻身向上躺着,两手枕在头下。

几个瞬间在沉默中闪过。正午暑热的寂静笼罩在发出光辉的沉睡着的大地上。

"顺便说说,关于女人的,"舒宾又说开了,"这是怎么回事儿,就没有一个女人肯把斯塔霍夫抓在手心里? 你在莫斯科见到他没有?"

"没有。"

"老头儿简直疯了,整天整天地坐在他的阿芙古斯金娜·赫里斯吉安诺芙娜家里,无聊得要死,可还是坐着不走,两个人眼睛对眼睛瞅着。多么蠢……看起来都恶心,你瞧瞧! 上帝赐给这个人怎样的一个家哟。不行,还得要个阿芙古斯金娜·赫里斯吉安诺芙娜! 我没见过比她那张鸭子面孔更凄惨的东西了! 这几天我给她塑了座戏谑像,但丁式的,很不差呢。我拿给你看看。"

"叶琳娜·尼古拉耶芙娜的胸像呢?"别尔森涅夫问,"有进展吗?"

"不,老弟,没有进展。这张面孔让你没一点办法,一眼望去,线条全那么清晰、严整、端正,似乎不难做到相同;可是又简直不是那么回事儿……看起来容易做起来难。你注意到没有,她是怎么听人说话的? 一根线条也不动一下,只是目光里的表情在不停变化,而随着表情的变化,整个儿体态都在变。你叫一个雕塑家怎么办? 而且还是个蹩脚的雕塑家。一个非凡的生命……奇特的生命。"短暂的沉默后,他又添了最后一句。

"是的;她是一个非凡的姑娘。"别尔森涅夫接着还用他的话说。

"而她却是尼古拉·阿尔捷米耶维奇·斯塔霍夫的女儿! 有了这个,你又怎么去谈论她的血统、家族呢。而有意思的是,她正是他的女儿,她很像他,也像她母亲,像安娜·华西里耶芙娜。我全心全意尊敬安娜·华西里耶芙娜，她是我的恩人呀；但是要知道她是一只老母鸡。叶琳娜的这个灵魂是打哪儿弄来的呢？是谁燃起了这团火？这又是一个要请你解答的问题，哲学家！"

可是"哲学家"仍旧什么也没有回答，别尔森涅夫一般说没有"多言数穷"的缺点，他说话时显得笨拙，讷讷于口，不必要地舞动着两只手；而这一次是有着某种特殊的宁静压在他的心灵上，一种类似疲倦、类似忧伤的宁静。他艰苦地工作了很久，每天要干好几个小时，新近才搬出城来住。怡然自得，无所事事，清新的空气，已经达到目标的感觉，跟朋友随心所欲、漫不经心的谈话，忽然间召来的心爱的人儿的形象，所有这些纷乱的而同时也不知为什么是彼此相似的印象在他心中融汇为一个共同的感受，既使他平静，也使他激动、使他慵困……他是一个非常神经质的年轻人。

菩提树下清凉而寂静；飞进它浓荫中的苍蝇和蜜蜂的嗡嗡声好像也更轻一些；了无起伏的洁净的小草是绿宝石色，不杂一点儿金黄；高高的草茎一动不动地兀立着，仿佛着了迷似的；一小束一小束黄色的花朵悬挂在菩提树的低枝上，好像是枯死的。甜美的气息随每一次呼吸涌入肺腑的深处，而胸腔也欣然吸入它。远处，河对岸，直到地平线下，一切都在闪耀，像是在燃烧；那边不时有微风掠过，吹皱了也加强了那边的闪亮，一层光辉的薄雾在田野上袅袅盘回，听不见鸟声，它们在酷热时是不唱歌的；而蝱斯正四处喋喋不休。沐浴在清风下，沉溺于寂静中，听到这种热烈的生命之音，你会心旷神怡，它催人入梦，也勾起幻想。

"你注意到吗？"忽然别尔森涅夫说起话来，用他两手的动作来帮助表达，"大自然在我们心中激起的是一种多么奇异的情感？它怀抱中的一切都那么充实、那么明朗，我想说，都那么自满自足，我们明白这一点，也欣赏这一点，而同时，至少在我心中，它总是唤起某种不安、某种惊恐，甚至是忧伤，这怎么讲法？是不是在它面前，和它相对时，我们能更加强烈地意识到我们全部的不充实、不明朗？或者是我们缺少它赖以自我满足的那种如愿以偿的感觉？而另一些东西,我想说,另一些我们所需要的东西,它却又并不拥有?"

"哼,"舒宾不同意地说,"我来告诉你,安德烈·彼得罗维奇,这都是怎么个来由吧! 你所描述的是一个孤独者的感受,这个人不是在生活而只是在观望和发呆。干吗观望? 要自己去生活呀,去做一个生气勃勃的年轻人。不管你怎样去叩大自然的大门,它都不会用清楚的语言回应你,因为它是个哑巴。它会鸣响,会呜咽,像一根琴弦似的,可是你别希望它会唱歌。一个活的灵魂——才会回应,而这多半是女人的灵魂。所以说,我的尊敬的朋友,我奉劝你去找个心上人儿,于是所有你的忧愁伤感会顿时无影无踪的。这才是你所说的我们'需要'的东西。瞧这种惊恐,这种忧伤,瞧这种不过是像饥饿一样的东西。给你的胃装进真正的食物,一切便马上会井然有序,在天地之间去占一个自己的位置吧,当一个有形有体的人吧,我的老兄啊。再说大自然是个什么东西? 它有什么用场? 你自己听听:爱情……这是个多么强大、热烈的字眼啊! 自然……一个多么冷漠的、学究气的词儿! 所以呀:(舒宾唱起来。)'万岁,玛丽娅·彼得罗芙娜!'"

"或者不,"他又添了一句,"不是玛丽娅·彼得罗芙娜,不过反正一个样儿! 乌-买-康普列涅。①"

别尔森涅夫抬起身,用扣紧着的手托住下巴。

"为什么嘲笑呢?"他说道,眼睛没有望着同伴,"为什么挖苦人? 是的,你说得对:爱情——伟大的字眼、伟大的感情……但是你说的是怎么个爱情?"

舒宾也抬起身来。

"怎么个爱情? 随便怎么个爱情,只要它能有就行。我向你坦白,依我看呀,根本就没有各种各样的爱情。你若是爱了……"

"就得全心全意。"别尔森涅夫立即接上说。

"是呀,这是自然而然的事儿,心可不比苹果:不能切成几瓣儿。

---

① 乌-买-康普列涅,法语的俄语拼读,意为"你明白我的意思"。

若是你爱，你就是正确的。我并不想挖苦谁。现在我心里有一种多么美的柔情，我的心变得那么的柔……我只想解释一下，为什么自然界，照你说的，对我们有那么大的作用。因为呀，它在我们心里唤醒了爱的需要，而又无力满足它。它悄悄地把我们往别的活着的人的怀抱里推，而我们却不了解它，只在期待着从它本身得到点什么。唉，安德烈、安德烈哟，这太阳多么美，这天空、这我们周围的一切的一切多么美，可你却在忧伤；但是假如说在这一瞬间你手里牵着心爱的女人的手，假如说这只手和整个这个女人都属于你，假如你简直是在用她的眼睛观察世界，不是用你的、独自一个人的心情，而是也用她的心情去感受——那么大自然在你心中激起的就不会是忧伤，安德烈啊，不会是惊恐，而你也就不会再去留恋它的美了；它或许自己就会欢欣鼓舞，会引吭高歌，它或许会应声唱和你的颂歌，因为那时候，你就在它、在哑然无言的它的身上，注入语言了！"

舒宾一跃而起，来回走了两次，而别尔森涅夫低垂着头，脸上浮起一抹淡淡的红晕。

"我不完全同意你，"他开始说，"大自然并非时时刻刻都向我暗示……爱情（他没有一下子把这个字眼说出来），它甚至于威胁我们；它让我们想起许多可怕的……啊，不可企及的奥秘。它难道不是必定会吞没我们，难道不是一刻不停地在吞噬我们吗？它怀中有生命，也有死亡；死亡在它怀里发出的声音跟生命一样的响亮。"

"在爱情里也是有生、有死的呀。"舒宾打断他说。

"那么，"别尔森涅夫继续说，"当我，比如说，春天站在森林中，在绿色的丛莽里，当我觉得自己仿佛听见了奥白龙①号角的浪漫的声响——（当别尔森涅夫说出这些话时，他觉得有点儿不好意思）难道这也是……"

"渴求爱情，渴求幸福，如此而已！"舒宾马上接着说，"我也知道

_____

① 奥白龙，法国古代传说中的林中仙女。

这种声响,我也知道那种情动于衷的期待,它出现在我的心灵中,在树木的浓荫下,在密林深处,或是在一个黄昏、在辽阔的田野上,那时太阳正在升起,丛林后的小河上雾气蒸腾。但是森林、河流、大地、天空、每一片浮云、每一株小草,我从它们那儿所期待、所希求的是幸福,我在一切事物中感觉到幸福的临近,聆听到它的召唤!'我的上帝——光明的欢乐的上帝!'我曾经用这一句开始我的一首诗;你得承认,这个第一行写得多棒,可是我怎么也写不出第二行来。幸福!幸福啊!趁生命尚未消逝,趁我们的四肢还能抬得动,趁我们不是下山而是在上山!见它的鬼去吧!"舒宾突然一停,又继续说,"我们年轻,我们既不丑陋,也不愚蠢;我们要为自己去争取幸福!"

他把鬈发一甩,充满自信地,几乎像是在挑战似的,仰望着青天。别尔森涅夫向他抬起眼睛。

"似乎你认为没有什么东西比幸福更崇高了吗?"他静静地说道。

"你举个例子?"舒宾问,便停住不说话。

"那么,比方说,咱俩,照你说的,都年轻,我们都是好人,就算是吧;我们各自都在期望着自己的幸福……但是'幸福'这个词难道就是那个可以把我们俩团结起来,激发起来,让我们互相携起手来的词吗?这个词,我想说,是不是一个利己主义的,使人离心离德的词呢?"

"可是你知道那些能使人同心同德的词吗?"

"知道,它们还不少呢;你也知道的。"

"嗯?都是哪一些?"

"比方说艺术——你是个艺术家呀——祖国,科学,自由,正义。"

"那爱情呢?"舒宾问。

"爱情也是个能使人团结的词;但是否你这会儿所渴求的那种爱情,不是享乐式的爱情,而是牺牲式的爱情?"

舒宾皱起了眉头。

"这话对德国人合适；可我想要为自己而爱；我要成为第一号。"

"第一号吗？"别尔森涅夫重复他的话，"可是我觉得，把自己放在第二号——这才是我们生命的全部意义。"

"假如所有人都顺您的意思做，"舒宾做了一个可怜相的鬼脸说，"世上就没人吃凤梨啦，全都会拿去送给别人吃。"

"那也就是说，人们不需要凤梨；不过，你别害怕：总是有些人喜欢干些甚至是把面包从别人嘴里抢走的事情的。"

两位朋友沉默了一会儿。

"我前两天又见到英沙罗夫了。"别尔森涅夫开始说，"我请他上我这儿来；我非常想把他介绍给你，也介绍给斯塔霍夫家。"

"这个英沙罗夫是谁呀？啊，对了，是那个你跟我说起过的塞尔维亚人或者保加利亚人吧？是个爱国者？莫不是他把这些哲学思想塞进你脑子里的？"

"或许是吧。"

"他是个与众不同的人物吧，是吗？"

"是的。"

"聪明？有天赋？"

"聪明？……对。有天赋？不知道，我不认为是这样。"

"没有天赋吗？那他有什么了不起的？"

"你会瞧见的。这会儿，我想，我们该走了，安娜·华西里耶芙娜或许在等我们呢。几点钟啦？"

"三点了，咱们走吧。多么闷热啊！这场谈话使我全身的血液都沸腾啦。你曾经有过一小段时间……你不愧是个艺术家：我全看在眼里啦。给我坦白承认，有个女人占了你的心了？……"

舒宾想要朝别尔森涅夫脸上望一眼，可是他转过身去，走出了菩提树荫。舒宾跟随他走去，摇摇摆摆、风姿优雅地迈着他一双小小的脚。别尔森涅夫笨拙地走动着，肩头抬得老高，脖子伸得老长；但是不管怎样他看起来比舒宾更像个上流人，更像个绅士，若是"绅士"这个词在我们这儿不那么俗气的话，倒不妨这么说说。

二

两个年轻人走向莫斯科河,沿着河岸踱去。河水散发出清凉的气息,身边亲切地传来微波的轻溅声。

"我真想再洗个澡,"舒宾说,"只是怕回去迟了。你瞧那河,它好像在引诱我们,若是古希腊人,要说河里有仙女了。可是我们不是希腊人,啊,仙女! 我们都是些西徐亚①人啊!"

"我们有我们的美人鱼②呀。"别尔森涅夫指出。

"得了吧,你跟你的美人鱼! 对于我,一个雕塑家,这些吓人的冷冰冰的想象结出的恶果,这些诞生于令人窒息的茅屋和黑暗里的形象,有什么用处? 我需要的是光明,是空间……哪一天啊,我的上帝,我才能到意大利去? 哪一天……"

"怎么,你是想说,哪一天你才能到小俄罗斯③去?"

"你真丢脸,安德烈·彼得罗维奇,为一次考虑不周的蠢事就责备我。你就不说,我也后悔得很啦! 是呀,我做得像个傻瓜似的。天下最善良的安娜·华西里耶芙娜给我钱让我上意大利去,可我去霍霍儿④们那儿了,去吃面疙瘩汤⑤,还有……"

"别说下去了,请你。"别尔森涅夫打断他。

"我还是要说,这些钱没白花。我在那儿见到了那么美的典型,特别是女人的典型……当然啦,我知道:除了意大利,我找不到救星!"

"你就是去了意大利,"别尔森涅夫说,并不回身转向他,"也做不出什么事情来。你会老是扇翅膀,可不起飞,我们是深知阁

---

① 西徐亚人,公元前7至前3世纪黑海北岸的部落,当时是粗野不化的民族。
② 美人鱼,指俄国民间传说的水中仙女,音译为"露沙尔卡"。
③ 小俄罗斯,旧时对乌克兰的一种俗称。
④ 霍霍儿,旧时对乌克兰人的蔑称,指其头顶上的一撮头发,又译"一撮毛"。
⑤ 面疙瘩汤,乌克兰的一种民间食物,音译为"拉什卡"。

下的!"

"斯塔瓦赛尔①可是起飞啦……还不止他一个人。而我若是不起飞——就是说,我是一只海里的企鹅,没有翅膀的。我在这儿闷得慌,想去意大利,"舒宾继续说,"那儿有阳光,那儿有美……"

一位年轻女郎,头戴宽边大草帽,一把粉红色小阳伞搭在肩头上,恰在这一瞬间出现在两位朋友正走着的小径上。

"可我看见什么啦? 就是在这儿,美也向我们迎面走来啦! 卑微的艺术家向迷人的卓娅致敬!"舒宾忽然叫一声,演戏似的挥一挥帽子。

被他呼叫的年轻姑娘站住了,用手指点了点他,她等两位朋友走近了才开始说话,她话音响亮,卷舌音微微有点儿不准:"您们两位怎么啦,先生们,不去吃饭啦? 早就摆好啦!"

"我听见什么啦?"舒宾举起两手轻轻地一拍,说道,"难道是您,迷人的卓娅,这么热的天,出来寻找我们的吗? 我是应该如此来理解您话里的含义吗? 请您讲讲,真是这样吗? 或者不是,顶好别说出个不字儿,那我会马上懊恼死啦。"

"哎呀,求您别这样啦,巴维尔·雅科夫列维奇,"姑娘多少有些恼火地回嘴说,"您干吗跟我说话从来就没个正经的? 我要生气啦。"她说最后一句时娇滴滴地扮个鬼脸,撅起小嘴来。

"您不会生我的气的,美丽绝伦的卓娅·尼吉基什娜;您并不想把我扔进绝望已极的、不见天日的深渊里。可我不会正正经经说话呀,因为我不是个正经人呀。"

姑娘耸耸肩,转向别尔森涅夫。

"他老是这样:把我当个小孩子;可我已经过十八岁啦。我已经长大啦。"

"噢,天哪!"舒宾长长地哼一声,翻了个白眼,别尔森涅夫则默默一笑。

---

① 斯塔瓦赛尔,当时俄国的一位雕塑家。

姑娘把她的小脚儿一顿。

"巴维尔·雅科夫列维奇！我要生气啦！Hélène① 本来要跟我一块儿来的，"她接着说，"后来留在园子里了。她怕热，可是我不怕热。我们走吧。"

她沿小径向前走，每走一步，便轻轻地摇一摇她苗条的腰身，还不时地用她戴着黑色半截手套的小手把她柔美的长鬈发从脸上捋去。

两位朋友跟在她身后（舒宾时而无言地双手搭住胸口，时而又把手高高地举过头顶），片刻过后，便来到昆卓沃四周许多别墅之一的门前，一幢不大的带夹层顶楼的木造房屋，漆成粉红色，坐落在花园中央，天真无邪地从绿树掩映中微微显露出来。卓娅先去推开篱笆门，她跑进园中叫一声："我把流浪汉带回来啦！"一位面色苍白、表情丰富的少女从小路边一只小长凳上站起来，屋子门槛上则出现了一位身穿紫红色绸衣裙的太太，她把一张绣花麻布手绢举在头顶上遮住太阳，慵倦地、无精打采地微微一笑。

三

安娜·华西里耶芙娜·斯塔霍娃，本姓舒宾，七岁上成了个无依无靠的孤女，同时也是一份相当可观的家产的继承人。她的亲戚有的非常富，有的非常穷。穷的是父亲一边的；富的是母亲一边的，他们是参政官伏尔金·契库拉索夫公爵夫妇。她的法定保护人阿尔达里翁·契库拉索夫公爵把她送进莫斯科一家最好的寄宿学校，毕业后，又把她接到自己家里。他日子过得阔绰，每年冬天必办舞会。安娜·华西里耶芙娜未来的丈夫——尼古拉·阿尔捷米耶维奇·斯塔霍夫就是在一次舞会上征服了她的，那天她穿一件"美丽无比的玫瑰色长裙，头戴一只小朵玫瑰花编织的花环"。这个花环

---

① 法语：海伦。"叶琳娜"的法国式叫法。

186

她一直保存至今……尼古拉·阿尔捷米耶维奇·斯塔霍夫是一个退役上尉的儿子,他父亲1812年负伤,获得了彼得堡一个肥缺。他十六岁入士官学校,出来就进了近卫军。他相貌英俊,身材魁梧,在中等人家的小型晚会上,他几乎可以称得上是个顶出色的未婚男子了,他主要也就是出席这样的晚会;上流社会他不得其门而入。年轻时他抱有两个理想:当一个侍从武官和发一笔妻财。第一个理想很快就放弃了,因而他更执著于第二个理想。为此他每年冬天去莫斯科。尼古拉·阿尔捷米耶维奇法语讲得颇好,而且还有个哲学家的名声:因为他这个人从不纵饮作乐。还是个准尉军官的时候,他已经爱跟别人坚持不懈地争辩,比如一个人是否可能在其一生中走遍全地球,是否可能知道海底发生的事情,等等——他总是认为,这是不可能的。

尼古拉·阿尔捷米耶维奇把安娜·华西里耶芙娜"搞到手"时,他刚过二十五岁。他还没去乡下经营农务,很快他便厌倦了农村生活,田产原是由农民交纳地租的;他便来莫斯科,住在妻子的房子里。年轻时他什么牌也不赌,而这时迷上了洛托①,洛托被禁后,又迷上了叶拉纳什②。待在家里他嫌闷;后来跟一个德国血统的寡妇勾搭上,便几乎成天混在她家里。1853年夏天他没到昆卓沃来;他留在莫斯科,据说是为了洗矿泉水方便,其实是不肯跟那寡妇分开。不过,他跟她也没多少话说,多半也只是谈些能否预测天气之类的话。某次有个人说他是个frondeur③,他很喜欢这个称号。"对呀,"他想,得意地拉下嘴角,摇着头,"我这个人不好侍候,要想骗我可办不到呢。"尼古拉·阿尔捷米耶维奇的反对派行为不过是,比如,他听见"神经"这个词,便会说:"什么叫做神经呀?"或者若是有人在他面前提起天文学的成就,他便会说:"你竟然会相信天文学呀?"当他想要彻底击溃对手的时候,他说:"这全是些废话。"应该承认,对许

---

① ② 洛托、叶拉纳什,都是扑克牌的玩法。
③ 法语:反对派。

多人来说,诸如此类的反驳似乎是(而且至今仍然是)不容置辩的;然而尼古拉·阿尔捷米耶维奇却怎么也不能料到,阿芙古斯金娜·赫里斯吉安诺芙娜给她的表妹费奥朵琳达·别特尔吉留斯写信时,把他称作:Mein Pinselchen①。

尼古拉·阿尔捷米耶维奇的妻子安娜·华西里耶芙娜是个矮小纤瘦的女人,长得细眉细眼,且多愁善感。在寄宿学校时,她喜欢音乐,爱读小说。后来把这些全都抛弃,开始讲究穿戴,后来连这个也丢开了,忙于教育女儿,后因身体虚弱,就把女儿也交给了家庭女教师。结果是,她就只好去独自发愁和默默伤情了。生叶琳娜使华西里耶芙娜毁了她的健康,不能再生孩子了;尼古拉·阿尔捷米耶维奇常常话里隐隐提及这一点,借此为自己和阿芙古斯金娜·赫里斯吉安诺芙娜的关系辩解。丈夫的不忠很让安娜·华西里耶芙娜难过;特别令她伤心的是,有一回,他用欺骗手段从她,安娜·华西里耶芙娜自己的养马场里拿两匹灰色马送给了他的德国婆娘。她从不当面责备他,但是私下里却跟家中每个人挨个儿去抱怨,甚至也跟女儿说这些。安娜·华西里耶芙娜不爱出门,有客人来家坐坐,闲聊点什么,顶让她开心;独自一人时,她马上便会生病。她心肠很软,而且慈爱。生活很快便把她消磨得人老珠黄。

巴维尔·雅科夫列维奇·舒宾是她的表侄。他父亲在莫斯科供职。兄长们进了士官学校,他是最小的一个,母亲的宠儿,身体娇弱,便留在家里。好容易供他读完了中等学校,他们还准备送他进大学。他从小便爱上了雕塑,身材高大而笨重的参政官伏尔金一次在他姑母家中看见他的一座小塑像(那时他十六岁),便宣称他有意鼓励一下这位年轻的天才。父亲的猝死差一点改变了舒宾这个年轻人的全部前程。这位参政官及天才的鼓励者于是赠给他一尊荷马石膏小胸像——唯此而已。但是安娜·华西里耶芙娜资助了他,他在十九岁上勉勉强强进了大学,读的是医学系。巴维尔对医学毫

---

① 德语:我的小笨蛋。

无兴趣，但是按当时大学招生人数，他不可能进其他任何系科。再说他也想要学点儿解剖学。然而他并没学到解剖学。他没进二年级，没参加一年级的学年考试就离开了大学，去一心献身于自己的天赋了。他干起来很专心，但又一曝而十寒。他在莫斯科近郊游荡，为些农家女塑像作画，跟各种人，无论其年纪老小、地位高低，是意大利造型师或者是个俄国艺术家，都有交往。他讨厌学院，不佩服任何一位教授。他的确是有才的：逐渐在莫斯科开始有了些名气。他母亲出生在巴黎，原是大家闺秀，一个善良而聪慧的女人，教他法语，昼夜为他奔波、操心，也为儿子骄傲，这位母亲年纪轻轻便生肺痨死去，她求安娜·华西里耶芙娜收养舒宾。那时他已经二十一岁。安娜·华西里耶芙娜满足了她临终的意愿：在这座别墅的厢房中，他享有一个不大的房间。

四

"来吃饭吧，来吧。"女主人用怨诉似的声音说着，大家便都向餐厅走去。"你挨着我坐，Zoé①。"安娜·华西里耶芙娜低声地说，"你，Hélène，招呼客人吧。你呢，Paul②，劳驾啦，别胡闹，也别去惹 Zoé。我今天头痛。"

舒宾又把眼睛朝上一翻，Zoé 回他一个不露齿的微笑。这位 Zoé，或者更确切地说，卓娅·尼吉基什娜·缪勒，是一个讨人喜欢的、眼睛微微斜视的、带俄国血统的德国姑娘，小鼻子尖儿上两只鼻孔分得很开，小小的嘴唇儿红彤彤的，皮肤白，身体略胖。她俄国抒情歌曲唱得很不错，能在钢琴上干净利落地弹奏一些欢乐的或是忧伤的小曲儿，她装束雅致，只是有点孩子气，也嫌过分的整洁。安娜·华西里耶芙娜收养她给自己女儿做伴，而又几乎整天让她陪着

---

① 法语：卓叶。"卓娅"的法国式叫法。
② 法语：鲍尔。"巴维尔"的法国式叫法。

自己。叶琳娜对此并无怨言，当她跟卓娅两人单独在一起时，她根本不知道自己跟她有什么话可谈。

这顿午饭吃得够长的，别尔森涅夫跟叶琳娜谈大学生活，谈自己的打算和愿望。舒宾一旁倾听，一言不发，吃相贪馋得有些夸张，偶尔冲卓娅抛去两个滑稽的苦楚目光，她则依然用她那种漫不经心的微笑作答。饭后叶琳娜和别尔森涅夫与舒宾去了花园。卓娅望望他们的背影，轻轻耸一耸肩，便去坐在钢琴前。安娜·华西里耶芙娜这时本来是说："您干吗不也去散一会儿步？"然而没等回答，便又说道："给我弹点儿什么忧伤的……"

"La dernière pensée de Weber?"①卓娅问。

"啊，好的，韦伯吧。"安娜·华西里耶芙娜说道，便去躺在一张安乐椅上，于是泪水便涌上了她的眼眶。

这时，叶琳娜把两位朋友带进一座金合欢树小凉棚里，一只小木桌放在中央，周围放着小凳子。舒宾环顾四周，跳动了几下，悄悄地说一声："等一会儿！"便跑回自己房间，取来一团黏土，给卓娅塑起像来，一边摇着头，喃喃自语，笑个不停。

"又是老一套把戏。"叶琳娜对他的作品望一眼，说了一句，便转向别尔森涅夫，跟他继续谈饭桌上的话题。

"老一套把戏吗？"舒宾重复说，"一个真正取之不尽的题材呢！今天她特别让我不能忍受。"

"这是为什么？"叶琳娜问他，"你好像在谈一个恶毒的讨人嫌的老太婆。人家一个漂漂亮亮的、年轻轻的小姑娘……"

"当然啦，"舒宾打断她，"她漂亮，非常漂亮；我相信，每个过路人瞅她一眼，都一定会想：跟这个人儿跳一场波尔卡②……才美呢。我相信，她自己也知道这一点，而且感到很适意……这种羞羞答答的挤眉弄眼，这种温文尔雅，都有什么意思？ 喏，您晓得，我想说什

①　法语：韦伯的《最后的思想》怎么样。韦伯(1786—1826)，德国浪漫派作曲家。
②　波尔卡一种捷克民间双人舞。

么，"他透过牙齿缝添了一句，"不过嘛，您这会儿顾不上这个。"

于是舒宾一把捏碎了卓娅的塑像，急匆匆地，像是有所不满地拿黏土塑呀揉的。

"这么说，您是想当一位教授?"叶琳娜问别尔森涅夫。

"是的，"他回答说，把自己一双通红的手夹在膝间，"这是我所珍爱的梦想，当然，我很明白我还缺些什么，做这么一个崇高的……我想说，我造诣还很浅，不过我希望能获准出国，假如需要的话，在那儿待上三四年，那时候……"

他停止，垂下头，又迅速地抬起眼睛，不自在地笑笑，整一整头发。当别尔森涅夫跟女人交谈时，他的话比平时更加缓慢，也更加发不清翘舌音。

"您想当一位历史学教授?"叶琳娜问。

"是的，或者哲学教授，"他降低声音补充一句，"要是有可能的话。"

"他如今在哲学上已经像魔鬼一样强大啦，"舒宾插嘴说，一边用指甲在黏土上画出几条深深的线痕，"他还出国干吗?"

"您会完全满足于您的位置吗?"叶琳娜问，她倚在手肘上，直视着别尔森涅夫的脸。

"完全满足，叶琳娜·尼古拉耶芙娜，完全。还有什么更好的志向呢? 好啦，追随着季莫菲伊·尼古拉耶维奇①……只要一想到诸如此类的工作，我心里就充满着喜悦和惶恐，是的……惶恐，这……这是因为我知道自己能力薄弱。先父祝愿过我能有这样的事业……我永远忘不了他临终的遗言。"

"您父亲是这个冬天去世的?"

"是的，叶琳娜·尼古拉耶芙娜，二月间。"

"人家说，"叶琳娜继续问下去，"他留下一部出色的手稿呢，

---

① 季莫菲伊·尼古拉耶维奇·格朗诺夫斯基(1813—1855)，当时俄国著名的自由派学者，莫斯科大学教授。

是吗?"

"是的,他留下了。他是个了不起的人。您若是见到会喜欢他的,叶琳娜·尼古拉耶芙娜。

"这部稿子写的是……叶琳娜·尼古拉耶芙娜,用几句话给您解释有点儿困难。我父亲是一个很有学问的人,一个谢林①派,他的用语并非处处都是明晰的……"

"安德烈·彼得罗维奇,"叶琳娜打断他,"请您原谅我的无知,谢林派到底是什么意思?"

别尔森涅夫微微一笑。

"谢林派嘛,就是德国哲学家谢林的追随者,谢林的学说是……"

"安德烈·彼得罗维奇呀!"舒宾忽然大叫一声,"就算是看在上帝分上吧!难道你想给叶琳娜·尼古拉耶芙娜上一堂谢林课?饶了她吧!"

"完全不是上课,"别尔森涅夫低声说道,他脸红了,"我是想……"

"可为什么不可以是上课呢,"叶琳娜接着说,"我跟您两人都很需要上上课呢,巴维尔·雅科夫列维奇。"

舒宾眼睛盯住她,忽然哈哈大笑。

"您笑什么?"她冷冷地、几乎是严厉地说。

舒宾不笑了。

"喏,得啦,别生气了。"过了一小会儿他低声说,"我错啦。可是说实在的,算干吗呢?瞧瞧,这会儿,这么好的天气,在这片浓荫之下,去谈论哲学?咱们最好还是来谈谈夜莺呀、玫瑰呀、年轻姑娘的眼睛呀、微笑呀的。"

"是啊,还谈法国小说呀、女人的什么衣裳呀。"叶琳娜接着说。

"好吧,就来谈女人衣裳,"舒宾反讥她,"要是衣裳真漂亮

---

① 谢林(1775—1854),德国哲学家。

的话。"

"好吧。可要是我们不想谈女人衣裳呢？您自命为一位自由艺术家，为什么您却要侵犯别人的自由呢？还请问一声，既是这样的思想方式，为什么您又老是攻击卓娅呢？跟她要谈起衣裳呀、玫瑰呀的还不方便得很？"

舒宾忽然满脸通红，从凳子上站起来。

"啊，是这么回事吗？"他用冲动的声音开始说，"我懂你的暗示啦，您是想把我支开去找她，叶琳娜·尼古拉耶芙娜。换句话说，我在这儿是多余的？"

"我没想着把您从这儿支开。"

"您是想说，"舒宾怒气冲冲地继续说，"我不配跟其他人交往，我跟她正好是一对儿，我也跟这个甜蜜蜜的德国妞儿一样空虚、荒唐、浅薄？请问小姐，可是这意思？"

叶琳娜皱起眉头。

"您一向可不是这么评论她的，巴维尔·雅科夫列维奇。"她指出。

"啊，责骂吧！现在您就责骂吧！"舒宾喊叫着，"好的，我不隐瞒，有一小会儿，也就是一小会儿，那两片嫩嫩的、庸俗的小脸蛋儿……可是假如我想回敬您几句，提醒您想起……再见啦，小姐，"他忽然加一句，"我再说下去就过分啦。"

于是他朝已塑成人头形的黏土上打了一拳，便跑出凉亭去，进了自己的房间。

"真是个孩子。"叶琳娜瞧着他走开，嘴里说。

"艺术家嘛，"别尔森涅夫含着静静的微笑轻声说，"所有艺术家都这样。得原谅他们的任性才是。这是他们的权利呀！"

"对，"叶琳娜反问说，"可是巴维尔到现在还没什么东西可以使自己争得这种权利。他到现在为止干出了什么？您挽着我，我们去林阴道上走走。他打搅我们了。我们刚才谈的是您父亲的文章。"

别尔森涅夫挽住叶琳娜的手臂，随她在花园里漫步，但是已经开头的话题被打断得太久了,无法恢复;别尔森涅夫重又谈起自己对教授称号、对未来事业的看法。他静静地走在叶琳娜身边,笨拙地迈步,笨拙地扶住她的手臂,偶尔肩头碰碰她,却一次也没正眼望过她;然而他的话语,如果说还不完全舒适自如,也畅快地流淌着,表达得还是简单而明了,他的眼睛在一株树干上、小径的沙砾上和青草上缓缓掠过,目光中闪烁出一种发自高尚心灵的宁静的感动,而从他沉稳的话音中,可以听得出一个人能在他所珍视的另一个人面前倾吐心怀时的喜悦。叶琳娜留恋地听他讲述,半侧身子向着他,目光不从他微微苍白的脸上移开,也不从他那双友好而亲切的,虽然是在躲着她视线的眼睛上移开。她的心灵敞开着,有某种柔情、公正、善良的东西仿佛融汇进她的心房,又仿佛是打她心底里萌发出来。

<h2 style="text-align:center">五</h2>

直到夜晚,舒宾也没有从自己的房间里出来。天已经完全黑了,一弯缺月高挂在中天,银河粲然,星光闪烁。这时,别尔森涅夫辞别了安娜·华西里耶芙娜、叶琳娜和卓娅,来到自己朋友的门前。他发现门上了锁,便敲了两下。

"谁在敲门?"是舒宾的声音。

"我。"别尔森涅夫回答。

"有什么事?"

"放我进来,巴维尔,别任性了;你怎么不害羞呀!"

"我没有任性,我在睡觉,正梦见卓娅呢!"

"别再这样啦,求你。你又不是个小孩子。放我进来吧! 我要跟你谈谈。"

"你跟叶琳娜还没谈够吗?"

"得了吧,得了,放我进来!"

舒宾只回报了他一阵假装的鼾声。别尔森涅夫耸了耸肩膀,于是转到回家的路上。

夜是温暖的，似乎特别的静寂，好像万物都在倾听着，期待着。别尔森涅夫被这停滞的黑暗攫俘了，不由得伫立不动，他也在倾听，也在期待，附近树木的枝梢上时而传来轻轻的飒飒声，如女人衣襟的窸窣，这声音在别尔森涅夫心头唤起一种甜美而惊心的感觉，一种类似于恐惧的感觉。面颊上麻酥酥的，忽而溢出的一滴泪水让眼睛感到寒凉：他真想悄无声息地离去，溜到哪儿，藏在哪儿。一阵刺骨的冷风从侧面袭来，他微微一抖，呆立在原处。一只沉睡的甲虫从枝头滑下，撞跌在路径上。别尔森涅夫轻轻地喝了一声："啊！"重又伫立不动。这时他想起了叶琳娜，于是这些一闪而过的感觉都忽地消失了：只留下夜的清新和夜间散步的愉快的印象；他整个心魂都被一个年轻姑娘的形象占据了。别尔森涅夫走着，低垂着头，回想着她的话、她的问题。一阵笃笃的急促脚步声从身后传来，他侧耳倾听，有个人在奔跑，有个人在追赶他，他听见断断续续的喘息声，于是突然间在他面前，从一株大树投下的一圈阴影里，忽地出现了蓬乱的头发上没戴帽子的，月光下面色苍白的舒宾。

"真高兴，你是沿着这条路走的，"他上气不接下气地说道，"我会整夜睡不着的，要是我追不上你的话。把手伸给我。你是往回家的路走的吧？"

"是回家。"

"我送送你。"

"可你没戴帽子怎么行？"

"没关系。我连领带都摘啦。这会儿暖和。"

两个朋友向前走了几步。

"是不是我今天非常愚蠢？"舒宾忽然问道。

"坦白说，是的。我没法理解你。我从没见你这样过。你为什么生气呢？真是的！为些不值一提的小事情。"

"哼，"舒宾喃喃地说，"这是你这么说，我可没工夫去干不值一提的小事情。你要知道，"他接着说，"我必须告诉你，我……这个……

随你怎么想我吧……我……好吧！我爱上叶琳娜了。"

"你爱上叶琳娜了！"别尔森涅夫重复他的话，停住不走了。

"对，"舒宾假装出无所谓的神情继续说，"这你奇怪？我再告诉你，在今天晚上之前，我还可以期待，她也会逐渐爱上我的。可是现在我明白啦，我没什么可期望的。她爱上了另一个人。"

"另一个人？会是谁呀？"

"谁？你！"舒宾喊道，又在别尔森涅夫的肩头上拍了一下。

"我？"

"你。"舒宾再说一次。

别尔森涅夫倒退了一步，呆呆地停住。舒宾双目炯炯地注视着他。

"这你也奇怪？你这个谦卑的年轻人呀，可是她爱着你。在这一点上你大可以放心。"

"你胡扯些什么呀！"终于，别尔森涅夫恼火地说出这样一句。

"不，不是胡扯。可是，我们干吗这么站着？朝前走吧。走起来轻松些。我早就了解她了，非常了解她，我不可能搞错。你是合她心思的。曾经有段时间，她喜欢过我。但是，第一，她觉得我是个过于轻浮的年轻人，而你这个人很庄重，你在身心各方面都是个正派角色，你……别着急，我还没说完呢，你是一个温和善良又热情的人，一个名副其实的献身于科学的代表人物，这种人——不，不是这种人——这种人士理所当然应该被俄国中等贵族阶级引以为傲！而第二点，叶琳娜前两天撞见我在吻卓娅的胳膊呢！"

"卓娅的？"

"正是，卓娅的。你说怎么办？她那双肩头儿可真漂亮。"

"肩头？"

"是呀，肩头，手臂，不都一个样儿？叶琳娜是在午饭后撞见我干这种随心所欲的事情的，而午饭前我还当着她的面骂过卓娅。叶琳娜，可惜啊，她不懂这种矛盾的全部自然性。这时候你突然出场了：你有信念，可你到底信个什么呢？……你脸红了，你难为情了，你大谈席勒①、谢林（而她老是在寻找杰出人物），于是你就成了胜利者，而我呢，倒霉的我，一个劲儿地插科打诨……于是……再说……"

舒宾突然哭出声来，他走向一边，坐在地上，抓住自己的头发。

别尔森涅夫走近他。

"巴维尔，"他说，"怎么孩子气啦？得了！你今天怎么啦？天知道你脑袋里装进些什么乱七八糟的东西，可你在哭。我，说真的，还觉着你在装腔作势呢！"

舒宾抬起头。月光下，泪水在他的面颊上闪闪发亮，然而他脸上又含着笑。

"安德烈·彼得罗维奇呀！"他说开了，"随你怎么想我都行。我甚至愿意承认，我这会儿发了歇斯底里病，可是我，当真哟，爱上了叶琳娜，而叶琳娜却爱你。不过，我答应了送你回家的，我信守我的诺言。"

他站了起来。

"多么美的夜晚！银色的、幽暗的、青春的夜晚！这会儿，恋爱的人儿会觉得多么美好！他们睡不着觉也是多么的快活！你会睡着吗，安德烈·彼得罗维奇？"

别尔森涅夫一言不发，加快了脚步。

"你急着往哪儿去呀？"舒宾继续说，"相信我的话，这样的夜晚在你一生中是不会再有的，而家里等你的只有谢林。的确，他今天算给你效了一次劳，可是你还是不必着急呀。唱支歌儿吧，假如你会的话，唱得比平时更大声些；假如你不会唱的话——就摘下帽子，抬起头，对着星星微笑。它们都在瞧着你呢，只瞧着你一个人：星星只瞧着恋爱的人，它只干这种事儿——所以它才会这么美。瞧你不是在恋爱吗？安德烈·彼得罗维奇，你不回答我……你干吗不回答我？"舒宾又说起来，"噢，假如你觉得自己幸福，就别出声，别出声！

---

① 席勒(1757—1805)，德国诗人、剧作家。

我饶舌,因为我是个不幸的人,我没人爱,我是个耍把戏的、卖艺的小丑,但是,假如说我知道有人爱我,我会在这股良夜的清风里,在这片星光,这片璀璨的宝石下,畅饮到多少无言的欢乐啊!……别尔森涅夫,你幸福吗?"

别尔森涅夫依然沉默,只急速地沿着平整的道路走去。前方,绿树丛中,闪烁着一个小村庄的灯火,他就在那儿住;这村子总共不过十来幢不大的别墅。村头,路右侧两株浓荫如盖的白桦树下,有一家小杂货店;窗子已全部关上,而有一条宽宽的光带从敞开的门口呈扇形抛射在被踩坏的草地上,又向上反射到树丛间,分明地照亮了密叶的灰色的底面。一个大姑娘,看样子是个佣人,正站立在小店里,背朝着门槛,在跟店主人讲价钱:从她搭在头上、用光光的手在颏下捏住的红头巾下,隐隐露出她圆圆的面颊和纤纤的头颈。两个年轻人走进那条光带,舒宾朝店里一望,便站住喊了一声:"安奴什卡!"这姑娘连忙转过身来。露出了一张好看的、微微嫌宽但却清新红润的面庞,一双快活的褐色眼睛和两道黑黑的浓眉毛。"安奴什卡!"舒宾再叫一声,这姑娘望了他一眼,她害怕了,她害羞了,于是没买成东西,便从店前的小门廊上走下来,急忙一溜而过,向四周微微环顾一下,便越过小路,朝左边走去了。店主是一个胖乎乎的人,他像所有乡下商贩那样,对世间一切都漠不关心,这时,他冲她的背影哼一声,又打个哈欠,而舒宾转身向着别尔森涅夫,一边说:"这个……这个……你知道……我认识这儿一家人……就在他们家……你可别以为……"话没说完,便跟着离开的姑娘跑去了。

"至少也把你的眼泪擦掉呀。"别尔森涅夫对他高声说,忍不住地笑起来。然而,当他回到家里,他脸上并没有愉快的表情;他不再笑了。他片刻也不能相信舒宾对他说的话,但是他所说的那番话却深深渗入他的灵魂。"巴维尔在捉弄我,"他想,"可是她迟早有一天会恋爱的呀……她会爱上谁呢?"

别尔森涅夫房间里有一架钢琴,不大,也不算新了,但是音色柔和悦耳,虽然不很纯净。别尔森涅夫坐在钢琴前,开始弹了几个和弦。像所有的俄国贵族一样，他从年轻时便学习音乐，也像所有的俄国贵族一样，他弹得很糟糕，然而他却热爱着音乐。其实他在音乐中所爱的不是艺术，不是音乐所借以表现的形式（交响乐、奏鸣曲，甚至歌剧都会让他感到沉闷），而是它所含有的一种自然力：他喜欢那种朦胧的、甜美的、无所指向又包容万千的感觉，它能在心灵中唤起音响的组合与交融。他半个多小时没离开钢琴，多次反复弹奏同一组和弦，一边笨拙地寻找着新的和弦，又几次停下来，屏住气息倾听着轻弱的七度音。他心头疼痛，眼睛不止一次地充满泪水。他并不因这泪水而不好意思：这是在黑暗中流下的。"巴维尔是对的，"他想，"我有种预感：这个黄昏将永不再来。"终于，他立起身，点燃蜡烛，披一件睡衣，从书架上取下一本罗美尔[①]的《霍亨斯托芬家族史》[②]的第二卷——叹息两声，便专心读书去了。

六

而这时，叶琳娜回到自己房中，坐在敞开的窗前，双手托住头。她养成习惯，每晚必在自己房间窗前坐上一刻来钟。她在这种时候自己跟自己交谈，把过去一天的事情给自己清理一下。她是不久前过二十岁的。她身材修长，一张苍白透黑的脸，弯弯的眉毛下一双灰色的大眼睛，眼周围是些细小的雀斑，额头和鼻子直直的，双唇紧闭，下巴相当尖削，褐色的发辫向下垂到纤细的头颈上。在她全身，那专注而微带惊怯的面部表情，清澈但变幻莫测的目光，那仿佛有些儿紧张的微笑，那轻轻的不平稳的话音，都表现出一种神经质的电一般的东西，一种激动而又匆促的东西，总之是那么一种不能使人人喜爱，甚至会让有些人疏远她的东西。她的手很细小，玫瑰色，有长长的手指，两脚也是细小的。她走路很快，几乎是急速的，走路

---

① 罗美尔(1781—1873)，德国历史学家。

② 霍亨斯托芬，日耳曼望族。

时身体向前微倾。她非常奇怪地长大起来。最初是崇拜父亲,后来热烈地依恋母亲,后来又变得对他们都很冷漠,尤其是对父亲。近来她对待母亲好像是对待一个生病的老祖母似的。父亲在她被人称赞为一个不寻常的小孩时曾因她而骄傲,等她长大了却渐渐地怕起她来,谈起她时他曾经说,她有点儿类似一个激烈的共和党。天知道她像谁!软弱令她愤怒,愚昧令她气恼,谎言则让她"永远永远"不能饶恕;她对任何事情都不降低要求,即使祈祷,也不止一次地夹杂着责备。一个人若是失去了她的尊敬——她会迅速做出判断,往往过于迅速——于是此人对她便不再存在。生活中所有的印象都深深铭刻在她的心灵中:人生对于她,绝非一件轻松事。

安娜·华西里耶芙娜把女儿的教育托付给一位家庭女教师去完成(那教育,不妨在括号中指出,这位百无聊赖的女士甚至从没开始过)。这位教师是俄国人,一个破产的受贿官员的女儿。贵族女子中学毕业生,她非常多愁善感,心地好,也爱撒谎。她老是在谈恋爱,结果在 1850 年(那时叶琳娜刚过十七岁)嫁给了一位军官什么的,这人马上就把她给甩了。这位家庭女教师非常爱好文学,自己也写点儿小诗。她让叶琳娜爱上了读书,然而仅仅读书不能令叶琳娜满足。她自小渴望行动,渴望积极地去做好事,一些贫穷的、饥饿的、病弱的人令她牵挂、令她不安、令她苦恼,她做梦都想到他们,向自己所有的熟人打听这些人,她给人以周济时备含关切,怀着不由自主的郑重,几乎是心情激动。凡是受虐待的动物,饿瘦的看门狗、濒死的小猫、窝里跌下的麻雀,甚至昆虫和爬虫,都会受到叶琳娜的庇护,她亲自给它们喂食,毫不嫌弃它们。母亲不干预她的事,父亲因女儿的——用他的话说,这些庸俗的婆婆妈妈,对母亲非常愤怒。他宣称:猫呀狗呀的,家里都没处搁脚了。"列诺奇卡①,"他往往向她吼叫说,"赶快去,蜘蛛在吃苍蝇呢,快去营救不幸的虫子吧!"于是惊慌不安的列诺奇卡便跑去解开缠住的蝇腿,把苍蝇放掉。"喏,

---

① 列诺奇卡,叶琳娜的爱称。

那你让它咬咬你,既然你心肠这么好。"父亲讽刺地说,但是她不去理睬他。十岁时,叶琳娜跟小乞丐卡嘉交上了朋友,偷偷地跟她在花园约会,拿好吃的东西给她,送她头巾和十戈比的银币——玩具卡嘉不要。她跟她并肩坐在密林中荨麻丛后边的干泥地上,她以一种快乐而谦卑的情感吃她又干又硬的面包,听她讲故事。卡嘉有个姨妈,一个凶恶的老太婆,经常殴打她。卡嘉恨她,总说有一天她会从姨妈家逃出来,去过全凭上帝意旨安排的生活。叶琳娜怀着隐秘的崇敬和恐惧倾听她这些闻所未闻的新鲜话,她两眼定定地瞧着卡嘉,那时,卡嘉身上的一切——她乌黑、灵活得差不多像野兽似的眼睛,她被太阳晒黑的手,喑哑低弱的声音,甚至她那件破衣裳——都让叶琳娜感到有些特别,近乎神圣。叶琳娜回到家里,过后会久久地想着那些乞丐、想着上帝的意旨,想着她有一天会给自己砍一根胡桃树棍子,背一只小包,跟卡嘉一同逃走。她会头戴一顶矢车菊花冠沿大路去流浪,有一天她看见卡嘉戴过这种花冠的。若是这时家里谁走进房中,她会躲起来,怕见别人。有一回,天下着雨,父亲看见了,叫她邋遢孩子,叫她乡下丫头。她满脸通红——心里一下子感到一种恐惧和惊异。卡嘉时常唱一支有些粗野的、当兵的唱的小调,叶琳娜跟她学会了这支歌……安娜·华西里耶芙娜听见她在唱非常生气。

"你从哪儿弄来这种肮脏的玩意儿?"她问自己的女儿。

叶琳娜只朝母亲望一眼,一句话也不说。她觉得,宁肯让人家把自己千刀万剐,也不能说出自己的秘密来,于是她又感到心头恐惧而甜蜜。不过,她跟卡嘉的交往没维持多久。那可怜的小女孩患上热病,几天便死去了。

叶琳娜听说卡嘉死了非常伤心,很长时间整夜不能入眠。小乞丐姑娘最后的几句话不停地在她耳边回响着,她觉得,那声音在呼唤她……

一年年过去了。叶琳娜的青春也渐渐消逝,迅速而无声,如同积雪遮盖下的溪水,外表上悄无动静,内心里在苦斗,又感到惊慌。

她没有一个女朋友。所有到斯塔霍夫家来过的姑娘们她一个也合不来。父母的权力从不曾妨碍叶琳娜，从十六岁起，她已经几乎完全不受人约束了；她过着她自己的生活，但却是一种孤独的生活。她的灵魂孤独地燃烧又熄灭，她仿佛一只笼中的鸟儿似的挣扎着，但笼子却是没有的：谁也不束缚她，谁也不控制她，而她却老是在冲撞、苦恼。她永远也不能了解自己，她甚至害怕她自己。周围的一切她全都觉得好像毫无意义，又好像不可理解。"没有爱怎么能活呢？可又没个人可以爱！"——她想，于是这些思想、这些感觉让她感到可怕。十八岁上她差点儿没生恶性疟疾死掉。这病把她从根本上摧残了，她整个的机体，原本是结实健康的，却很久都不能复原。终于，最后一点儿病相过去了，然而叶琳娜·尼古拉耶芙娜的父亲还是不无恶意地一个劲儿地说她神经有问题。有时她会忽然想到，她在向往着一个什么，一个在整个俄罗斯都不会有人去向往、去思念的什么。过后她安静下来。甚至自己嘲笑了自己一番，便去一天天无忧无虑地过日子。然而忽的一下子，又有个什么强大的、说不出名字的东西，她无法控制的东西，一个劲儿地在她心底沸腾，一个劲儿地要挣脱出来。一阵雷雨过去了，那双疲惫的、并不曾飞升的翅膀又垂下了；然而这种冲动并没有白白地出现。无论她怎样极力要使心中所发生的事情不暴露出来，她奔腾激荡的灵魂中所体验的痛苦仍能在她外表的平静中有所显现：父母亲往往会不无道理地耸耸肩头，表示惊讶，而又不能理解她的古怪。

　　在我们故事开始的那一天，叶琳娜坐在窗前的时间比往常更长久，她想着别尔森涅夫，想自己跟他的谈话，想得很多。她喜欢他，她相信他的感情是温暖的，他的意图是纯洁的。他从来不曾像这天晚上这样跟她谈过话。她回想着他胆怯的眼睛中的表情，他的微笑——想着想着，自己也微笑了，于是她沉思起来，但却已经不是在思念他了。她在敞开的窗前向黑夜凝视。她久久地注视着黑暗的、低悬的天空；然后她立起身，用头部的动作把头发从脸上甩开，自己也不知为了什么向着它，向着那片苍天，伸出了自己一双裸露的、冰冷的手臂；然后她放下手臂，去跪在自己的床前，把脸贴在枕头上，尽管她努力压住涌上心头的感情，她还是流出了某种奇异的、莫名的、然而却是炽热的泪水，她哭了。

七

次日十二时，别尔森涅夫搭回程马车去莫斯科。他要从邮局取钱，买些书，顺便还想见见英沙罗夫，跟他聊聊。在他最近一次跟舒宾的谈话中，别尔森涅夫想到邀请英沙罗夫来自己的别墅做客，但是他没能马上找到他，他从原先的住处搬走了，找到他的新住处可真难，那是在阿尔巴特街和波瓦斯卡雅街之间的一幢彼得堡式的、不像样的石屋的后院里。别尔森涅夫跑遍一个个肮脏狭窄的门廊，向看门人、向"不管是谁"打听，都白费力气。彼得堡的看门人总是极力躲开客人的目光，装作没看见。而在莫斯科就更不用说了，根本没人理睬别尔森涅夫；只有一个好事的裁缝，穿一件背心，肩头上搭一缕灰色线，把他那张毫无表情的、没有刮过的脸和脸上那只瞎眼睛从高高的透气窗里默默伸出来；一只没有角的黑山羊，趴在一个垃圾堆上，转过身来哀哀地咩了两声，又更加起劲地去反刍了。一个穿宽松女上衣和歪后跟皮靴的女人终于觉得别尔森涅夫可怜，才把英沙罗夫的房间指给了他。别尔森涅夫见他在家。他正是在那个从透气窗里对迷路人的困难漠然视之的裁缝的屋子里租了一间房——一间宽大的几乎空无所有的房间，墙壁是暗绿色，三扇方窗，屋角放一张很小的床，另一角里是一只小皮沙发和一只高悬在天花板上的大鸟笼子。这笼子里曾经养过一只芙蓉鸟，英沙罗夫在别尔森涅夫一跨过门槛时便过来迎他，但是并没叫一声："啊，是您呀！"或者"哎呀，老天爷！什么风把您吹来啦？"甚至也没说"您好！"只不过紧紧捏住他的手，把他引到屋子里唯一的一把椅子前。

"请坐。"他说，自己去坐在桌子边沿上。

"我这儿，您瞧见了，还没收拾好呢，"英沙罗夫接着说，指点着地板上一堆纸片和书籍,"还没安顿下来,没时间搞。"

英沙罗夫的俄语说得完全正确,每个词的发音都准确而清晰;然而他那喉音很重的、虽然也还悦耳的话音听起来总有点儿不像俄罗斯人。英沙罗夫的异国出身(他是保加利亚人)在他的相貌上表现得更加明显:这是一个约莫二十五岁的年轻人,消瘦得青筋突起,胸部凹陷,手上有粗大的骨节;他面部轮廓尖削,鼻骨隆起,头发是蓝黑色的,直而不曲。额头不高,眼睛不大,专注而深邃,眉毛浓密。当他微笑的时候,片刻间会从薄薄的、刚硬的、轮廓过于清晰的嘴唇中露出一口漂亮的白牙来。他穿一件旧而整洁的上衣,纽扣一直扣到头颈下。

"您为什么从您原先的住处搬出来呢?"别尔森涅夫问他。

"这儿便宜些,离大学近些。"

"可现在放假啊……您夏天干吗住在城里呢! 去租个别墅呀,既然要搬家。"

英沙罗夫对这个意见没做回答,只把烟斗递给别尔森涅夫,先低声说了一句:"对不起,香烟和雪茄我没有。"

别尔森涅夫抽起烟斗来。

"我嘛,"他说下去,"在昆卓沃附近租了一整幢小房子。非常便宜,也非常方便。所以嘛,楼上还有个多余的房间。"

英沙罗夫什么也没回答。

别尔森涅夫深深吸一口烟斗。

"我甚至想,"他又说起来,一边吐出一缕青烟来,"若是能够,比方说,找个什么人……就您吧,比方说,我是这么想的……若是愿意的话……或许肯去那儿住我的楼上……这该多好哟! 您以为怎么样,德米特里·尼康诺罗维奇?"

英沙罗夫抬起自己的小眼睛望了望他。

"您建议我去住在您的别墅里?"

"是的,我那儿楼上有一间房子空着。"

"非常感谢您,安德烈·彼得罗维奇;不过我以为,我的条件不容许。"

"您是说怎么不容许?"

"不容许去住别墅。我不可能维持两个住处。"

"可是我本来……"别尔森涅夫要说下去,又停下来,"您不会有什么开销的。"他继续说,"这儿的住处吗,比方说,给您留下,而那边一切都很便宜,甚至还可以这么安排,比如,在一块吃饭。"

英沙罗夫没说话。别尔森涅夫窘了。

"至少您什么时候去我那儿看看,"停了一小会儿,他又开始说,"离我那儿几步远住着一家人,我很想介绍您认识认识。那有个多么了不起的姑娘,您要知道就好了,英沙罗夫!那儿还住着一个我的亲密的朋友、一个很有才华的人,我相信您会跟他谈得拢的(俄国人喜欢款待朋友——若是没什么别的敬客,那就把自己的熟人搬出来)。说真的,来吧。顶好是,搬到我们那儿去住,真的。那我们就可以一块儿工作和读书了……我,您知道,是学历史和哲学的。这些您都有兴趣,我那儿书也很多。"

英沙罗夫站起来,在房间里踱步。

"请问,"他终于问道,"您住这别墅付多少钱?"

"一百个银卢布。"

"一共几间房?"

"五间。"

"这么说,算下来,一间房该是二十卢布啰?"

"算起来嘛……可是这怎么行,我根本用不着那间房。反正空着呀。"

"或许吧,但是您听我说。"英沙罗夫坚定而同时又直率地摇摇头补充说,"只有在这种情况下我才能接受您的建议,假如您同意如数收我的房钱。二十卢布我还付得起,再说,照您说的,我在那儿还可以在别的事上省钱。"

"当然啦;可是,说真的,我不好意思呢。"

"只能这样,安德烈·彼得罗维奇。"

"喏,随您便吧;可您这人多么固执哟!"

英沙罗夫什么也没有回答。

两个年轻人商量好英沙罗夫搬家的日子。他们唤房主人来,但他先是派来自己的女儿——一个七岁的小姑娘,头上扎一条好大的花手巾。她仔细地,简直是恐惧地听完英沙罗夫告诉她的一切,没出声便走开了。接着她的母亲来,这女人即将临盆,头上也扎着一块手巾,只不过很小很小。英沙罗夫向她说明自己要搬到昆卓沃附近的别墅去,但是要留下这个房间,把自己全部的东西托付给她,裁缝女人仍像害怕似的走开了。最后房主人来了,这人开头似乎全都明白了,只是若有所思地说道:"昆卓沃附近吗?"——然后忽然敞开房门大喊说,"怎么,房间您还要?"英沙罗夫让他放了心。"所以说,得知道一下呀。"裁缝认真地说了两次,便消失了。

别尔森涅夫回家去,非常满意自己的建议获得成功。英沙罗夫彬彬有礼地送他直到大门前,这在俄国是少有的,只留下他一个人了,才小心地脱下上衣,开始收拾自己的文件。

八

同一天傍晚,安娜·华西里耶芙娜坐在自家客厅里,直想哭出来。除她之外,屋里还有她丈夫,还有个名叫乌瓦尔·伊凡诺维奇·斯塔霍夫的人,他是尼古拉·阿尔捷米耶维奇的表叔,一个六十岁的退役骑兵少尉。这人胖得行动不得,肿胀的黄脸上是一双沉睡不醒的黄黄的小眼睛和两片没有血色的厚嘴唇。他退役后一直住在莫斯科,他商家出身的妻子留给他不大的一笔钱,他就靠这个吃利息过活。他什么也没干过,也未必思考过什么;若是思考过,那就是些他自己留在心里没人知道的东西,他一生只兴奋过一回,并且采取了行动,那就是:他从报纸上读到,伦敦世界博览会上有一种新乐器"低音大号",他想为自己订购这种乐器,甚至询问过钱寄到哪里,通过哪家事务所。乌瓦尔·伊凡诺维奇穿一件烟草色的宽大上衣,脖子上围一条白手巾,老是吃东西,而且吃得很多,他只有在感到困窘的时候,也就是每当他不得不表示任何一种意见的时候,他才会把他右手的手指头抽筋似的在空中扭动,先是从拇指扭到小指,然后再从小指扭到拇指,一边艰难地念念有词地说:"应该是……不管怎样,那……"

乌瓦尔·伊凡诺维奇坐在窗下的一把圈椅里,费力地呼吸着。尼古拉·阿尔捷米耶维奇大踏步在屋子里来回转,两手插在裤袋里,他脸上表现出不满的情绪。

终于他站住了,摇了摇头。

"对,"他说开了,"我们那时候年轻人受的教育可不一样。年轻人是不允许蔑视尊长的。(他把个"蔑"字用鼻子哼出来,像说法语似的。)可如今我只有瞧着和觉得奇怪的份儿。或许,是我错啦,他们对,或许吧。可是反正我有自己对事物的看法:我并非天生就是个大傻瓜。您以为怎么样,乌瓦尔·伊凡诺维奇?"

乌瓦尔·伊凡诺维奇只是望了他一眼,再扭了扭手指头。

"叶琳娜·尼古拉耶芙娜,比方说,"尼古拉·阿尔捷米耶奇继续说,"叶琳娜·尼古拉耶芙娜我不了解,确实。对她说来我还不够高深。她的心那么大,能包容整个儿自然界,连顶顶小的小蟑螂或者一只小青蛙也都容得下,一句话,包罗万象,除了她的亲爸爸。啊,好极啦;我知道这一点,也就不去死乞白赖多嘴啦。再说这儿又有什么神经呀、学问呀、海阔天空地想入非非呀,这些我们全都不在行。但是舒宾先生……就算他是个惊人的不同凡响的艺术家吧,这我不去争论;可是蔑视一个长辈,蔑视一个对他不管怎么说,可以这么认为吧,还有不少恩德的人——这我,我承认,dans mon gros bon sens,[1]没法儿容许。我这人天生就不挑剔,不;可是凡事都得有个限度呀。"

安娜·瓦西里耶芙娜激动地摇了摇铃。进来一个小佣人。

---

① 法语:就我全部的良知所能及。

"巴维尔·雅科夫列维奇怎么还不来?"她说道,"怎么连我都请不动他啦?"

尼古拉·阿尔捷米耶维奇耸了耸肩头。

"可您,请问,叫他来干吗? 我根本不要求这个,也不期望他会来。"

"叫他来干吗,尼古拉·阿尔捷米耶维奇? 他打搅您啦;或许是,妨碍了您治病的疗程。我想跟他说清楚。我想知道,他怎么把您给惹火啦。"

"我再给您说一回,我不要求这个,您何苦……! devant……les domestiques①……"

安娜·华西里耶芙娜微微涨红了脸。

"您用不着说这些话,尼古拉·阿尔捷米耶维奇,我根本没有……devant……les domestiques……去啦,费久什卡,听着,这就把巴维尔·雅科夫列维奇找来。"

小佣人走了。

"这完全没必要,"尼古拉·阿尔捷米耶维奇透过牙缝说道,重新又在屋子踱起步来,"我说的根本不是这个。"

"得了吧,Paul 应该向您道歉。"

"得了吧,我要他道歉干吗? 道歉又算什么? 全是空话。"

"什么干吗? 应该开导开导他。"

"您自己去开导他吧。他更乐意听您的。我对他可没意见。"

"不,尼古拉·阿尔捷米耶维奇,您今天刚一来就情绪不好。您近来甚至于,依我看,人都瘦啦。我怕治疗对您没什么帮助。"

"我必须有这个治疗,"尼古拉·阿尔捷米耶维奇说,"我的肝不好。"

恰在这时,舒宾进来了。他显得很疲倦。嘴唇上带着淡淡的,有些近乎讥讽的微笑。

---

① 法语:当着仆人们的面。

"您喊我吗,安娜·华西里耶芙娜?"他说。

"是的,当然是我喊您。真的,Paul,这真可怕。我对你非常不满意。你怎么可以对尼古拉·阿尔捷米耶维奇不尊重!"

"尼古拉·阿尔捷米耶维奇给您抱怨我啦?"舒宾问道,嘴边挂着那同一种讥讽的笑容,眼睛望了望斯塔霍夫。

那一位转身躲开他,垂下了眼睛。

"是的,他抱怨了。我不知道您在他面前做错什么事,但是你要马上道歉,因为他身体近来很不好,再说,我们大家年轻时候都应该尊敬自己的恩人。"

"哎,这种逻辑!"舒宾想着,转向斯塔霍夫。

"我愿意向您道歉,尼古拉·阿尔捷米耶维奇,"他恭敬如仪地半弯腰鞠了个躬,"要是我确实在哪儿冒犯了您。"

"我根本……没那个意思。"尼古拉·阿尔捷米耶维奇不同意这样说,他还像先前一样躲开舒宾的目光,"不过,我很高兴原谅您,因为嘛,您知道,我不是个爱吹毛求疵的人。"

"噢,这是毫无疑问的!"舒宾说,"但是请允许我说句好奇的话:安娜·华西里耶芙娜可知道,我到底错在哪儿?"

"不,我什么也不知。"安娜·华西里耶芙娜把脖子一伸,说道。

"噢,我的上帝!"尼古拉·阿尔捷米耶维奇连忙叫道:"我要求过、恳求过多少回,说过多少回,我多么讨厌所有这些解释呀、争论呀!难得您回了家,想休息休息——人家说:家庭,intérieur①,自家人——可这儿有的却只是争吵,不愉快。没有一分钟安闲。没办法,你只好去俱乐部,或者……或者去个随便哪儿。人是活的呀,他有生理机能,就有生理上的要求,可这儿……"

于是,没说完已经开始说的话,尼古拉·阿尔捷米耶维奇急匆匆走了出去,把门砰地带上。安娜·华西里耶芙娜冲他背影瞧着。

"去俱乐部?"她痛苦地喃喃道,"您才不是去俱乐部呢,浪荡子!

---

① 法语:内部。

俱乐部里才没人要您送自家养的马呢——还是灰色马呢！我顶喜欢的毛色。对,对,一个轻浮、冒失的人。"她抬高了声音,又说下去,"您才不是去俱乐部呢。可是你,Paul,"她站起来继续说,"你怎么不害羞呀,你好像也不是小孩子啦。瞧我的头又痛起来啦。卓娅在哪儿,你知道吗?"

"好像在楼上她自己房间里。这只精明的小狐狸在这种天气总是躲进自己小洞里的。"

"好啦,劳驾,劳驾!"安娜·华西里耶芙娜四处搜寻着。

"你见我盛洋姜丝的小杯子没有,Paul,做做好事,往后别气我啦。"

"我怎么让您生气了,姑妈? 让我吻吻您的小手吧。您的洋姜丝嘛,我看见在小房间的小台子上。"

"达丽雅老是把它随便忘在哪儿。"安娜·华西里耶芙娜说着,便走开了,绸衣裳窸窸窣窣地响着。

舒宾本想跟她走出去,但是听见身后乌瓦尔·伊瓦诺维奇的慢腾腾的声音,便停住了。

"你个吃奶的娃娃,这回算便宜了你。"退役骑兵少尉断断续续地说。

舒宾走向他身边。

"可我为什么该受点儿什么呢,可敬的乌瓦尔·伊凡诺维奇?"

"为什么? 年纪还不大,那就得尊敬别人,就是这样。"

"尊敬谁呀?"

"谁? 你知道是谁,还龇牙咧嘴。"

舒宾把双手交叉在胸前。

"啊,您是大伙儿奉行的大道理的代表者,"他大声地说,"您是俄罗斯黑土的强大无比的力量,您是社会大建筑的基石!"

乌瓦尔·伊凡诺维奇扭起他的手指头。

"得了啦,老弟,你别来找麻烦。"

"瞧呀,"舒宾继续说下去,"这位贵族先生,似乎是,年纪不轻啦,可他心里还隐藏着多少幸福的、童心未泯的信念啊！了不起！可您这位自然人,知不知道,尼古拉·阿尔捷米耶维奇为什么冲我发火？告诉您,今天整个儿一上午,我跟他在他的德国婆娘那儿;我们三个人还一同唱过'请别离开我呀'呢;您要听见就好了。您,大概,也会感动的。我们唱呀唱,我的老爷——唱得我腻味了。我看见:不大对劲儿,情意太浓啦。我就开始逗弄他们俩。结果很不错。先是她生我的气,后来又生他的气,后来他对她生气,还给她说,他只有在家里才感觉幸福,在家里跟在天堂里一样;她就对他说,他这人不道德;而我给她说一声'哎呀呀！'用德语说的;他就走掉了,可是我没走,他来这儿了,也就是,到天堂来了,但是天堂又让他恶心。所以他就唠叨个没完。喏,请问,现在,依您看,是谁的不是？"

"当然,是你的不是。"乌瓦尔·伊凡诺维奇驳斥他。

舒宾眼睛盯住他。

"斗胆请问,可敬的骑士,"他用一种卑躬屈节的腔调开始说,"大人您脱口而出这番妙语,是您思维能力中某种想象力的结果呢,或是灵机一动,忽然产生了要振动一下空气的要求,想发出点什么名之为'声音'的东西来？"

"你别来找麻烦,就这句话！"乌瓦尔·伊凡诺维奇长长地哼一声。

舒宾笑了起来,跑出门外去。

"咳！"一刻钟过后,乌瓦尔·伊凡诺维奇大叫一声,"那……给我来杯伏特加！"

小佣人用托盘端来伏特加和下酒菜。乌瓦尔·伊凡诺维奇慢慢地从托盘上取下一杯酒,聚精会神地把杯子端详了很久,似乎他不很明白,自己手里拿的究竟是什么东西。然后他望望小佣人,问他是不是叫瓦斯卡。然后他做出一副伤心欲绝的样子,把伏特加一饮而尽,又吃了小菜,再伸手到衣袋里掏出手绢来。然而小佣人早已把托盘和长颈玻璃瓶拿去放回原处,还把剩下的鲱鱼吃掉,蜷着身子躺在老爷的大椅子上睡着了,而乌瓦尔·伊凡诺维奇还张开五指把手绢举在眼前,仍像先前一样聚精会神地一会儿望望窗外,一会儿又望望地板和墙壁。

九

舒宾回到自己住的厢房里,翻开一本书。尼古拉·阿尔捷米耶维奇的贴身仆人小心翼翼走进他房间,递给他一张不大的折成三角形的纸条;上面还盖了个大大的刻有家族纹徽的图章。"我希望,"这张纸条中写道,"您,一个正派人,对今早谈及的一张付款期票将不会做出即使是一个字的暗示。您知道我的各方面关系和我的规矩,也知道那笔不值一提的数目以及其他情况;最后,某些家庭秘密应受尊重,而家庭安宁乃属神圣,êtres sans coeur① 才会弃之不顾,我没有理由把您归入这类人之列。(阅后请赐还。)尼·斯。"

舒宾在下面用铅笔涂道:"别心慌——我这会儿还没把手绢儿从口袋里掏出来呢。"②便把纸条还给那佣人,重又拿起书来。但是书本很快便从他手中滑脱。他望望被晚霞染红的天窗和两株远离树林的气势雄壮的幼松,心想:"白天松树是苍青色的,可是晚间它们绿得多么壮观。"于是他走进花园,心中暗怀着希望,或许,能在那儿遇上叶琳娜。他没有失望。前方,一丛小树间的一条小路上,闪现着她的衣襟。他追上她,跟她并肩时,说道:

"请别朝我这边瞧,我不配。"

她对他略略一瞥,又略略一笑,依旧向前走,走进花园深处。舒宾跟在她身后。

"我请求您别瞧我,"他开始说,"可我又要跟您讲话:这显然矛盾!不过在我也不是头一回了。这反正无所谓,我这会儿想起来,我还没求您原谅呢,这是我应该做的,为我昨晚上的愚蠢行为。您

---

① 法语:没心肝的家伙。

② "别心慌"句,意为我还顾不得去管这些事。

没生我的气吧，叶琳娜·尼古拉耶芙娜？"

她站住脚，没马上回答他——不是因为她生气了，而是因为，她的思想仍远在天边。

"没有，"她终于说，"我一点儿也没生气。"

舒宾咬咬嘴唇。

"好一副忧心忡忡的模样……又是好一副无动于衷的模样！"他咕哝着说，"叶琳娜·尼古拉耶芙娜，"他提高了声音继续说，"我来给您说个小故事吧，我有个朋友，这个朋友又有一个朋友，这位朋友起先倒是个规矩人，可后来喝上了酒。一天清早，我的朋友在街上遇见他（这时候他们，请注意，已经不来往了），遇见他，看他喝醉啦。我的朋友转身便走。可那另一位走过来，还说：'要是您不跟我打招呼'，他说，'我兴许不生气，可干吗转身就走呢？或许，是我倒霉吧。愿我的尸首平安！'"

舒宾住口了。

"就这些？"叶琳娜问道。

"就这些。"

"我不懂你的意思。您在暗示什么呢？您刚才还告诉我，要我别对您瞧。"

"对，可我现在跟您说，转身跑开是多么不好哟。"

"而未必我是……"叶琳娜刚开口说。

"可未必您不是？"

叶琳娜的脸有点儿红了，她把手伸给了舒宾。他紧紧地握住它。

"瞧您好像是捉住我情绪不好了，"叶琳娜说，"可您的怀疑并不公平。我并没想过要疏远您。"

"就算是吧，就算是吧。但是您得承认，这一分钟里您头脑中有上千种思想，而您不会信任我，对我说出其中任何一种来。怎么？我说得不对吗？"

"或许对。"

"那为什么会这样？为什么？"

"我的思想我自己也不清楚。"叶琳娜说道。

"那就更应该相信别人，跟人家谈谈。"舒宾马上接着说，"可是让我来告诉您，是怎么回事儿。您对我的看法不好。"

"我？"

"对，您。您觉得，我身上有一半儿东西是假装的，因为我是个艺术家，您认为我这人不仅是什么事也干不了——这一点您，大概，是对的——甚至没一点儿真正的、深刻的感情：我就是真心诚意哭一场也不会，我只会说废话，造谣言——而这全是因为，我是个艺术家。这么说，我们这些搞艺术的是些多么不幸、多么愚蠢的人呢！您，比方说，我敢发誓，就不相信我的忏悔。"

"不，巴维尔·雅科夫列维奇，我相信您的忏悔，你的眼泪我也相信的。可是我觉得，您即使忏悔也是用来给您自己开心的，您的眼泪也是。"

舒宾战抖了一下。

"喏，我知道，这是，像医生们说的，一种不治之症，casus incurabilis①。我只有低头服输的份儿。可是，老天爷呀！难道这是真的？难道身边生存着这样一个灵魂，我还一个劲儿地跟自己闹着玩儿？你明白，你永远猜不透这个灵魂，你永远也不知道她为何忧，她为何喜，她心头掠过些什么思想，她想要什么，她去哪儿……请您说说。"——片刻沉默之后，他轻轻说道："您就任何时候，无论为了什么，在不管什么情况下都不会爱上一个艺术家吗？"

叶琳娜直视着他的眼睛。

"不会。巴维尔·雅科夫列维奇，不会。"

"就是想要证明这一点啊。"舒宾带着一种滑稽的沮丧说道，"为此，我认为，不来妨碍您孤独的散步，对我说更体面些。一位大学教授会问您：您是根据什么资料说'不会'的？可是我不是教授，我是

---

① 拉丁语：不治之症。

个孩子，按照您的看法，但是人们不能尽躲着孩子不睬他哟，请您记住这一点。再见啦。愿我的尸首安宁！"

叶琳娜本想留住他，可是想了想，就也说：

"再见啦。"

舒宾走出了院子。在距离斯塔霍夫家别墅不远的地方遇见了别尔森涅夫。他快步走着，低着头，帽子推到后脑勺上。

"安德烈·彼得罗维奇！"舒宾喊了一声。

他停了下来。

"你走吧，走吧，"舒宾接着说，"我只不过叫一声，我不要拖住你——你直往花园里钻吧，在那儿您能找见叶琳娜。她，好像是，在等你呢……反正她是在等个人……你懂不懂这句话的力量：她在等着！你知道吗，兄弟，这是多么惊人的情况？您想象一下，已经两年啦，我跟她同住在一幢房子里，我爱着她，而只是这会儿，一分钟前，我才不是了解，而是看清了她。看清了她，我就把手撒开了。你别眼睛瞪着我，劳驾，还带着这种假装恶毒的讥笑，这跟你老成持重的特点不大相称呢。喏，好吧，我懂啦，你是要提醒我想到安奴什卡。怎么？我不否认。咱们这位老兄只记得个安奴什卡。安奴什卡们，卓娅们，甚于那些阿芙古斯金娜·赫里斯吉安诺芙娜们，万岁！这会儿您去找叶琳娜吧，而我去找……你以为，我去找安奴什卡？不对，老弟，还要更糟些：我去找契库拉索夫公爵。喀山的鞑靼人当中有这么个艺术的庇护人，像伏尔金那样的。你瞧见这封请柬啦，这些字母：R. S. V. P①啦？就是在乡下我也不得安闲！addio②。"

别尔森涅夫默默地聆听了舒宾的长篇大论，仿佛有些替他难为情，然后他便走进了斯塔霍夫别墅院子里。而舒宾当真去找契库拉索夫公爵了，他对那一位，以极其亲爱的态度，说了一大堆最为刺耳的无礼话。鞑靼人当中的艺术庇护人哈哈大笑，艺术庇护人的客人

---

① R. S. V. P，法语缩写，意为请复。

② 意大利语：再见。

们也发出笑声，而谁都并不开心，分手以后，全都大发一通脾气。恰像两位不大熟悉的先生，在涅瓦大街上碰了面，忽然彼此露一露牙，做作地挤挤眼睛、鼻子和腮帮子，马上便擦肩而过，重新又摆出一副漠然的，或阴郁的，多半像是痔疮发作了的表情来。

十

叶琳娜亲切友好地迎接了别尔森涅夫，已经不是在花园里，而是在客厅里，马上、几乎是按捺不住地，重又谈起头天的话题来。她独自一人：尼古拉·阿尔捷米耶维奇悄悄地溜到不知哪儿去了。安娜·华西里耶芙娜去楼上躺着，头上缠着一条湿绷带。卓娅坐在她身边，裙子理得整整齐齐的，两只小手放在膝盖上。乌瓦尔·伊凡诺维奇在顶楼上歇息，躺在一张号称"催眠床"的宽大舒适的沙发上。别尔森涅夫重又提起他的父亲。他把对父亲的记忆视为神圣，我们现在就来谈几句关于这位父亲的话。

八十二个农奴的拥有者（这些农奴在他死前都获得了自由），明灯派分子①，哥廷根②的老大学生，论文手稿《精神在世界上之显现与成形》的作者（在这部手稿中谢林主义，斯威登堡③主义和共和主义以极其独特的形式混淆在一起），这就是别尔森涅夫的父亲，他带他到莫斯科时，他还是个孩子，那时他母亲刚刚去世，这位父亲亲自来教育孩子。他每节课都精心准备，干得特别的认真，但却劳而无功。他是个幻想家、书呆子、神秘主义者，说起话来讷讷于言，声音沉闷，表达得隐晦不清而又辞藻华丽，用许多的比喻，就是在这个他十分钟爱的儿子面前他也会腼腆羞怯。于是，他儿子只会对着功课眨眼睛，全然不知所措，毫无任何进展，这也不足为怪。这位老人

① 明灯派分子，一种宗教组织成员。
② 哥廷根，德国城市，18世纪德国狂飙突进运动的中心。
③ 斯威登堡（1688—1772），瑞典科学家、神学家。

（他结婚很迟，当时将近五十岁）终于悟到事情不大对头，便把他的安德留沙①送进了寄宿学校。安德留沙开始在校学习了，但是仍未摆脱父亲的监督。父亲老是来看望他，用许多他的教诲和谈话把学校主人搞得很厌烦，学监②们对这位不请自来的客人也很伤脑筋。他时不时地给他们带来些，用他们的话说，天书般的教育著作。甚至学生们见到这位老人黑黑的麻脸以及瘦小的、成年裹着一件紧狭又不贴身的灰色燕尾服的身影，也渐渐不自在起来。那时这群学生哪里想到，这位面色阴沉、从无笑容、鹤步长鼻的先生，把他们每个人几乎都跟自己亲儿子一样牵挂在心上。有一天他忽然想起要跟他们谈一谈华盛顿。"年轻学子们！"——他开始说，但是刚一听到他古怪的话音，年轻学子们便都四散而逃了。这位真诚的哥廷根学派日子过得也不舒心，历史的进程、各式各样的问题和想法总是让他心情沉重。当小别尔森涅夫进大学以后，他还跟他一同去听讲，但这时他已开始感到心有余而力不足。1848年的事件③从根本上动摇了他（他必须把整本书重新写过），他死于1853年冬天，没等到儿子从大学毕业，但他却预先祝贺他取得学位，并祝愿他终身从事科学。"我把火炬传给你，"临终前两小时，他对儿子说，"我竭尽所能地举起过它，你也要到死不放下这把火炬。"

别尔森涅夫久久地跟叶琳娜谈自己的父亲。他一向在她面前感到的拘束这时全都消失了。他发音上的几处混淆也不那么厉害了。谈话转入关于大学的事。

"请告诉我，"叶琳娜问他，"你们大学同学当中有些出色人物的吧？"

别尔森涅夫想起舒宾的话。

"没有，叶琳娜·尼古拉耶芙娜，给您说真话，我们当中没有一

---

① 安德留沙，安德烈的爱称。
② 学监，旧俄学校每班所设的监督人。
③ 1848年的事件，指法国大革命及其以后的欧洲一系列政治变动。

个出色的人。可哪儿又有呢！听说，从前的莫斯科大学可了不起！不过不是现在。现在这只是一所小学——不是大学，我跟同学们在一起觉得难受。"他又低下声音补说了一句。

"难受？……"叶琳娜喃喃地说。

"不过，"别尔森涅夫接着说，"我该有所保留。我认识一个大学生——是的，他还跟我是一个学科呢——这真正是一位出色的人。"

"他叫什么名字？"叶琳娜兴奋地问。

"英沙罗夫·德米特里·尼康诺罗维奇。他是个保加利亚人。"

"不是俄国人？"

"对，不是俄国人。"

"那他干吗住在莫斯科？"

"他来这儿学习的。您知道他学习为了什么目标吗？他只有一个思想：解放他的祖国。他的遭遇也是不平凡的。父亲是一个相当殷实的商人，出生在德尔诺夫，德尔诺夫如今是个不大的小城镇，可古时候曾经是保加利亚的首府呢，那时候保加利亚还是个独立的王国。他在索菲亚做买卖，跟俄国常有来往。他姐姐，就是英沙罗夫的亲姑姑，现在还住在基辅，她就嫁了那儿的一所中学的主任历史教师。在 1835 年，也就是十八年前，发生了一桩可怕的死罪事件：英沙罗夫的母亲突然失踪了，一个星期后发现被人杀害了。"

叶琳娜战栗了一下，别尔森涅夫停住不说了。

"说下去，说下去。"她说道。

"据传闻说她是被一个土耳其的阿哈①糟蹋以后杀掉了，英沙罗夫的父亲知道了真情，他想要报仇，但是他只是用匕首刺伤了那个阿哈……自己却被枪毙了。"

"枪毙？不经过审讯？"

"是的。英沙罗夫那时候刚满八岁。邻居们收养了他。姐姐知道弟弟家中的不幸，想让侄儿跟自己过，人家就把他送到了奥德萨，

---

① 阿哈，旧时土耳其的中层官员。

218

从那里又送到基辅。他在基辅过了整整十二年。所以他俄语讲得那么好。"

"他讲俄语?"

"讲得跟你我一样。二十岁刚过的时候（那是1848年初），他就想回国去。他去过索菲亚和德尔诺夫，把整个保加利亚横着竖着走遍了，在那里过了两年，重新又学会了祖国的语言。土耳其政府迫害他，那两年里，他大概遭遇过许多大危险；有一回我见他脖子上有一条宽宽的刀痕，一定是伤疤；可是他不爱谈这个。他有他自己特有的沉默。我试着问过他——什么也问不出。他用些一般的话回答你。他这人固执得可怕。1850年他又来到了俄国，到了莫斯科，想要完整地接受教育，想跟俄国人接近，然后，等大学毕业了……"

"毕业了怎么样呢?"叶琳娜打断他的话。

"那就看上帝的意思了。预测未来是不容易的事。"

叶琳娜很久没把眼睛从别尔森涅夫身上移开。

"您的故事让我很感兴趣,"她说,"他长相怎么样,您的这位,您怎么叫他来着……英沙罗夫?"

"怎么对您说呢? 依我看,还不坏。您自己这就会看见他的。"

"怎么会?"

"我带他上这儿来,来见您。他后天搬到我们村子来,跟我住一幢房子。"

"真的? 那他愿意上我们家来吗?"

"怎么会不愿意呢? 他会非常高兴的。"

"他不骄傲吧?"

"他? 一点儿也不。是这样,要说吗,他也骄傲的,只不过不是您所理解的意思。比如说,他从不找谁借钱。"

"那他穷吗?"

"是的,不富。回保加利亚的时候,他把父亲产业劫后剩余的一些零零碎碎收拾起来,姑妈也帮他一些;不过所有这些都没几个钱。"

"他，一定，很有性格吧？"叶琳娜说。

"对。这是个铁性子的人。而同时，您能看出，他身上有某种孩子似的真诚的东西，尽管他那么专心致志，那么行动隐秘。说真的，他的真诚，那不是我们这种不值钱的真诚，不是我们这种根本没什么可以隐藏的人的真诚……瞧我带他来见您，您等着吧。"

"他也不羞怯吧？"叶琳娜又问。

"不，不羞怯。只有爱面子的人才会羞怯。"

"那么说您爱面子啰？"

别尔森涅夫不知所措了，便摊了摊手。

"您引起了我的好奇心呢！"叶琳娜说下去，"喏，您说说，他报复了那个土耳其的阿哈没有？"

别尔森涅夫微微一笑。

"复仇只有在小说里才有的，叶琳娜·尼古拉耶芙娜；再说十二年来，这个阿哈也可能早就死掉了。"

"但是关于这个，英沙罗夫先生什么也没对您说过？"

"没有。"

"他干吗去索菲亚？"

"他父亲在那儿住过呀。"

叶琳娜沉思着。

"解放自己的祖国！"她喃喃自语，"这句话说起来也够吓人的，它多么的伟大……"

恰在这一瞬间，安娜·华西里耶芙娜走进屋来，谈话便中断了。

这天晚上当别尔森涅夫回家时，一些奇特的感触激动着他的心。他并不后悔自己想把叶琳娜介绍给英沙罗夫。他觉得他所说的关于这个年轻保加利亚人的故事在她心里造成如此深刻的印象，这是非常自然的事……不正是他自己极力去加深这个印象的吗！然而，一种隐秘而阴暗的感情悄悄地扎进了他的心，他陷入一种不高尚的忧愁。这种忧愁，不过并没有妨碍他去拿起《霍亨斯托芬家族史》，他从头天夜晚停下的那一页上开始读下去。

十一

两天后英沙罗夫依约带上行李来找别尔森涅夫。他没有仆人，但是他无须帮助便把自己的房间收拾整齐，安置好家具，擦了灰尘，还拖了地板。对付一张写字台，他花了特别多的时间，怎么也没法把它安放在想要摆它的角落上；但是英沙罗夫以他特有的沉默的毅力，终于把它安置好了。一切就绪，他要求别尔森涅夫收下他二十个卢布，便拿起一根粗木棍，出门察看新居的环境了。三个小时过后他回来，别尔森涅夫请他一同进餐，他回答说，今天他不拒绝跟他吃一顿饭，不过他已经跟女房东谈妥，以后在她那儿吃饭。

"这怎么行，"别尔森涅夫不同意，"您会吃得很糟的，这个老太婆根本不会烧饭。你为什么不想跟我一起吃？我们可以对半付钱的呀。"

"我的条件不允许我吃得跟您一样。"英沙罗夫平静地一笑，回答说。

在这个微笑中有着某种不容你坚持的东西，别尔森涅夫就没再说话。饭后他建议英沙罗夫跟他去斯塔霍夫家，而英沙罗夫回答说，想要拿这个晚上的时间用来给自己的保加利亚朋友们写信，所以请他把拜访斯塔霍夫家延到下一天。别尔森涅夫早知道英沙罗夫这人心意难变；而只是今天，跟他同住一幢房，他才终于了解到，英沙罗夫是决不会改变他的任何决定的，同样地，他也从不忘履行诺言。别尔森涅夫是个地地道道的俄国人，这种比德国人更甚的认真起初让他觉得有几分古怪，甚至有些可笑；但是他很快便习惯于此，后来还觉得这种习惯如果说不上值得敬重，至少彼此也非常方便。

搬来的第二天，英沙罗夫早晨四时起床，跑过了几乎整个昆卓沃，在河里洗了个澡，喝一杯冷牛奶，便开始工作，他的工作很不少：他在学俄国史，学法律，学政治经济学，在翻译保加利亚歌曲和编年史，在搜集有关东方问题的材料，还在为保加利亚人编俄语语法，为俄国人编保加利亚语语法，别尔森涅夫去他那儿跟他聊了聊费尔巴哈①。英沙罗夫仔细听他谈，很少表示不同的意见，但是他的意见都很中肯。从他的意见中可以看出，他极力要弄明白他是否必须研究费尔巴哈，或者绕过他也行。后来别尔森涅夫把话题引到英沙罗夫的工作上，问他能不能拿点什么给他看看？英沙罗夫便给他念了两三首他翻译的保加利亚歌谣，希望听听他的意见。别尔森涅夫觉得译文是正确的，只是不够生动。英沙罗夫倾听了他的意见。从歌谣，别尔森涅夫又谈到保加利亚目前的状况，这时他第一次发现，一提到祖国，英沙罗夫身上就会发生怎样的改变：不是说他脸红了，嗓门提高了——不是！他整个人似乎都变得坚固了，在勇往直前地冲上去，嘴唇的线条显得更刚毅，不屈不挠，两眼深处燃起一种低沉的、不可熄灭的火光。英沙罗夫不喜欢详谈他自己回国去的事，但是保加利亚一般的情况，他乐于跟任何人谈。他侃侃而谈地说到土耳其人，谈他们的压迫，谈自己同胞的苦难以及他们心怀的希望。从他的每句话中，都能听出一种出于专注的、积存已久的激情而做出的专心致志的思考。

"恐怕是，"这时别尔森涅夫想，"那个土耳其的阿哈，或许，已经向他偿还了杀死他父母亲的血债了。"

英沙罗夫还没来得及说完他的话，房门打开了，舒宾出现在门口。

他有些过于随便和过于亲切地走进房里来；别尔森涅夫太了解他了，马上知道，有什么事让他不开心了。

"我不客气地自我介绍吧，"他脸上显出愉快而开朗的表情说，"我姓舒宾，我是这位年轻人的朋友。"他指着别尔森涅夫，"您就是英沙罗夫先生，没错儿吧？"

"我是英沙罗夫。"

---

① 费尔巴哈(1804—1872)，德国哲学家。

"咱们握个手,认识认识吧。我不知道别尔森涅夫对您谈过我没有,可他对我讲过好多您的事。您来这儿住下? 太好啦! 我这么盯住您看,请别生我的气。我在职业上是个雕塑家,我想,过不久我就会请求您允许我来塑您的头像。"

"我的脑袋您随便使用好了。"英沙罗夫说道。

"咱们今儿个干点什么呢? 啊?"舒宾说道,忽的一下子坐在一把矮椅子上,两只手撑住宽宽分开的膝盖,"安德烈·彼得罗维奇,阁下今日有何计划? 好天气,草垛子和枯萎的草莓秧子气味好美啊……仿佛品一杯沁人心脾的香茶。应该想出点什么花样儿来。咱们来给昆卓沃这位新居民显一显这儿的丰富多彩的美景吧。("他是有些不开心。"别尔森涅夫仍在暗自这样想。)喏,你干吗不说话,我的朋友霍拉旭①,请打开英明的尊口吧。给咱们想出点花样呢,还是不想?"

"我不知道。"别尔森涅夫说,"英沙罗夫觉得怎么样? 他似乎准备要工作啦。"

"您想要工作?"他好像用鼻子在哼着说。

"不,"英沙罗夫回答,"今天我可以用来散步。"

"啊!"舒宾说一声,"那好极啦! 来吧,我的朋友安德烈·彼得罗维奇,拿顶帽子把您聪明的脑袋扣上,咱们眼睛望到哪儿,就往哪儿走。我们的眼睛都年轻——瞧得远着呢! 我知道一处极其糟糕的小酒店,在那儿我们能吃上一顿又脏又臭的饭食,可我们会非常快活的。咱们走吧。"

半小时过后,他们三个人正沿莫斯科河向前走。舒宾忽然间看到英沙罗夫戴了一顶相当稀奇古怪的长耳朵便帽,感到一阵不太自然的狂喜。英沙罗夫则不慌不忙地迈着步,平静地四处观望着、呼吸着、微笑着。他把这一天用来娱乐,也就尽情地享受它。"守规矩的小学生星期天就是这样出来散步的。"——舒宾在别尔森涅夫身

---

① 霍拉旭,莎士比亚悲剧《哈姆雷特》中的人物,哈姆雷特也用这句话招呼他。

边悄悄说。舒宾自己只顾得胡闹，跑在前面，模仿一座著名雕塑的姿势站立着，在草地上翻筋斗。英沙罗夫的宁静悠然不能说激怒了他，却使得他去故作这些丑态。"您怎么这么坐立不安呀，法国佬！"别尔森涅夫两次提醒他。"对，我是个法国佬，是半个法国佬，"舒宾回嘴说，"可你呢？就像一个饭店茶房常对我说的，居乎诙谐与严肃之间。"三个年轻人转弯离开河岸，沿一条狭窄又比较深的低沟向前走，两旁是高高壁立的金色的裸麦；一抹淡淡的阴影从一边的麦墙上向他们投下，灿烂的阳光仿佛在从麦穗的顶端溜过似的；云雀唱着歌，鹌鹑在啼叫；到处绿草如茵；暖和的轻风拂动着，抬起青草的叶片，摇摆着小花儿的花瓣。他们游荡休息，闲聊了很久。（舒宾甚至抓住一个过路的没牙老农，想要跟他玩跳背游戏，不管这些老爷们把他怎么摆布，那老人只顾发笑。）年轻人终于到达了那家"又脏又臭"的小酒店。仆役们差点儿没把他们每个人撞倒在地，而且当真给他们吃了一顿非常糟糕的饭食，喝的是一种巴尔干之外地区生产的葡萄酒，这一些，正如舒宾所料，倒也没有妨碍他们尽情的享乐。他自己比谁都闹得欢——也比谁都乐得少，他为那位他并不了解但却是伟大的维涅林①的健康干杯，为生存于几乎是亚当时代的保加利亚皇帝克鲁姆·赫鲁姆，或者是赫洛姆的健康干杯。

"是九世纪。"英沙罗夫纠正他。

"九世纪吗？"舒宾喊一声，"噢，多么幸福啊！"

别尔森涅夫注意到，在所有他的淘气、顽皮和调笑之中，舒宾似乎总是在测试着英沙罗夫，仿佛在摸他的深浅，而自己内心又很动荡——但英沙罗夫却一直是平静而开朗的。

终于，他们回到家中，换了衣服，为了保持清晨以来的兴致，他们决定当晚就去斯塔霍夫家做客。舒宾先跑过去通报他们的到来。

---

① 维涅林（1802—1839），俄国的保加利亚研究家。

十二

"英雄英沙罗夫立刻驾临!"他郑重其事地高喊一声,走进了斯塔霍夫家的客厅,这时只有叶琳娜跟卓娅在那里。

"Wer①?"卓娅用德语问道。猝不及防时,她总是说本国话。叶琳娜端坐起来。舒宾唇边挂着戏弄的浅笑注视着她。她有些恼怒,但是她什么也没有说。

"您听见啦,"他再说一遍,"英沙罗夫先生上这儿来啦。"

"听见了,"她答,"也听见您怎么称呼他了。我奇怪您,真的。英沙罗夫先生脚还没跨进这儿,您已经认为有必要出他的洋相了。"

舒宾忽然便情绪低落了。

"您说得对,您从来都对;叶琳娜·尼古拉耶芙娜,"他喃喃地说,"可是我不过这么说说而已,真的。我们这一天跟他在一块儿游玩,他,我向您保证,是个很出色的人。"

"我没问您这个呀。"叶琳娜说着,立起身来。

"英沙罗夫先生年纪轻吗?"卓娅问。

"他一百四十四岁。"舒宾恼恨地说。

小佣人通报说两位朋友到了,他们进屋来。别尔森涅夫介绍了英沙罗夫。叶琳娜请他们坐下,自己也坐下来,卓娅就上楼去了;她得去向安娜·华西里耶芙娜报告。谈话开始,非常平淡的一般初见面时的寒暄。舒宾坐在角落里默默观望,但也没有什么可以观望的。他在叶琳娜脸上察觉到一些对他舒宾的抑制着的不满——也就这些。他望着别尔森涅夫,也望着英沙罗夫,作为一个雕塑家,比较着他们的脸型。"这两位,"他想,"都不漂亮。保加利亚人有一副有性格的、适合塑雕的面孔,瞧这会儿这张脸多有光彩;大俄罗斯人的面孔则非常适合于绘画,没有线条,表情是有的。好像,这一个和

---

① 德语:谁。

另一个都可以去爱。她还没有去爱他们谁,但是她会爱上别尔森涅夫的。"——他在内心这样判断着。安娜·华西里耶芙娜出现在客厅里,于是谈话就转变为一种完全别墅式的了,正是别墅式的,而不是乡村式的。从话题之丰富来看,这是一场非常不单调的谈话;但是每过三分钟,便会有一次短暂的、相当沉闷的间歇。在一次这样的间歇中,安娜·华西里耶芙娜转身望了望卓娅。舒宾懂得她的暗示,做了个酸溜溜的鬼脸,而卓娅便去坐在钢琴前,又弹又唱,表演了她所有的小玩意儿。乌瓦尔·伊凡诺维奇在门口露了露面,却晃了晃手指头便溜之大吉了。后来上了茶,后来大家全都去花园散步……外面天色转暗,客人们离去了。

英沙罗夫给叶琳娜留下的印象其实比她所期望的要浅,或者,说得更准确些,他在她心中没留下她所期望的印象。她喜欢他的直率和无所拘束,她也喜欢他的相貌;但是整个英沙罗夫这个人,那宁静的坚定和平凡的单纯,总好像跟她从别尔森涅夫的叙说中在头脑里构成的形象不大调和。叶琳娜,她自己也没有料到,是在期待着会出现某种更加"命中注定的"东西,但是,她想着:"他今天说话非常少,这都怪我,我没去问他呀;等下一回……可是他的眼睛是一双富于表情的、诚实的眼睛。"她觉得,她并不想对他弯腰折服,只是想向他朋友般伸出手去,她有些困惑不解:她心目中所想象的英沙罗夫这一类的"英雄"并不是这样的。这"英雄"二字让她想起了舒宾的话,于是,她已经躺在床上了,又满脸通红地生起气来。

"您觉得您这几位新朋友怎么样?喜欢吗?"归途中,别尔森涅夫问英沙罗夫。

"我很喜欢他们,"英沙罗夫回答,"特别是那女儿。她一定是个出色的姑娘。她容易激动,不过在她这是一种好的激动。"

"往后该多去他们那儿走走。"别尔森涅夫说。

"对,应该去。"英沙罗夫说道,一路上就再也没说什么。一到家立即插上了房门,然而他房里的烛光一直亮到午夜过去很久的时候。

别尔森涅夫还没来得及读完一页罗美尔,忽然一撮细沙投在他的窗玻璃上。他不禁身子一颤,去打开窗户,看见了舒宾,面色苍白得像一片麻布一样。

"你真捣蛋!你这个夜猫子!"别尔森涅夫刚开口说话。

"嘘!"舒宾止住了他,"我是偷偷儿来找你的,好像马克斯去会阿卡塔①,我非得跟你说两句悄悄话不可。"

"那就进屋来吧。"

"不,不需要,"舒宾没同意,只把手肘撑在窗台上,"这样更开心,更像是在西班牙。首先,我祝贺你:你的身价抬高啦。你那位捧上天的不平凡人物却是一败涂地了。这我可以向你担保。而为了向你证明我的大公无私,你听着:这就是英沙罗夫先生的鉴定表,才能缺乏,诗意全无,工作能力不小,记忆力很强,智力欠广、欠深,倒也敏捷健全,枯燥,强壮,而当谈到——咱们私下说说——乏味已极的保加利亚的时候,他甚至还有点儿语言天赋。怎么样?你说说,我不公平吗?还有一点:你跟他永远也不会你我相称,谁也不曾跟他有这份交情;我,作为一个艺术家,令他讨厌,而我为此骄傲。枯燥,枯燥,可是他能把咱们全都碾成粉末呢。他跟自己的家园可是捆在一起的——不像我们那些空瓦罐子,只会拍人民马屁,流进我们心坎儿吧,我说,活命的水呀!不过他的任务也轻松些,明白些;只要把土耳其人给撵走,就是丰功伟绩啦!不过所有这些品质嘛,谢天谢地,都不讨女人喜欢。缺乏魅力,诱惑力;跟你我的品质不一样。"

"你干吗把我也扯进去?"别尔森涅夫低声喃喃地说,"你别的那些话也都不正确:他一点儿也不讨厌你,他跟自己的同胞是你我相称的……这我知道。"

"这是另一码事儿!对他们,他是个英雄;可是,老实说,我对英雄却是另一种看法:英雄不应该会说人话,英雄要像牛一样吼叫,犄

----

① 马克斯、阿卡特,德国作曲家韦伯的歌剧《神射手》中的两个主人公。

角一晃——墙倒屋塌。他自己也毋需知道为什么要晃犄角，可就晃了。不过吗，或许，当今时代需要的是另一种规格的英雄。"

"英沙罗夫怎么让你这么感兴趣?"别尔森涅夫问道,"难道说你就是为了给我描绘他的性格,才跑我这来的?"

"我上这儿来,"舒宾说,"因为我待在屋里实在难过死了。"

"怎么回事! 你是不是又想哭啦?"

"你就笑吧! 我上这儿来,是因为我恨不得把自己胳膊咬一口,是因为绝望在啃我的心,烦恼、嫉妒……"

"嫉妒? 嫉妒谁?"

"嫉妒你,嫉妒他,嫉妒所有的人。我好苦恼哟,一想到若是我早一些了解她,若是我有办法做起来……可是干吗说空话! 结果是,我只能一个劲儿地笑呀,装傻瓜呀,出洋相呀:像她说的那样,再就是去上吊寻死啦。"

"喏,上吊嘛,你是不会去上吊的。"别尔森涅夫说。

"在这样美的夜晚,当然啦,我是不会去上吊的,不过只要让咱们能活到秋天吧。在这样美好的夜晚,人也会死的,不过只会是死于幸福。啊,幸福! 这会儿每一个横在路上的树枝的阴影似乎都在悄悄地这样说:我知道幸福在哪儿……你可要我说出来? 我本来想叫你去散步的,可你这会儿毫无诗意①。睡去吧。但愿你梦见许许多多的数目字儿! 可我的灵魂都要破碎啦。你们,诸位先生们,看见一个人在笑,你们就认为,他心里很快活;你们就可以来给他证明说,他这人自相矛盾——就是说,他并不感到痛苦……愿上帝与你们同在!"

舒宾快步从窗下走开。"安奴什卡?"别尔森涅夫本想在他身后大喊一声,但是他忍住了:舒宾确实是神情恍惚。几分钟后,别尔森涅夫甚至隐隐听到一阵低泣声。他立起来,打开窗,万籁俱寂;只有远方某处,大概是一个过路的农夫吧,拖着嗓子在唱着那支"摩支多

---

① 毫无诗意,原文为"处于散文的影响下",意思是心态平庸,单调乏味。

克的草原"。

英沙罗夫搬到昆卓沃附近两周以来,他拜访斯塔霍夫家不超过四次或五次。别尔森涅夫则隔一天就来。叶琳娜总是喜欢见到他,总是跟他谈得生动而有趣。但尽管如此,当他回家去时,往往还是面带着愁容。舒宾几乎没露过面,他正以疯狂的劲头在搞自己的艺术,或是在自己房间里闭门静坐,一奔而出时,穿着工作服,满身黏土,或是去莫斯科过上几天,他在那里有一间工作室,模特儿们,意大利造型工们,他的朋友和教师们都去那里见他。叶琳娜一次也没像她希望的那样跟英沙罗夫谈过话。他不在时,她准备好要问他许多事情;而他来了,她又为自己的准备而不好意思。正是英沙罗夫的泰然自若令她迷惘:她觉得,她没有权利迫使他倾吐心怀,于是她决定等待。与此同时,她又觉得,随着他一次次的来访,无论他们之间交谈的几句话是多么无关紧要,他都是愈来愈吸引住她。但她没机会跟他单独在一起。要跟一个人接近——必须,哪怕只是一次吧,跟他单独相处和交谈。她跟别尔森涅夫谈起很多关于他的话。别尔森涅夫了解,英沙罗夫激起了叶琳娜的想象,他很高兴他的朋友没有像舒宾断言的那样一败涂地,他热烈地、无微不至地向她讲述了他所知道的所有关于英沙罗夫的事情(往往,当我们自己想要取悦于某个人的时候,便会在跟他的谈话中把我们的朋友颂扬一番,几乎从不在这种时候猜想到,我们这样做也是在夸耀自己),只是偶尔,当叶琳娜苍白的面颊微微泛红,两眼睁大,放出光彩时,那种他早已体验过的不高尚的忧愁才会压抑他的心。

一回,别尔森涅夫上斯塔霍夫家,不是在平时去的时间,而是在上午十一点。叶琳娜出来在客厅里见他。

"你想象得出吧,"他勉强地微笑着说,"我们的英沙罗夫不知去向啦。"

"怎么不知去向了？"叶琳娜说道。

"是不知去向了。前天傍晚时候走的，到现在没见他。"

"他没告诉您去哪儿啦？"

"没有。"

叶琳娜沉坐在一把椅子上。

"他大概，是去莫斯科了。"她喃喃地说，极力装作漠然，而同时又为自己极力装作漠然而自觉奇怪。

"我看不是，"别尔森涅夫不同意，"他不是一个人走的。"

"那是跟谁？"

"前天，晚饭前，来了两个什么人，大概是他的同乡。"

"保加利亚人？您为什么这么想？"

"因为，我似乎听见他们在用一种我所不懂的语言，但是是一种斯拉夫语言交谈……您总以为，叶琳娜·尼古拉耶芙娜，英沙罗夫身上很少有神秘的东西，可是有什么事情比这种来访更神秘呢？想想看：一进门——就大喊大叫？就争吵，还吵得那么野，那么凶……他也在喊叫。"

"他也喊叫？"

"他也喊叫，对他们喊叫。他们好像在互相抱怨。您要是看见这些来访的人就好了！黑黑的脸膛，颧骨高高的，毫无表情，鹰钩鼻子，年纪都四十开外，衣冠不整，满身灰尘和汗臭，看样子是些市井工匠之流——既不像工匠，又不像绅士……天知道是些什么人。"

"那他就跟这些人走啦？"

"跟他们走了。给他们吃了顿饭，就跟他们走了，房东女人对我说，那两个人把一大锅粥都吃光了。她说，他们狼吞虎咽地抢着往肚子里装。"

叶琳娜轻轻一笑。

"您会明白的，"她低声说，"这些事儿往后一说清楚，就很平常了。"

"老天保佑！只是您这话说得太没根据了。在英沙罗夫身上没有一点儿平常的东西,虽然舒宾认为……"

"舒宾!"叶琳娜打断他,耸一耸肩头,"可是您说了,这两位先生狼吞虎咽地吃粥……"

"费米斯托克利在萨拉明斯大战的前夕也吃东西的啊①。"别尔森涅夫微笑着指出。

"是呀,而第二天就打仗了——不过您,不管怎样,他一回来,就请告诉我。"叶琳娜接着说,她想换一个话题,可是谈得不顺当。

卓娅来了,她踮着脚后跟在屋里走来走去,让人晓得,安娜·华西里耶芙娜还没醒来。

别尔森涅夫走了。

当天黄昏时,他捎一张纸条给叶琳娜。"他回来了,"他写给她,"晒黑了,满脸灰尘;可是我不知道他去哪儿、干什么了;您能打听到吗?"

"您能打听到吗?"叶琳娜轻声自言自语说,"难道他会跟我说?"

十四

次日下午二时,叶琳娜站在花园里一只小狗栅前,她在那里养了两只小看门狗(花匠发现它们被人丢在篱笆下,拿去给小姐。因为洗衣婆告诉他,小姐什么野物兽类都怜惜。他果然没盘算错:叶琳娜给了他二十五戈比)。她瞧了瞧狗舍,确知小狗还活着,活得很好,给它们垫的麦草是新鲜的。她回过身去,差一点没有喊出声来。正朝着她,沿着林阴道,走来了英沙罗夫,独自一人。

"您好。"他说,一边走近她,脱下有遮檐的便帽。她注意到,这三天里他似乎晒得好黑,"我想跟安德烈·彼得罗维奇一道来这里,可是他为点事耽搁着;我就不等他自己来了。你们家一个人也没有。都在睡觉,或是散步去了,我就走到了这儿。"

---

① 萨拉明斯大战,公元前5世纪雅典统帅费米斯托曾大败波斯军队于萨拉明斯岛。

"您好像在道歉似的。"叶琳娜回答,"这根本不必要呢,我们全都非常高兴见到您……我们来,坐这儿小凳上,树荫底下。"

她坐下来。英沙罗夫去坐在她身旁。

"您好像这段时间不在家?"她先说话。

"是的,"他回答,"我出去了……是安德烈·彼得罗维奇告诉您的?"

英沙罗夫望了她一眼,微微一笑,两手揉起他的带遮檐的小帽子来。他一边笑着,一边急速地眨着眼睛,嘴唇朝前撅起,这使他的面容显得非常和善。

"安德烈·彼得罗维奇大概也告诉了您,说我是跟几个什么……不像样的人走的。"他说着,继续在微笑。

叶琳娜有些窘,但是她立刻觉得,对英沙罗夫应该永远说真话。

"是的。"她肯定地说。

"那您是怎么想我的呢?"他忽然问她。

叶琳娜向他抬起了眼睛。

"我想,"她轻声慢慢地说,"那时候我想,您总是知道您在做什么的,您不会去做任何不好的事情。"

"喏,为这就应该谢谢您。是这样,叶琳娜·尼古拉耶芙娜,"他说开了,好像是信任地坐得靠她近一些,"我们在这儿有一个不大的小团体,这当中有些人是受教育不多的,可是全都坚决献身于一个共同的事业。不幸的是,不可能没有争吵,而我,他们都了解,也全都信任我,所以就找我去调解一桩争端。我就去了。"

"离这儿很远吗?"

"我走了六十多里①地,走到特罗伊茨基镇。那儿,修道院附近,也有我们的人。至少算是没有白费力,把事情摆平了。"

"您觉得难办吗?"

"难办啊。有一个人老是顽固不化,不肯把钱交出来。"

---

① 俄里,1 俄里等于 1.06 公里,下同。

"怎么？是为钱争吵？"

"是的，钱也不多。可您以为是什么事？"

"您为这种无聊的事情步行走六十里路？丢掉三天时间？"

"这不是无聊的事情。叶琳娜·尼古拉耶芙娜，既然自己的乡亲们给扯了进去。这时候推辞不去是罪过的。瞧您，我看见的，连几只小狗都不拒绝帮助，我为这夸奖您，至于说我丢了些时间吗，这没什么，以后能补上的。我们的时间不属于我们自己。"

"那属于谁？"

"属于所有需要我们的人呀，我把这些无缘无故一下子全都告诉了您，因为我看重您的意见。我想象，听了安德烈·彼得罗维奇的话，您一定多么的惊奇！"

"您看重我的意见，"叶琳娜低声说道，"为什么？"

英沙罗夫重又微笑了。

"因为您是个好姑娘，不像个贵族小姐……就这些。"

一段不长的沉默。

"德米特里·尼康诺罗维奇，"叶琳娜说，"您知道吗？您这是第一次对我这样坦率。"

"这怎么说法？我觉得我总是想到什么就对您说什么的。"

"不，这才是第一次，我非常高兴这样，我也想对您坦率，可以吗？"

"可以呀。"

"预先告诉您，我这人是非常好奇的。"

"没关系，您说吧。"

"安德烈·彼得罗维奇给我讲了许多关于您的身世和您小时候的事情，我知道了一个情况，一个可怕的情况……我知道，您后来又回祖国去过……别回答我，看在上帝分上，若是我的问题您觉得不礼貌的话，可是有一个念头一直苦恼着我……请您告诉我，您遇见那个人没有？……"

叶琳娜接不上气来。她既感到羞愧，又为自己的勇气而害怕。

英沙罗夫凝视着她,微微眯缝着眼睛,用手指触摸着下巴。

"叶琳娜·尼古拉耶芙娜,"终于,他开始说话,声音比平时更低,这让叶琳娜差一点怕了起来,"我明白,您现在谈起的是怎么一个人。没有,我没遇见他,感谢上帝!我也没有去找他,我没去找他并不是因为我认为自己没有权利杀死他——我会心安理得地把他杀掉的——而是因为,在这里谈不上个人的报复,既然事关民族的、共同的复仇问题……或者不这么说,这话不合适……既然事关民族的解放问题,这两者是会互相妨碍的。到时候,另一个也逃不脱的……也逃不脱的。"他重复一句,并且摇一摇头。

叶琳娜从侧面注视着他。

"您非常爱您的祖国?"她胆怯地说出这句话。

"这现在还不能说,"他回答,"等我们当中哪一个为祖国而死了,那时候才能说'他是爱祖国的'。"

"那么,若是您没有可能回到保加利亚去,"叶琳娜接着说,"您在俄国会觉得非常难过吗?"

英沙罗夫垂下了眼帘。

"我觉得,这我怕忍受不了。"他说道。

"请您告诉我,"叶琳娜又说开了,"学会保加利亚语困难吗?"

"一点儿不困难。一个俄国人不懂保加利亚语言是可耻的。俄国人应该懂所有的斯拉夫语言。您要是愿意,我带几本保加利亚语书给您?您会看见,这多么容易。我们的歌谣多好听哟!不比塞尔维亚的差呢!等一会儿,我这就给您翻译当中的一首。那里面说的是……可您多少知道一点儿我们的历史吧?"

"不,我一点儿也不知道。"叶琳娜回答。

"等着,我带本书给您。您从中可以了解到至少是主要的史实。现在来听支歌谣……不过,顶好我给您带份书面的翻译来,我相信您会爱我们的人的。您爱所有受压迫的人。假如您能知道,我们的国土是多么的富饶!可是她正在遭到蹂躏,受到宰割呀!"他继续说时,两手不由自主地打着手势,他的脸色也阴沉了,"我们的一切都被剥夺了，一切啊：我们的教会，我们的法律，我们的土地。可恶至极的土耳其人把我们像牲口一样驱赶，他们屠杀我们……"

"德米特里·尼康诺罗维奇！"叶琳娜高喊一声。

他停住不说了。

"请原谅我。我没法儿冷静地谈这些事。可是你方才问起我，我爱我的祖国吗？人活在世上，还有什么别的可以去爱？除上帝之外，有什么东西是不会改变的，超乎一切疑虑的，不可能不相信它的？而当这个祖国需要您的时候……请您留意，保加利亚的每一个农夫，每一个乞丐，还有我——我们都怀着同一个希望。我们大家共有着一个目标。您能理解这些的，这给了我们大家怎样的信心和怎样的坚强毅力啊！"英沙罗夫片刻间沉默下来，重新又谈起了保加利亚。

叶琳娜贪馋地、深沉地，也是悲愤地倾听着。等他说完时，她再一次问他："这么说，您无论如何是不会留在俄国啰？"

他走后，她久久地凝视着他的背影。他在这一天里在她心中已变成另外一个人。她所送走的，已经不是两小时之前她所迎接的他了。

从这一天开始，他来访得愈来愈勤，别尔森涅夫则愈来愈疏了。两个朋友之间出现了某种奇怪的情况，这一点他们都清楚地感到，而又不知如何说出来，解释清楚吧又都害怕。就这样过了一个月。

十五

安娜·华西里耶芙娜喜欢坐在家中，这读者已经知道；然而有时候，完全出人意料，她会表现出一种难以克服的欲望，想做点什么非同一般的事情，来一次令人惊异的 partie de plaisir①。这快乐的出游愈是难办，愈是需要她收拾和准备，愈是让安娜·华西里耶芙

---

① 法语：快乐的出游。

娜本人心情激动，她也就愈是愉快。若是这种念头出现在冬天——她会吩咐，定两三个并排的包厢，叫所有她的熟人，去戏院子里坐坐，或者甚至是去参加假面舞会；若是在夏天——她便去郊外，去更远的地方。到第二天她便抱怨头痛，躺在床上哼哼，而过上两个月她心中又会燃起这种对"非同一般事情"的渴望。现在发生的事正是如此。有个人在她面前提起了察里津诺①的美景，于是安娜·华西里耶芙娜便突然宣称，她后天要乘车去察里津诺游玩。家中顿时掀起了一场慌乱：一个专使奉派疾驰莫斯科去接尼古拉·阿尔捷米耶维奇回来；另一个家仆一同驰去购买酒类、酥皮馅饼以及各种各样的备用食物；舒宾受命去驿站雇一辆四轮马车（一辆四轮轿式马车还嫌不够用），并且备办替换的马匹；小佣人两次跑去找别尔森涅夫和英沙罗夫，给他们送去两份卓娅写的请帖，先一份用俄语、后一份是用法语；安娜·华西里耶芙娜本人则忙于为姑娘们准备路途的衣装。可是这场 partie de plaisir 差一点没有去成：尼古拉·阿尔捷米耶维奇从莫斯科回来，一副酸溜溜的、满心不情愿的、到处找茬儿的神情，他还在生阿芙古斯金娜·赫里斯吉安诺芙娜的气，一听事由，他断然宣称不去，他说，从昆卓沃奔到莫斯科，又从莫斯科奔到察里津诺，再从察里津诺奔回莫斯科，还要从莫斯科再奔回昆卓沃来——这简直是胡闹——最后，他添说一句：先得给我证明一下，待在地球表面的某一个点上有可能比待在另一个点上人更快乐些，那我才去。当然，没人能为他证明这个。甚至安娜·华西里耶芙娜，由于缺少一个有气派的男伴，已经准备放弃这场 partie de plaisir 了，后来想起了乌瓦尔·伊凡诺维奇，才伤心地派人去他屋里请他，把他喊醒，一边说："快淹死的人连根稻草也要抓的呀。"他下楼来，默默听了安娜·华西里耶芙娜的建议，扭了扭手指头，令大家都很惊异地表示了同意。安娜·华西里耶芙娜吻了吻他的面颊，还称他一声乖宝贝儿。尼古拉·阿尔捷米耶维奇轻蔑地微微一笑，说一声

---

① 察里津诺，即"皇庄"，在莫斯科远郊，有叶卡捷琳娜的宫殿。

Quelle bourde①(他喜欢在必要时用几个优美的法语词)！——于是在第二天早晨，七点钟时，一辆驿站马车和一辆轿式马车，便满装满载地从斯塔霍夫家的别墅院子里驶了出来。轿车里坐的是太太、两位小姐、一个女佣人、别尔森涅夫；英沙罗夫坐在赶车人的座位上；驿站马车里坐着乌瓦尔·伊凡诺维奇和舒宾。是乌瓦尔·伊凡诺维奇自己扭动着手指头把舒宾叫到他这边来的；他知道这家伙一路上都会不停地招惹他，然而在这位"俄罗斯黑土地的伟大力量"与这位年轻艺术家之间存在着某种奇特的交情和某种唇枪舌剑的坦诚。而且，这一回，舒宾并没有去引逗他这位肥胖的朋友。他沉默不语，心不在焉，也颇为随和。

一望无际的蓝天上，太阳已经高高挂起，马车才驶近了察里津诺城堡的废墟，即使在中午时分，这景色也阴郁得吓人。在一片草地上，全体下车，立即向花园走去。叶琳娜、卓娅和英沙罗夫走在前面。他们身后，款步走着安娜·华西里耶芙娜，她挽着乌瓦尔·伊凡诺维奇，脸上是一种充满幸福的表情。乌瓦尔·伊凡诺维奇气喘吁吁，摇摇摆摆，一顶新草帽勒得他额头作痛，两只脚在靴子里发烧，不过他今天也是感觉良好的。舒宾和别尔森涅夫殿后。"咱俩，老弟，要当后备队啦，好像什么沙场老将似的。"舒宾对别尔森涅夫悄声地说，"那边这会儿有个保加利亚人上阵呢！"他添了一句，一边用眼眉指指叶琳娜。

天气真好，四处鲜花盛开，百鸟啼啭、歌唱；远处湖水在闪耀；一种节日的、欢乐的情绪沁人心脾。"啊，真美呀！啊，真美呀！"——安娜·华西里耶芙娜不停地反复申说。乌瓦尔·伊凡诺维奇赞同地晃动他的脑袋，作为对她这番赞叹的回答。有一次他甚至也说了一句："真没说的！"叶琳娜偶尔跟英沙罗夫谈上一句两句。卓娅用两个手指头捏住帽子的宽边，从玫瑰色的轻纱连衫裙下卖俏似的把一对小脚儿伸了出来，那脚上穿的是一双浅灰色圆头皮鞋，眼睛时

_____

① 法语：多么无聊。

而望着两旁，时而又朝后观看。"哎嗨!"忽然舒宾低声喊道，"卓娅·尼吉基什娜好像在东张西望，我得去找她。叶琳娜·尼古拉耶芙娜如今嫌弃我，而对你，安德烈·彼得罗维奇，她是很敬重的，不过两者结果都一样。我要去了，我可闷够了。你呢，我的朋友，奉劝你去采集植物标本吧。处在你的地位上，这是你能想出的最好办法了。从科学的角度看这也很有益。再见啦。"舒宾向卓娅奔去，把手臂弯着伸给她，先说一句："Ihre Hand, Madame。"①便挽起她，一同向前走去。叶琳娜停住脚步，招呼别尔森涅夫过来，也挽起他的手，但是仍然继续跟英沙罗夫谈话。她问他，用他的语言，铃兰、枫木、橡树、菩提……都怎么说。"保加利亚!"——可怜的安德烈·彼得罗维奇心想。

忽然前方一声呼叫；大家全都抬起头来。舒宾的雪茄烟盒飞向了丛林，是从卓娅的手中掷出的。"您等着我跟您算账吧!"他大喝一声，爬进林中，找到烟盒，本来是回到卓娅身边的；但是还不等他挨近她，他的烟盒又飞到路对面去了。这把戏一连重复了五次，他老是在哈哈地笑，并且发出威胁，而卓娅只是悄悄地笑，缩起身子，像只猫儿似的。终于，他捉住她的手指头，用力地一捏，捏得她尖声大叫，过后好一会儿还对着手吹气，假装发脾气，而舒宾则俯在她耳朵上轻轻哼了个什么小曲儿。

"淘气鬼，年轻人。"安娜·华西里耶芙娜快活地向乌瓦尔·伊凡诺维奇说。

那一位则扭了扭手指头。

"卓娅·尼吉基什娜这姑娘真与众不同。"别尔森涅夫对叶琳娜说。

"那舒宾呢?"她回答。

这时大家走到一座凉亭前，它很有点名气，称为"观景亭"，他们停下来观赏察里津诺大小湖泊的美景。这些湖泊一个接一个，连绵

---

① 法语：您的手，小姐。

数里,湖对岸是郁郁葱葱的浓密的森林。茂盛的绿草铺满山坡,一直铺到最大的那个湖的岸边,给水色增添一份鲜亮碧绿的奇异光彩。目光所到之处,即使是在岸边,也不见波浪起伏或水沫泛白。平镜似的水面上甚至连一丝涟漪也没有。似乎有一块凝结的庞大的玻璃重重地闪着光亮,躺进了一只巨大的洗礼盆中,而天空也沉入了湖底,苍翠的树林也一动不动地凝视着湖水的透明的胸怀。他们全都在久久地、无言地欣赏着风景;连舒宾也安静下来,连卓娅也陷入沉思。最后,大家一致想要去水上游玩。舒宾、英沙罗夫和别尔森涅夫沿草地比赛着向下跑去。他们找到一只彩绘大游船,又找到两个船夫,便把女士们招呼过来。她们向他们走去,乌瓦尔·伊凡诺维奇小心翼翼地跟在太太小姐们后边往下走。当他踏进游船时,刚一坐下,大家就发出许多的笑声。"当心呀,老爷,您可别把我们都给淹死啦。"——一个翘鼻子的身穿花布衬衫的年轻船夫说。"喏,喏,你个花花公子!"乌瓦尔·伊凡诺维奇说一句。船启动了。年轻人本该都去划桨的,但是他们当中只有英沙罗夫一个人会划。舒宾提议大家齐唱一支什么俄罗斯歌曲,他自己起个头:"在母亲河的下游……"别尔森涅夫、卓娅,甚至安娜·华西里耶芙娜都接着唱起来(英沙罗夫不会唱歌),但是唱得参差不齐,到第三节便乱唱起来,只有别尔森涅夫一个人力图用男低音继续下去:"滚滚波涛中一无所有……"——可是没多久连他也窘得唱不下去了。两个船夫相互眨眨眼睛,默默露齿而笑。"怎么?"舒宾对他们说,"看样子,你们以为老爷们不会唱歌吧?"那个穿花布衬衫的小伙子只摇了摇头。"你等着瞧,翘鼻子,"舒宾驳斥他说,"我们唱给你听听。卓娅·尼吉基什娜,给我们唱一支尼德美伊尔的'Le Lac'①。别划啦,你们!"几把湿淋淋的木桨便抽出了水面,如同鸟翼般静止不动,咚咚地洒着水珠。游船又漂浮了一小会儿,像一只天鹅,在水面微微回旋,便

---

① 法语:湖水。

停下来。卓娅扭捏了一阵……"Allons!"①安娜·华西里耶芙娜温和地说一声……卓娅便摘下帽子唱起来："O lac! lánnée à peine à fini sa carrière……"②

　　她那音调不高但却清脆的歌声在湖水的镜面上漾开；远方森林中的回音，响起了她所唱的每一个词；仿佛那边也有某一个人在用清晰而神秘的，但又是非人间的、属于另一个世界的声音在唱和着这支歌。当卓娅唱完时，一阵轰然的喝彩声从岸边一个凉亭中传来，又从那里跳出几个红脸丑相的德国人，他们是来察里津诺寻欢作乐的。其中有几个没穿上衣，不打领结，甚至不穿背心，他们拼命地叫喊着"bis"③。安娜·华西里耶芙娜便吩咐赶快把船划到湖的另一端去。然而，游船尚未靠岸，乌瓦尔·伊凡诺维奇再做惊人之举，让他的朋友们大为诧异。他留意到，森林的一处回音特别清晰，能重复每一个音响，他便突然学鹌鹑的鸣声大叫起来。起初大家不禁为之一颤，然而马上便体验到一种真正的满足，而且，乌瓦尔·伊凡诺维奇叫得非常之逼真和相像，他来劲了，就再学起猫叫来，但是猫叫他学得不像。他又再学一次鹌鹑叫，然后望望大家，沉默下来，舒宾扑过去想要吻他。他把他推向一边。而这时游船靠岸了，大家也就离船登陆。

　　同时，车夫跟男女家仆从车上拿下筐篮，在几株老菩提树下的草地上摆好了午餐。大家围着铺开的台布坐下，吃起大馅饼和其他美食来。人人都是好胃口，安娜·华西里耶芙娜不时向客人敬食，劝他们多吃一些，还向他们保证说，在露天进餐是非常有益于健康的；她还拿这番话去说给乌瓦尔·伊凡诺维奇听。"您别费神，"他嘴里塞满食物哼哼着说。"是老天爷恩赐的这种好天气呀！"她不停地重复着这句话，简直让人认不出来了，她好像年轻了二十岁。别

---

① 法语：唱呀！
② 法语：啊，湖水，年岁悠忽、行将逝去……
③ 法语：再来一个。

尔森涅夫向她指出这一点。"是的，是的，"她说，"我年轻时候可漂亮着呢，照例出不了前十名。"舒宾去贴在卓娅身边，不停地给她斟酒；她不肯喝，他就劝，结果总是他自己喝下手中的一杯，然后再来劝她；他甚至要她相信，说他真想把自己的头去枕在她的膝盖上；她怎么也不肯给他"这么大的自由"。叶琳娜显得比谁都严肃，而她心头有着一种许久不曾体验过的奇异的平静。她感到自己心中怀有无限的善意，她不只是一心要把英沙罗夫……而且也想把别尔森涅夫留在自己身边……安德烈·彼得罗维奇隐隐地从眼前情景中领悟到一点什么，他悄悄地叹息了一声。

几个小时飞逝而去，时近黄昏。安娜·华西里耶芙娜忽然不安起来。"哎呀，我的老天爷，这么晚啦，"她说，"玩足啦，喝足啦，先生们，抹抹胡子打道回府啦。"她一忙，大家便都忙起来，大家立起身，向城堡方向走去，马车正停在那里。经过湖泊的时候，大家停住脚步，最后一次地欣赏一下察里津诺。这时四边燃起鲜亮的、黄昏前的美色；天空绯红，树叶被一阵轻风吹动，闪耀出变化万千的色彩；远方的湖水漾出火一般的金红色；一座座红红的小塔小亭，散布在花园四处，在暗绿色树荫的映衬下，分外显眼。"再见啦，察里津诺，我们永远忘不掉今天的出游！"安娜·华西里耶芙娜轻声自语。然而，恰在这一瞬间，似乎要证实她最后的这句话，发生了一件奇特的事情，是一件确实不那么容易忘却的事情。

事情是这样：安娜·华西里耶芙娜向察里津诺发出的告别辞尚未说完，忽然间，在离她几步远的地方，一丛高大的丁香树后，传来一阵混乱的喝叫声、哄笑声和呼喊声，一大群衣衫不整的汉子，就是那些歌曲爱好家们，给卓娅热烈喝过彩的那伙人，向小路上一拥而来。这群歌曲爱好家先生们看来都已经酩酊大醉。看见几位女士，他们停住了脚步；但是其中一个大块头，他脖子像公牛般粗，两只血红的牛眼睛，却离开了他的伙伴，他笨拙地鞠一个躬，边走边摇晃，走到安娜·华西里耶芙娜面前，她此时已经吓得呆立不动了。

"绷褥儿,马大母,"①他哑着嗓子说,"您好吗?"

安娜·华西里耶芙娜身子向后一仰。

"你们干啥子,"这个庞然大物用粗鄙的俄国语说下去,"不肯唱一个 bis? 我们一伙子可是喊了 bis,还喊了'好呀','再来一个'的!"

"对啊,对啊,干啥子啊?"那一伙人中发出了喊声。

英沙罗夫正要一步跨上去,而舒宾止住了他,自己用身子挡住安娜·华西里耶芙娜。

"对不起,"他说,"可敬的素昧平生的先生,请允许我为你们的行为向你们表示真诚的惊讶,您,依我所见,是属于高加索种族的萨克逊分支;因此,我们应该设想你们也懂得社交礼仪,可是您却跟一位不曾为您介绍过的夫人说起话来。请您相信,换个时候,我会特别高兴跟您结交,因为我注意到您身上有如此异常发达的肌肉,biceps,triceps②和 deltoïdeus③,这,身为雕塑家的我能找到您这个模特儿,我将视为万幸;可是这一回,请别来打扰我们。"

这位"可敬的素昧平生的先生"听完舒宾的一席演说,把脑袋轻蔑地一歪,一只手插在裤腰上。

"俺根本不懂您都说些个啥,"他终于开口说话,"您或许以为,我是个修皮鞋的,要不就是个钟表匠? 嘿! 我是个军官,我是个当官儿的呀,当官儿的。"

"对此我毫不怀疑。"舒宾刚要说下去……

"俺要说的是,"素昧平生者用他强壮的手臂把舒宾推向一边,好像从路上丢开一根树枝子,他继续说,"俺说的是:俺们叫了 bis的,你们干啥子不唱个 bis? 我这码子,这会子就走,只要是,叫这位

---

① 法语"日安,太太"的俄语读音。

② 法语:二头肌,三头肌。

③ 法语:三角肌。

伏列伊林①,不是这位马大母,不是,这个的不要,要这个,或者是这个(他指着叶琳娜和卓娅),给俺来 einen kuss②,像俺们德国话说的,就是个亲嘴儿,对！咋的,这没啥子呀！"

"没啥子呀,一个吻,这没啥子呀！"一伙人又喊叫起来。

"In! der Sakramenter!"③——一个已经烂醉如泥的德国人,笑得喘不过气来,这样说道。

卓娅一把抓住英沙罗夫的手臂,但是他挣脱她,径直地站在了那个五大三粗的无赖汉面前。

"请您滚开！"他低声地但却断然地对他说道。

德国人笨拙地哈哈大笑。

"啥子个滚开？ 俺就喜欢这个！ 俺咋的就不能也来散散步子？咋的个滚开？ 干啥子滚开？"

"因为您竟敢打扰一位太太,"英沙罗夫说道,忽然间他脸色发白了,"只为你喝醉了酒。"

"咋的？ 我喝醉了酒？ 你听见吗？ Hören Sie das, Herr Provisor?④ 我是个军官,可他胆敢……现在我要求 Satisfaction⑤！Einen Kuss Will ich⑥！"

"假如您再向前迈一步。"英沙罗夫开始说。

"喏,那又咋的？"

"我就把您掷进水里去。"

"掷进水里去？ Herr je!⑦ 就这个？ 喏,俺们来瞧瞧,这倒有趣儿,怎么个掷进水里去……"

---

① 伏列伊林,德语"小姐"的俄语读音。
② 德语:一个吻。
③ 德语:唉！他妈的！
④ 德语:你听见吗,药剂师先生？
⑤ 德语:赔偿。
⑥ 德语:我要接一个吻。
⑦ 德语:天哪！

军官先生抬起他的双手走向前来,但是忽然发生了一桩异乎寻常的事:只听他吱喳一叫,他整个庞大的躯体晃了一晃,便离地而起了,他两只脚在空中踢腾,没等女士们喊出声来,没等那个人弄明白是怎么回事,这位军官先生那重重的一大块身体,便随着扑通一声在湖中溅起的大片水花,消失在打着旋涡的湖水里了。

"哎呀!"女士们齐声尖叫。

"Mein Gott!"①另一边传来这样的声音。

过了一分钟……一个圆圆的、披满湿头发的脑袋从水里伸出来;嘴里还吐着泡沫呢,那只脑袋——只见他两只手在那只脑袋上的嘴唇边痉挛地乱扯乱抓……

"他要淹死啦,救救他,救救他呀!"安娜·华西里耶芙娜对英沙罗夫叫喊着,英沙罗夫则立在岸边,叉开两腿,深深地喘气。

"他会游上来的,"他说,脸上是一副轻蔑而且毫不留情的淡漠表情,"我们走吧,"他挽起了安娜·华西里耶芙娜的手臂,又说一句,"走吧,乌瓦尔·伊凡诺维奇,叶琳娜·尼古拉耶芙娜。"

"啊……啊……喔……喔……"这时那个倒霉的德国人正在号哭,他刚刚抓住岸边的一株芦苇。

大家都跟在英沙罗夫身后向前走,人人都要从那"一伙人"的面前经过。然而,失去了他们的头目以后,这群浪荡子也就变乖了,他们一句话也没开口说,只有一个,他们中顶勇敢的一个,晃着个脑袋,嘟囔着:"嘿,这个,可是……天知道……往后……"而另一个甚至还脱下帽子来。英沙罗夫让他们觉得非常之可怕,这也不无道理,他面容上正是现出一种凶狠的、一种令人感到危险的表情。德国人奔过去把他们的伙伴拖上岸来,那家伙,刚一脚踩着地,便眼泪汪汪地咒骂起来,冲着那帮"俄国强盗们"喊叫着,说他要去告状,说他要去见冯·基赛利兹伯爵大人本人……

但是"俄国强盗们"并不理睬他的叫喊,他们尽可能地向城堡走

---

① 德语:我的上帝!

去。在花园里走着时,他们全都默不出声,只有安娜·华西里耶芙娜轻轻"哎呀"了两声。他们走近马车了,站住了,这时,他们迸发出了一阵无可抑止、经久不息的大笑声,好像是荷马笔下那群神人的笑声。第一个尖声尖气像疯了一样发出笑声的是舒宾,接着别尔森涅夫便敲鼓似的轰轰地大笑起来,卓娅在一旁笑得像撒下一盘细小的珍珠,安娜·华西里耶芙娜也忽地放声大笑,甚至叶琳娜也忍不住露出了笑容,到最后连英沙罗夫也抵挡不住了。然而笑得最响、笑得最久、笑得最厉害的是乌瓦尔·伊凡诺维奇。他哈哈、哈哈……直笑得腰痛,笑得打喷嚏,笑得接不上气来。他稍停一停,才透过眼泪说:"我……以为……怎么扑通一下子?……可这……他就……头朝下……"而随着他最后一个颤悠悠硬吐出来的词儿,一阵重新发作的哈哈大笑又使他全身震颤。卓娅的话又激起他更大的笑声。"我,听我说呀,瞧见的,两腿朝天呀……""对,对,"乌瓦尔·伊凡诺维奇马上接着说,"两条腿,两条腿……那边就扑通一下!他可就仰面朝天啦!……""他怎么做到的啊,那个德国佬比他大三倍呀!"卓娅问道。"这我来告诉您,"乌瓦尔·伊凡诺维奇擦一擦眼睛回答说,"我看见的呀:一只手抓住他的腰,拎起一只腿,这就扑通!我听见的呀:这是什么!……可他就,仰面朝天啦……"

马车已经启动了很久,察里津诺的城堡已经从眼前隐没,而乌瓦尔·伊凡诺维奇还是没法子平静下来,舒宾又跟他一齐坐一辆马车,终于又开始奚落他了。

而英沙罗夫却感到惭愧。他坐在马车里,和叶琳娜面对着面(别尔森涅夫坐在驾车人的座位上),他沉默着,她也沉默着。他在想:她会责怪他的吧。但是她并没有责怪他。刚开始时,她感到非常恐慌;后来,后来他的面容令她非常地吃惊;再后来,她不停地思索着。她不完全明白自己在思索些什么。她在这一天里所体验过的感情如今都已消逝,这一点她意识到了;然而这些感情已被另外一个什么东西所取代,这到底是个什么,她暂且还不明白。快乐的出游①,拖得太久了;黄昏已不知不觉间转为夜晚。马车迅速奔驰,时而沿着已熟的麦田,空气郁闷而芬芳,一阵粮食的清香;时而沿着宽阔的草地,它突然袭来的清新如轻波般扑打着面颊。天空四周仿佛烟气蒸腾。终于,浮出一轮朦胧的、昏红的月亮。安娜·华西里耶芙娜在打盹;卓娅把头伸出窗外在观望道路,叶琳娜终于想到,她有一个多钟点没跟英沙罗夫讲话了。她向他问了个无关紧要的问题,他马上快活地回答了她。夜空中开始传出一些模糊不清的声响,仿佛远处有成千上万人在说话,莫斯科向他们迎面奔来。前方已闪现出灯火,灯火愈来愈多了,终于,车轮下响起了辚辚的石块声。安娜·华西里耶芙娜醒来了。马车里大家都在说话,尽管谁也听不清谁说些什么。石砌的路面在两轮马车和三十二只马蹄下猛烈地震响。从莫斯科到昆卓沃这段路程显得又长又闷人。全都在睡觉,或者默不出声,把脑袋贴在各个角落里。只有叶琳娜一个人没合上眼睛,她目不转睛地凝视着英沙罗夫昏暗中的身影。舒宾心中袭来一阵哀愁。轻风吹拂着他的眼睛,令他气恼;他把头缩在外衣领子里,几乎要流出眼泪来。乌瓦尔·伊凡诺维奇安然无忧地发出鼾声,身子左右摇晃着。马车终于停住了。两个仆人把安娜·华西里耶芙娜扶下马车。她简直要累垮了,跟同伴们告别的时候,她向他们宣称,说她已半死不活。他们向她表示着感谢,而她只能反复地说"半死不活啦"。叶琳娜(第一次)握了英沙罗夫的手,她很久没有宽衣入寝,只坐在窗前;而舒宾在别尔森涅夫正要离去时,却找到时间悄悄对他说:

"唉,怎么不是个英雄? 能把喝醉酒的德国人抛到水里去呢!"

"可你就连这个也做不到呀。"别尔森涅夫顶了他一句,便跟英沙罗夫一同回家了。

当两位朋友回到住室里,天空已出现朝霞,太阳尚未升起,但已漫起黎明的寒气,灰色的露珠覆盖在草叶上,早起的云雀高声地、在

---

① 快乐的出游,原文为法文。

半明半暗无垠无际的天空中银铃般歌唱,那天空中,仿佛有一只孤独的眼睛,一颗巨大的最后的晨星正环视着人间。

十六

叶琳娜在认识英沙罗夫后不久,便开始写起日记了(这是第五次或是第六次)。这里有她日记中的一些片断:

六月……安德烈·彼得罗维奇给我带来一些书,可是我没法读。给他承认吧——不好意思,把书还回去,撒个谎,就说读过了——不愿意。我觉得,这会伤他的心的。他处处留意我。他,好像是,对我很依恋。一个很好的人,安德烈·彼得罗维奇。

……我想要什么?为什么我心头这么沉重,这么困倦?为什么我望着飞去的鸟儿也羡慕?我好像希望跟它们一齐飞,飞——飞哪儿?不知道,只是要飞得远远的,离这儿远远的。这种愿望罪过吗?我在这儿有母亲,父亲,家庭。难道我不爱他们?是的,我是没有像我想要爱他们地那样爱他们。我很怕说出这句话,但这是真的。也许,我是个大罪人;也许,我是因为这个才这么忧愁,因为这个才得不到平静。不知谁的一只手放在我身上,压迫着我。好像我是坐在牢房里,眼看着四边墙就要塌下来压在我身上。为什么别人没有这样的感觉?假如我对自己的亲人冷冰冰的,那我会去爱谁呢?显然,爸是对的:他骂我只爱狗呀猫呀的。应该想想这件事。我很少祈祷,应该祈祷……啊,好像,我是会爱的呀!

……我在英沙罗夫先生面前还仍然怯懦得很。不知道为什么,我好像也已不是那么年轻无知了,而他又是那么的平易、善良。有时候他面色非常严肃。他一定是顾不得想到我们。我感觉到这个，所以我好像不好意思占用他的时间。安德烈·彼得罗维奇——他就完全不同了。我跟他可以扯上一整天。而他跟我也是只谈英沙罗夫。谈了些多么可怕的细节啊！昨天后半夜，我梦见他手握一柄匕首。好像他在对我说："我要杀死你，也杀死自己。"多么荒唐！

……噢，若是有谁能对我说：这就是你应该去做的！那就好了。存好心——这还不够！做好事……对，这才是人生的主要之点。可是怎样去做好事呢？噢，若是我能把握住我自己，那就好了！我不懂，为什么我如此地常常想起英沙罗夫先生。他来到我家，坐下，仔细听我说话，他自己一点儿也不费神、不操心，我眼睛望着他，心里就高兴——如此而已。等他走了，我老是回想他说过的话，抱怨自己，甚至于还心情激动……自己也不知道为什么。（他法语讲得不好，却也不为此羞惭——这我喜欢。）可是，我心里总是会想到一些新的面孔。跟他谈着话，我忽然想起了我们这儿卖小吃的店老板华西里，是他把一个断了腿的老人从失火的茅草屋里拖出来，而自己差点没被烧死。爸爸称他好汉，妈妈给了他五个卢布，我那时只想去跪在他面前。他的面孔也是朴实的，甚至有点蠢相。他后来也变成一个酒鬼了。

……今天我拿一个半戈比的铜板给了一个叫花子，她对我说：你干吗这么忧愁呀？我没有想到我的面容是忧愁的。我想，这是因为，我独自一个人，老是独自一个人，善也罢，恶也罢。没人可以让我向他伸出我的手。向我走过来的人，是我所不需要的；而我所想要的人……他却打我身边走过去。
……我不知道我今天怎么啦；脑子里乱哄哄的，我想要跪在地上，要求、恳请人家宽恕我。我觉得好像有人在折磨我，但是我不知道是谁，又是怎么样的折磨。我在内心里喊叫、反叛；我哭，我不能沉默下来……我的上帝！我的上帝啊！请你压住我心头的这些冲动吧！只有你能办到，别的一切都无能为力。无论是我微不足道的施舍，无论是我的课业，无论什么、什么、什么都不能帮助我啊。上哪儿当个女佣人去吧，真的。这样我会觉得心里轻松些。

青春为了什么，我的生命为了什么，我为什么需要有灵魂，所有这一切，都是为什么？

……英沙罗夫，英沙罗夫先生——我真的不知道该怎么下笔——一直占着我的心。我想要知道，在他心灵深处都有些什么？他看起来那么坦诚，那么平易近人，可是我又觉得他什么也看不清。有时候他用那么一双追寻似的眼睛望着我……或者这是我的幻想？鲍尔老是惹我——我生鲍尔的气。他想要什么呢？他爱上我了……可是我不需要他的爱。他也爱上卓娅了。我对他公平。他昨天对我说，我这人连做到一半不公平也学不会……这话是对的。这很不好啊！

哎，我觉得，一个人需要有不幸才好，或者是穷，或者是生病。要不他马上就会自鸣得意了。

……为什么安德烈·彼得罗维奇今天要给我谈起那两个保加利亚人？他好像是故意要告诉我这个。英沙罗夫先生跟我有什么关系？我生安德烈·彼得罗维奇的气。

……拿起笔，又不知道从何写起，他今天在花园里跟我讲话，讲得多么突然！他是多么的亲切，充满着信任！事情发展得多么快哟！真好像我们是很老很老的朋友，只是刚刚才彼此认出来似的。这以前，我怎么竟可能不了解他！现在他对我是多么的亲近啊！真奇怪！我现在变得平静得多了。我觉得好笑:昨天我生了安德烈·彼得罗维奇的气,还生了他的气,我甚至称他为英沙罗夫先生,而今天……终于有了一个诚实正直的人,有了一个可以信赖的人。这个人不说谎。这是我所遇见的第一个不说谎的人。别人都说谎,什么人都说谎。安德烈·彼得罗维奇,亲爱的、善良的人,我为什么要委屈您呢? 不! 安德烈·彼得罗维奇,也许,比他更有学问,甚至于还更聪明些……可是,我不知道,他在他面前显得那么的矮小。当那一个谈起他的祖国的时候,他变高大了,高大了,他的面容俊美了,声音像钢铁一样,好像那时候世上没有一个人可以让他低下头去。而他不仅是说一说——他在做,而且将来还要做下去。我要仔细地问问他……他是怎样地忽然向我转过身来,向我微微一笑,啊……只有亲兄弟才会这样的微笑,啊,我多么满足! 当他第一次来我们家时,我怎么也想不到,我们会接近得这么快。而现在,我甚至高兴我初次见他时表现得那么淡漠……淡漠啊! 难道说我现在就不淡漠了?

……我很久没有感受过这种内心的安宁了。我心里是那么静,那么静,没什么可以写下来的。我常常见到他,就这些,还有什么可写的呢?

鲍尔把自己锁在屋里,安德烈·彼得罗维奇来得愈来愈少了……可怜的人! 我好像觉得,他……其实,那是决不可能的。我喜欢跟安德烈·彼得罗维奇谈话。他从不谈一句自己,老是说点儿什么实在的、有益的东西。不像舒宾,舒宾漂亮得像一只蝴蝶,他还欣赏自己的漂亮,连蝴蝶也不这样。不过,舒宾也好,安德烈·彼得罗维奇也好……我知道我想说什么。

……他喜欢上我的家来,这我看得出,可是为什么? 他在我身上找到了什么? 确实,我们趣味相投。他和我都不喜欢诗歌,两人对艺术都一窍不通,可是他比我可强得多啊! 他冷静,而我成天都惶恐不安;他有他的道路、他的目标——而我,我往哪儿走? 我的窝在哪里? 他冷静,而他的思想却远在天边。有一天,他会永远抛下我们,去他自己那里,去那儿,大海的彼岸。怎么? 愿上帝祝福他吧! 而我反正会快乐的,因为,当他在这儿的时候,我曾是他的朋友。

为什么他不是个俄国人? 不,他不可能是俄国人。

妈妈也喜欢他;她说:一个谦虚的人。好心肠的妈妈呀! 她并不理解他。鲍尔保持沉默:他猜到,我不喜欢听他的暗示,但是他是在嫉妒他呢。坏孩子! 你有什么权利? 难道说我什么时候……

这全是废话! 为什么我会想到这些?

……但是,说来也怪,我到现在,二十岁了,还谁也不曾爱过! 我觉得,德(我以后就叫他德,我喜欢这个名字:德米特里),他灵魂之所以那么纯净,因为他整个身心都献给了自己的事业,自己的希望,有什么可以让他不安心的? 一个人完全……完全……完全……献出了自己……他就少有痛苦了,他就对什么都无所谓了,不是我想要怎样,而是它想要怎样。说起来,他跟我,我们都喜欢同样的花。今天我摘了一朵玫瑰,一片花瓣落下来,他把它拾起……我就把整朵玫瑰给他了。

……德常上我们家来,昨天他坐了整个一晚上。他想要教我保加利亚语。跟他在一起我觉得很好,有一种回到自己家中的感觉。比回到自己家中还要好。

……日子飞一般过去……我心情愉快,不知为什么觉得有点儿怕,想要感谢上帝,眼泪也快流出来了。啊,温暖的、明朗的日子啊!

……我还像原先一样觉得轻松愉快，只是偶尔，偶尔有一点点忧愁。我幸福。我幸福吗？

……昨天的出游我将久久不能忘怀。一些多么奇特的、全新的、可怕的印象啊！当他突然抓起那个巨人，把他像个皮球似的甩进了水中的时候，我并不觉得害怕……但是他却吓坏了我。而后来——好一副凶狠的模样，几乎是残酷的啊！他是怎么说的：他会游上来的！这让我震惊了。原来，我还不了解他啊！后来，当大家都在大笑的时候，当我也在大笑的时候，我多么为他难过呀！他羞愧了，我感觉到这一点，他是因为我而羞愧。后来他在车子里，在黑暗中把这话告诉我了，那时候我极力想要看清他，也感到怕他，是的，跟他这人可不能开玩笑，他也是善于防卫的。但是这样的凶恶。连牙齿都在发抖，眼睛里也流露出狠毒，这是为什么呢？或者，也许，只能这样做，没别的办法？难道一个人就不能既是男子汉、战士，又保持温情、柔和吗？不久前他对我说过，人生本是粗暴的。我把这话说给安德烈·彼得罗维奇听，他不同意德的看法。他们俩谁对呢？而这一天是怎样开始的啊！我跟他并肩走着，哪怕一句话不谈，心里也多么舒服啊……但是，我喜欢所发生的这些事。显然，事情就应该是这样。

……又是忐忑不安……我觉得身体不大好。

……这些天来，我什么也没写在这个本子上，因为不想写。我感到：不管我写什么，都不会是我心中所想的……可我心里想什么？我跟他长谈过一次，这次谈话让我明白了许多，他向我说了自己的计划(顺便说说，我现在知道他脖子上的伤是怎么来的了……我的上帝啊！当我一想到，他曾经准备好去死，他九死一生地逃脱了，他还受了伤……)。他预感到将发生战争,他为这高兴。而同时,我也从未见到德如此的心情忧郁。他……他……为什么会忧郁呢? 爸从城里回来,碰见我俩在一起,那么奇怪地望着我们。安德烈·彼得罗维奇来过。我注意到,他变得又瘦又苍白,他责备我,似乎我对舒宾已经太冷淡、太漫不经心了。而我正是完全把鲍尔给忘记了。见到他时,我要尽力弥补自己的过错。我现在顾不到他……也顾不到世界上的任何谁,安德烈·彼得罗维奇跟我说话时露出一种怜惜的神情,这都是什么意思? 为什么我周围,我心中全这么阴暗? 我好像觉得,我周围和我心中正在发生着某种谜一样的事,必须找出一个答案来……

……我通宵不眠,头痛。为什么要写呢? 他今天走得那么快,我还想跟他再谈谈……他好像在躲着我。是的,他在躲着我。

……答案找到了。光辉照亮了我! 上帝呀! 怜惜我吧……我恋爱啦!

十七

就在同一天,当叶琳娜在她的日记本上写下那最后的、宿命的话语时,英沙罗夫正坐在别尔森涅夫的房间里。别尔森涅夫站在他面前,脸上是一种困惑不解的表情。英沙罗夫刚刚告诉他,自己打算第二天搬到莫斯科去住。

"怎么可以呢!"别尔森涅夫高声地说,"最美的时间就要到啦。您想去莫斯科干什么? 多么突然的决定呀! 是不是您得到什么消息了?"

"我什么消息也没有得到,"英沙罗夫说,"可是,依我的想法,我是不能够再留在这里了。"

"这可怎么行呢……"

"安德烈·彼得罗维奇，"英沙罗夫说道，"劳您驾，别坚持啦，我求您啦。跟您分开我也难过呢，可是没有办法啊！"

别尔森涅夫定定地注视着他。

"我知道，"他终于说，"没法说服你，那么，都决定啦？"

"完全决定了。"英沙罗夫回答，他站起来，走开了。

别尔森涅夫在房里踱了几步，拿起帽子，便向斯塔霍夫家走去。

"您有什么事情要来通知我吧？"一等他们两人单独在一起，叶琳娜便对他说。

"是的。为什么您猜到了？"

"没关系；说吧，什么事？"

别尔森涅夫把英沙罗夫的决定转告了她。

叶琳娜脸色忽地苍白了。

"这是什么意思？"她好不容易说出这句话。

"您知道，"别尔森涅夫说，"德米特里·尼康诺罗维奇不喜欢对自己的行为作解释。可是我想……咱们坐下谈。叶琳娜·尼古拉耶芙娜，您好像不大舒服呀……我似乎能猜测到，他这样突然走掉，到底是什么原因。"

"是什么、什么原因？"叶琳娜接着重复说，她把别尔森涅夫的手紧紧捏在自己冰冷的手里，自己也没留意到。

"您瞧，"别尔森涅夫带着忧郁的微笑开始说，"怎么给您解释才好呢？我不得不从这个春天，从那时候，我跟英沙罗夫更加亲密的时候说起。那时候我是在一个亲戚家里遇见他的，我这亲戚有个女儿，一位非常漂亮的姑娘。我觉得，英沙罗夫对她不是毫不动心的，我就把这话对他说了。他笑起来，回答我，说我错了，说他心里并没什么事，但是如果那姑娘心中发生了诸如此类的事情，他便会立刻走开的，因为他不愿意——这是他自己的话——为了满足个人的情感而背弃自己的事业和自己的责任。'我是个保加利亚人——他说——俄国人的爱我不需要。'"

"啊……那么……您现在……"叶琳娜低声地说,不由得转过头去,好像一个准备受打击的人,但是仍然抓住别尔森涅夫的手没有松开。

"我认为,"他说下去,自己也降低了声音,"我以为,我当初觉得是纯属猜测的事情,现在果然发生了。"

"那就是……您以为……别折磨我啦!"叶琳娜突然脱口而出。

"我以为,"别尔森涅夫连忙接着说,"英沙罗夫现在爱上了一个俄罗斯姑娘,于是,按照自己的诺言,他便决定走开。"

叶琳娜把他的手捏得更紧,头也垂得更低,好像要躲开别人的目光,隐藏住忽然间火一般流遍她面颊和头颈的羞怯的红晕。

"安德烈·彼得罗维奇,您是善良的,像天使一样,"她说,"可是他总要来道别一声的吧?"

"会的,我看,他一定会来的,因为他并不想离开……"

"请您告诉他,告诉他……"

然而这时可怜的姑娘忍耐不住了,泪水正涌出她的眼睛,她便从房里跑了出去。

"她爱他爱得多么深啊,"别尔森涅夫想着,他正缓步走回家去,"这我没有料到,我没料到,已经这样深了啊!我是善良的,她说,"他继续在思索,"谁能说得出,出于怎样一种感情和动机我来把这些事说给叶琳娜听?但是这不是出于善良之心,不是出于善良之心啊!只不过是一种可诅咒的愿望而已,是想确证一下,那把匕首是不是真的已经戳进了伤口里?我应该满足了——他俩相爱,而我帮助了他们……'科学与俄国大众的未来中介人'——舒宾这样称呼我,看来,我命中注定是要当个中介人的。但是,假如我错了?不,我没弄错……"

安德烈·彼得罗维奇心里苦得很,连罗美尔也无法进入他的头脑了。

第二天,下午二时,英沙罗夫来到斯塔霍夫家。好像故意安排下似的,这时安娜·华西里耶芙娜的客厅里正有一位女客人,一位邻居牧师太太,是个非常好、非常可敬的夫人。不过,她跟警察局发生过一件小小的不愉快事情,那是因为她忽然想起,要在烈日当头下跳进一个池塘去洗澡,那池塘靠近路边,是某位身居要职的将军一家人时常要经过的地方。一个局外人在场起初让叶琳娜甚至感到快慰,一听见英沙罗夫的脚步声,她脸上的血色顿时消失了;然而,想到他可能不等跟她单独谈话,便告辞而去,她的心都不跳了。他则显得很窘,躲开她的目光。"未必他这就要告别了?"叶琳娜想。确实英沙罗夫也正要开口向安娜·华西里耶芙娜讲话,叶琳娜连忙立起,把他叫到一旁,叫到窗前。牧师太太觉得很奇怪,她也想转过身去,但是因为她把腰身束得太紧了,每动一下,胸衣便吱吱作响。她只好保持原位,按兵不动。

"您听着,"叶琳娜急匆匆说,"我知道您为什么来。安德烈·彼得罗维奇把您的打算告诉我了,但是我要您,我恳求您今天别跟我们告辞,明天再上这儿来,来早点,十一点钟就来,我有两句话要给您说。"

英沙罗夫默默地低下头去,但是什么也没有说。

"列诺奇卡,你过来,"安娜·华西里耶芙娜说,"你看看,阿姨的提包多漂亮。"

"我自个儿绣的花。"牧师太太说。

叶琳娜离开了窗口。

英沙罗夫在斯塔霍夫家停留了不超过一刻钟。叶琳娜悄悄地观察着他。他在座位上不停地动来动去,还像以前一样,不知道眼睛往哪儿瞧才好。忽然之间,不知怎地便奇怪地走掉了,好像消失不见了。

这一天对于叶琳娜来说过得真慢;比漫长、漫长的夜晚过得还要更缓慢。叶琳娜时而坐在床上,双手抱膝,头靠在膝盖上,时而走向窗前,把滚烫的前额贴在冰凉的窗玻璃上。她想呀想,反复地考虑着同一些想法,直到精疲力竭。她的心不知是化成了一块顽石,还是从她胸中消失而去了。她感觉不到心脏的存在,然而头脑中的血管都在重复地跳动,头像火烧一样地发热,嘴唇都干裂了。"他会来的……他没有跟妈妈告辞……他不会骗人的……难道安德烈·彼得罗维奇说的是真话? 这不可能……他没用话答应我说他会来……难道我就从此永远跟他分别了?"就是这些思虑不肯离她而去……不肯离她而去! 它们并不是来而复去,去而复来——它们是不停地在她心中游移着,如同一团迷雾。"他爱我!"——这思想忽然在她的全身中火一般燃起,于是她定神向黑暗中凝望:一丝谁也看不见的秘密的微笑在她的唇边展开了……然而她立即甩一甩头,两手扣起来放在脑后,于是那些原先的思虑重新又像迷雾般在她心中摆动。黎明前她脱掉衣服,躺在床上,但是她睡不着。第一线火红的阳光射进她房中了……"噢,假如他爱着我!"她忽然喊出来,又张开双臂,并不因照耀着她全身的阳光而感到羞惭……

她起来,穿好衣裳,下楼来。家里还没人醒来。她走进花园。花园里是那样的寂静、翠绿、清新,鸟儿啼啭得那样自信;花朵儿露出头来,那样的快乐;而她却感到害怕。"噢!"她想,"如果这是真的,哪一根小草儿也没我幸福啊,可是这是真的吗?"她回到自己房里,只是为了消磨一下时间,便开始换衣服。但是东西都从她手里滑脱落在地上。当喊她去喝茶时,她依然呆坐在梳妆镜前,还只穿了一半的衣裳。她下楼来。母亲发觉她面色苍白,却说了一句:"你今天真有趣儿——"然后瞥了她一眼,才添说:"这衣裳你穿很合身,你要是想讨谁欢喜,就穿上这件。"叶琳娜什么也没回答,只去坐在角落里。这时时钟敲了九点,到十一点钟还剩两个小时。叶琳娜拿起一本书,然后又拿起针线活,然后重新又读书,然后她暗自约定,在同一段林阴道上走一百个来回,果真走了一百个来回,然后她又久久地望着安娜·华西里耶芙娜在那儿用纸牌算卦……又望望时钟,还不到十点。舒宾来到客厅里。她试图跟他说话,自己也不知道为什么,向他道起歉来……她说每句话时倒也不觉费力,但却在她自己心中引起某种困惑。舒宾向她俯过身来。她准备受他嘲笑,抬起眼睛,却看见面前是一张悲哀而友好的面孔……她朝这张面孔微微一笑。舒宾也向她微微一笑,默不出声,轻轻地走出去。她想留住他,可是一时记不起怎样叫他。终于,钟敲十一点。她便开始等呀,等呀,等呀,而且仔细地倾听着。她已经什么也不能做了,她甚至停止了思想。她的心又活跃了,跳得比原先更响,而且愈来愈响。说也奇怪,时间好像飞驰得更快了,过了一刻钟,过了半小时,叶琳娜觉得又过了好几分钟,她忽然浑身一颤,钟敲的不是十二点,而是一点。"他不来了,他,走了,不来告辞一声……"这个思想,随着一股血液一下子涌进了头脑。她感到窒息,她想痛哭一场……她奔进自己的房间,双手捂住脸,倒在床上。

她一动不动地躺了半个小时,泪水透过手指缝流在枕头上。忽然她起来坐下,她心中产生了一个奇特的想法,她的面容变了,泪湿的眼睛自己干了,又闪出光彩来,她皱起眉头,双唇紧闭。又过了半个小时。叶琳娜最后一次竖起耳朵听,那熟悉的声音没有向她飞来吗?她立起身,戴上帽子、手套,披上一件披肩,悄悄溜出家门,快步沿着通向别尔森涅夫住处的小路走去。

十八

叶琳娜走着,低垂着头,两眼直视前方。她什么也不害怕,她什么也不顾虑,她只想再见到英沙罗夫一次。她走着,没留意太阳早已隐没,被一朵朵浓重的乌云遮去,风在树林间猛烈地呼啸,卷起她的衣衫,忽然间尘土飞扬,一股股在路上凌空腾起……大粒大粒的雨珠洒落了,而她连这也没留意,但是雨愈下愈密、愈下愈猛,扯起闪电,雷声轰响。叶琳娜停下来,环顾四周……幸好在雷雨袭来的不远处,一座坍塌的水井旁,有个年久失修的废弃的小教堂,她便向那里奔去,躲进了低矮的屋檐下。大雨倾盆而至,天空阴云密布。叶琳娜怀着无言的绝望凝视着急雨构成的一片密网。她跟英沙罗夫见一次面的最后一点希望落空了。这时,一个讨饭的老妇人走进了教堂里，她抖抖身上的雨水，鞠一个躬，说："躲雨呀，姑娘。"于是她呻吟着，叹息着，去坐在井边的台阶上。叶琳娜把手伸进口袋里，老妇人注意到她这个动作，她那张当年也曾美丽的皱缩苍黄的脸忽地活跃起来。"谢谢你啦，施主，亲爱的。"她说。但是叶琳娜口袋里找不到钱包，而老妇人已经伸过手来了……

"我没带上钱，老妈妈，"叶琳娜说，"就拿这个去吧，或许能有个什么用处的。"

她把自己的手绢给了她。

"哦——嗬，你，我的美人儿呀，"讨饭的老妇人说，"我要你的手绢儿有啥用啊？等孙女儿出嫁的时候送给她吗？上帝报答你的好心肠！"

一声雷鸣。

"主啊，耶稣·基督，"老乞婆喃喃地说，又画了三次十字。"我好像在哪儿见过你的，"过了一小会儿，她又说，"你好像施舍过我这个讨饭婆的呀！"

叶琳娜望了望老妇人，认出了她。

"对，老妈妈，"她回答说，"你还问过我，为什么我这么忧愁呢。"

"是啊，宝贝儿，是啊。就这我才认出你来啦，你就这会儿也活得好忧愁啊。瞧你手绢儿都是湿的，是泪水呀。噢，你们年轻姑娘家，全都为一件事在忧愁啊，这痛苦可大啰！"

"是什么忧愁呢，老妈妈？"

"什么忧愁吗？哎呀，好姑娘呀，你瞒不过我这个老婆子的。我知道你为啥子难过：你的苦不是为吃为穿啊。要知道，我也年轻过，亲爱的，这些苦恼嘛，我也尝过的。是的呀。可我给你，为了报答你的好心肠，说句话，你遇上个好人了，不是个浪荡子，你就抓牢他一个吧，比死还要抓牢些。行，就行；不行，那是天意啊。是的啊。你干吗觉着我奇怪？我就是个算命的呢。要不要我把你的苦连着你的手绢儿一块带上走？我带走，不就好啦。您瞧，雨小啦；你再待一会儿，我走啦。我也不是头一回叫淋湿啦。记住，宝贝儿：有过愁，愁消啦,说话愁就没影儿啦。上帝,怜悯吧!"

老乞婆从井台边立起身来,走出教堂院子慢悠悠上了路。叶琳娜茫然不解地望着她的背影。"这是什么意思呢?"她不由得喃喃着。

雨珠洒得愈来愈细了,太阳光忽地又露出头来,叶琳娜已经准备要离开她的避雨处……忽然,在教堂十步开外,她看见了英沙罗夫。他裹一件披风,沿着叶琳娜走过的那条路走来。他好像在往回家的路上赶。

她用手撑住门廊下朽坏的栏杆,想要叫他,但是叫不出声来……英沙罗夫已经走过了,他没有抬起头来……

"德米特里·尼康诺罗维奇!"她终于说出话来。

英沙罗夫突然停住,回头一望……最初一刹那间,他没有认出叶琳娜,但是马上就向她走过来。

"您! 您在这儿!"他叫道。

她默默退回到教堂里。英沙罗夫跟在叶琳娜身后。

"您在这儿?"他又说。

她仍然沉默,只是以一种凝重不移的、温柔的目光望着他。他垂下了眼帘。

"您从我们家来?"她问他。

"不……不是从你们家。"

"不是?"叶琳娜重复他的话,极力装出笑容来,"那么您遵守您的诺言啦! 我从早上起就在等着您的呀!"

"我昨天,您记得,叶琳娜·尼古拉耶芙娜,什么也没承诺过啊!"

叶琳娜重又勉强一笑,用手在脸上抹了抹,她的脸和手都非常苍白。

"您,这么说,是想走掉,不跟我们说一声再见?"

"是的。"英沙罗夫郑重地、闷声地说道。

"怎么? 我们已经认识了,有过那些次谈话,还有那一切的……

原来，假如我没有在这儿碰巧遇上您，"叶琳娜的声音发尖了，她停了片刻，"……那您就走掉了，也不跟我最后握一次手，您就不觉得遗憾吗？"

英沙罗夫转过身去。

"叶琳娜·尼古拉耶芙娜，请您别这么说。您就不这么说我也够难过了。请您相信，这个决定我是费了很大力气才做出来的。假如您知道……"

"我不要知道，"叶琳娜恐惧地打断他，"您为什么要走……显然，这样做是必要的。显然，我们必须分别。没有原因的话，您是不会让您的朋友们伤心的。但是难道就这样跟朋友离别吗？我跟您是朋友，这话不对吗？"

"不对。"英沙罗夫说。

"怎么？……"叶琳娜低声说，她的面颊上浮起一层微红。

"我正是因为这个才要走的，因为我们不是朋友。别逼我说出我不想说出来、我也不愿意说出来的话。"

"您从前对我是坦诚的。"叶琳娜微含责备地说出这句话，"还记得吗？"

"那时候我可以做到坦诚，那时候我没有什么可以隐瞒的；可是现在……"

"可是现在？"叶琳娜问道。

"可是现在……可是现在我必须走开了。再见吧！"

假如在这一瞬间英沙罗夫抬起眼睛来望望叶琳娜，他会发现，他自己愈是皱眉，愈是阴沉，她的面容却变得愈是光辉而明亮了；但是他固执地望着地面。

"好吧，那就再会吧，德米特里·尼康诺罗维奇，"她说，"但是至少，既然我们已经相遇了，现在让我们握握手吧！"

英沙罗夫本要伸出手来。

"不，连这个我也不能。"他犹豫不决地说，再次转过身去。

"您不能吗？"

"不能,再见吧。"

他便向教堂的门口走去。

"再等一小会儿,"叶琳娜说,"您好像害怕我。而我比您更勇敢些,"她忽然全身微微战抖着再说下去,"我可以告诉您……想要我说吗?……为什么您会在这儿遇见我?您可知道,我要上哪儿去吗?"

英沙罗夫惊异地注视着叶琳娜。

"我是去找您的。"

"找我?"

叶琳娜遮住了自己的脸。

"您要逼我说我爱您。"她喃喃地说,"现在……我说出来啦。"

"叶琳娜!"英沙罗夫喊出声来。

她的手微微一动,望了他一眼,便倒在了他的怀里。

他紧紧地拥抱住她,默默无言。他不需要对她说他是爱她的。从他的一声惊呼中,从他整个人在顷刻间的变化上,从他胸脯——她正如此信赖地偎依着——的起伏上,从他手指尖在她发际的轻轻抚摩上,叶琳娜可以了解到,她是被爱着的。他沉默不语,她也不需要说话。"他在这儿,他爱……还需要什么呢?"幸福的宁静,这了无干扰的栖身之所中的宁静,达到目的之后的宁静,即使死亡本身也能赋予它意义和美的,天堂般的宁静,正是这种宁静,此刻正以其神圣的波澜充满她的身心。她已无所希冀,因为她已获得了一切。"噢,我的兄弟,我的朋友,我的爱人!"她双唇喃喃有声,她自己也不知道,这颗正在她怀中为此甜美地跳动着、融化着的心是属于谁的,他的呢,或是她的。

他站在那儿,一动不动,他用自己强有力的怀抱拥住这个年轻的、委身于他的生命,他感受着自己胸前这个新得到的、无限珍贵的负荷,颤动着的心灵的深情,难以形容的感激的深情,使他顽强的灵魂化为齑粉了。于是,他从来不曾体验过的泪水,从他的眼睛里涌出了……

而她没有哭。她只是反复地说着:"噢,我的朋友!噢,我的兄弟!"

"那么你会跟随我到任何地方去啰?"一刻钟过去后,他对她说,依然把她拥抱在自己怀里。

"任何地方,天涯海角。您在哪儿,我也在哪儿。"

"你不要欺骗自己,你知道吗?您的父母怎么也不会同意我们的婚姻的。"

"我不会欺骗我自己,这我知道。"

"你知道吗?我很穷,几乎一无所有。"

"我知道。"

"你知道吗?我不是俄罗斯人,我命中注定不能住在俄国,你必须跟祖国、亲人断绝一切的关系。"

"我知道,我知道。"

"你知道吗,我把自己奉献给了一桩艰巨的、难以得到结果的事业,我……我们必须蒙受的不仅是危险,而且,可能是贫困和屈辱。"

"我知道,我全知道……我爱你。"

"你知道你必须抛弃自己所习惯的一切,在那边,在陌生人当中,或许,你还不得不操劳、工作……"

她用一只手捂住他的嘴。

"我爱你,我的亲爱的。"

他开始火热地吻她纤秀的、玫瑰色的手。叶琳娜并不把手从他唇边抽回来,而是怀着一种孩子般的喜悦和勇敢的好奇凝视着,看他怎样忽而在她掌心上、忽而在她指尖上盖满许许多多的亲吻……

忽然她脸红了,把自己的面孔藏进他的怀中。

他柔情地托起她的头,凝神直视着她的眼睛。

"那么,你好呀,"他对她说,"我的众人面前和上帝面前的妻子!"

十九

一个小时以后,叶琳娜一只手拿着帽子,一只手上搭着披肩,轻轻地走进别墅的客厅里。她的头发微乱，两颊上各显出一团小小的红晕，微笑仍不肯从她的唇边退去，她两眼轻合，半开半闭，也在微笑着。她疲倦得很，几乎抬不动脚，而这疲倦让她愉快，一切都让她愉快。她觉得一切都是可爱的、亲切的。乌瓦尔·伊凡诺维奇正坐在窗边。她走到他跟前，把一只手搭上他的肩头，微微探过身子去，不知怎地，不禁笑出声来。

"笑什么？"他奇怪地问道。

她不知道说什么好。她想要吻一吻乌瓦尔·伊凡诺维奇。

"一切都摆平啦……"她终于低声地说。

但是乌瓦尔·伊凡诺维奇甚至连眉毛也没动一动，依旧奇怪地盯着叶琳娜。她把披肩和帽子丢在他身上。

"亲爱的乌瓦尔·伊凡诺维奇，"她说道，"我想睡觉，我累得很。"说着她又笑起来，倒在他身边的一把圈椅上。

"哼，"乌瓦尔·伊凡诺维奇咳了一声，又扭起手指，"那，就该，是的……"

而叶琳娜望了望自己周围，心想："跟所有这一切，我马上就要分别啦……真奇怪：我心里一点儿也不恐惧，不疑惑，不惋惜……没有舍不得妈妈哟！"然后，她眼前又出现了那座小教堂，又响起他的声音，她感到他的手正围抱住她，她的心欢乐地，但也疲惫地轻轻一颤；那心头也压着一种幸福的困倦。她记起了讨饭的老妇人。"真的，她把我的痛苦全都带走了。"她想，"噢，我多么幸福啊！我多么不配得到这样的幸福啊！来得多么快啊！"她只要稍微一丁点儿放松自己，甜蜜的、无休无止的泪水就会一涌而出。她只能用笑来抑制住它们。她坐着、立着、卧着，无论采取怎样的姿势，她都觉得是最舒服、最方便不过的：她好像躺在摇篮里，有人哼着催眠曲在哄她睡觉。她的每一个动作都是缓慢的、柔和的；她的急躁、她的别扭全都上哪儿去了？卓娅走进来：叶琳娜断然认为，她没见过比这更漂亮的小脸蛋儿了；安娜·华西里耶芙娜走进来：叶琳娜的心头一下子感到某种刺痛，但是她把自己好心肠的母亲拥抱在怀里，吻着她已经略略斑白的鬓边的额头时，心中充满着怎样的一种柔情啊！然后她走进自己的小房间，她房里的一切都怎样在向她微笑啊！她怀着怎样一种羞怯的胜利感和温顺的情怀去坐在自己的那张小床上，就在这张小床上，三个小时以前，她经受过多么伤心的分分秒秒啊！"而那时候我就已经知道他是爱我的呀，"她想着，"就那以前我也……哎呀！不啊！不啊！那是罪过啊。""你是我的妻子……"她喃喃自语着，双手捂住脸，扑在膝盖上。

傍晚前，她变得更加沉静了。一想起她将不会很快再见到英沙罗夫，她便忧愁起来。他不可能引人怀疑而又仍然在别尔森涅夫那里留住，所以他跟叶琳娜说定：他应该回莫斯科去，到秋天以前只到她家来做一两次客；她自己呢，答应给他写信，若是可能，就在昆卓沃附近的什么地方跟他约会。喝茶时，她来到客厅里，见到全家人，还有舒宾。他一出现，便目光锐利地注视着她；她本想跟他像从前一样，朋友似的谈几句，但又害怕他透心的目光，也害怕她自己。她觉得，两个多星期他不来打扰她不是没有来由的。没过多久别尔森涅夫来了，他向安娜·华西里耶芙娜转达了英沙罗夫的问候，同时也向她致歉，说他回莫斯科去了，没能亲自向她辞行。这是这一天里第一次有人在叶琳娜面前提起英沙罗夫的名字，她感到自己的脸发红了，她同时也意识到，她应该对这样一位好相识的突然离去表示一下惋惜，但是她不能迫使自己作假，便继续一动不动、一言不发地坐着。而安娜·华西里耶芙娜却在叹着气，表示着惋惜之情。叶琳娜极力使自己挨近别尔森涅夫，她并不害怕他，虽然他知道她的一部分秘密；在他的庇护下，她可以躲开舒宾，他正不停地注视着她——那目光中不是嘲笑，而是一种关注。别尔森涅夫脸上，整个晚上也现出一种迷惑不解的神情：他本以为叶琳娜会显得更加忧愁的。幸亏他跟舒宾之间展开了一场关于艺术的争论，这对她正是好事；她退向一旁，仿佛透过梦境，倾听着他们的声音。渐渐地，不仅是他们两人，整个房间，所有她周围的一切都恍如梦境了——所有的一切：连桌上的茶炊，乌瓦尔·伊凡诺维奇的短短的坎肩，卓娅那光亮的手指甲,墙上康斯坦丁·巴甫洛维奇大公的油画肖像,全都远远逸去,全都隐没在一阵迷雾中,全都不存在了。只是她感到一种对他们所有人的怜惜之情。"他们活着都为了什么啊?"她想。

"你想睡觉了吧,列诺奇卡?"母亲问她。

她没听见母亲的问话。

"半真半假的暗示吗,你是说?……"舒宾刺耳地说出来的这句话忽然一下子唤起了叶琳娜的注意,"或许嘛,"他继续说,"趣味恰恰就在于此。真实的暗示会令人沮丧——这不够宽宏大量;对不真实的暗示人们往往漠然视之——这也是愚蠢的,而半真半假的暗示才叫人恼火,叫人受不了呢!打个比方吧,假如我说,叶琳娜·尼古拉耶芙娜爱上了我们当中的一个,这是一种什么样的暗示呢,你说?"

"哎呀,麦歇鲍尔,"叶琳娜说道,"我倒真想对您表示一下我多么恼火,可是说真的,我做不到,我非常疲倦啦。"

"你干吗不去躺躺?"安娜·华西里耶芙娜轻声地说,她自己每到晚上总是打盹,因此也就喜欢打发别人去睡觉,"跟我说晚安,就去睡觉吧,上帝保佑你。安德烈·彼得罗维奇不会介意的。"

叶琳娜吻了吻她母亲,向大家行个礼,便走掉了。舒宾送她到门口。

"叶琳娜·尼古拉耶芙娜,"他在门口边悄声对她说,"就请您把麦歇鲍尔踩在脚底下吧,您就毫不留情地从他身上踏过去吧,而麦歇鲍尔还要祝福您,祝福您的小脚儿和您小脚儿上的一双小鞋子和您小鞋子上的一对鞋后跟儿。"

叶琳娜耸耸肩头,不情愿地把手伸给他——不是英沙罗夫吻过的那只手——回到自己屋里,她马上脱掉衣服,躺下便睡着了。她睡得又深又沉……连小孩子也不会这样睡:只有病后初愈的婴儿,母亲坐在他的摇篮边,凝神注视着他,谛听他的呼吸,才能够睡得这样的香甜。

二十

"你上我这儿来一会儿，"别尔森涅夫刚向安娜·华西里耶芙娜告别，舒宾便对他说，"我有点儿东西给你瞧。"

别尔森涅夫到他的厢房里去了。房间的每个角落里都摆满了习作，立像、胸像，一件件用湿布遮盖着，令他大为惊讶。

"啊你，我看见，是在认真地工作啦！"他对舒宾说。

"总该干点儿什么吧，"舒宾回答，"一件事不成，就该试试另一件。不过嘛，我像个科西嘉人，把近亲复仇的事儿看得比纯艺术更加重要，Trema Bisanzia！①"

"我不懂你的意思。"别尔森涅夫说。

"稍安勿躁。马上敬请观看，亲爱的朋友和恩主，我的复仇一号。"

舒宾掀开一座塑像，于是别尔森涅夫看见了一座非常相似的、塑得极其出色的英沙罗夫胸像。他面部的特征被舒宾把握得惟妙惟肖，他也赋予他优美的表情：诚实、高贵、勇敢。

别尔森涅夫非常高兴。

"啊，这简直美极啦！"他高声说，"祝贺你。该拿去展览！为什么你把这个辉煌的杰作叫做复仇呢？"

"因为，先生，因为我打算把你誉为辉煌杰作的这个送给叶琳娜·尼古拉耶芙娜作为她命名日的礼物。你明白其间的寓意吗？我们都不是瞎子，我们能看见我们周围发生的事情，但是我们是绅士，亲爱的阁下，我们要像绅士那样去复仇。"

"你瞧，"舒宾掀开另一座塑像时说，"而依照最新的美学观点，当一个艺术家把人间丑恶化为艺术创造珍品的时候，他拥有在自己内心体现一切丑恶的令人羡慕的权利。那么我们，在创造这一件珍

---

① 意大利语：战栗吧，彼桑蒂亚！此语出自意大利作曲家唐尼采蒂（1797—1848）的歌剧《帕里沙利》。

品,第二号的时候,我就完全不是作为绅士,而只是以一个 en canaille①在复仇了。"

他顺手揭去盖布,别尔森涅夫的眼前出现一座丹唐②风格的小立像,还是同一个英沙罗夫。你不能想象出比这更加恶毒、更加俏皮的东西。年轻的保加利亚人被表现为一头两只后腿立起、犄角前倾、准备进攻的公羊。愚蠢的庄严、急躁、顽固、笨拙、狭隘,全都丝毫不差地刻现在"细毛母羊之侣伴"的面容上,而同时,又与英沙罗夫相像得到了令人惊异、不容置疑的程度,让别尔森涅夫不得不哈哈大笑起来。

"怎么样? 有趣吧?"舒宾说道,"你认出了这位英雄吗? 你也建议去展览吗? 这一座,你,我的兄弟,作为赠给我自己命名日的礼物……阁下,请容许我也荒唐一遭!"

于是舒宾蹦了三蹦,用脚后跟在自己屁股上踢了三下。

别尔森涅夫从地上拾起盖布,扔到那座小立像上。

"啊,你呀,宽宏大量的人,"舒宾说,"而在历史上谁被认为是特别宽宏大量的一个呢? 喏,反正一个样! 现在嘛,"他继续说,一边郑重而又悲哀地掀开第三堆、好大的一堆黏土,"你所见者,将能向你证明,你朋友之谦虚贤明与卓识远见,你将得知,他,仍是作为一位真正的艺术家,是察觉到自我羞辱之必要与有益的。请看!"

盖布揭开了,别尔森涅夫看见两颗并排紧靠着的、好像长在一起的脑袋……他没能马上明白是怎么回事,然而,凑近一看,才认出,其中一个是安奴什卡,另一个是舒宾自己。而且,这与其说是肖像,倒不如说是漫画。安奴什卡被表现为一个漂亮的肥胖姑娘,低低的额头,眼睛浮肿,鼻子大胆地翘起来。她厚厚的嘴唇放肆地讪笑着;整个面庞上都表现出肉欲、轻率和大胆,却也不无温厚。舒宾自己则描绘成一个虚弱、消瘦的浪荡子,两颊深陷,稀疏的头发无力

---

① 法语:流氓的身份。

② 丹唐,不详。

地垂下几绺来,暗淡无光的眼睛上带着茫然淡漠的表情,鼻子尖尖的,像死人一样。

别尔森涅夫厌恶地转过头去。

"是多么美的一对儿吧,老弟?"舒宾低声地说,"可否请你给题个适当的名称?前两件我已经想好名目了。那座胸像将题为'意欲拯救祖国的英雄!'那座小立像:'灌腊肠的,请当心!'而这一座——你觉得怎么样:'艺术家巴维尔·雅科夫列维奇·舒宾之未来'……好不好?"

"得了吧,"别尔森涅夫不同意地说,"值得花时间在这种……"他一时找不出合适的字眼来。

"肮脏玩意儿上?你是想说吧。不对,老弟;请原谅,若是有什么值得送去展览的话,那就是这一座双人像。""真是肮脏玩意儿,"别尔森涅夫重复他的话,"可又干吗这么胡闹呢?在你身上完全没有往这一种方向发展的基础,而不幸的是,直到如今,我们的艺术家们都是些大有这种天赋的人。你这简直是在自我诬蔑。"

"你这样认为吗?"舒宾阴郁地说道,"假如我身上没这种基础,而又假如我以后会染上这种病症的话……那都只能怪……一位女士。你知道吗?"他悲伤地皱起眉头,又补充说,"我已经试着喝过几回酒啦。"

"你在撒谎吧?!"

"我是试过了,真的。"舒宾说。忽地又咧开嘴笑了,脸上发出了光彩,"可不是味儿呢,老弟,咽不下去呀,过后脑袋瓜子里像擂鼓似的。伟大的卢西亨他本人——哈尔拉姆皮·卢西亨,莫斯科第一个,还有人说,是大俄罗斯的第一个酒坛子,就曾经宣称说,我这人没出息。我,用他的话说,跟酒瓶子没缘分。"

别尔森涅夫本要一挥手把那两座雕像打翻在地,然而舒宾拦住他。

"好啦,老弟,别砸它:这可以借以为训呢,像个吓鸟儿的稻草人似的。"

别尔森涅夫笑了。

"既然如此,好吧,我就饶了你的稻草人,"他慢慢地说,"永恒的纯洁的艺术万岁!"

"万岁!"舒宾接着喊道,"有了这样的艺术,美好的会更加美好,而不好的也会变得更加糟糕!"

两位朋友彼此紧紧地握了手,就分别了。

二十一

当叶琳娜一觉醒来,她的第一个感觉是一种愉快的惊恐。"这是真的吗?这是真的吗?"她问自己,于是她的心幸福地收紧了。回忆如潮,向她阵阵涌来……她已淹没其中。然后那幸福的、充满着喜悦的宁静又笼罩住了她。早晨,叶琳娜渐渐不安起来,而过后一连几天,她变得慵困而烦愁。是的,她现在知道她想要的是什么了,然而她所要的这东西并未使她轻松。那次永远不能忘记的会见把她从旧日生活的轨道中永远抛掷出去了;她已经不在那条轨道上运转,她已远远离开,然而她周围的一切又全都依照惯常的秩序在进行,一件件都在沿着旧日轨道的顺序向前走,似乎什么也没有改变过;原先的生活依旧按原先的样子在推移,依旧期望着叶琳娜的参与和配合。她试着给英沙罗夫写一封信,但是她连这个也做不到:白纸上写出的黑字要么是死的语言,要么是假话。她把日记结束了,在那最后一行下面画了一道粗粗的黑线。那都已成过去,而她已经全部思想、整个身心都进入未来了。她感到沉重。母亲是什么也没有猜测到的。她跟她坐在一起,听她说话,回答她的问题,跟她谈点什么——这都让叶琳娜觉得似乎有种犯罪感。她觉得自己身上存在着某种虚伪;她困惑了,虽然并没有理由让她自觉脸红;不止一次地,她心头升起一种几乎是不可抑止的欲望,想把一切毫无隐瞒地全都说出来,无论后果将会怎样。"为什么,"她想,"德米特里没有当时就从那座教堂里,把我带到他想去的任何地方去呢?他不是对我说了,我在上帝面前是他的妻子吗?我留在这里干什么呀?"
她忽然变得怕见所有的人,甚至乌瓦尔·伊凡诺维奇——他比从前
更加迷惑不清,手指扭动得也更勤了。周围的一切让她觉得既不亲
切、又不可爱,甚至连一场美梦都不是:这一切仿佛是一种梦魇,一
种死沉沉无法移去的负担,重重地压在她的胸口上;这一切都仿佛
在谴责她,在愤懑着,连理也不想理她……你,它们好像在说:不管
怎么总是我们的人呀。甚至她的那些收养者,发育不良的小鸟儿和
小动物,也都以一种——至少她这样觉得——不信任的和敌视的目
光望着她。她为自己的这些感觉而不安,而羞愧,"这儿到底还是我
的家啊,"她想,"我的家,我的祖国……"而另一个声音又在对她坚
持地说:"不,这儿已经不再是你的祖国了,不再是你的家了。"她被
恐惧控制着,她为自己的意志薄弱而恼恨。祸事才刚开始呢,而她
已经丧失了耐心……她是这样承诺的吗?

　　她并没能很快掌握住自己,然而一个、两个星期过去了。叶琳
娜稍稍平静下来,渐渐习惯于自己的新的位置了。她给英沙罗夫写
了两封短信,自己去送进邮局里——既是由于羞怯,也是由于骄傲,
她怎么也不能把这事交给使女去办。她已经开始在期待着他本人
的到来……然而,一个晴朗的早晨,来的不是他,而是尼古拉·阿尔
捷米耶维奇。

二十二

　　在退役近卫军中尉斯塔霍夫家中,还没有哪个人见过他像今天
这样心情恶劣,同时又这样自信,这样俨然。他穿着大衣戴着帽子
走进了客厅——慢慢走进来,两只脚迈得很开,鞋后跟咚咚作响;他
走到镜子前,久久地端详着自己,安然而严峻地摇一摇头,咬一咬嘴
唇。安娜·华西里耶芙娜迎候他时,外表上显着激动,而内心里则
藏着欢喜(她从来不曾用别样的心情迎候他);他甚至帽子也不脱,
也不向她问好,只默不出声地让叶琳娜吻了吻他那只麂皮手套。安

娜·华西里耶芙娜开始问起他疗程进行得怎样——他什么也没回答她;这时乌瓦尔·伊凡诺维奇来了——他冲他瞟一眼,说了一声:"哦!"对乌瓦尔·伊凡诺维奇,他一般态度都很冷淡和倨傲,虽然也承认在他身上有"真正斯塔霍夫血统的痕迹"。众所周知,几乎所有的俄国贵族世家都相信惟他们独有的特殊家族种姓特征之存在:我们不止一次有幸听到过"在自己人中间"谈论什么"彼得萨拉斯金式的"鼻子和"别列普列耶夫式的"后脑勺之类的事情。卓娅进来,向尼古拉·阿尔捷米耶维奇屈膝请安。他咕噜一声,坐在了一把安乐椅里,要了一杯咖啡,这才脱下帽子来。咖啡送来了;他喝了一杯,对每个人瞟了一眼,才透过牙齿缝说:"Sortez, s'il vous plaît,"①然后,转向妻子,再说:"Et vous, madame, restez, je vous prie."②

全都出去了,只留下安娜·华西里耶芙娜。她激动得头都在抖动了。尼古拉·阿尔捷米耶维奇方式之郑重令她惊讶,她期待着会发生什么异乎寻常的事。

"怎么回事儿呢!"门一碰上,她便大声地说。

尼古拉·阿尔捷米耶维奇向安娜·华西里耶芙娜抛去一个漠然的目光。

"没什么特别的事情,干吗您要做出一副受难者的样子来?"他说,毫无必要地每说一句话便把嘴角拉下来,"我只不过想要事先告诉您,今天有位新客人要来我们家吃饭。"

"这到底是谁呀?"

"叶戈尔·安德列耶维奇·库尔纳托夫斯基。您不认识他。枢密院的首席秘书。"

"他今天要在我们家吃饭?"

"对。"

"而您就为告诉我这个,叫大家都走开?"

---

① 法语:你们都请出去。
② 法语:而您呢,太太,我请您留下。

272

尼古拉·阿尔捷米耶维奇又冲安娜·华西里耶芙娜抛去一个目光，这一次是讽刺性的。

"这您就奇怪啦？奇怪的事儿还在后头呢。"

他不说话了。安娜·华西里耶芙娜也沉默了一会儿。

"我但愿。"她又说话了。

"我知道，您老以为我是个'不道德的'人。"尼古拉·阿尔捷米耶维奇忽然说。

"我！"安娜·华西里耶芙娜惶惑不解地喃喃说。

"也许，您是对的。我不想否认，我有时候是让您有正当的理由对我不满意（"两匹灰色马！"安娜·华西里耶芙娜脑子里一闪），虽然您自己也该同意说，就您所知道的情况而言，您的体质……"

"可我一点儿也不责怪您呀，尼古拉·阿尔捷米耶维奇。"

"C'est possible。① 不管怎么着，我无意为自己辩解。时间会为我辩解的。不过我认为我有义务让您相信，我是知道自己的责任的，也会顾全……顾全我受托照管的……我受托照管的家庭的……利益。"

"这些话都是什么意思？"安娜·华西里耶芙娜想。

她不能知道，头天晚上，在英国俱乐部休息室的一角里，有过一场关于俄国人不善于演说的争论。"我们中间有谁会演说呢？请举出一个来吧？"争论者之一大声地这样说。"斯塔霍夫就是个好例子呀！"另一个回答说，指了指尼古拉·阿尔捷米耶维奇，他马上站起，得意得几乎没有尖着嗓子喊出声音来。

"比方说，"尼古拉·阿尔捷米耶维奇继续说下去，"我的女儿，叶琳娜吧。您是否认为，她终于已经到了在人生道路上迈出坚决一步的时候啦……出嫁，我是想说。所有这些空谈呀，慈善事业呀都无可厚非，但是要适可而止，有个年龄的限度。该是她抛弃自己那

---

① 法语：可能是这样吧。

些愁云迷雾，从各式各样艺术家、学问家、黑山人①的圈子里走出来，跟大家一样过日子的时候啦！”

“我该怎么来理解您的话呢？”安娜·华西里耶芙娜问道。

“那么就请您听我说下去，”尼古拉·阿尔捷米耶奇还像原先那样耷拉着嘴角说，“我对您直话直说，不绕弯子：我认识了，我接近了这位年轻人——库尔纳托夫斯基先生，我希望他能给我当女婿。我敢这样想：等您见到他以后，您就不会责备我有所偏爱，或者是判断轻率。”尼古拉·阿尔捷米耶奇一边说，一边欣赏自己的雄辩，”这人受过极为良好的教育，贵族法学院毕业生，风度优雅，三十三岁的年纪，首席秘书，六品文官，脖子上还挂着斯坦尼斯拉夫勋章。您，我希望，会公正地看待我，认为我并不属于那种 pères de comédie②之类，醉心于追求官阶职位。但是您亲口对我说过，说叶琳娜·尼古拉耶芙娜喜欢务实的、有所作为的人。叶戈尔·安德烈耶维奇在他的事业上就是一个头等务实的人。现在，再从另一个方面来说，我女儿一向倾心于宽宏大度、舍己为人。那么，您该知道，叶戈尔·安德烈耶维奇，当他一有可能性的时候，您懂我的意思，靠自己薪水能过小康生活的可能性的时候，马上就把父亲分给他的一份年金让给了他的兄弟们。”

“那他父亲是谁？”安娜·华西里耶芙娜问道。

“他父亲吗？从某一点上说他父亲也是一位知名人士，德高望重，un vrai stoïcien③，好像是个退职的少校吧，给伯……伯爵管理着所有的田产。”

“啊！”安娜·华西里耶芙娜轻轻地说一声。

“啊！‘啊’什么？”尼古拉·阿尔捷米耶奇马上接着说，“未必您抱有什么成见？”

---

① 黑山人，原文为法文。
② 法语：喜剧中的父亲。
③ 法语：一位真正的斯多噶派。

"我什么话也没说呀。"安娜·华西里耶芙娜刚开口说。

"不,您'啊'了一声的,不管怎么说,我认为有必要预先告诉您我的思维方式,并且,我敢于认为……敢于希望,库尔纳托夫斯基先生应该 à bras ouverts① 接待。他可不是个随便什么的黑山人。"

"当然啦。只需要把厨子瓦尼卡叫来,让他多加两道菜就是了。"

"您明白,我可不参与这种事。"尼古拉·阿尔捷米耶奇站起来,戴上帽子,打着口哨(他听一个什么人说过,只有在自家别墅里和驯马场里才可以吹口哨),便去花园散步了。舒宾从自己厢房的小窗口上望着他,默默地向他吐一吐舌头。

四点差十分,斯塔霍夫家别墅的阶前驶来一辆租用马车,一位年纪不算大的先生,仪表堂堂,衣着朴素而雅致,从马车里出来。他吩咐仆人通报。这就是叶戈尔·安德烈耶维奇·库尔纳托夫斯基。

第二天,叶琳娜在给英沙罗夫的信中,顺带写下了这样的一段:

　　祝贺我吧,亲爱的德米特里,我有一个求婚者了。他昨天在我家吃晚饭的;好像是爸爸在英国俱乐部里认识的,他请他来的。当然,他昨天不是来求婚的,可是,好心肠的妈妈,听爸爸告诉了她自己的愿望,便稍稍俯在耳朵上告诉我这是怎么个客人。他名叫叶戈尔·安德烈耶维奇·库尔纳托夫斯基。他在枢密院里当首席秘书。我先来给您描绘他的外表吧。他身材不高,比你矮些,体格甚好,五官端正,头发不长,留着络腮大胡子。他眼睛小小的(跟你的一样),淡褐色,很灵活,嘴唇扁而宽,眼睛和嘴唇上老是挂着笑,好像是一种例行公事的笑容:似乎这笑容今天在他的脸上值班似的。他举止恬淡,言辞清晰,他身上的一切都准确无误,他的举止、言笑、饮食,都仿佛煞有介事。"她把他研究得多么仔细啊!"你这会儿,或许,会这么想

---

① 法语:张开双臂(去拥抱对方)。意思是非常热烈地。

的。是的,这都为了好给你描写他。再说怎么能不对自己的求婚者加以研究呢!他身上有着某种铁石般的东西……既迟钝,又空虚——不过倒也是正派的;据说,他的确非常正派。你让我觉得也是铁石一般,但不像这一位这样。用餐时他坐在我身边,我们对面是舒宾,起先话题谈到某些商业上的事,据说他精于此道,差点儿没抛弃官职去捞取一家大工厂呢。他没吃准啊!后来舒宾谈起戏剧,库尔纳托夫斯基先生宣称,而且——我应该承认——毫无虚假谦逊,说他对艺术一窍不通。这又让我想起你……但是我再想想:不对,我跟德米特里之不懂艺术,跟这位先生毕竟还是不同的。这一位似乎想说:我不懂艺术,而艺术也并不是非有不可,不过在一个管理良好的政府手下,艺术也无伤大雅。他对于彼得堡和那些 comme il faul①,其实是相当淡泊的,有一回他甚至自称为无产阶级。我们,他说,是些干粗活儿的工人。我想:假如德米特里这么说,我会不高兴的,而这一位,让他说去吧!让他去吹牛吧!他对我彬彬有礼,可是总让我觉得,跟我谈话的这个人是一个非常礼贤下士的当官儿的。当他想要夸奖一下什么人的时候,他说,某某人**守规则**——这是他喜欢用的一个词儿。他一定是个自信、肯干、能够牺牲自我的人(你瞧:我是不偏不倚的),也就是说,能够牺牲自己的利益。但是他是一个大大的暴君。落到他手里可就糟糕啦!餐桌上大家还谈到贪污受贿的事……

“我了解,”他说,“在许多情况下收受贿赂并没有罪;他也是不得已而为之嘛,但是无论如何,若是他失了手,还是必须受罚的。”

我大叫起来:

“惩治一个无罪的人!”

“是的,为了原则啊。”

---

① 法语:上流人。

"为了什么原则?"舒宾问他。

库尔纳托夫斯基似惊似恼地说:

"这无从解释。"

爸爸好像很崇敬他,就插嘴说,当然啦,无从解释。真可惜,这段谈话中断了。晚上别尔森涅夫来,跟他展开一场好怕人的争论,我还从没见过我们的朋友安德烈·彼得罗维奇这么激动,库尔纳托夫斯基先生完全不否认科学、高等学校及其他等等的用处……但是我还是能够理解安德烈·彼得罗维奇的愤懑。那一位把所有这些都看成似乎是某种对身体的操练。饭后舒宾到我这儿对我说:"瞧这位跟另外某一位(他不肯提起你的名字)——两个都是很务实的人,可是您看见,差别多大,那一位是真实的、生龙活虎般的,有来自生活的理想;而这一位甚至连责任感都没有,只不过是一种公事公办的正派和毫无内容的能干而已。"舒宾真聪明,我为你把他的话记了下来;而依我看来,你们两个人之间哪有什么共同的东西呢?你有信念,而那个人没有,因为一个人不能仅仅相信他自己。

他走得很晚,但是妈妈还是找机会告诉我说,他喜欢我,爸爸大为高兴……他可曾也谈论过我,说我是"守规则"的呢?我差一点儿没有回答妈妈说,很遗憾,因为我已经有个丈夫了。为什么爸爸这么不喜欢你?妈妈那边或许还可以想想办法……

噢,我亲爱的!我给你这样仔细地描写这位先生,只是为了消愁解闷啊,我活着就不能没有你,我要不停地能看见你,听见你……我等着见你,不过不是在我们家,像你原先想过的那样——你想想看,那我们该多么难过,多么不自在! ——你知道吗,我在哪儿给你写信——在那个小树林子里……噢,我亲爱的!我是多么地爱你哟!

二十三

　　库尔纳托夫斯基初次来访的三个多星期之后，安娜·华西里耶芙娜，让叶琳娜好不欢喜，搬回莫斯科住了，住在普列契斯金卡附近她那幢白色木造住宅里。这屋子有廊柱，每个窗口上都装饰着竖琴和花束，有顶楼、偏房、屋前小花园、草坪，院子里有水井，水井边还有狗房。安娜·华西里耶芙娜从来没这样早就离开别墅搬回来，可是这一年第一阵秋凉她就牙床脓肿；而尼古拉·阿尔捷米耶维奇呢，在他这方面，一个疗程结束了，思念起妻子来，再说阿芙古斯金娜·赫里斯吉安诺芙娜又去列维尔她表妹家做客了；莫斯科来了某个外国家族，正在展示一些<u>造型姿势</u>，就是 des poses plastiques[①]，《莫斯科新闻》上对他们所做的描述激起安娜·华西里耶芙娜强烈的好奇心。反正是再在别墅住下去便觉得很不方便，而且，按尼古拉·阿尔捷米耶维奇的说法，对他执行"预定计划"甚至是不能相容的。最后两个星期让叶琳娜觉得特别的长久。库尔纳托夫斯基来过两回，都在星期天，其他日子他都是公务在身。他是专为叶琳娜而来的，但他却更多地跟卓娅聊天，卓娅非常喜欢他，"Das ist ein Mann!"[②]——她望着他微黑的男子气概的面孔，听着他充满自信而又谦虚谨慎的言谈，她心中暗自这样想。依她的看法，谁也没有一副这样好听的嗓子，谁也不会这样出色地说："我很荣——嗡——幸"或者"我极其满意"。英沙罗夫没到斯塔霍夫家来过，但是叶琳娜偷偷地在莫斯科河上一处不大的丛林中见过他一次，她约他在那儿幽会。他俩匆匆地没说上几句话。舒宾随安娜·华西里耶芙娜一同回到莫斯科，别尔森涅夫几天之后也回到了城里。

　　英沙罗夫坐在他自己的房间里，第三次地反复阅读从保加利亚

---

① 法语：健美体操造型。
② 法语：这才是个真正的男子汉。

给他"顺便捎来"的信件；他们不敢从邮局寄东西。这些信件使他很是不安。东欧局势发展迅速。俄军占领两个公国①的事激动了所有人的心，风暴出现了，已经感觉到一种气息，即将爆发一场不可避免的战争。烽火四起，谁也不能预测这烽火将蔓延到何方，停止在哪里；昔日的夙怨，积久的希望———一切都蠢蠢欲动。英沙罗夫的心剧烈地怦怦跳动：他的种种希望也在实现着。"然而不太早了点吗？不会落空吧？"他想，紧紧地捏住拳头，"我们还没有做好准备。但是就这样吧！应该出发了。"

门外有不知是什么发出的轻轻的沙沙声，门突然一推而开——叶琳娜走进屋里来。

英沙罗夫全身震颤，向她扑过去，跪在她的面前，搂住她的腰，把头紧紧贴在她腰上。

"你没想到我会来的吧？"她说，还没喘过气来（她是快步奔上楼梯的），"亲爱的！亲爱的！"——她把双手都放在他的头顶上，环顾着四周，"你就住这儿？我一下子就找到你啦。你房东的女儿带我来的。我们回来已经三天啦。我想写信给你，可是再想想，还是自己来好。我能待到四点钟，起来，把门插上。"

他立起来，顺手把门插好，转向她，握住她的双手。他说不出话来：他快乐得窒息了。她微笑着盯住他的眼睛……那眼睛里有那么多的幸福……她害羞起来。

"等会儿，"她说，把她的手温柔地抽回来，"让我把帽子脱掉。"

她解开帽带，把帽子扔到一边，从肩头上卸下披肩，整了整头发，便去坐在那张小小的、已经破旧的沙发上。英沙罗夫一动不动地凝望着她，好像入了魔。

"坐下呀。"她说，并不抬眼看他，只用手指着她身边的位置。

英沙罗夫坐下了，但是没坐在沙发上，而是坐在地板上，坐在她

---

① 占领两个公国，指 1853 年 6 月克里米亚战争前不久，俄军占领多瑙河的摩尔达维和瓦拉几亚两公国。

脚边。

"来，给我脱手套。"她不平静地轻声说。她有些惧怕了。

他先解开纽扣，然后拉下一只手套，拉到一半的时候，便贪馋地把嘴唇贴上去，那纤细、柔美的手腕在他嘴唇下闪着白光。

叶琳娜发着抖，想用另一只手把他挡开，他却又在那一只手上吻起来。叶琳娜把手缩回来，他偏过头，她望着他的脸，她弯下腰去——于是他们的嘴唇就汇合在一起了……

一瞬间……她挣脱了，立起来，喃喃地说："不，不。"便急忙向写字台走去。

"我是这儿的主妇呀，你这儿不应该有我不知道的秘密，"她说着，极力显得漫不经心，把背向着他，"这么多的纸片呀！这都是些什么？"

英沙罗夫皱了皱眉头。

"这些信吗？"英沙罗夫从地板上立起来，慢慢地说，"你可以看的。"

叶琳娜把信拿在手里翻着。

"这么多，字写得这么密，可我这就得走……让它们去吧！该不是我的情敌写来的吧？……噢，还不是用俄语写的呢。"她翻弄着薄薄的纸张，又说。

英沙罗夫走近她，手扶着她的腰。她忽地转过身来，快活地对他一笑，便偎依在他的肩头上。

"这些信是保加利亚来的，叶琳娜；我的朋友们写的，他们叫我回去。"

"现在？去那边？"

"是的……现在。趁还来得及，趁还能通行。"

她忽然双手抱住他的头颈。

"你会带我一块儿去的吧？"

他把她拥在心口上。

"噢，我亲爱的姑娘，噢，我的女英雄，你怎么说得出这样的话！

这不是犯罪吗,不是发疯吗,让我,我,没有个住处的、孤单单的一个我,把你也拖上……这是去什么地方哟!"

她挡住他的嘴。

"嘘……要不我就生气了,再也不来啦。我们中间不是一切都决定了,一切都解决了吗? 难道说我不是你的妻子? 难道说妻子能够跟丈夫分开?"

"妻子们可不上战场的呀。"他含着悲伤的微笑慢慢地说。

"对,她们可以留下。可是难道说我能留在这里吗?"

"叶琳娜,你是个天使啊! ……可是您想想,我大概,两星期以后非离开莫斯科不可……我已经不可能再去考虑大学的功课,也不可能考虑完成我的各项工作了。"

"这怎么回事?"叶琳娜打断他说,"那你必须马上就走? 我这就,马上,这一分钟里,就留在你这儿,永远跟你在一起,再不回家了,你要不要? 我们这就动身走,你要不要?"

英沙罗夫用加倍的力气把她拥抱在怀里。

"那就让上帝惩罚我吧,"他大喊一声,"若是我做了件蠢事的话! 从今以后我俩永远不分离!"

"我这就留下?"叶琳娜问。

"不,我纯洁的姑娘;不,我的宝贝儿。你今天还是回去,不过随时准备着。不可能一下子就办妥的;得把事情全都好好考虑过。还需要钱,需要护照……"

"钱我有,"叶琳娜打断他,"八十个卢布。"

"喏,这不算多,"英沙罗夫说,"不过也够了。"

"我还能弄到呢,我去借,我找妈妈要……不,我不找她要……我可以卖掉手表呀……我还有耳环,两只手镯……还有花边。"

"问题不在钱上。叶琳娜;护照,你的护照,这怎么办呢?"

"是的,这怎么办呢? 非有护照不可吗?"

"非有不可。"

叶琳娜嫣然一笑。

"我想起什么来啦！我记得,那时候我还小……我家一个年轻女佣人逃跑了。把她捉回来,饶恕了她,她在我家又过了很久……可大家还老是叫她:偷跑的塔吉雅娜。我那时候没想到,连我,或许,也会偷跑呢,跟她一个样。"

"叶琳娜,你怎么不害羞呀!"

"怎么？当然啰,顶好是拿着护照走,可是假如不能……"

"这我们总会有办法的,以后,以后,别着急,"英沙罗夫说,"让我先观察一下,让我想想看。我会把事情都一一跟你商量的,钱嘛,我有的。"

叶琳娜用手掠一掠散落在她额际的头发。

"噢,德米特里！我们俩一道去该多开心啊!"

"是的,"英沙罗夫说,"而那边,我们要去的那边……"

"怎么？"叶琳娜打断他,"难道我们就一块儿死不也很开心吗？啊不,为什么去死？我们还要活,我们还年轻。你多大啦？二十六岁吧!"

"二十六岁。"

"我二十。我们前面还有好长的日子呢！啊！你想丢开我逃掉吗？你说你不需要俄国人的爱的,你个保加利亚人！咱们来瞧瞧,看你怎么甩掉我吧！可是我们会怎么样呢,要是那天我没去找你!"

"叶琳娜,你知道吗,是什么逼得我非走不可？"

"我知道:你爱了,你就害怕了。可是你就没有猜想到,人家也爱你呢？"

"我以名誉发誓,叶琳娜,没猜到。"

她迅速地、猝不及防地吻了他一下。

"就为这个我也爱你啊。现在我得走啦。"

"你不能再留一会儿吗？"英沙罗夫问。

"不行,我亲爱的。你以为我一个人走掉心里会好受吗？一刻钟早就过啦。"她披上披风,戴好帽子,"你明天晚上到我们家来,不,后天。会很不自在、很闷气的,可也没办法;至少也能见一面呀,再见了,放我走吧。"他最后一次拥抱她,"哎呀! 你瞧,你把我表链子弄断啦。噢,我的笨家伙! 啊没关系,断了更好,我从库兹涅茨基桥那儿过,送去修理。要是他们问我,我就可以说,去库兹涅茨基桥了。"她拉住门把手,"啊,我忘了告诉你,麦歇库尔纳托夫斯基大概这两天要向我求婚了。可是我会回他一个……这个。"她把左手大拇指撅在鼻子尖上,剩下的手指忽扇着,"再见啦,回头见。现在我认识路了……可你别耽搁时间……"

叶琳娜把门微微打开,先听听有没有人,再转身向英沙罗夫,指指下巴,便一闪身从屋里出来了。

英沙罗夫在关着的门前站了大约一分钟,也在仔细听。下面院子的门碰上了。他走向小沙发,坐下,一只手遮住脸。他还从来没有过这样的体验。"我哪一点儿值得有这样的爱?"他想,"这不是一场梦吧?"

然而叶琳娜在他寒碜、阴暗的小房间里留下的木樨香水的幽香让他想起她来过。随这幽香一起,好像空气中还留下了那年轻的话音,年轻而轻盈的脚步声,年轻姑娘身体的热气和清新。

二十四

英沙罗夫决定再等一等,等有了更为确切的消息,他再准备动身。事情是非常困难的。对他自己而言,并无任何障碍,只需去申请护照就行了——但是叶琳娜怎么办? 用合法途径为她取得护照是不可能的。两人秘密结婚,然后去见父母亲……"那时候他们会放我们走的,"他想,"而要是不放呢? 我们反正也会走。而要是他们提出控告……要是……不,顶好是用个什么办法搞一张护照。"

他决定去求他的一个朋友(当然,不说出为谁搞护照),一位退职的或者是撤职的检察官,一个有经验的处理各种秘密事务的老手。这位可敬的人物不住在附近;英沙罗夫花了整整一小时乘一辆肮脏的万卡①慢腾腾地走去。而他并不在家。回来的路上突然一场大雨把他淋得个湿透。次日早晨,英沙罗夫不顾相当剧烈的头痛,再次去找这位退职检察官。退职检察官仔细听过他的陈述,从一只画着个大乳房仙女的鼻烟壶里闻着鼻烟,用自己一双狡黠的,也是烟草色的小眼睛斜视着客人。他听完后,要求"事实陈述能有重大的确切性"。当他发觉英沙罗夫不大肯细谈详情(他来找他已是压住满肚子怨气),便仅限于奉劝他首先要把自己的"关键之物"装备好,并要他下次再来。"等您,"他打开鼻烟壶吸了一撮,又补充说,"有了信任而不再疑虑(他把这两个字的元音发得很重)的时候再谈。至于护照嘛——"他好像在自言自语地继续说下去,"这是能有办法的,您,比如说,上路,谁又认得出您是玛丽娅·布列吉辛娜,或者是卡罗琳娜·福格尔梅伊尔?"英沙罗夫心中涌起一股厌恶感,不过他还是感谢了检察官,答应他过几天再来。

当天晚上他去了斯塔霍夫家。安娜·华西里耶芙娜亲切地接待他,责备他把他们完全忘记了,她发现他面色苍白,又问起他的健康状况。尼古拉·阿尔捷米耶维奇一句话也没跟他说,只以一种若有所思又漫不经心的好奇态度望了他一眼。舒宾对他很冷淡。但是叶琳娜让他大吃一惊,她在等他来,她为他特地穿上了他俩第一次在教堂会面时穿过的那件衣裳;但是她那么平静地欢迎他,又显得那么殷勤、无所忧虑、快快活活,无论谁看见她都不会想到,这位少女的命运已经决定,而且正是由于对幸福的爱情心中有数,她的面容才会那么生动活跃,全身的动作才会那么优美而轻松。她代替卓娅来斟茶,有说有笑;她知道,舒宾会在一旁暗地观察她,知道英沙罗夫这人不会装假,不会做出若无其事的样子,便事先做了防备。她没有猜错。舒宾眼睛不离她,而英沙罗夫整个晚上都非常沉默和阴郁。叶琳娜感到自己是那么的幸福,以至于,她想要逗一逗他。

---

① 万卡,旧俄时街上低级马车的俗称:因为车夫往往是近郊农民,往往名叫"万卡"。俄国乡下人叫万卡的非常多。

“怎么样?”她忽然问他,“您的计划有进展吗?”

英沙罗夫不知怎样回答她。

“什么计划呀?”他说。

“您忘记啦?”她冲他笑着说。只有他一个人懂得这种幸福的笑声。“您给俄国人编选的保加利亚文集呀!”

“Quelle bourde!^①”尼古拉·阿尔捷米耶维奇透过牙齿缝喃喃地说。

卓娅坐在钢琴前。叶琳娜几乎不大看得出地耸一耸肩头,用眼睛向英沙罗夫指一指门,似乎要赶他回家,然后她又用手指敲两次桌子,隔一会敲一次,眼睛望着他。他懂了,她是在告诉他,约好两天后见面,看他懂了她的意思,她微笑了。英沙罗夫站起来告别:他感到自己不大舒服。这时库尔纳托夫斯基来了。尼古拉·阿尔捷米耶维奇一跃而起,把右手举得比头还高,又轻轻放下,落在首席秘书的掌心里。英沙罗夫又停留了几分钟,为了看看自己的情敌。叶琳娜狡猾地点了点头。主人认为没必要为他们相互介绍,英沙罗夫便离去了,最后又跟叶琳娜交换了一次目光。舒宾沉思着,沉思着——忽然间恶狠狠地跟库尔纳托夫斯基就一个法律问题争执起来,其实他对这些一无所知。

英沙罗夫整夜无眠,早晨他感到自己生了病,但是他却忙于整理文件和写信,而他的头很重,还有些昏沉。午饭前,他发起高烧来,他什么也吃不下。到晚上热度猛增,四肢酸痛、头疼欲裂。英沙罗夫躺在不久前叶琳娜坐过的那张小沙发上。他在想:“我活该受罚,干吗要去找那个老骗子呢?”他试图睡一会儿……但是他已经完全病倒了。他身上的血管可怕地猛烈搏动,血液在火一般燃烧,思想像鸟儿似的胡乱回旋。他昏迷过去了。他好像被人打翻在地,仰面朝天躺着,忽然间他觉得有个人在他上方轻轻地发笑,又窃窃低语着;他尽力睁开眼睛,一支结满烛花的蜡烛射出的光猛地刺入他

———————————

① 法语:多么荒唐!

的眼睛,像刀子一样……这是什么?那位老检察官站在他面前,穿
一件东方花绸袍子,腰里缠一条绸巾,像他头天晚上见他的那
样……"卡罗琳娜·福格尔梅伊尔"那张没牙的嘴在喃喃地说。英
沙罗夫瞪眼望着,而那老头儿变大了,膨胀了,长高了,他已经不是
一个人——变成一棵树了……英沙罗夫必须攀上陡立的树枝。他
攀着,攀着,胸部朝下跌在一块尖石头上,而卡罗琳娜·福格尔梅伊
尔正蹲在那儿呢,好像是一个小商贩,嘴里含糊不清地说着:"馅儿
饼,馅儿饼……馅儿饼。"血在流,刀剑在闪光。让人真受不了……
叶琳娜!……一切都消失在一团红色的混乱中。

二十五

"有一个,谁知道呢,钳工什么的,来找您,怎么,这个人——"第
二天傍晚,别尔森涅夫的仆人对他说,这仆人与众不同,他对老爷极
为严厉,而且头脑里还有怀疑主人的倾向,"这个人想要见您呢。"

"叫他进来。"别尔森涅夫说。

"钳工"进来了。别尔森涅夫认出他就是那个裁缝,英沙罗夫住
处的房东。

"你有什么事?"他问他道。

"老爷您,"这裁缝一边开始说话,一边慢腾腾移动着两只脚,不
时地摆动着他用三个手指头捏住衣服贴边的右手,"我们的房客,谁
知道他呢,病得很厉害。"

"英沙罗夫?"

"正是,我们的房客。谁知道呢,昨天一大早还好好儿的,晚上
只要点儿水喝,我们女当家的拿水给他。半夜他就说起胡话来,我
们听见的,因为只隔一层板,可今儿早晨连话也没有啦,躺着,直挺
挺的,一身滚烫,我的老天爷! 我以为他,谁知道呢,怕是要死啦。
我觉着,得去警察分局报告。因为他是个单身人。女当家的给我
说:'去吧,我说,去找那个人,我们这位在他那儿租过别墅的,兴许,

他能说点什么,或是自己来一趟。'我这就来找老爷您啦,因为我们不能够,就是说……"

别尔森涅夫抓起帽子,给裁缝手里塞了一卢布,马上跟他赶到英沙罗夫的住处来。

他发现他失去了知觉,和衣躺在沙发上。他的面容变得非常的可怕。别尔森涅夫马上叫房东夫妇给他脱去衣服,移他到床上,自己奔去找医生,把他带来。医生一下子开了这样的处方:蚂蟥、斑蝥膏药和轻粉①,又吩咐给他放血。

"他危险吗?"别尔森涅夫问。

"是的,非常危险。"医生回答,"极其严重的肺炎,充分发展的胸膜肺炎,或许,脑子也感染了,不过病人年纪轻。现在需要放松,他的精力嘛,这时候对他并没好处。你来找我找得太迟啦,不过嘛,我们会依照科学要求,全都做到的。"

医生本人年纪也轻,所以也相信科学。

别尔森涅夫留下过夜。主人夫妇原来都是好心人,手脚还很麻利,只要有人吩咐,他们怎样做就行。来了一位医生的助手——便开始了一套医学上的折磨。

天亮前英沙罗夫清醒了几分钟,他认出了别尔森涅夫,问他:"我好像生病了?"他艰难地,以一种病人特有的迟钝、萎靡的疑虑目光望了望四周,又昏迷过去。别尔森涅夫回家换了衣服,带上几本书,又回到英沙罗夫房间里。他决定在他这儿住下来,至少先住些时候。他用屏风把英沙罗夫的床围起来,自己在小沙发上铺了个小床。一天过得焦急而缓慢。别尔森涅夫只在吃饭时才离开。晚上,他点一支蜡烛,用灯罩遮住,便读起书来。四周静悄悄的。隔一层板壁,能听见房主人们有时低声地私语,有时打哈欠,有时叹息……有个人在他们那里打喷嚏,他们在悄声责骂他;屏风后边传来沉重而不均匀的呼吸声,时而会有断断续续的呻吟和脑袋在枕头上苦恼

---

① 这样的处方,蚂蟥用于吸血,斑蝥膏药用于攻毒,轻粉(即甘汞)用于消炎。

的翻转声……这时别尔森涅夫心中出现了一些奇怪的思想。他是在这个人的房间里,这个人的生命正危在旦夕,而他知道,叶琳娜正爱着这个人……他记起了那个夜晚,那天舒宾赶上他,对他说,她是爱他,爱他,别尔森涅夫,的啊!可是现在……"我现在该怎么办?"他问自己,是不是要让叶琳娜知道他生病?或是再等一等?这消息比我那时告诉她的那一个消息更令她伤心啊:奇怪,为什么命运总是要我在他们中间当一个第三者?他决定最好还是再等等。他的目光落在堆满文件的桌子上……"他能实现自己的构想吗?"别尔森涅夫想,"或者一切都将化为泡影?"于是他对这年轻的正在消亡的生命感到怜惜,他向自己发誓,要拯救它……

这一夜真不好过。病人屡屡发出谵语。别尔森涅夫几次从他睡的小沙发上起来,踮起脚跟走到床前,忧愁地倾听他断断续续的朦胧的梦呓。只有一回,英沙罗夫忽然讲得很清楚:"我不要,不要,你不可以……"别尔森涅夫猛地一颤,注视着英沙罗夫:他的面孔是痛苦的,像死人一样,一动不动,两只手无力地摊开着……"我不要。"他又几乎听不见地重复说。

医生一清早就来了,他摇摇头,重新开了处方。

"到转变期还很远。"他说着,戴上了帽子。

"转变期以后呢?"别尔森涅夫问。

"转变期以后吗?有两种可能:aut Caesar, aut nihil①。"

医生去了。别尔森涅夫在街上走了几个来回:他需要新鲜空气。他回来,又拿起书。罗美尔他早已读完。现在他在研究格罗特②。

忽然门轻轻一响,房东家的女孩小心翼翼地走进屋里来,跟平时一样,头上包一块大大的头巾。

"她来啦,"她低声说道,"那位小姐,上回给我十个戈比的……"

---

① 拉丁语:要么恺撒,要么毁灭。
② 格罗特(1794—1871),英国历史学家,著有《希腊史》。

房东家女孩的头忽然又不见了，在她站着的地方，出现了叶琳娜。

别尔森涅夫一跃而起，好像被蜇了一下，但是叶琳娜没有移动，也没有叫喊……似乎她在刹那间明白了一切。她脸上罩着可怕的苍白，她走向屏风，向里面一望，举起双手惊讶地一拍，便像石头一样呆立不动了。又过了一刹那，她正要向英沙罗夫扑去，是别尔森涅夫止住了她：

"您要做什么？"他战栗地低声说道，"您会毁了他的！"

她站立不稳。他把她引到小沙发前，要她坐下。

她直视着他的脸，又打量了他的全身，然后才两眼盯着地板。

"他要死了？"她问得那么淡然，那么冷静，把别尔森涅夫吓坏了。

"看在上帝分上，叶琳娜·尼古拉耶芙娜，"他说，"您怎么这么说？他病啦，真的——病得很危险……可是我们能救活他的；我向您保证这一点。"

"他没有知觉了吗？"她仍像第一个问题一样地问。

"是的，他现在昏迷不醒……这种病一开始都这样，不过这没什么的，没什么，相信我。您喝点水吧。"

她抬眼望着他，他明白，她并没有听见他的回答。

"若是他死了，"她还是用那种声音说，"那我也会死的。"

这时英沙罗夫轻轻呻吟了一声，她全身战栗了，双手捧住头，便开始解她的帽带。

"您这是做什么？"别尔森涅夫问她。

她没有回答。

"您要做什么？"他又问。

"我留在这儿。"

"怎么……留很久吗？"

"不知道，或许，留一天，一夜，永远……不知道。"

"看在上帝分上，叶琳娜·尼古拉耶芙娜，您回去吧。我，当然啦,怎么也没想到会在这儿看见您;可是我反正……我猜想,您只能在这儿待一小会儿。请您记住,家里发现您不在,会找您的……"

"那又怎么样?"

"他们会找您……找到您在……"

"那又怎么样?"

"叶琳娜·尼古拉耶芙娜!您瞧……他现在不可能保护您。"

她低下头,仿佛在思考,她用头巾捂住嘴,一阵痉挛的抽泣声突然来势凶猛地从她的胸间迸发出来。她扑倒在沙发上,极力要压住哭声,然而她整个的身体在抽动,在挣扎,好像一只被人捉住的小鸟。

"叶琳娜·尼古拉耶芙娜……看在上帝分上……"别尔森涅夫立在她面前反复地说。

"啊?这是什么?"忽然传来英沙罗夫的声音。

叶琳娜忽然直立起来,别尔森涅夫也原地僵住了……过了一小会儿,他走向床前……英沙罗夫的头仍然无力地搁在枕头上;两眼紧闭。

"他说胡话?"叶琳娜喃喃自语。

"好像是,"别尔森涅夫回答,"不过这没什么,总是这样的,尤其是假如……"

"他什么时候病倒的?"叶琳娜打断他问道。

"前天,我昨天开始在这里,请您信任我,叶琳娜·尼古拉耶芙娜。我不会离开的,会用尽一切的办法。如果需要,我们请人来会诊。"

"我不在的时候他会死的啊。"她高声说着,扭着两只手。

"我保证每天向您报告他的病情,若是发生真正的危险……"

"您给我发誓,马上派人来找我,无论什么时间,白天,夜晚;直接写条子给我……现在我什么都不在乎了。您听见吗?您答应这么办吗?"

"我答应,上帝作证。"

"您发誓。"

"我发誓。"

她忽然一把抓住他的手,他还来不及抽回时,她已经把嘴唇贴在那只手上了。

"叶琳娜·尼古拉耶芙娜……您这是怎么啦?"他含混不清地说。

"不……不……别这样……"英沙罗夫模模糊糊地在说话,还重重地叹息一声。

叶琳娜走向屏风,用牙齿咬住头巾,久久地、久久地注视着病人,无言的泪水在她的面颊上流淌。

"叶琳娜·尼古拉耶芙娜,"别尔森涅夫对她说,"他会醒过来的,会认出您,天知道这样是好,是不好。再说,我时刻在等着医生来……"

叶琳娜从小沙发上拿起帽子戴上,立在那里。她的眼睛悲伤地在屋里张望。仿佛她记起了……

"我不能走。"最后她低声吐出这句话。

别尔森涅夫握住她的手。

"您要坚强些,"他说,"冷静下来;把他交给我照管。我今天晚上就上您那儿去。"

叶琳娜望了他一眼,说道:"啊,我的好心肠的朋友啊!"她啜泣着,冲出房门去。

别尔森涅夫倚在房门上。他心中充满着一种悲伤的、痛苦的感情,但却也不无一种奇异的快慰。"我的好心肠的朋友啊!"他想着,耸一耸肩头。

"是谁在这儿?"传来英沙罗夫的声音。

别尔森涅夫走到他床前。

"我在这儿,德米特里·尼康诺罗维奇。您怎么样?您感觉好吗?"

"您一个人?"病人问。

"一个人。"

"那她呢？"

"哪个她？"别尔森涅夫几乎是吃惊地说道。

英沙罗夫没说话。

"木樨香。"他喃喃说，眼睛又闭上了。

二十六

英沙罗夫整整八天处于或生或死之间。医生不停地前来诊视，他也是个年轻人，对陷于困境的病人很是关心。舒宾听说英沙罗夫的险情，来探望过他；他的同胞们——保加利亚人也来过；其中别尔森涅夫认出了那两个奇怪的人物，他们曾突然到别墅来访问，引起过他的诧异，他们全都表现出真诚的同情，有几个还向别尔森涅夫提出，要代替他守护病人；但他没有同意，因为他记得自己对叶琳娜的承诺。他每天见她，还悄悄向她——有时是一句话，有时是一张小纸条——详细地报告病情。她是怀着怎样一种内心的悸动等候着他，她是怎样在听他诉说，又向他询问！她总想要自己冲过去找英沙罗夫，但是别尔森涅夫恳求她不要这样做：英沙罗夫很少一个人在。当她头一天听说他生病，她差一点自己也病倒；她一回家便把自己锁在屋子里；但是他们喊她吃饭，她进餐厅时的那副脸色吓得安娜·华西里耶芙娜要立即送她去躺在床上。然而叶琳娜终于克制住自己。"假如他会死，"她反复地想，"我也不会活下去。"这个思想倒令她平静下来，给了她一种让她表现得漠然自如的力量。而且，家里人也没来过分打扰她：安娜·华西里耶芙娜只顾忙自己的牙床炎；舒宾狂热地在工作；卓娅变得忧郁起来，她还想要把维特①读完呢；尼古拉·阿尔捷米耶维奇对于"浅薄学者"的频频来访非常不满，而且他的关于库尔纳托夫斯基的"预定计划"又进展得很不顺

---

① 维特，指德国文学家歌德的小说《少年维特之烦恼》。

利,讲求实际的首席秘书有些莫名其妙,只好等待。叶琳娜甚至没有感谢过别尔森涅夫。对于有些帮助,她会觉得感谢说不出口,也显得别扭。只是有一回,是跟他第四次见面时(英沙罗夫那一夜情况很不好,医生暗示要会诊),她向他提起过她的誓言。"喏,那么我们一块儿走吧。"他对她说,她站起来,要去换衣服了。"不,"他又慢慢地说,"我们再等到明天吧。"而到晚上英沙罗夫病势减轻了。

这样的考验延续了八天。叶琳娜外表上保持平静,但是她日不能食,夜不能眠。她四肢感到一种迟钝的疼痛,头脑中似乎充满着一堆干燥、炽热的烟尘。"我们的小姐像点蜡烛似的瘦下去。"她的使女谈起她时这样说。

终于,第九天上,出现转机了。叶琳娜正在客厅中,坐在安娜·华西里耶芙娜身边,自己也不知道在干什么,给母亲读一份《莫斯科新闻报》,别尔森涅夫走进来。叶琳娜望了他一眼(她每次朝他望去的第一眼都是多么急速、多么胆怯、多么深沉,又多么惊惶啊),马上便猜到,他带来了好消息。他微笑着,他向她轻轻点一点头:她站起来迎接他。

"他清醒了,他得救了,再过一个礼拜他就完全康复了。"他悄悄对她说。

叶琳娜伸出双手,好像挡过一次打击似的,她什么话也没有说,只是双唇战抖,满脸一阵绯红。别尔森涅夫跟安娜·华西里耶芙娜谈话,叶琳娜回房去了。她双膝跪下,开始祷告上帝,感谢上帝……她眼睛里流出了轻盈明亮的泪水。她忽然感到疲劳已极,她把头搁在枕头上,喃喃地说:"可怜的安德烈·彼得罗维奇啊!"马上便沉沉入睡了,睫毛上、面颊上仍是湿润的。她已经很久没有睡着,也没有哭泣了。

二十七

别尔森涅夫的话只有一部分实现了,危险躲过了,但是英沙罗夫的体力恢复得很慢。医生一再说,他整个机体受到了深刻而全面的震撼。尽管如此,病人离开了床榻,开始能在房间里走动,别尔森涅夫也搬回去住了,但他每天都去看望他依然衰弱的朋友,依旧每天都向叶琳娜报告他的健康状况。英沙罗夫不敢给叶琳娜写信,只是跟别尔森涅夫的谈话中间接暗示她和提到她;而别尔森涅夫也假装并不留意,他跟他说起自己常去斯塔霍夫家,又极力设法让他知道,叶琳娜曾经非常伤心过,而现在她平静了。叶琳娜也不给英沙罗夫写信,她心中别有打算。

一天,别尔森涅夫刚刚满脸欢喜地来告诉她,医生允许英沙罗夫吃牛排了,他大概很快就可以出外行走——她听了沉思着,低下头……

"您猜猜,我想对您说什么?"她轻轻地说。

别尔森涅夫心中不安了。他懂她的意思。

"或许,"他眼睛望着她回答说,"您要告诉我说您想见到他。"

叶琳娜脸红了,几乎难以听见地说:"是的。"

"那好办。这您,我看,很容易做到。"

"呸!"他心中暗想,"我心中怀着多么卑劣的感情啊!"

"您是想说,我早已经……"叶琳娜说,"可是我害怕……现在他,您说,很少一个人在。"

"这不难办,"别尔森涅夫说,仍然眼睛不看她,"事先去告诉他嘛,当然,我不可以;可是您给我写张纸条,谁又可以禁止您给他这么个要好的朋友,您所关心的朋友写封信呢? 这没什么不好的呀。跟他约个时间……就是说写信告诉他,您什么时候去……"

"我不好意思。"叶琳娜低声说。

"那您把纸条交给我,我带去。"

"这不需要,我想要求您……别生我的气,安德烈·彼得罗维奇……您明天别上他那儿去。"

别尔森涅夫咬一咬嘴唇。

"啊! 好的,我懂啦,很好,很好。"于是,又说了两三句话,他便迅速离去了。

"这样更好些,这样更好些。"他匆忙赶回家去的路上这样想着,
"我不知道任何新发生的事情,不过这样更好些。干吗要赖在别人
的窝边上?我不后悔,我做的,是我良心叫我做的事,不过现在,够
啦!让他们去吧。父亲时常告诉我的话没有白说:咱们俩,孩子呀,
不是西巴利斯①人,不是贵族,不是命运和大自然的宠儿,咱们甚至
连殉道者也不是啊——咱们是苦干者、苦干者啊!那就穿上你的皮
围裙,去站在自己干活的车床旁边吧,到你阴暗的作坊里去吧!让
阳光去照耀别人吧!在我们沉闷的日子里也有我们自己的骄傲和
自己的幸福的啊!"

次日清晨,英沙罗夫从市区邮局收到一封短笺。"等着我。"叶
琳娜写信给他说,"叫别人都不要来。安·彼不会来的。"

二十八

英沙罗夫读了叶琳娜的短笺——马上就动手把房间收拾整齐,
请房东太太把药瓶都收走,脱下睡衣,穿上见客的外衣。由于虚弱,
也由于欢乐,他的头在旋转,心在跳,两条腿发软;他倒在沙发上,开
始看着手表。"现在是十一点三刻,"他自言自语说,"十二点以前她
无论如何到不了,在这一刻钟里,让我来想些别的事情,要不我会受
不了的。十二点以前,她无论如何来不了……"

房门忽地敞开了,叶琳娜穿一件轻质薄绸连衣裙,满脸苍白,满
身清新,年轻而幸福地走了进来,随着一声微弱的快乐的呼喊,她倒
在了他的怀里。

"你还活着呀,你是我的呀。"她反复地说,抱着他的头,抚摩着。
他整个儿愣住了,这亲近,这抚摩,这幸福,让他窒息了。

她坐在他身边,紧贴住他,用她含笑的、亲切的、柔情的目光凝

---

① 西巴利斯,意大利南部城市,古时多富人。

视着他，这目光只有在女性的恋爱着的眼睛里才会如此地光彩焕发。

她的面容忽然变得忧伤了。

"你瘦了多少啊，我可怜的德米特里。"她说着，一只手掠过他的面颊，"你的胡子多长哟！"

"你也瘦了呢，我可怜的叶琳娜。"他回答说，用嘴唇去捕捉她的手指。

她快活地把鬈发甩向身后。

"这没什么，你瞧着，我们都会复原的！有过狂风暴雨，有过，像我们在教堂里相会的那一天那样，它来过，但是过去啦。现在我们要好好儿地活下去啦！"

他只用微笑回答她。

"啊，什么样的日子啊，德米特里，多么残酷的日子啊！若是失去了自己所爱的人，人怎么活得下去哟！每一回我都预先知道安德烈·彼得罗维奇会来告诉我什么，的确，我的生命跟你的生命一齐沉下去，又一齐升上来了。你好呀，我的德米特里！"

他不知道她在说什么。他只想扑倒在她的脚下。

"我还发现，"她继续说，一边把他的头发掠到脑后去（她想说：这段时间里，闲着没事时，我做过许多次观察），"当一个人非常、非常不幸的时候——他会去注意他身边发生的每一件事情，那种注意力真是愚蠢得很！我，真的，有时会去盯住一只苍蝇，而我心底里又是多么阴冷，多么恐怖啊！可是这一切全都过去啦，不是吗？未来一片光明，不是吗？"

"对我，你就是未来，"英沙罗夫说，"对我，你就是光明。"

"你对我才是这样呢！你记得吗？那时候，我在你那儿，不是上一次……不，不是上一次。"她不由得战栗着反复地说，"当我们说到你的时候，我自己也不知道为什么，一下子提到了死；那时候我真没想到，死神她正守候在我们身边呢。可是你现在完全好了吗？"

"我好多了，我差不多已经完全好啦。"

"你好啦,你没有死呀,噢,我多么幸福啊!"

一阵短短的沉默。

"叶琳娜?"英沙罗夫问她。

"怎么,我亲爱的?"

"告诉我,你想过没有,这场大病是对我们的惩罚?"

叶琳娜严肃地凝望着他。

"我这样想过的,德米特里。可是我想:我为什么应该受惩罚?我违反了什么义务,我对什么有罪呢? 也许,我的良心跟别人的不一样,可是它并没有做出一个回答;或者,也许,我在你面前有罪?我妨碍了你,我拖累了你……"

"你没有拖累我,叶琳娜,我们一块走吧。"

"好的,德米特里,我们一块走,我跟你走……这是我的义务。我爱你……我不知道还有什么其他的义务?"

"噢,叶琳娜!"英沙罗夫低声说,"你的每一句话都是怎样的一些镣铐套在了我的身上啊!"

"为什么说是镣铐呢?"她紧接着说,"我们都是自由的人。对!"她继续说,两眼望着地,而一只手依然抚摩着他的头发,"这段时间里我体验了很多,都是我从来不知道的东西!假如有谁事先告诉我,说我,一位小姐,受过良好的教育的,会编造出各式各样的借口,一个人从家里溜出去,去哪儿呢? 去一个年轻的男人的房间里——我会多么生气啊! 而这些现在都是真的,可我却一点儿都不生气。真的不生气呀!"她最后又补一句。转身向着英沙罗夫。

他那凝望着她的目光中表达出那么一种崇拜的感情,使她不禁把手慢慢地从他头发上移下来,挡住他的眼睛。

"德米特里,"她重又开始说,"你还不知道呢,我看见你躺在那儿,那张可怕的床上,我看见你落在死神的爪子里,昏迷不醒……"

"你看见我的?"

"是的。"

他沉默了。

"还有别尔森涅夫也在？"

她点一点头。

英沙罗夫向她俯下身去。

"噢，叶琳娜！"他低声地说，"我真没有勇气用眼睛望着你。"

"为什么？安德烈·彼得罗维奇是那么善良！我在他面前不害羞的。我又有什么好害羞的？我愿意向全世界宣布，我是你的……而安德烈·彼得罗维奇，像哥哥一样，我信任他。"

"他救了我的命！"英沙罗夫大声地说，"他是个最高尚、最善良的人。"

英沙罗夫凝神注视着叶琳娜。

"他爱你的，不是吗？"

叶琳娜垂下眼睛。

"他是爱过我的。"她低声慢慢说出这句话。

英沙罗夫紧紧捏住她的手。

"啊，你们，俄罗斯人，"他说，"你们的心都是金子做的啊。他，他照看着我，他整夜地不睡觉……你，你，我的天使……毫无怨言、毫无疑虑……而所有这些都是为我，为我……"

"对，对，都是为你，因为大家爱你呀。哎，德米特里！这多么奇怪啊！我好像已经给你说过这个了——不过反正没关系，我高兴再说一遍，你也高兴再听——当我第一次见到你的时候……"

"为什么你眼睛里有泪水呢？"英沙罗夫打断她说。

"我？泪水？"她用手绢擦了擦眼睛。啊，蠢家伙！他还不懂，人也会幸福得哭出来呢："我是想说，我第一次见你的时候，我在你身上没发现任何特别的东西，真的。我记得，一开始，我非常喜欢舒宾，虽然我从来也没爱过他，至于安德烈·彼得罗维奇嘛——噢！有过那么一分钟，我曾经想：未必就是他？可你——什么也没有过……后来……后来……你就这么伸出两只手把我的心给抓去啦！"

"饶恕我吧……"英沙罗夫说。他想站起来，但却立即沉在沙发上。

"你怎么啦?"叶琳娜关切地问道。

"没什么……我还有点儿虚……我还受不住这样的幸福。"

"那就安安静静地坐着,不许动,也不许兴奋,"她用手指头吓唬他,"您干吗把您的睡衣脱掉? 您要讲时髦还早着呢! 请您坐下,我要讲故事给您听。好好儿听着,别说话。生病以后多讲话对您是有害的。"

她开始对他讲舒宾,讲库尔纳托夫斯基,讲这两个星期来她都做了些什么,讲战争。从报纸上看,战争是难以避免的,所以说,一等他完全恢复了,就该抓紧时间,想办法启程……她跟他说着这些,坐在他身边,偎依着他的肩头……

他听着她,听着,面色时而发白,时而发红……他好几次地想要止住她……忽然他直起身子来。

"叶琳娜,"他用一种奇异而又断然的声音说,"你离开我吧,你走吧。"

"怎么?"她惶惑地缓慢地说,"你又不舒服啦?"她急忙又说一句。

"不……我很好……可是,请你,离开我吧。"

"我不懂你的意思……你是要赶我走吗? ……你这是在干什么?"她忽然说道;他从沙发上俯下身来,几乎触到了地板,把嘴唇贴在她的脚背上。"别这样,德米特里……德米特里……"

他抬起身来。

"那就请你离开我吧! 你瞧见吗? 叶琳娜,我病倒的时候,并没马上失去知觉;我知道我是在死亡的边缘上;甚至在发高烧,说胡话的时候,我也明白,我模糊地感觉到,是死神在向我走来了,我是在跟生命、跟你、跟所有的人永远告别,我已经没有希望了……而忽然我又死里逃生了,从黑暗又回到光明,你……你……在我身边,我听见……你的声音,你的呼吸……这我受不住啊! 我觉得,我狂热地在爱你,我听见,你自己说你是我的,可是我却什么也不能承担……你走吧!"

"德米特里……"叶琳娜喃喃地说,把头垫在他的肩上。她直到现在才了解了他。

"叶琳娜,"他继续说,"我爱你,这你知道,我愿意为你舍弃自己的生命……你为什么在这个时候来到我的身边,现在我软弱,我不能控制我自己,我全身的血液都在沸腾……你是我的,你说……你爱我……"

"德米特里。"她又说一声,满脸通红,更紧地偎依在他的怀抱里。

"叶琳娜,怜惜我吧——你走,我觉得,我会死的——我受不了这样的激动啊……我整个灵魂都在渴望得到你……你想想,死神差一点儿没分开我们……而现在你在这儿,在我怀抱里……叶琳娜……"

她浑身战栗着。

"那你就接受我吧。"她几乎听不见地喃喃低语。

二十九

尼古拉·阿尔捷米耶维奇紧锁双眉,在他的书房里来回踱步。舒宾坐在窗前,跷起二郎腿,悠然地吸着一支雪茄烟。

"劳驾,您别这么走来走去啦,等你开口说话,眼睛盯着您——脖子都扭酸了。再说,您这种步伐姿态,有点儿过于紧张,矫揉造作。"

"您就会插科打诨说笑话,"尼古拉·阿尔捷米耶维奇回答他,"您不能设身处地为我想想,您不想了解,我已经习惯于这个女人了,我这辈子离不开她了。没有她我就受罪。已经十月天气了,眼看到了冬天……她在列维尔有什么事可干呀?"

"或许,织袜子吧……给她自己织;给她自己织,不是给您。"

"您就笑吧,笑吧;可我告诉您,天下再没像她这样的女人。那真诚,那无私……"

"她拿那张支票去取钱没有?"舒宾问。

"那无私，"尼古拉·阿尔捷米耶维奇又提高声音重复说，"这是令人叹服的啊。人家说，世上女人千千万，而我说，把这千千万万拿给我看看，把这千千万万拿给我看看，我说：ces femmes-qu'on me les montre!① 可她就是不写信，真要人的命！"

"您像毕达哥拉斯②一样能言善辩呢，"舒宾说，"可是您知道吗，我要奉劝您句什么话？"

"什么话？"

"等阿芙古斯金娜·赫里斯吉安诺芙娜回来……您懂我的意思吗？"

"嗯，懂的，那又怎么？"

"等您见到她时……您能跟上我的思路吗？"

"嗯，能，能。"

"试着揍她一顿，看结果会怎么样？"

尼古拉·阿尔捷米耶维奇愤怒地转过身去。

"我以为他真会给我出个什么有用的主意呢。可从他那里你能指望点什么！艺术家，没规则的人……"

"没有规则！可是，人家说，您喜欢的那一位，库尔纳托夫斯基先生，一个有规则的人，昨天赢了你一百个卢布。这可不够朋友，你同意这话的吧。"

"这又怎么啦？我们可没有赌钱，我们玩的是打牌的技巧呢。当然，我可以等待……可是在这个家庭里，太少有人能够看出他的价值了。"

"所以他就想着：就这样，走着瞧！"舒宾接着说，"——管他给不给我当岳父——这还在未定之数，而一百个卢布嘛——对一个不受贿赂的人来说，也算不错啦。"

---

① 法语：把那些女人全都拿给我看看！
② 毕达哥拉斯（前571—前497），古希腊哲学家、数学家。

"岳父！……我算个什么鬼岳父？Vous rêvez, mon cher。① 当然，任何一个别的女孩子都会高兴有这么一位求婚者的。您自己评评看：一个果断、聪明的人，凭自己本事出人头地，身兼两个县的要职……"

"在某某省里还能把省长的鼻子牵着走。"舒宾指出。

"完全可能如此。显然，那也理所当然。一个实干家、务实者……"

"还能打一手好牌呢。"舒宾再次指出。

"对呀，还能打一手好牌呢，可是叶琳娜·尼古拉耶芙娜……难道能搞得懂她吗？我倒想知道，哪儿有那么个人肯来摸一摸她的脾气，她到底想要什么？她一会儿欢喜一会儿愁，忽然瘦得让你不忍看，可忽然又胖起来了，所有这些都没有任何明显的来由……"

一个长相很丑的仆人用托盘端来一杯咖啡、一罐凝乳和几片面包干。

"当父亲的看上求婚的，"尼古拉·阿尔捷米耶维奇手里挥动着一片面包干，继续说，"可这跟女儿有什么关系呀！在从前家长制的时代里，一切都很好，可现在我们把一切都改变啦。Nous avons changé tout ça。② 如今当小姐的可以随便想跟谁谈话，随便想读什么书。她一个人在莫斯科到处跑，不带仆人，不带使女，好像是在巴黎似的，而这一切全都行得通。这两天我问过几回，叶琳娜·尼古拉耶芙娜哪去啦？回答说，出去啦。去哪儿？不知道。这像什么话——有个规矩吗？"

"把您的杯子接过来，放人家走吧，"舒宾轻声说，"您自己说过的，不应该 devant les domestiques③。"他又低声说。

仆人斜着眼睛瞅了舒宾一眼，尼古拉·阿尔捷米耶维奇拿过杯

---

① 法语：您在说梦话呢，我亲爱的。

② 法语：我们把一切都改变啦。

③ 法语：当着下人们的面。

子,为自己加一点凝乳,又抓过十来片面包干。

"我想说的是,"仆人一走,他立即开始说,"我在这个家里毫无地位——如此而已。因为,在我们这个时代,大家都凭外表来看人。有的人,空洞、愚蠢,可是装得了不起的样子——人家就尊敬他;别人呢,或许大有才能,很可能……很可能大有出息,但是由于谦虚……"

"您是一位雄才大略的人物吗,尼科林卡①?"舒宾尖着嗓子问他。

"别跟我耍贫嘴啦!"尼古拉·阿尔捷米耶维奇没好气地说,"您得意忘形啦!这不就是一个新见证,说明我在这个家里毫无地位吗?什么也不是!"

"安娜·华西里耶芙娜还欺负您……可怜的人!"舒宾伸伸懒腰说,"哎,尼古拉·阿尔捷米耶维奇,咱们俩真罪过啊!您顶好是给安娜·华西里耶芙娜准备点什么小礼物吧。过两天是她的生日,您知道,她对您的一点儿小意思也看得很重呢。"

"对,对,"尼古拉·阿尔捷米耶维奇匆匆回答说,"非常感谢您提醒我。当然啦,当然啦,一定要送的。我正有一件小玩意儿:一只小挂件,前两天在罗森什特拉哈买的,只是不晓得,说真的,合适不合适?"

"您是给那一位,住在列维尔的那位女士买的吧?"

"那是……我……是的……我原想……"

"喏,这么说,那大概总是合适的啰。"

舒宾从椅子上立起来。

"咱们今晚上去哪儿走走,巴维尔·雅科夫列维奇,啊?"尼古拉·阿尔捷米耶维奇亲切地注视着他,问道。

"您不是要去俱乐部吗?"

"俱乐部之后……俱乐部之后。"

舒宾又伸一个懒腰。

"不啦,尼古拉·阿尔捷米耶维奇,我明天还得工作。下次吧。"

---

① 尼科林卡,尼古拉的亲热称呼。

他走出去了。

尼古拉·阿尔捷米耶维奇沉下脸来,在屋里踱了两个来回,从橱里拿出一只天鹅绒小盒子,里面装着那只"小挂件",在手里摆弄了很久,又用丝巾把它擦拭过。然后他照着镜子,专心致志地梳他浓密的黑头发,脸上带着郑重其事的表情,把头一会儿向左偏,一会儿向右偏,舌头撑起腮帮子,眼睛盯着头上的分发线。有个人在他背后咳嗽一声。他回头一瞧,看见一个仆人,给他端来了一杯咖啡。

"你干吗?"他问仆人。

"尼古拉·阿尔捷米耶维奇!"这仆人说话时不无几分激昂,"您是我们的老爷啊!"

"这我知道,你还想说什么?"

"尼古拉·阿尔捷米耶维奇,您别生我的气啊;只是我从小就伺候您,当奴才的,我是说,也有一份儿心,应该向您老爷报告……"

"是怎么回事?"

仆人立在原地迟疑着。

"您刚才在说,"他开始说了,"您不知道,叶琳娜·尼古拉耶芙娜去哪儿了。这事儿我知道。"

"您撒什么谎,傻瓜?!"

"随老爷处治,不过三天前我看见小姐的,看见她走进一幢房子去的。"

"在哪儿? 什么? 怎样一幢房子?"

"在厨子大街旁边的一条……胡同里,离这儿不远。我还问过看院子的,问他,你们这儿都住些什么人?"

尼古拉·阿尔捷米耶维奇顿起双脚来。

"闭嘴,你个无赖! 你怎么敢? ……叶琳娜·尼古拉耶芙娜,出于善心,去看望那些穷人家的,可是你……滚蛋,傻瓜!"

吓破胆的仆人正朝门口跑去。

"站住!"尼古拉·阿尔捷米耶维奇大喝一声,"那个看院子的给你说些什么?"

"啊,他什……什么也没说。他只说,是一个大……学生。"

"闭嘴,无赖!你听着,该死的东西,若是你,哪怕说梦话,对不论谁提起这件事……"

"您饶了我吧……"

"闭嘴!你要是敢说一个字……要是不管谁……要是我知道了……我就让你钻进地底下也没处藏!听见啦?滚蛋!"

仆人走掉了。

"天哪,我的上帝!这是什么意思?"留下他一个人时,尼古拉·阿尔捷米耶维奇想,"这个多嘴的畜生给我说了些什么呀?但是,应该去了解一下,是怎样一幢房子,住的是谁。我得自己去。弄到怎么个地步啦! Un laquais! Quelle humiliation①"

尼古拉·阿尔捷米耶维奇大声地重复说,"Un laquais!"然后他把小挂件锁进橱里,去找安娜·华西里耶芙娜了。他见她躺在床上,面颊上缠着绷带。但是她那副受苦受难的模样只能激怒他,于是他很快就把她弄得哭了起来。

三十

这时,东欧一带酝酿已久的雷雨终于爆发了。土耳其向俄国宣战,从几个公国里撤退人员的期限已经过去。锡诺普大战②之日已经不远。英沙罗夫新近收到的文件,都一再召唤他返回祖国。他的身体仍未复原,他咳嗽,虚弱,时常发寒热,但是他几乎成天在外面跑。他的心被点燃了,他已经把病抛诸脑后。他不停地在莫斯科四处奔走,跟各种各样的人秘密会见,整夜地写东西,成天不知去向。他对房东说,他马上要离开了,预先把自己简单的家具送给了他。

---

① 法语:一个下人,多么丢人啊!

② 锡诺普大战,1853 年 11 月,俄军于锡诺普大败土耳其舰队,此前土耳其曾要求俄国从多瑙河诸公国撤军。

叶琳娜,从她这方面,也在准备着动身。一个阴雨的黄昏,她独坐房中,给一条披巾锁边,倾听着风声怒号,不禁心情郁闷。她的使女进来,告诉她爸爸在妈妈卧房里,叫她过去……"妈妈在哭。"使女跟在叶琳娜身后悄悄地说,"爸爸在发脾气……"

叶琳娜微微耸一耸肩,走进了安娜·华西里耶芙娜的卧室。尼古拉·阿尔捷米耶维奇的善良伴侣躺在一把折叠椅上,嗅着手绢上的花露水;他本人则站在壁炉前,上衣扣子全都扣着,打一个又高又硬的领结,领子浆得很挺,那架势令人隐隐想起某一位国会演说家来。他用演说家的手势给女儿指一把椅子,女儿并没有理解他手势的含义,仍在询问地望着他,他便威严地、头也不转一下地说:"请您坐下。"尼古拉·阿尔捷米耶维奇总是称妻子"您",女儿呢——只在特殊情况下才这样称呼。

叶琳娜坐下。

安娜·华西里耶芙娜眼泪汪汪地在擦鼻涕。尼古拉·阿尔捷米耶维奇把右手插进上衣的胸襟里。

"我把您叫来,叶琳娜·尼古拉耶芙娜,"在一段持久的沉默后,他开始说,"是为了跟您弄清楚,或者,不如说是为了要求您解释一下。我对您不大满意,或者不,这样说太轻了;您的行为让我——我跟您母亲……您母亲,感到痛心和羞耻,这您现在看见的。"

尼古拉·阿尔捷米耶维奇只用他嗓子的低音部不停地说。叶琳娜默默然望着他,然后又望着安娜·华西里耶芙娜——她的脸色变白了。

"从前,"尼古拉·阿尔捷米耶维奇重又开始说,"做女儿的是不容许傲视双亲的,那时候,父母的权力能让不听话的儿女吓得发抖。这种时代已经过去啦。至少是大多数人现在都这么认为,但是,请您相信,还是有法律在,不允许……不允许……一句话,还是有法律的啊。我请您注意这一点:还是有法律的啊。"

"可是,爸爸,"叶琳娜正要开始说……

"我请您不要打断我。让我们把思想移到过去吧。我跟安娜·

华西里耶芙娜尽了自己的责任。我跟安娜·华西里耶芙娜对于您的教育不遗余力:花钱、费神在所不惜。您从我们的费神、花钱当中得到了什么好处,这是另一个问题;但是我有权认为……我跟安娜·华西里耶芙娜有权利认为,您至少会神圣地保持那些道德上的规则,那些……那些我们向您,我们唯一的女儿……que nous vous avons inculqués①,那些我们一再向您灌输的规则。我们有权利认为,任何新'思想'都不能抵触那些,可以这么说吧,世代相传的神圣古训。可是怎么啦?且不说那些因为您的性别,您的年龄而有的轻率……但是谁能料到,您竟然忘形到这种地步……"

"爸爸,"叶琳娜说道,"我知道您想说什么……"

"不,您不知道我想说什么!"尼古拉·阿尔捷米耶维奇突然失去了他那副议会讲演家的威严姿态和他滔滔不绝的郑重演说,以及他的低音部语调,他大声一吼,嗓子都变了,"您是不知道,你个胆大妄为的丫头!"

"看在上帝分上,Nicolas②,"安娜·华西里耶芙娜喃喃地说,"Vous me faites mourir!"③

"别给我这么说,que je vous fais mourir,④安娜·华西里耶芙娜!您不能想象,您马上会听见些什么话——您准备着听最糟糕的吧,我预先警告您!"

安娜·华西里耶芙娜简直吓呆了。

"不,"尼古拉·阿尔捷米耶维奇转向叶琳娜,继续说,"你不知道我要说什么!"

"我在您面前是有过错的。"她开始说……

"啊,到底承认啦!"

---

① 法语:我们一再向您灌输的。

② 法语:尼古拉。

③ 法语:您是要我死呀!

④ 法语:说我在要您死。

"我在您面前是有过错的，"叶琳娜说下去，"错在，很久没有说实话……"

"可是你知不知道，"尼古拉·阿尔捷米耶维奇打断她，"我只要说一句话，就能让你无地自容？"

叶琳娜抬起头来望着他。

"是的，小姐，只要一句话！用不着那么望着我！"他把双手交叉在胸前，"请问您，您知不知道厨子大街旁边一条……弄堂里的一幢房子？您去过那幢房子的？"他把脚一顿，"您回答我呀，没出息的东西，别想着耍花样？别人，别人，仆人们，小姐呀，des vils laquais,①都看见您啦，看见您走进去，去找您的……"

叶琳娜一下子满脸通红，她的眼睛闪出亮光来。

"我没必要骗您，"她慢慢说，"是的，我去过那幢房子。"

"好极啦！您听见吗，您听见吗，安娜·华西里耶芙娜？那您一定是知道谁在那儿住的吧？"

"是的，我知道：我的丈夫……"

尼古拉·阿尔捷米耶维奇两只眼睛鼓出来。

"你的……"

"我的丈夫，"叶琳娜再说一遍，"我嫁给德米特里·尼康诺罗维奇·英沙罗夫了。"

"你？……嫁人？……"安娜·华西里耶芙娜好不容易说出话来。

"是的，妈妈……请您原谅我……两个礼拜前，我们秘密结婚了。"

安娜·华西里耶芙娜倒在椅子上，尼古拉·阿尔捷米耶维奇倒退了两步。

"嫁人了！嫁给那个穷光蛋，黑山人！世袭贵族尼古拉·斯塔霍夫的女儿嫁给了一个流浪汉，一个老百姓！不要父母亲的祝福就

---

① 法语：那些下贱的仆人们。

嫁人啦！你以为我会就这么放过你？以为我不会去控告？以为我会让你……你……我……把你关进修道院，把他送去做苦役，去流放队！安娜·华西里耶芙娜，请您马上告诉她，您取消她的继承权！"

"尼古拉·阿尔捷米耶维奇，看在上帝分上。"安娜·华西里耶芙娜呻吟着。

"这是在什么时候干的？怎么干的？谁给你们举行的婚礼？在哪儿？怎么结婚的？我的上帝！如今所有的熟人，全社会，该怎么说啊！而你，不知羞耻的伪君子，走了这一步，还居然能在父母亲家里住下去！你就不怕……不怕天打雷劈呀？"

"爸爸，"叶琳娜说（她从头到脚在战栗，但是她的声音是坚定的），"您想要怎么样都随您便，但是您不必骂我不知羞耻，骂我作伪，我不想……早叫您伤心，可是就在这两天我就不得不自己把一切都告诉您的，因为我下礼拜就要跟我丈夫离开这儿了。"

"离开？去哪儿？"

"到他的国家去，去保加利亚。"

"去土耳其人那儿！"安娜·华西里耶芙娜喊叫一声，便失去了知觉。

叶琳娜扑向她母亲。

"滚开！"尼古拉·阿尔捷米耶维奇吼叫着，一把抓住女儿的手，"你滚开，不要脸的东西！"

然而这一刹那间，卧室的门开了，伸进一只面色苍白、两眼闪亮的脑袋来，这是舒宾的脑袋。

"尼古拉·阿尔捷米耶维奇！"他放开嗓子大声喊，"阿芙古斯金娜·赫里斯吉安诺芙娜来啦，她叫您去呢！"

尼古拉·阿尔捷米耶维奇疯狂地转过身，用拳头威吓着舒宾，停了一小会儿，便急忙走到屋外去。

叶琳娜伏在母亲脚下，抱住她的膝头。

乌瓦尔·伊凡诺维奇躺在自己床上。一件没领子的衬衫，一只大领扣扣紧在肥胖的脖子上，形成一些宽松的皱褶，向下遮掩住他简直像女人乳房似的前胸，只露出一只巨大的柏木十字架和一只护身香囊来，一条薄毛毯盖住他摊开的四肢。床头小桌上一支小蜡烛昏暗地点燃着，旁边是一罐克瓦斯①。乌瓦尔·伊凡诺维奇脚边，床上，坐着舒宾，正闷闷不乐。

　　"是的，"他若有所思地说，"她嫁了人，准备走啦。您的侄儿大喊大叫的，满屋子都能听得见；关着门，为了不让人知道，在卧室里，可是不光是仆人和使女——就连马车夫也能听见！他这会儿还在大发脾气，差点儿没跟我干一仗，没完没了地用当老子的身份咒骂她，活像一只搬木头的笨狗熊，力气不够呀。安娜·华西里耶芙娜可算要了命。不过女儿要走，比女儿嫁人，给她的打击更大啊。"

　　乌瓦尔·伊凡诺维奇扭了扭手指头。

　　"当娘的，"他说，"喏……是啊。"

　　"您的侄儿，"舒宾继续说，"威胁要找大主教，找总督，要去部长那儿告状，结果还不是得让她走掉。谁高兴毁掉自己的亲生女儿呢！像只公鸡一样，暴跳一阵子，就会把尾巴垂下来的。"

　　"权利嘛……他们没有的。"乌瓦尔·伊凡诺维奇说，呷了一口克瓦斯。

　　"正是呀，正是，可是全莫斯科到处会掀起怎样一堆流言蜚语和责难啊！她是不怕这些的……而且，她是超乎这些之上的。她要走了——去哪儿？连想一想都觉得可怕！去那么远的地方，去那么远，去那种不毛之地！她在那儿会怎么样呢？我眼睛望着她的时候，就好像她是在一个夜晚，大风大雪里、零下三十度的严寒中，正在从一个驿站出发呢。她要离开祖国、离开家人；可是，我是了解她的哟。她丢下的都是些什么人呢？她过去天天看见的，都是些什么人呢？库尔纳托夫斯基之流，别尔森涅夫之流，还有兄弟我；而这还

_____

① 克瓦斯，一种俄国民间饮料，用黑面包发酵制成。

是些优秀的人物呢。有什么值得可惜的？只有一件事糟糕：听说，她丈夫——鬼知道，舌头怎么卷不出这个词儿来——听说，英沙罗夫咳得吐血呢；这可是很糟糕的事儿。我前两天见他了，那张脸，马上就能从那张脸上塑出一个布鲁塔斯①来……您知道布鲁塔斯是谁吗，乌瓦尔·伊凡诺维奇？"

"什么意思？一个人呗。"

"对呀，'一个人呗'。是的，一张好漂亮的脸，可是不健康，非常不健康啊。"

"打仗嘛……反正一个样。"乌瓦尔·伊凡诺维奇说道。

"打仗嘛反正一个样，不错；您今儿个表达得可是完全公正呀，可要说过日子，那就不反正一个样啦。她可是要跟他过日子的呀。"

"年轻人的事儿。"乌瓦尔·伊凡诺维奇回答说。

"是的，年轻人的，光荣的，豪迈的事儿。死亡、生命、斗争、失败、胜利、爱情、自由、祖国……好哇，好哇。愿上帝赐这些给每一个人！有种人，坐在齐脖子深的泥沼里，极力装出无所谓的样子，因为实际上反正的确无所谓了，这跟那个可是不一样的啊。在那边——弦是绷紧的，要么响彻全世界，要么绷断掉！"

舒宾把头垂到胸前。

"是的，"他沉默了很久，又继续说，"英沙罗夫能配得上她的。不过，这是废话！谁也配不上她哟。英沙罗夫……英沙罗夫……干吗要故作谦虚？喏，就算，他是条汉子，他能捍卫他自己，虽然说，直到现在，他所做出的事跟我们这些有罪的人所做的都一个样，而且，我们未必就真是一堆那么完全无用的废物吧？就拿我说吧，难道我是个废物？乌瓦尔·伊凡诺维奇？难道上帝就真的要在各方面都来委屈我？我就没一丁点儿能力，没一丁点儿天分吗？谁知道，或许，巴维尔·舒宾的名字有朝一日不会传遍天下呢？瞧你桌子上有个小铜钱，谁知道，或许，哪一天，过上一百年，这块铜钱不会成为那

_____

① 布鲁塔斯（前85—前42年），古罗马政治家。

些对巴维尔·舒宾感恩不尽的后代为他树立的纪念像的一部分呢?"

乌瓦尔·伊凡诺维奇用手肘撑起身子来,注视着兴奋的艺术家。

"你扯远啦,"终于他照例地扭了扭手指头,说道,"我们谈别人,可你……怎么……谈起自己啦。"

"噢,俄罗斯土地上伟大的哲学家呀!"舒宾高声呼喊着,"您的每一句话——都是纯金,不应该给我,而应该给您树起一座雕像来才是,这事儿由我来承担。就您现在躺着的样子,就这种姿势,人家搞不清这里边哪一种更多些——懒惰呢,还是力量?——我就这么把您给铸造出来。您以公正的指责击溃了我的自私和虚荣!对呀!对呀!谈自己没意思,自吹自擂没意思。在我们中间还没有一个真正的人,没有任何一个真正的人啊,无论你眼睛往哪儿瞧都找不见。所有的人——不是小动物、小爬虫、小哈姆雷特、萨莫耶德人①,就是地下的黑暗和荒凉,就是只会空口说白话的蠢材和成天擂大鼓的棒槌!可也还有这样一些人:把自己本人研究得仔细到可耻的程度,不停地触摸自己每一次感觉时的脉搏跳动,给自己证明说:这是我,你瞧,所感受的呀,这是我所思考的呀。好一桩有用的、实际的事业啊!不,假如我们当中有几个成器的人,这位姑娘,这个敏感的灵魂,就不会离我们而去了,就不会一溜而逃,好像鬼钻进了水里似的!这是怎么回事儿,乌瓦尔·伊凡诺维奇?我们的时候哪一天才会到来啊?我们这儿哪一天才能出现一个真正的人啊?"

"假以时日,"乌瓦尔·伊凡诺维奇回答说,"将会出现的。"

"将会出现的?你,祖国大地啊!俄罗斯黑土上蕴藏的无穷无尽的力量啊!可是你说:将会出现的?您瞧着吧,我要把您的话记下来。可是您干吗吹熄了蜡烛?"

"我要睡觉啦,再见吧。"

---

① 萨莫耶德人,俄国北方萨阿米族人的旧称,此处何所指,不详。

三十一

舒宾说得对。叶琳娜结婚这突如其来的消息差点儿没要了安娜·华西里耶芙娜的命。她卧床不起了。尼古拉·阿尔捷米耶维奇要求她不要允许她女儿前来看望,他似乎很高兴有这个机会表现一下自己是个充分意义上的一家之主,一个拥有全部威力的家庭首脑,他不停地对家里人大发雷霆,老是说:"我要让你们瞧瞧我的厉害,我要让你们知道知道——你们等着瞧吧!"他在家时,安娜·华西里耶芙娜不见叶琳娜,有卓娅在身边就心满意足了,卓娅伺候她尽心尽力,这姑娘自己心中暗想:"Diesen Insaroff vorziehen——und wem?"①然而一等尼古拉·阿尔捷米耶维奇走开(这样的时候是相当多的:阿芙古斯金娜·赫里斯吉安诺芙娜当真回来了),叶琳娜就来到她母亲身边——母亲久久地、默默地、含着眼泪凝视她。这种无言的谴责比其他任何东西都更深地刺入叶琳娜的心;这时她所感到的,不是忏悔,而是一种与忏悔有些类似的深深的、无尽的怜悯。

"妈妈,亲爱的妈妈!"她反复叫着,吻着她的手,"怎么办呢?我没有做错啊,我爱上了他,我没法子不这样做。责备命运吧:是它让我遇上了一个人,一个爸爸不喜欢的人,一个要把我从您身边带走的人啊。"

"啊!"安娜·华西里耶芙娜打断她的话,"别跟我提起这个啦。一想起你要去那里,我就心惊肉跳啊!"

"亲爱的妈妈,"叶琳娜回答,"您哪怕这样想呢:我如果不去,或许会更糟,我或许会死掉,那您就永远得不到安慰了。"

"可就这样我也别想再能看见你啦。不是你在那边什么地方的窝棚里死掉(安娜·华西里耶芙娜以为保加利亚是个跟西伯利亚冻土地带类似的地方),就是我经不住这种离别就……"

---

① 德语:看中这么个英沙罗夫——可是丢掉了个怎样的人呢?

"别这么说，好心肠的妈妈，我们还会见面的呀，上帝会保佑的。保加利亚也有好些城市，跟这儿的城市一个样的。"

"那边能有些什么城市啊！那边正打着仗呢；现在那边，我看是，无论哪儿，都在轰大炮……你打算很快就走吗？"

"很快就走……只要爸爸……他要去告状，他威胁要把我们拆开。"

安娜·华西里耶芙娜抬眼望着天。

"不，列诺奇卡，他不会去告状的。我自己本来是怎么也不会同意这门婚事的，我宁可去死；但是已经做了的事情，没法儿回头啊，我不会允许人家羞辱我的女儿的。"

就这样过了几天，终于，安娜·华西里耶芙娜鼓起勇气来，一天晚上，跟丈夫单独关在卧室里。全家人屏住气息，一声不响。最初什么也听不见，后来尼古拉·阿尔捷米耶维奇的嗓子低沉地响起来，后来发生了争吵，传出喊叫声，甚至还能听见痛苦的呻吟声……舒宾跟使女们和卓娅已经准备再次冲进去救援；然而卧室里的喧闹声逐渐减弱了，转为谈话声了——又没有声音了。只是偶尔传出微弱的啜泣声——后来连这也中止了。钥匙开锁，打开橱门的吱咯声……门开了，尼古拉·阿尔捷米耶维奇出来了。他威严地望一望每个他看见的人，便到俱乐部去了；而安娜·华西里耶芙娜叫叶琳娜去见她，紧紧抱住她，流着伤心的眼泪，慢慢地说：

"都说妥啦，他不会把事情闹大的，没什么会妨碍你走……妨碍你抛弃我们了。"

"您可以让德米特里来感谢您吗？"一等母亲稍稍平静一些，叶琳娜便问她。

"等一等，我的心肝，我这会儿还不能见这个把我们拆开的人……动身以前还来得及。"

"动身以前。"叶琳娜难过地重复说。

尼古拉·阿尔捷米耶维奇同意"不把事情闹大"；然而安娜·华西里耶芙娜没有告诉她女儿，他同意的代价如何。她没告诉她，她答应偿付他所有的债务，又当场给了他一千个银卢布。不仅如此，他还断然向安娜·华西里耶芙娜宣称，他不想见到英沙罗夫，并且继续称他为黑山人。而到了俱乐部里，他毫无必要地跟他的牌友，一位退役的工兵将军说起叶琳娜的婚事来。"您听说了吗，"他装出一副若无其事的样子说道，"我女儿，就因为人家学问渊博，嫁给了一个什么大学生。"将军透过眼睛望望他，含糊地说一声："哼！"便问他打多大的牌。

三十二

　　启程的日子一天天逼近。11月已经过完，正是最后的期限。英沙罗夫早就收拾好一切，他心中燃烧着一个愿望，想要尽早从莫斯科脱身。医生也催促他："您需要温暖的气候，"他对他说，"您在这儿是不能恢复元气的。"叶琳娜也心情焦急，英沙罗夫的苍白和消瘦令她担心。她经常怀着不由自主的惊惶注视他变了形的脸。她在父母亲家中的处境已变得不能忍受。母亲像对一个死人一样对她哭号；而父亲却轻蔑而冷淡地对待她，别期将近也暗暗使他痛苦，但是他认为隐藏自己的感情和自己的弱点是他的义务，一个受侮辱的父亲的义务。安娜·华西里耶芙娜终于想要跟英沙罗夫见一面了。他们带他从后门进来；悄悄来到她房中。当他走进她的房间时，她很久都不能跟他开始说话，甚至不能下决心望他一眼。他坐在她的扶手椅边，恭恭敬敬地静候她开口说话。叶琳娜也坐在那里，把母亲的手握在手中。安娜·华西里耶芙娜最后还是抬起了眼睛，慢慢地说："上帝是您的裁判，德米特里·尼康诺罗维奇……"她停住了，谴责的话在她嘴边留下了，没有说出来。

　　"啊，您在生病呀，"她叫道，"叶琳娜，你丈夫在生病呀！"

　　"我生过病，安娜·华西里耶芙娜，"英沙罗夫回答，"现在还没有完全复原；不过我希望，祖国的空气会让我完全强壮起来的。"

　　"啊……保加利亚！"安娜·华西里耶芙娜轻声地、含混地说，一边在沉思,"我的上帝,一个保加利亚人,眼看要死啦,说话像个空木桶子,眼睛像只柳条筐,一身骨头架子,衣裳像是从别人身上借来的,脸黄得像朵菊花——可是她是他的妻子呀,她爱他……这啊,这是怎么样的一场梦啊……"然而她马上清醒过来,"您一定……一定非走不可吗?"

"一定,安娜·华西里耶芙娜。"

安娜·华西里耶芙娜眼睛盯住他。

"啊,德米特里·尼康诺罗维奇,愿上帝别让您尝到我现在所尝的滋味……但是您答应我要保护她、爱她……你们不会受穷的,只要我活着!"

眼泪哽住了她的声音。她张开双臂,于是叶琳娜和英沙罗夫投进了她的怀里。

宿命的日子终于来临了。安排叶琳娜在家里跟父母亲告别,而从英沙罗夫的住处启程。预定十二点钟动身。别尔森涅夫于一刻钟前来到。他预料会在英沙罗夫那里遇见那些想要为他送行的他的保加利亚同胞,然而他们已经早在他来之前走掉了。读者熟知的那两个神秘人物(他们在英沙罗夫婚礼上作过证婚人)也走掉了。裁缝鞠一个躬,迎接"善心的老爷",他今天一定是由于伤别,也可能由于高兴吧,因为家具都给了他,多喝了几杯。妻子马上就来把他弄走了。房间里已经样样都收拾好了。箱子用绳子捆牢,立在地上。别尔森涅夫沉思着。许多回忆涌上他的心头。

十二点早已敲过,车夫已经把马牵来,而"新婚夫妇"仍不见来到。终于,楼梯上传来了匆忙的脚步声,叶琳娜由英沙罗夫和舒宾陪伴着走了进来。叶琳娜眼睛通红:她离开时,母亲昏倒过去了;别离的情景非常沉重。叶琳娜已经一个多星期没有见到别尔森涅夫了,近来他很少到斯塔霍夫家去。她没想到在这里见到了他,她大喊一声:"您呀!谢谢您!"说着便扑在他的头颈上,英沙罗夫也拥抱了他。接着是一阵令人难以忍受的沉默。这三个人如今能说些什么呢？这三颗心的感受现在如何呢？舒宾想到应该有点活跃的声音，便说两句快活的话，来打断这种苦恼的沉闷。

"我们这个三重奏又聚拢啦，"他说，"这是最后一次！随命运之所使，忆往昔之善心——跟随上帝步入新的生活吧！'跟随上帝，从此远行'。"他唱起这支歌来，但却又马上停住不唱了。他忽然感到不好意思和局促不安。在停死者的地方唱歌是罪过啊：这一顷刻间，这间屋子里，过去正在死亡，就是他刚才所提起的过去，聚集在这间屋子里的这几个人的过去。它的死，是为一个新生活的诞生，或许吧……但是，它反正是死去了。

"喏，叶琳娜，"英沙罗夫对他妻子说，"好像，都齐啦？该付的钱都付了，该收拾的都收拾好了。就只剩把这只箱子搬下去了。房东！"

房东跟妻子女儿一同进屋来。他轻轻点着头，听完英沙罗夫的吩咐，便把箱子往自己肩头上一扛，快步沿楼梯跑了下去，只听他的靴子在噔噔地响。

"现在，依照俄国人的风格，我们该坐一会儿。"英沙罗夫说。

大家坐下。别尔森涅夫坐在那张老旧的小沙发上，叶琳娜坐在他身边，房东太太和女儿蜷曲着身子蹲在门槛上。大家都不出声，全都在强颜作笑，谁也不知道自己为什么笑。每个人都想说句什么道别的话，每个人（当然，不包括房东太太和她女儿：她俩只顾转悠着眼睛）都觉得，这种时候说出来的话只会是一些俗套，任何一句有意义的话，或者聪明的，或者只是出自内心的话，都会显得不合时宜，近乎造作。英沙罗夫第一个立起来，他开始画起十字……"永别了，我们的小房间！"他大声地说。

发出了接吻声。响亮的，但却是冰冷的离别的接吻。送别的、言犹未尽的祝愿，写信的许诺，最后的、忍气吞声的告别话……

叶琳娜满脸是泪，已经坐进大板雪橇车里，英沙罗夫关切地用毛毯给她把腿盖上。舒宾、别尔森涅夫，房东、房东太太和他们那总是戴条大头巾的女儿，看院子的、一个穿一件条子长袍的不相干的工匠——都站立在门廊上。忽然一辆驾着骏马的富人家的雪橇车飞驰进院子里来了。尼古拉·阿尔捷米耶维奇从雪橇里一跃而下，正在抖掉大衣皮领子上的雪花。

"我还是赶上啦，谢天谢地。"他叫喊一声，便向木板车奔去，"给你，叶琳娜，这是我们当爹妈的最后的祝福。"他说着，俯身到车篷里，从衣袋中掏出一只缝在天鹅绒口袋里的小神像，给她挂在脖子上。她痛哭失声，去吻他的双手，车夫这时从雪橇前座上取出半瓶香槟酒和三只大杯来。

"来！"尼古拉·阿尔捷米耶维奇说，他自己的泪水已经滴在了大衣的海狸皮领子上，"应该送……还要祝……"他开始倒香槟；他的手在抖，酒沫溢出杯沿，洒落在雪地上。他举起一只酒杯，又把另外两只递给叶琳娜和已经坐在她身边的英沙罗夫，"上帝保佑你们……"尼古拉·阿尔捷米耶维奇说不下去了——他喝干了酒；他们也干了杯。"现在你们也应该——诸位先生们。"他又说，向着舒宾和别尔森涅夫，但是在这一瞬间车夫把马催动了。尼古拉·阿尔捷米耶维奇跟着大板车向前跑着。"当心点！给我们写信。"他断断续续地叫喊着。叶琳娜从车里伸出头来，说道："再见啦，爸爸，安德烈·彼得罗维奇，巴维尔·雅科夫列维奇；再见啦，一切；再见啦，俄罗斯！"说完，便把身子倒回车里去。车夫挥一挥马鞭，一声呼哨，大板雪橇车的滑木轧轧地响了，出大门向右转弯——便消失不见了。

三十三

一个明媚的四月天，在把威尼斯和被一条狭长冲积沙洲分隔开来的名叫"丽多"的宽阔濒海小湖上，一艘船头凸起的威尼斯凤尾形游船"冈多拉"正缓缓驶过，船夫那长桨每击水一次，小船儿便轻轻一摇。在它低矮的船篷下，在柔软的皮垫上，坐着叶琳娜和英沙罗夫。

自从离开莫斯科那一天以后，叶琳娜的容貌变化不多，可是那表情却不同了：变得深沉而严峻，目光更加勇敢了。她整个身体如春花在怒放，头发也好像更蓬松、更浓密地披散在她雪白的额际和红红的面颊上，只有在唇边，当她不笑时，有一丝不太明显的皱痕，表现出一种隐秘的、长驻的忧虑。英沙罗夫则相反，他表情依旧，而那面容却剧烈地改变了。他瘦了，老了，苍白了，也驼背了；他几乎是不停地发出短短的干咳声，一双深陷的眼睛闪耀出奇异的光芒。离开俄国后，英沙罗夫途中在维也纳卧病近两个月，只在三月底间才和妻子来到威尼斯，他打算从这里通过萨拉到达塞尔维亚，再进入保加利亚，别的路都断了。战争已在多瑙河一带沸腾，英国、法国都已向俄国宣战，所有斯拉夫国家都动荡不安，准备着起义。

　　冈多拉靠上了丽多湖的里岸。叶琳娜和英沙罗夫踏上一条狭窄的铺沙小径，沿路所种的小树都蔫萎了（每年种，又每年枯死），他们沿丽多湖的外沿，朝大海走去。

　　他们沿海岸漫步。亚得里亚海在他们面前掀动起它暗蓝色的波浪；水波翻起泡沫，呼啸着，涌来，又退去，在沙滩上留下些细小的贝壳和海草的残茎。

　　“这地方多么凄凉啊！”叶琳娜说，“我怕这儿对你是不是太冷了点儿，不过我猜到你为什么想要上这儿来啦。”

　　“冷！”英沙罗夫回答她，脸上带着一闪而过的苦恼的笑容，“我要是怕冷，我能成为一名好兵吗？我上这儿来……我告诉你，为什么吧。我望着这片大海，就觉得，这儿离我的祖国更近些。她就在那一边，”他补充说，伸手指向东方，“风就是从那边吹过来的。”

　　“这风会把你等待的船给刮来的吧？”叶琳娜说，“瞧那一叶白帆，是否就是它呢？”

　　英沙罗夫注视着叶琳娜指给他看的远方的海面。

　　“伦季奇答应说，过一个星期就给我们都安排好的。”他说，“看样子，可以信任他……你听说了吗，叶琳娜，”他忽然变得神采奕奕，又说下去，“人家说，穷苦的达尔玛提亚渔民也捐献出了他们鱼网上的铅坠子——你知道吧,鱼网是靠这种坠子的重量往海底沉的——拿去造枪弹了！他们没有钱,他们只能靠捕鱼为生;但是他们心甘情愿拿出自己最后的财产,现在他们在挨饿。这是怎样的一个民族啊！"

"Aufgepasst！"①他们身后发出一声傲慢的呼喊,接着是一阵低沉的马蹄嗒嗒声,一个奥地利军官,穿一件灰色紧身短上衣,戴顶绿色军便帽,从他们身边疾驰而过……他们差点儿来不及闪开。

英沙罗夫阴郁地目送他远去。

"这不怪他,"叶琳娜轻轻地说,"你知道,他们这儿没有别的地方可以骑马。"

"这不怪他,"英沙罗夫不同意地说,"可是他的喊叫声,他的胡子,他的小帽子,整个儿他那副样子,都叫我血液翻腾。我们回去吧。"

"回去吧,德米特里。再说这儿风真大。你在莫斯科生病以后没注意身体,到维也纳就还了病债。现在该更加小心才是。"

英沙罗夫没说话,只有一丝像方才一样的苦恼的讪笑掠过他的唇边。

"你要吗？"叶琳娜继续说,"我们去游一游 Canal Grande② 吧。自从我们到这儿,还没好好儿看一看威尼斯呢。晚上我们去剧院,我这儿有两张包厢票。人家说,有个新歌剧上演,您要吗,我们把今天这一天互相奉献出来,忘掉政治,忘掉战争,忘掉一切,心里只有一件事:我们在一块儿活着,呼吸着,思想着,我们永远结合在一起……你要吗？"

"你要这个,叶琳娜,"英沙罗夫回答,"那么,我也要。"

"我知道是这样,"叶琳娜微笑着说,"那我们去吧,去吧。"

他们又回到冈多拉上,坐下,让船夫不着急,慢慢划,沿 Canal

---

① 法语:当心！
② 意大利语:大运河。

Grande 而下。

谁没有见过四月的威尼斯,他就未必能说他知道这个拥有魔法的城市那全部难以形容的魅力。春日的娇媚和温柔与威尼斯相配,正如夏日的阳光与壮丽的热那亚相配,秋日的金色和紫色与伟大的古城——罗马相配一样。春天,威尼斯的美仿佛能触动和激发人们的欲望;它使缺少经验的心灵困扰而忧伤,如同那近在咫尺,不难猜度而又神秘莫测的幸福一般。在这里,一切都是明朗的、清澈的,而一切又都笼罩着一种爱情的寂静所撒开的蒙蒙的薄雾;在这里,一切都默默无言,一切都向你敞开着胸怀;在这里,一切都是女性的,从名称开始。难怪只有它被称之为"美城"。雄伟的宫殿和教堂屹立着,精巧而奇妙,如同年轻神灵的美梦;运河无言的波浪中那灰绿色的水花和丝绸般的光泽,冈多拉无声无息的漂游,毫无城市粗暴的嘈杂声,粗暴的撞击、断裂和喧闹声。这其中蕴含着某种神话般的东西,某种诱人而神奇的东西。"威尼斯正在死去,威尼斯变得荒凉了。"威尼斯的居民会对您这样讲。然而,或许,正是这种最后的魅力,正当百花齐放、美不胜收时忽又显出凋萎的魅力,它从前并不曾有过。没有见过威尼斯的人,是不会了解威尼斯的。无论是卡纳列托①,或者是夸尔特②(且不谈许多当代的画家)都无力传达出那空气中的银色的柔美,那随风而逝又近在眼前的远方的风景,那优雅的线条与混融的色彩之间的奇妙的和谐。那些年华已逝、被人生折磨得精疲力竭的人,又何必来威尼斯访问呢?它对他仍将是一种苦味,如同对少年时梦幻泡影的回忆。然而对于有些人,那些精力依然沸腾、自我感觉非常良好的人,它将是甜美的。愿他带上自己的幸福来到威尼斯迷人的天空下,无论他的幸福如何使他心花怒放,威尼斯仍能以其永不凋谢的光辉使他的幸福放射出金光。

---

① 卡纳列托(1697—1768),意大利威尼斯画家。
② 夸尔特(1712—1793),意大利画家,卡纳列托的学生。

英沙罗夫和叶琳娜乘坐的冈多拉静静驰过 Riva dei Schiavoni①、当年威尼斯共和国的元首宫和比比赛塔,进入了大运河。两岸尽是大理石修砌的宫殿;它们仿佛是静静地从一旁浮过,几乎不让人的眼睛去拥抱和理解它们全部的美丽。叶琳娜感到深深的幸福:在她湛蓝的天空中只有一小片阴云——而它也已经远逸。这天,英沙罗夫精神好多了。他们一直游到里亚尔多桥陡峭的拱门前才折回来。叶琳娜害怕教堂里的阴凉会对英沙罗夫的身体不利;可是她想起了 delle Belle arti② 研究院,便吩咐船夫向那里划去。他们匆匆走过这座不大的博物馆的一个个展厅,他们既非鉴赏家,又非爱好者,没有在每一幅画前驻步,只兴之所至地观看。一种光辉明丽的喜悦之情忽地表现在他们身上。他们突然觉得,一切都那么富有生气(孩子们最熟悉这种情感),对着丁托列托③的圣马尔科,看他从天空一跃而下,仿佛青蛙跳进水中,去拯救受难的奴隶。叶琳娜哈哈大笑起来,直笑得流出了眼泪,三个英国参观者在一旁大为恼怒,她也不予理睬。英沙罗夫呢,他看见提香④那幅《升天图》上,前景中站立着一个披绿斗篷双手伸向圣母玛利亚的强壮男子,那脊背和小腿肚子令他欣喜若狂。可是,那个玛利亚——平静而庄严地飞升到天父怀抱中去的美丽而健壮的女人——却给英沙罗夫和叶琳娜留下了强烈的印象。他们也喜欢琪马·达·科涅里亚诺⑤老人的严肃虔诚的作品。从研究院出来,他再次回头望了望走在他们身后的三个英国人,看见他们兔子般的牙齿和毛茸茸的络腮胡子——又不禁大笑起来;看见他们船夫的短上衣和短裤子——又大笑起来;看见一个女商贩头顶心上一撮白头发——又比以前更加厉害地大笑起来,最后,他们互相望了望彼此的脸——又连声大

---

① 意大利语:斯基亚沃尼海滨。

② 意大利语:精美艺术。

③ 丁托列托(1518—1594),意大利画家,《圣马尔科的奇迹》为其代表作。

④ 提香(约 1489—1576),意大利画家。

⑤ 琪马·达·科涅里亚诺(1459—1517),意大利威尼斯画家。

笑。刚一坐进冈多拉中——两人便紧紧地、紧紧地手握着手。他们回到旅店，奔进自己房间，吩咐开饭。一边吃饭一边依旧十分的快乐。他们互相敬酒，为莫斯科朋友们的健康干杯，为一盘美味的鱼给服务员鼓掌叫好，还不停地向他讨活的 frutti di mare[①] 吃，服务员耸耸肩头，蹭着脚走出去，而一离开他们，便直摇头，有一回甚至叹一口气低声说：poveretti![②] 饭后他们到剧院去了。

　　剧院里上演威尔第[③]的歌剧，凭良心说这是一部颇为庸俗的作品，然而它却已红遍全欧洲的舞台，我们俄国人也很熟悉它——《茶花女》。威尼斯的音乐季节已经过去，所有的歌手都不超过庸才水平；每个人都在声嘶力竭地喊叫。薇奥列塔的角色由一位没有名气的女演员扮演，从观众对她的冷淡来看，她是个少有人喜欢的演员，不过并非没有才能。这是一个年轻而不怎么漂亮的黑眼睛姑娘，嗓子不甚圆润，已经有些沙哑了。她穿一身花哨到幼稚程度的衣裳，而且还不合身。一只红色纱网罩住头发，一件褪色的蓝缎连衣裙绷在她胸前，一副厚料子的瑞典式手套一直套到消瘦的肘部。她，这位不知哪个别尔加摩[④]牧羊人的千金，又能去哪儿了解到巴黎的风情女子们是如何装束呢？在舞台上她也不善举措，然而她的表演中有很多真实和不弄玄虚的单纯，而她唱起歌来也富有意大利人所特有的热烈表情和韵律。叶琳娜和英沙罗夫并肩坐在一个幽暗的包厢里，位于舞台近旁，他们在 delle Belle arti 研究院里的那种快乐情绪仍未消退。当那个堕入女诱惑者情网的不幸青年的父亲，穿件灰黄色燕尾服，假头发向上竖起，歪着一张嘴，自己先怯了场，唱出一段沉闷的低颤音时，他们又都几乎忍不住，扑哧地笑出声来……不过薇奥列塔的表演却让他们感动了。

---

① 意大利语：海果子。一种可以生吃的贝类。

② 意大利语：可怜的人！

③ 威尔第(1813—1901)，意大利作曲家。

④ 别尔加摩，意大利城市，隆巴底省的首府。

"他们简直就不给这个可怜的姑娘鼓掌呢，"叶琳娜说，"比起那种自以为是的，一个劲儿地忸忸怩怩，装腔作势，妄想打动人心的二流名角，我一千倍地更喜欢她。她好像还非常的认真呢，你瞧，她毫不注意观众。"

英沙罗夫靠在包厢外栏上，仔细地看了薇奥列塔一眼。

"是的，"他说，"她是很认真的，好像预感到自己要死了呢。"

叶琳娜没有出声。

第三幕开始了。幕布升起……看见那床榻，那低垂的窗幔、药瓶、遮住的灯光，叶琳娜猛地一颤……她回想起不久以前……"而将来会怎样呢？而眼前又怎样呢？"——这思想在她头脑中一闪而过。这时，好像是故意发生的，那女演员假装出的一声咳嗽竟由包厢里传出的英沙罗夫的一个低沉的真实的咳嗽声作了呼应……叶琳娜偷偷看他一眼，又马上让自己做出安然平静的表情，英沙罗夫懂她的意思，便自己笑了笑，还轻轻地哼起一支歌来。

不过他马上便停了下来。薇奥列塔的表演愈来愈精彩，愈来愈舒畅。她抛开了一切次要的、不必须的东西，而找到了自我：这对于艺术家，是一种罕有的最高的幸福啊！她忽然间越过了那条难以确定的界限，越过这界限，便是美之所在。观众大为惊讶，精神为之一振。这个不漂亮的嗓子沙哑的姑娘开始把观众掌握在手中了，她能够控制他们了。连她的嗓子这时也已经不再沙哑，这嗓音热起来、强起来了。"阿尔弗莱多"出场了。薇奥列塔的一声呼喊在剧场中几乎掀起一阵名之为"fanatismo"①的风暴，与此相比，我们北国人的一切吼叫声都只是小巫见大巫了……一眨眼间——观众又复沉静。二重唱开始，剧中最精彩的一段唱腔，其中作曲家成功地表现了他对疯狂浪掷的青春的全部怜惜之情，也表现了一场绝望的回天无力的爱情如何在做最后的挣扎。那位女演员在全场观众人同此心的共鸣的激励与感染下，眼中含着艺术家的喜悦与真心实意的痛

---

① 意大利语：狂热。

苦所引发的泪水,沉浸在这场由她自己掀起的巨浪中,她的面容改变了,当死神突然以其恐怖的阴影步步逼近,她嘴里迸发出一声直冲云天的哀告:"Lascia mi vivere . . . morir si giovane!"①这时,全场爆发出疯狂的掌声和群情激奋的呼叫。

叶琳娜全身发冷,她用自己的手轻轻地去寻找英沙罗夫的手,找到它,把它紧紧握住。他也紧紧握住她的手。但是她眼睛不望着他,他也不望着她。这次握手跟几个小时前他们在冈多拉中彼此亲近时的那一次握手是很不相同的。

他们重又沿 Canal Grande 荡回旅店去。夜已降临,明朗的、温柔的夜。向他们迎面浮来的仍是那一座座宫殿,但却像是完全另一些建筑。有几座浴着月色,闪出金色的白光,在这片白光中,那窗门上和露台上的轮廓和装饰的许多细节仿佛都消失不见了;而在那些被一层阴影的轻暗所笼罩的建筑上,它们却更加清晰地凸现出来。冈多拉上闪亮着小小的红色灯火,似乎驰行得更快,更没有声息,它们那钢制的船脊神秘地闪耀着,木桨在搅浑的水流中像一条条银色的小鱼,神秘地跃起又落下,冈多拉船夫们短而低的呼唤声此起彼伏(他们现在从不唱歌),几乎听不见其他的声音。英沙罗夫和叶琳娜投宿的旅馆坐落在 Riva dei Schiavoni,不等划到它门前,他们便弃舟步行,环绕圣马尔科广场走了几圈,只见在一座拱门下,一家家小而又小的咖啡店门前,聚集着许多闲游的人。携同自己所爱的人儿,在异邦城市里和陌生人中间漫步,似乎特别的愉快。一切都显得那么美,那么意味深长,你希望每个人都能拥有善良、和平和那正充满着身心的同样的幸福。然而叶琳娜已经不能够无忧无虑地沉溺在自己的幸福感中了,她的心被刚刚获得的种种印象震撼着,不能平静下来。英沙罗夫在走过元首宫时,默默地指着从那低矮的门洞中探出头来的奥地利大炮的炮口,把帽子压在眉头上。这时,他感到自己疲倦了——圣马尔科教堂的圆顶上,在月光下,青铅色衬

---

① 意大利语:让我活下去吧……死得这样年轻!

325

托着的一点点磷光正闪闪烁烁,他朝这几个大圆顶望了最后一眼,他俩便缓缓地走回家去。

　　他们的那间小屋面临从 Riva dei Schiavoni 一直延伸到哲乌德卡的宽阔的濒海湖。几乎正对着他们的旅店,矗立着圣乔治教堂的尖塔;右边,多加纳宫的金色球顶高高地在天空中放光——还屹立着打扮得像新嫁娘一般的教堂中最美的那一座,帕拉狄珂①的Redentore②教堂;左边隐隐呈现出一条条帆船的桅杆和桁梁,还有几根轮船的烟囱;一张半卷的风帆,像鸟翅膀似的张挂在那里,桅顶的三角旗几乎一动不动。英沙罗夫坐在窗前,而叶琳娜不许他过久地欣赏风景。他忽然发热,浑身上下感到一种极度的虚弱。她把他安顿在床上,等他睡着了,才悄悄回到窗前。噢,夜色多么的宁静而轻柔。蓝色的天空中弥散着怎样一种温顺的情意,任何的苦痛,任何的伤悲,在这明丽的天空下,在这神圣而纯洁的光辉中都应该悄无声息、沉入深睡之中!"啊,上帝!"叶琳娜想着,"为什么会有死,为什么会有别离、疾病和眼泪啊? 或者,为什么会有这种美,这种给人以希望的甜美感,为什么我会安然地觉得,终将得到个安全的避难所、不变的庇护、永远的保卫呢? 这含笑的祝福着的天空,这幸福的、安息的大地都说明着什么? 未必所有这一切都只存在于我们的心中,而在我们身外却是永恒的寒冷和苦寂吗? 未必我们是孤单的……孤单的……而那边,到处,所有那些不可企及的无底深洞和沉渊中,一切的一切与我们都了无因缘吗? 那么又为什么会有这种祈祷的渴望和喜悦呢? "morir si giovane"③——她心中回响起这句话……未必就不可能恳求、防备、拯救……噢,上帝! 未必就不能相信奇迹?"她把下巴托在紧握的双手上,"够了吗?"她喃喃说,"难道说已经够了吗? 我幸福过不止一分钟、几小时,也不止几个整

---

① 帕拉狄珂(1508—1580),意大利威尼斯建筑家。
② 意大利语,音译为"列丹托尔"。
③ 意大利语:死得这样年轻。

天——不，我幸福过整整几个星期啊。而我有什么权利享受它呢？"她为自己的幸福感到恐惧，"而假如这是不该有的呢？"她想，"假如这是不能白白得到的呢？要知道这是天意啊……我们，人，可怜的、有罪的人……"morir si giovane"……啊，阴暗的幽灵，你走开吧！不是为了我一个人才需要延续他的生命啊！"

"然而如果这是——惩罚呢，"她重又想着，"如果我们现在必须为我们的罪孽付出充分的代价呢？我的良心沉默了——它现在仍然沉默着，然而难道说这就是无辜的证明吗？啊上帝，未必我们真就这样罪孽深重！未必你，这夜晚、这天空的创造者，只因为我们相爱了，便想要惩罚我们？而如果是这样，如果他有罪，如果我有罪，"她禁不住激动地又说，"那么至少请你让他，啊上帝，让我们两人正直地、光荣地死去吧——死在那边，在他的祖国的田野上，而不是死在这里，在这间僻静的小屋里。"

"我可怜的、孤独的母亲会怎样悲伤呢？"她问她自己，她自己也茫然了，不知如何反驳自己的问题。叶琳娜知道，每个人的幸福都建筑在另一个人的不幸上，甚至一个人的利益和方便都好像一尊塑像要求一个底座一样，要求别人的不利和不便。

"伦季奇！"英沙罗夫昏昏沉沉地低语着。

叶琳娜踮起脚跟走到他身边，俯身向他，为他拭去脸上的汗珠。他在枕头上翻转了一会儿，又静下来。

她重新来到窗前，重又陷入沉思。她开始宽慰她自己，她要使自己相信，没有理由去害怕。她甚至因自己的软弱而羞愧。"难道会有危险吗？难道他不是好一些了吗？"她喃喃自语着，"若是我们今天不去看戏，我也许就不会有这些思想活动了。"这一刹那间，她看见一只白色的海鸥正高高飞翔在水面上；或许是渔夫把它惊扰了，它默默飞翔着，时高时低，好像在寻找一个可以栖息的地方。"瞧它如果飞向这儿，"叶琳娜默想着，"那就是好兆头……"海鸥在原处回旋过，合起翅膀——像被人用箭射中了一样，一声哀啼，落到远处一只黑黝黝的大船后面去了。叶琳娜浑身战栗了，后来她为自己的战栗感到很不好意思，便和衣去躺在英沙罗夫身边，这时他正沉重而急促地呼吸着。

三十四

英沙罗夫醒得很迟，头昏沉沉地痛，他感觉到，像他自己所说的，全身虚弱得不像样子了。但是他还是起了床。

"伦季奇没来？"他第一句话就问。

"还没有，"叶琳娜回答，把新近一期 Osservatore Triestino[①] 递给他，其中很多篇幅在谈战争，谈斯拉夫诸国和诸公国。英沙罗夫开始读报；她忙着为他准备咖啡……有人敲门。

"伦季奇。"——他俩都这样想。然而敲门的人讲的是俄语："可以进来吗？"叶琳娜和英沙罗夫相互愕然一望，而不等回答，进来一位服饰考究、面孔尖削的人，他的两只小眼睛不停地转动。这人容光焕发，似乎刚刚赚了一大笔钱，或是接到了一个极其愉快的消息。

英沙罗夫从椅子上站起来。

"您不认识我，"陌生人说，举止随便地向他走来，一边殷勤地向叶琳娜鞠躬致意，"卢坡雅罗夫，记得吗，我们在莫斯科，在伊……夫家里见过面？"

"是的，在伊……夫家里。"英沙罗夫说。

"是呀，是呀！请给我介绍您的夫人呀。夫人，我一向深深敬重德米特里·华西里耶维奇（他立即更正）……尼康诺尔·华西里耶维奇[②]，我非常荣幸，终于能获此殊荣，与您相识。请您想象一下，"他转向英沙罗夫继续说，"我昨天晚上刚知道您在这儿。我也住在这家旅店里。这是怎样的一座城市啊，这个威尼斯——真是一首诗呀，也只可能是一首诗，不是别的！只有一件事太可怕了：每走一步

---

① 意大利语：《的里亚斯特观察报》。

② 尼康诺尔·华西里耶维奇，仍是一个不正确的人名。

路都会遇上该死的奥地利人！这些奥地利人真让人够呛！说起来，您听到没有，多瑙河上好一场决战啊，干掉了三百个土耳其军官，西里斯特里亚被攻克了。塞尔维亚已经宣布独立，您这位爱国者，一定会欣喜若狂的吧，对不对？就连我身上的斯拉夫血液也沸腾了！但是我奉劝您谨慎小心，我相信有人正在监视您。这儿的密探可是很怕人的啊！昨天有那么个形迹可疑的人来找我，问我是不是俄国人。我回答他说我是丹麦人……不过您，一定，贵体欠佳吧，我最亲爱的尼康诺尔·华西里耶维奇，您应该去治一治；夫人您应该给您先生治一治。昨天我发了疯似的去宫殿、教堂到处跑——您们一定也去过元首宫啰？到处都是那么值钱的财富啊！尤其是那座纪念大厅和马里诺·法里叶诺①的那个空位子，还写着：'Decapitati pro criminibus'②几个字呢。我还去过那几处著名的监牢，那地方真让我五内俱焚——您大概知道我——老是喜欢思考些社会问题，也一向站在反对贵族的立场上的——我真想把那些贵族拥护者送进这种地方：送进这些监牢里；拜伦说得好：'I stood in Venice on the bridge of sighs.'③而他也是个贵族呢。我这人一向拥护进步。年轻一代全都是拥护进步的。可是英国人跟法国人是怎么样的？④咱们瞧瞧他们能不能干出许多事情来：布斯特拉巴⑤和巴麦尔斯顿⑥。您知道，巴麦尔斯顿当上了首相呢。不，不管怎么说，俄国人的拳头可不是闹着玩儿的。这个布斯特拉巴是个可怕的恶棍！要不要我借您一本 Les Châtiments de Victor Hugo⑦——真了不起！

---

① 马里诺·法里叶诺(1278—1355)，威尼斯总督，因反对贵族被国王斩首，纪念大厅中不设他的塑像，只留空位，题词云："此系法里叶诺之位，因罪处斩。"

② 意大利语：因罪处斩。

③ 英语：我在威尼斯，伫立叹息桥。

④ "可是"句，指英法联军于 1854 年 3 月对俄宣战。

⑤ 巴麦尔斯顿，当时欧洲对拿破仑三世的蔑称。由布隆、斯特拉斯堡、巴黎三城市名缩拼而成。

⑥ 巴麦尔斯顿(1784—1865)，当时英国首相。

⑦ 法语：维克多·雨果的《惩罚集》。

"L'avenir-Le gendarme de Dieu"①,说得多少大胆了一点,但是有力量,有力量。维亚泽姆斯基公爵②说得好:'欧洲反复说着,巴什卡德克拉尔③;眼睛盯住锡诺普④。'我喜欢诗歌,我也有一本普鲁东的新作,我什么都有。不知道您以为如何,我喜欢战争;既然不要我回国去,我就打算从这儿去佛罗伦萨,去罗马;法国不能去,我就想去西班牙——人家说,那儿女人漂亮得很,只是地方太穷,虫子多。我本来想去加利福尼亚的,我们俄国人什么都不在乎,我还答应过一个编辑详细研究一下地中海的贸易问题。您一定会说,这是个没兴趣的问题,太专业了,但是我们正需要、正需要专家啊,我们空谈哲学已经谈得够多够多啦,现在需要实干,实干……可是您身体很不好呢,尼康诺尔·华西里耶维奇,我或许,让您疲倦啦,不过嘛,我再坐一小会儿……"

卢坡雅罗夫如此这般地胡扯了半天,临走说他还会常来。

英沙罗夫被这位不速之客的来访搞得精疲力竭,便去躺在沙发上。

"你瞧,"他苦恼地望着叶琳娜说道,"这就是你们的年轻一代!还有些人,装腔作势,异想天开,而骨子里仍旧是这么一个吹牛皮的,跟这位先生一个样。"

叶琳娜没有反对自己丈夫的意见,在这一瞬间,她更加担心的是英沙罗夫的虚弱,而不是俄国整个青年一代的状态……她坐在他身旁,拿起一件针线活来做。他闭上眼睛,不动地躺着,苍白而瘦削,叶琳娜朝他瘦骨嶙峋的侧面、朝他摊开的双臂,望了一眼,一阵突然袭来的恐惧使她的心收紧了。

---

① 法语:未来——是执行上帝意志的宪兵。
② 维亚泽姆斯基公爵(1792—1878),俄国诗人,普希金的朋友。
③ 巴什卡克拉尔,克里米亚战争中,1853 年 12 月 1 日,俄国陆军将领别布托夫在巴什卡德克拉尔击败土耳其军陆军主力。
④ 锡诺普,克里米亚战争中,1853 年 11 月 30 日,俄国海军将领纳亚莫夫于土耳其的锡诺普海湾击溃土耳其舰队。

"德米特里……"她开始说。

他猛地一抖。

"怎么？伦季奇来啦？"

"还没有……可是你怎么想法——你在发热，你真的身体不大好，要不要请个医生来看看？"

"这个吹牛皮的把你吓住啦。不需要。我休息一会儿，全会过去的。吃过晚饭我们再去转转……随便哪儿。"

两个小时过去了……英沙罗夫依旧躺在沙发上，但是他睡不着，虽然眼睛闭着。叶琳娜没有离开他一步；她把针线滑落在膝头上，呆呆地一动不动。

"你干吗不睡一会儿？"她终于问他。

"等一等，"他抬起她的一只手，把它枕在自己头下，"这样……很舒服。伦季奇一来，就叫醒我。要是他说，船有了，我们就得出发……该把东西收拾好。"

"收拾不费时间。"叶琳娜回答。

"那个人吹了半天打仗呀，塞尔维亚呀，"过一会儿，英沙罗夫说道，"大概，都是他自己想出来的。可是也应该、应该动身了。不能耽搁时间……要做好准备。"

他睡着了，房中悄然无声。

叶琳娜把头靠在扶手椅背上，久久地凝望着窗外。天气变坏了，起了风。天空中急速飞过大块的白云，一根细细的桅杆在远处晃动，一面画有红十字的长长的三角旗在不停地飘扬，垂下去，又扬起来。一只老钟的钟摆重重地敲响，还发出一种悲哀的嘤嘤声。叶琳娜合上眼睛。她整夜都睡得很坏，渐渐地她昏睡过去。

她做了个奇怪的梦。她似乎觉得，她乘一只小船在察里津湖上漂游，船上是一些不认识的人。他们都默不作声，稳稳地坐着，谁也不去划桨，小船任自漂流着。叶琳娜并不觉害怕，但是却感到寂寞。她很想知道，这都是些什么人？她为什么会跟他们在一起？她凝神注视，只见水面在扩展，湖岸不见了——已经不是湖，而是波涛汹涌的海洋了,巨大的、天蓝色的、悄无声息的海浪威严地晃动着小船;一个什么轰轰作响的吓人的东西从海底浮了上来;同船那些不认识的人忽然跳起来,喊叫着、挥动着双手……叶琳娜认出了他们的脸:其中有她父亲。而这时一股莫名的白色旋风在海浪上卷起……一切都在旋转,一切都混乱了……

叶琳娜向四周一望:到处像原先一样,一片白茫茫;但是这是雪,雪,一望无际的雪啊。而她已经不是坐在船里,她正乘一架雪橇车,从莫斯科出来,正在赶路;她不是一个人:她身旁坐着一个小小的人,全身包裹在一种老式女人上衣里。她仔细一看:这是卡嘉呀,她的乞丐朋友啊。叶琳娜怕起来了。"难道她没有死?"她想。

"卡嘉,我们这是上哪儿去?"

卡嘉不回答,只顾裹在自己那件女人上衣里;她冻僵了。叶琳娜也非常冷;她沿路望去:透过雪幕远远地能看见一座城市。高高的白色的塔上,是银光闪闪的圆顶……卡嘉,卡嘉,这是莫斯科吗?不,叶琳娜想,这是索洛维茨基修道院①吧。那里有许许多多又小又狭的房间,像蜂窝似的;那儿又闷,又挤——德米特里被人关在那里呢。我得去解救他……忽然一道灰白色的、裂开大口的深渊展现在她面前。雪橇车跌进去了。卡嘉笑起来。叶琳娜,叶琳娜!一个声音从深渊底部传上来。

"叶琳娜!"——这声音分明地在她耳际回响着。她连忙抬起头,转过身子,就惊呆了:英沙罗夫像她梦中的雪一样惨白,从沙发上半抬起身子,一双大大的、放光的、吓人的眼睛凝视着她。他的头发披散在额前,嘴唇奇异地张开着。在他那张突然变了形的脸上表现出一种恐怖,其中又夹杂着一种忧怨的激动之情。

"叶琳娜!"他说出这样一句话,"我要死啦!"

她大叫一声跪倒下去,偎依在他的胸前。

"一切都结束了,"英沙罗夫再一次说,"我要死了……永别了,

----

① 索洛维茨基修道院,1436 年白海索洛维茨基岛上修建的一所著名东正教修道院。

我可怜的你！永别了，我的祖国！……"

他仰面朝天倒在沙发上。

叶琳娜奔出屋去，呼求帮助，旅店茶房跑去找医生。叶琳娜俯在英沙罗夫的身上。

正当此时，门槛上出现一个人，他宽肩，黧黑，穿件厚绒布大衣，戴一顶压低的漆布帽子。他困惑不解地站在那里。

"伦季奇！"叶琳娜叫喊着，"是您呀！您瞧吧，看在上帝分上，他很不好哟！他怎么啦？上帝，上帝啊！他昨天还跟我出去过的，他刚才还跟我说话的……"

伦季奇什么也没有说，只是让到一边。一个装假发戴眼镜的矮小身影从他身旁急速地一溜而入：这是一位住在同一旅店里的医生。他走到英沙罗夫身边。

"森纽奥拉①，"一小段时间以后，他说，"il signore forestiere e morto②，死于动脉瘤和肺病并发症。"

三十五

第二天，同一间屋子里，窗前，站着伦季奇；他面前，坐着叶琳娜，肩上披一条披肩。隔壁房间一具棺木里躺着英沙罗夫。叶琳娜的面容是惊惶的、毫无生气的；她的额头上，两眉之间，出现了两条皱纹：这使她呆滞的眼睛带上一种紧张的表情。桌上放着一封拆开的安娜·华西里耶芙娜的来信。她叫女儿回莫斯科，哪怕一个月也好，说她太孤独了，还抱怨尼古拉·阿尔捷米耶维奇，她问候英沙罗夫，询及他的健康，并请求他准许他妻子回去一趟。

伦季奇是个达尔马提亚③人，一位水手，是英沙罗夫回国旅行

---

① 森纽奥拉，意大利语"夫人"的俄语读音。

② 意大利语：这位外国先生死了。

③ 达尔马提亚，原南斯拉夫所属的达尔马提亚群岛。

时认识的,也是他在威尼斯所要找的人。这是一个严肃、粗犷、勇敢,忠于斯拉夫民族事业的人。他蔑视土耳其人,憎恨奥地利人。

"您要在威尼斯停留多长时间?"叶琳娜用意大利语问他。她的声音跟她的面容一样了无生气。

"一天,为了装些货,也是为了不引起怀疑,然后就直开萨拉。我要让我们的同胞们伤心了。他们早就在等他:他们对他抱着希望。"

"他们对他抱着希望。"叶琳娜机械地重复这句话。

"您什么时候安葬他?"伦季奇问。

叶琳娜过了一会儿才回答:

"明天。"

"明天,那我留下。我要在他坟上撒一撮土。也应该帮帮您才是。可是最好能让他安息在斯拉夫的泥土里。"

叶琳娜凝视着伦季奇。

"船长,"她说,"把我跟他带上吧,把我们载到大海的那一边,离开这里。行吗?"

"行,只是很麻烦。得跟这里该死的当局打交道。不过,假如说,我们能办妥这一切,把他葬在那边,我又怎么把您送回来呢?"

"您并不需要把我送回来。"

"怎么?那您留在那儿?"

"我已经找到自己的位置了;只求您带上我们,带上我。"

伦季奇搔搔后脑勺。

"随您的便吧,不过这一切非常麻烦。我去试试看,您过两个小时在这儿等我。"

他去了。叶琳娜走进隔壁房间,把身子贴在墙上,久久地呆立着,好像已化作一块顽石。然后她跪在地上,但是却无法开口祈祷。她心中并无怨尤:她不敢责问上帝为什么不能原谅人,不能怜悯人,不能保护人,为什么惩罚超过了罪孽,就算有罪孽的话。我们每一个人,因为活着,便已经有罪了,没有这样一个伟大的思想家,没有这样一个人类的恩人，可以由于他为人类所带来的好处，便能够希望自己拥有永生不死的权利……然而叶琳娜不能祈祷：她已经化作一块顽石了。

当天夜晚，一只宽大的木船驶离英沙罗夫夫妇留宿的旅店。船上坐着叶琳娜和伦季奇，还停放着一只长形的木匣，上面盖着一块黑布。他们划了大约一个小时，最后，靠近一只不大的双桅海船，它抛锚在港湾的入口处。叶琳娜和伦季奇登上海船，水手们便把木匣抬上船去。半夜起了风暴，但黎明时分这船已早早驶过丽多湖。这一整天里都有狂风暴雨，猛烈而可怕，连"罗意达"公司这群经验丰富的水手都摇头了，怕会出事情，在威尼斯、的里雅斯特湾和达尔马提亚海岸之间的这片亚德里亚海尤其是危险的。

叶琳娜离开威尼斯的三个星期之后，安娜·华西里耶芙娜在莫斯科收到这样一封信：

> 我亲爱的家人们，我跟你们永别了。你们从此不会再见到我。昨天德米特里死了。对我来说，一切都结束了。今天我带上他的遗体去萨拉。我要去埋葬他，至于我今后会怎样，我不知道！但是除了德的祖国，我已经没有别的祖国了。那里正准备着起义，他们要打仗，我要去当个女护士，去照料病人和伤兵。我不知道我今后会怎样，但是我，即使德死了，仍然要忠于对他的怀念，忠于他毕生的事业。我学了保加利亚语和塞尔维亚语，或许，我会经受不住所有这一切——那就更好。我已经被带到一个无底深渊的边缘，只好跌下去了。命运把我们联结在一起并非是没有原因的；谁知道呢，或许，是我害了他吧：现在轮到他把我带走了。我寻找幸福——而我将找到的，或许，只是死亡，显然，应该这样；显然，有罪孽……但是死会把一切都遮盖掉，让一切都得到和解的——不对吗？请原谅我给你们造成的所有的痛苦，这不是我存心的啊，而回到俄国来——又何必呢？在俄国我又能做什么呢？

请接受我最后的亲吻和祝福，并请不要谴责我。

叶

这以后已经过了大约五年，再没有过关于叶琳娜的音讯。写信，打听，都没有结果。尼古拉·阿尔捷米耶维奇在战争结束后亲自去了一趟威尼斯，又到过萨拉，全是徒劳。在威尼斯他了解到读者已经知道的那些事，而在萨拉，关于伦季奇和他所租用的海船，没有人能够提供确切的消息。有些隐隐的传闻，说好像几年以前，一场风暴后，岸上冲来一口棺材里面躺着一具男尸……另一些较为可信的消息说，这口棺材根本不是冲上海岸的，而是卸下来的，由一位威尼斯来的外国太太埋在了岸边，还有人补充说，后来在黑塞哥维那的部队里见到过这位太太，那时候一支部队正驻扎在那儿。他们还描述了她从头到脚一身全黑的衣着。但尽管有这些消息，叶琳娜的踪影是永远地、一去不复返地消失了，没有人知道她是否活着，是隐藏在什么地方呢，或是已经结束了生命的这场小小的游戏，结束了它的这一次轻微的荡动，已经到了死神出场的时候。往往会有这样的事情，一个人，从梦中醒来，不由得恐惧地问一问自己：难道我已经三十岁……四十岁……五十岁啦？生命怎么消逝得这么快啊？死亡怎么离我这么近啦？死神好像是一个渔夫，他把鱼捉进自己的网里，还让它暂时留在水中：鱼儿仍在戏水，但却有一只网罩住它，渔夫随时高兴，便可以把它提出水来。

我们故事中的其他几个人情况如何？

安娜·华西里耶芙娜还活着，在遭受这场打击后，她老了许多，抱怨少了，但哀愁却更多了。尼古拉·阿尔捷米耶维奇也老了，已经是两鬓染霜，并且跟阿芙古斯金娜·赫里斯吉安诺芙娜分了手……如今他咒骂一切外国的东西。他的女管家，一个三十来岁的漂亮女人，俄罗斯人，成天穿着绸衫子，还戴金戒指和金耳环。库尔纳托夫斯基，作为一个颇有气质的而且是精力旺盛的黑头发男人，自然是喜欢金发女郎的，因此他娶了卓娅为妻：她对他服服帖帖，甚至于在思考时也不再使用德语了。别尔森涅夫在海德堡，他曾官费出国留学，到过柏林、巴黎，从不浪费时间，他会成为一位称职的大学教授的。学术界注意到他的两篇论文：《论古德意志法中司法惩处的某些特点》和《论文明问题上城市原则之意义》，只可惜这两篇文章的语言都稍嫌重浊，外国语用得也嫌太多。舒宾在罗马，他致力于自己的艺术，已被认为是最杰出、最有希望的年轻雕塑家之一。严格的纯粹派①发现，他对古代艺术家研究得还不到家，说他没有"风格"，把他归为法国学派；他从英国人和美国人那里收到大量订单。近来他的一尊酒神女祭司雕像颇为轰动，俄国伯爵波波什金，一位有名的富翁，本打算花一千斯库多②买下它，但终于宁肯付三千给另一位雕塑家，一个 pur sang③ 法国人，买下了一座描述一个"在春之神怀中死于爱情的青年农女"的群像。舒宾偶尔跟乌瓦尔·伊凡诺维奇通信，只有这位仁兄一个人至今毫无变化。"您可记得，"不久前舒宾给他写道，"那天夜晚，当我们知道了可怜的叶琳娜结婚消息的时候，您给我说的，那天我坐在您床上跟您讲话的，记得我那时候问过您，我们当中会不会出现真正的人？您回答我说：'会的。'啊，伟大的俄罗斯黑土的力量！现在，我从这儿，从我的'美丽的远方'再问您一次：'喏，怎么样，乌瓦尔·伊凡诺维奇，会有的吗？'"

乌瓦尔·伊凡诺维奇扭了扭手指头，他的捉摸不透的目光正凝视着远方。

---

① 纯粹派，近代法国出现的一种绘画派别，企图把机器时代的规则引入艺术，简单化地勾画日常生活用品的线条轮廓。

② 斯库多，16—18 世纪意大利金币和银币。

③ 意大利语：血统纯正的。

附录一

[俄] 屠格涅夫

决定把全部我所写的长篇小说（《罗亭》、《贵族之家》、《前夜》、《父与子》、《烟》和《处女地》）按先后次序收入本版以后，我认为，用不多的几句话解释一下我为什么这样做，是不算多余的——我希望，那些费神接连读完这六部小说的读者有可能明白地看到，那些责备我背叛一度选定的方向、说我变节以及其他等等的批评家们到底公正到什么程度。我反而觉得，他们倒不如责备我过于固执，或者责备我的方向的直线性还要合适些。1855 年的《罗亭》的作者和 1876 年的《处女地》的作者是同一个人。在整个这段时间中，我用尽力气和本领，务求诚挚而冷静地把莎士比亚称为 the body and pressure of time① 的东西和俄国文明阶层人士的迅速变化的面貌描绘出来，并体现在适当的典型中，至于俄国的文明阶层，那一向是我主要的观察对象——我做到了多少——不由我来判断；可是我敢于希望，现在读者们将不会再怀疑我的愿望的真诚性和一贯性。

我允许自己给这六部小说的每一部再作点简短的说明，它们也许是不无些微意义的。

《罗亭》是我在克里米亚战争进行正酣的时候，在一个村子里写成的，它的获得纯粹文学上的成功，与其说是在发表它的《现代人》编辑部之内，倒不如说是在编辑部之外。我记得，已故的涅克拉索夫② 听过我的朗读后告诉我："你想出了点新的东西；可是，咱俩说

---

① 语出莎士比亚《哈姆雷特》三幕二场，此处所引与原文有出入，原文为"To show … the very age and body of the time his form and pressure"。整个这段话卞之琳先生译为："给时代和社会看一看自己形象和印记。"——译者注

② 当时《现代人》由涅克拉索夫主编。——译者注

说，不告诉别人，你的《罗亭》是枯燥无味的。"——虽然几周之后，还是那个涅克拉索夫，在跟我谈起他刚写成的一部长诗《萨沙》时，却告诉我："你大概看得出来，我在这部诗里多少有点模仿你的《罗亭》呢——可是你不会生气的。"我还记得，辛珂夫斯基①（布朗贝乌斯男爵）的一封信也曾令我惊讶不已，我当时正像所有的青年派一样在躲开他——而他却对我的《罗亭》大为赞赏。

《贵族之家》获得了我所曾经获得的最大的一次成功。这部小说问世以后，我开始被认为是值得公众注意的作家。

《前夜》获得的成就要少得多——虽然我的任何一部长篇小说都不曾在杂志上惹出那么多篇文章来。（当然，杜勃罗留波夫的文章是其中最好的一篇。）已故的恩·弗·巴甫罗夫曾激烈地批评我，另一位也已故去的批评家，某位姓塔拉冈的人，由于在一篇《前夜》的十分苛刻的文章中特别坚持说，《前夜》中的主人公们是有伤风化的，因此甚至有人凑钱请他吃了一顿午饭以表示感谢。还曾出现过几首讽刺短诗；经常被人重复的一句俏皮话是：我的作品之所以题名《前夜》，是因为它出现在一部好小说将要出现的前夜。

请读者允许我来谈谈我文学生涯中的一个——正是关于这部《前夜》的——小小的插曲吧。

差不多整个 1855 年（正像以前的三年一样）我都是足不出户地在奥廖尔省姆钦斯克县我的领地上度过的。我的邻居中跟我最接近的是一个名叫华西里·卡拉节耶夫的人，一个二十五岁的年轻地主。卡拉节耶夫是一个幻想家，有狂热的感情，非常爱好文学和音乐，具有一种独特的幽默，多情，善感，而且直率。他在莫斯科大学读过书，一直住在父亲的村庄里，他父亲每隔三年要犯一次近乎疯狂的忧郁病——卡拉节耶夫还有一个姐姐——一个非常出色的人物，她也是发疯死掉的。所有这些人早就死光了——所以我可以这

_____

① 辛珂夫斯基(1800—1858)，俄国历史学家、新闻工作者，反对进步文学甚烈，"布朗贝乌斯男爵"是他的笔名。

样毫无顾忌地谈论他们。卡拉节耶夫不得不接管家业，而在这方面他几乎是一无所知的——他特别爱读书，爱找他所喜欢的人聊天。这种人当时真不多。邻居们都因为他的自由思想和他那好讽刺人的谈吐而不喜欢他；而且他们还怕他结识自己的女儿和妻子，因为流传着一种实际上他不应获得的名声，说他是一个危险的、喜欢追逐妇女的人。他常来找我——在那段我不甚欢愉的时间里，他的拜访几乎是我唯一的消遣和快乐。

克里米亚战争发生了，在贵族中间进行义勇军的募集——那些一向瞧不起卡拉节耶夫的本县贵族们商量好了，像俗话所说的那样，要把他撵走——于是就把他选为非常后备军的军官。一听到这个任命，卡拉节耶夫就来找我。他那颓丧和恐慌的面容顷刻间使我大为吃惊。他开口便说："我不会从那儿回来的；我受不了这个；我会死在那边的。"——从健康上讲，他是不能自夸的；他的胸部经常作痛，体质也很弱。虽然我自己也怕他受不了行军的艰苦，但我还是设法打消他那阴暗的预感，我开始叫他相信，过不了一年——我们又会在这块偏僻地方碰头的，又会像从前一样的聚会、谈天和争论。可是他却固执地坚持己见——我们在我的花园里散步了很久，突然他对我说出了下面这些话："我有件事求您。您知道，我在莫斯科住过几年，可是您却不知道我曾经发生过一件事情，它在我心里引起一种愿望，想把它讲出来——给我自己，也给别人，我试过这样做；可是我应该承认，我毫无文学才能——结果是，我写下了这么满满一小本，现在我把它交给您。"——说完这话，他就从衣袋里掏出一个大约有十五六页的小笔记本——他接着说："我相信，尽管您这样友爱地安慰我，我还是不会从克里米亚回来的，因此我请求您留下这本草稿，利用它写点什么，免得它像我似的毫无踪迹地失掉！"——我本来要拒绝他；不过，我看出，拒绝会使他伤心，就答应照他的意思做。这天晚上，卡拉节耶夫走后，我就把他留下的本子翻看了一遍——其中笔画草率地写下的，就是后来构成了《前夜》内容的东西。不过故事没到结尾就突然中断了。卡拉节耶夫住在莫斯科的时候,爱过一个女孩子,她也用爱来酬答他;可是当她结识了一个名叫卡特拉诺夫的保加利亚人以后(往后我才知道,此人曾一度闻名,在他本国,人们至今还记得他),她就爱上了这个人,并且跟他一块上保加利亚去了,不久之后,她就死在那儿——这个爱情故事叙述得很诚恳——虽然缺乏技巧。卡拉节耶夫生来的确不是做文学家的。只有莎里岑诺郊游那一场写得相当生动——我把这一段的主要特色都保留在我的小说里了。当时在我心中萦绕不去的虽然是另一些形象:我打算写《罗亭》;可是我后来在《前夜》中企图解决的那个问题也时常在我的眼前闪现。女主人公叶琳娜在当时的俄国生活中还是一个新的典型,她的身影已经相当清晰地在我的想象中显露出来了;可是怀着朦胧的、但却又是强烈的对自由的渴望的叶琳娜所能委身给他的那种男主人公,我还没有找到。读了卡拉节耶夫的笔记本以后,我不由自主地喊了出来:“这就是我要寻找的主人公!”——在当时的俄国人里面还没有这样的人。第二天见到卡拉节耶夫,我不仅向他保证我会满足他的请求,还感谢他引我走出了困境,给我那当时仍然模糊不清的想象和构思带来了一线光亮。卡拉节耶夫听见了这话很高兴,又再三地说:“别让这些都白白地死去啊。”——他就上克里米亚服役去了,我十分痛惜,他没有从那儿再回来,他的预感实现了。他害伤寒死在污海附近的营地上,我们奥廖尔省的义勇军就驻扎在那儿的土窑里,整个战争期间没瞧见一个敌人,但却由于各种疾病损失了差不多一半人。然而我却拖延着没有履行诺言:我忙于别的工作;写完《罗亭》,我开始写《贵族之家》;直到 1858 至 1859 年这个冬天,我又来到那个村子,来到当初和卡拉节耶夫交往的那个环境里,这时我才感到,沉睡的印象开始苏醒了,我找出他的笔记本来,我又重新把它读了一遍;那些退居次位的形象又重新回到主要的地位上来了——于是我立刻拿起了笔。有几个熟人当时已经晓得我现在所讲的这些事情了;不过我认为还有义务在今天,在出版我的长篇小说集定本的时候,把这些事向大家谈一谈,也借此对我那位不幸的年轻朋友表示悼念,虽然这悼念表示得太迟了。

就这样，一个保加利亚人成为了我的一部小说的主人公。而批评家先生们当时却异口同声地责备我，说这个人物是伪造的、没有生命的，他们对我偏偏选中一个保加利亚人这个奇怪的念头表示惊异，问题："为什么？原因何在？有何打算？"——小箱子原来是很容易打开的①——不过当时我认为没有必要作进一步的解释。

关于《父与子》，似乎是不必要再详细讲了：我在《文学与生活回忆录》中有一节专门谈这部小说②——我现在只谈一点：《父与子》问世以来眼看已经十七年了，然而，无论如何，批评家们对这部作品的看法却始终没有确定下来——不过是在去年，为了巴扎罗夫的缘故，我还能在一本杂志上读到，说我是一个"专把被人打伤的人往死里打的杀人不眨眼的强盗"——这就是那同一位安东诺维奇先生说的，他在《父与子》发表后不久，就曾经断言过，说阿斯考勤基先生早就猜中了我的小说的内容了。

《烟》虽然获得了够大的成功，但也惹得人们对我大为不满。特别激烈的责备是说其中缺乏爱国主义、污辱祖国，如此等等。又有人写讽刺诗。连弗·依·丘特切夫——我一向并且至今还以他的友谊为荣——都认为有必要写一首诗来为我所选择的错误道路洒几滴眼泪了。原来虽然是从不同的观点，我却触犯了我的读者群的右派，又同样地触犯了他们的左派。当时我对自己也怀疑起来了，就暂时沉默不语。

至于说到《处女地》——那么，我想，不必再来多说我这部最近的、费了这么大力气写出来的作品所受到的一致责难了。除了两三篇手写的、不是刊物上发表的书评之外，我没有从任何人那里听到过臭骂以外的东西——起先他们断言，这都是我捏造的；说由于我几乎是常年居住国外，已经完全不了解俄国生活和俄国人；说策引

---

① 典出克雷洛夫寓言《小箱子》，见《克雷洛夫寓言集》。——译者注
② 见蒋路译屠格涅夫《文学与生活回忆录》，文化生活出版社。——译者注

我执笔的唯一动机只是浅薄的虚荣心和一种沽名钓誉的打算而已；一位新闻记者还慌忙宣称，说每一个正派人士都应该对我的书吐一口唾沫，并且当场踩上几脚。① 可是后来，过了一段时间，那些被指为我捏造出来的事情的大部分都变成了事实，这时我的法官们又有另一种说法了：好像我本人多半参加过那些存心不良的计划；因此当然也就早已知道它们了，否则的话——我怎么可能事先预见和预言呢?! 以及其他等等，等等。所有这一切说法后来渐渐趋向平衡了；在我最近一次回俄国的时候，我证实了：绝大多数我的同胞都不认为我这最末一部长篇小说是毫无用处、或者有害无益、或者只配遭人轻视的，虽然他们也保留着一些无疑是正确的责难，这些责难的主要根据是我的远离祖国。

已故的别林斯基常爱讲的一句话就是这样在我身上应验了："每个人早晚总会被自己的衣襟绊倒的。"

"Was ist der langen Rede kurzer Siun?"②——说这么一大堆话为了什么呢？也许，有位读者会问我的——第一，为了表白我在这篇序文的最初几行里所讲的意图；第二，为了说出下面这个我从多年的经验中领会到的结论：我们的批评界，尤其在最近，没有权利说自己是绝对正确的——作家如果仅仅听信于它——就会有糟蹋自己天才的危险，它的主要过失在于它是不自由的批评。这里我不能不顺便谈谈我对于"下意识的和有意识的创作"，"先入为主的观念和倾向"，"客观、直率和天真的好处"等等说法的意见③——所有这些"令人感动的说法，不管它们是从哪些权威的嘴巴里出来的，在我

---

① 一位书评家比这还厉害。在谈到国外的几篇论及《处女地》译本的文章时，他说出了下列这一段名言："让外国人写文章去谈论它吧，我们甚至对它连唾沫都不肯吐一口。"如此吝啬，你瞧！（原注）

② 意同下句"说这么一大堆话为了什么呢?"。——译者注

③ 从这里直到本文结束都是对于当时反对文艺反映现实、提倡所谓"下意识的创作"的理论进行正面驳斥。这里以及下文中所引用的话，显然都有出处，现无从查考。——译者注

看来,总不过是些老生常谈而已,这些通用的修辞学上的小铜钱,只是因为太多的人不辨真伪,所以才没有被认出是假造的。每一个不无才能的作家(当然,才能是首要条件)——我是说,每一个作家,都是首先力求忠实而且生动地再现他从自己和别人的生活中获得的印象的。每一位读者都有权利判断,他在这方面成就如何,过错如何;可是,谁有权利来指示作家,说文学中哪些印象能写,哪些不能写呢? 如果他是真实的——那么,他就是正确的;而如果他没有才能——任何"客观性"对他也爱莫能助。目前我国出现了许多以写作为业的人,他们自命为"下意识的创作者"——他们选择的,全是些"非常重要的"情节;然而他们满身浸透的,却正是这种倒霉的"向"——"诗人用形象思维"这句名言是人人皆知的;这句名言完全正确而无可争论;可是,您,诗人的批评家和法官,又根据什么一方面允许他把自然的景色,或者是人民的生活、完整的天性(这也是一个令人感动的字眼!)形象地再现出来;可是另一方面,只要他刚刚接触一点纷乱的、心理上复杂的,甚至病态的东西——尤其当这些东西不是个别事实,而是来自那个您所说的人民的、社会的生活的深处时——您就会大声叫嚷说:停住,这不对头,这是作家的自我反省,是先入为主的观念,这是搞政治! 这是写政论! ——您肯定说,政论家和诗人任务不同……不! 他们二者的任务可以完全相同;只是政论家用政论家的眼光看待任务;而诗人则用诗人的眼光看待它们罢了。对于艺术事业,"怎么写?"这个问题比"写什么?"更为重要。如果您所否定的全部东西——"用形象"这三个字——(请君注意:用形象)已经构成了作家的灵魂,那么您又凭什么认为作家居心可疑,又凭什么把他从艺术庙堂中驱逐出来呢? 如今,端坐在那座庙堂的金碧辉煌的神殿上的,是一帮"下意识艺术"的祭士们,他们高踞在香烟缭绕的神殿上,而这些烟火却常常是这群祭士们自己的手点燃起来的。我告诉您:一个真正有才能的人绝不会为一些不相干的目的服务,他在他自己身上就能够找到满足;他周围的生活给他以内容——他就是生活的集中的反映;他既无本领写阿谀颂词,

也不善于作诽谤文章……归根到底;他瞧不起这些东西。按题作文
或者照章编选——只有那些没有能力干更好的事情的人们才能做。

巴黎,1879 年 8 月

译者附记:

　　本文译自莫斯科 1949 年版《屠格涅夫文集》第十卷(《星火丛
书》)。原题为《序言》,文集编者加了一个括弧中的小标题:《为一八
八〇年文集中的长篇小说集而作》。为醒目计,译文改用了这样一
个题目,在巴金先生所译的巴甫罗夫斯基《回忆屠格涅夫》一书中引
用过本文中关于《前夜》的那一大段。翻译时曾参考过巴金先生的
文字。

附录二

［美］亨利·詹姆斯

或许，在英语读者的藏书中，没有哪一位异族小说家能够比伊凡·屠格涅夫更加自然而然地占有一席之地了；他在艺术上别具一格的独到之处使他已经赢得或可望赢得这些读者，这并非因为他事先付出过什么或应许过什么，而是因为，他的别具一格的天才拥有一种能使他，甚至在他生前，在外国公众心目中获得一种特殊位置的效力。他在这一方面的地位不是别人所能企求的；因为，正是他的俄罗斯风味给他帮了大忙，使得人们广泛地接纳了他。

他生于 1818 年，在俄罗斯的腹地奥勒尔，死于 1883 年，在巴黎近郊的布日瓦尔，他在德国和法国度过他的后半生；并因此在本国招惹了那在某种程度上是容易加之于不在场者们头上的指责——也是罪有应得，因为相距着那么远的距离，或者说因为他们身在国外或许会有幸发现那许多赏心悦目的东西。他属于农村大地主和大农奴主阶级；他拥有大量遗产，但却成为一位稀有的文学劳动的榜样，他的这些劳动全都不是为谋求收益而进行的——在这一点上，他和他辉煌的同时代人托尔斯泰是同为楷模的。虽然这一位在其他一些方面是一个与他类型殊异的人。设想有某个本世纪上半叶倾向于"北方"观点的维吉尼亚州或卡洛林纳州的大农奴主，这位农奴主后来（虽然最主要不是由于他拥有这些"北方"观点而迫不得已，而是由于一种敏锐的天才所起的作用）变成了美国伟大的小说家——而且是世界伟大的小说家之一，这可以给我们一个有关屠格涅夫当初地位境况的概念。屠格涅夫在一个严峻而压抑人心的社会和政治制度之下诞生，他内心深处的全部本能，他全部道德的激情，都使他站在了自由主义的一边；结果是，年轻轻地，在德国的一所大学读过一段书之后,他发现自己由于在公开场合下几句无关紧要的发言,竟遭到当权者如此深重的怀疑,乃至被判处在他自己的庄园内接受监禁——这是一种形式比较温和的流放徒刑。或许一部分是由于处在这样的境遇下,他才搜集材料写下了那部刚一问世便使他蜚声文坛的作品——《猎人笔记》,它是在1852年分两卷出版的。这是一部极美的乡村纯朴生活的印象集,是这个古老的奴隶国度农村生活的真实写照,人们经常说,它和亚历山大二世的伟大政令之间的关系,恰像是比彻尔·斯托夫人那部著名小说和南方黑奴解放之间的关系一样。无论如何,有一点是无可争议的:屠格涅夫对农村生活所作的研究,像《汤姆叔叔的小屋》一样,宣告了一个特殊的时辰的来临,差别只在于,它没有顿时引起一场骚动而已——他用来表现情况的艺术手法是过于隐而不露了,让人难以立即领悟,这是一种更多激动内部而更少搅动表面的艺术。

无论如何,因为作品所产生的影响,这位作家是当即崭然露出了头角。隔着一层遥远的距离,这部作品所产生的影响是达到极致了:他当时在外旅游,他侨居国外;60年代初期他在德国定居;他在巴登—巴登置了房产,并在那里度过该地历史上那段繁荣时期的最后几年,这是一段以普法战争为标志的暴乱的时期。这场战争以后,他把自己的命运主要是和那些失势的牺牲者们联系在一起;他在巴黎重新安家——他在巴黎近郊的塞纳河上有一座备用的可爱居处——在这儿,也在乡下,除了短暂的回国访问之外,他消磨了他的余年,他和文学界艺术界的知名人士广为交游,过从甚密;他终身未娶;随着岁月的推移,他不停地创作,既不匆促,也不繁忙;而正是在这些年月里,他逐渐建立起他的名声,而且是欧洲的名声,"欧洲的"这个词用在这里,它所代表的公众是如何机敏,或许在美国比在其他任何地方都更能有所体会。

比他小十岁的托尔斯泰这时正趋于成熟;虽然,事实上,并非是在屠格涅夫去世以后,《战争与和平》和《安娜·卡列宁娜》才开始把他们更大一些的声名扬遍全世界的。这位年事更长的作家在他一生所做的最后几件事中有一件，而且是临终前在病床上做的，便是向那另一位（由于毋需复述的原因，他和他已疏远了相当长一段时间）发出呼吁，请求他回归文坛，重新施展其天才，而这份天才，托尔斯泰已经如此令人痛惜地、如此异乎常情地断然放弃了。

> 我行将就木；已没有复康的可能。我特地写这封信告诉您，能够身为您的一个同时代人我是多么幸福，并且向您提出我最终的、强烈的祈求。回到您的文学创作事业上来吧，我的朋友。您的天赋是从源泉中得到的，我们的一切都是从其中获得的。啊，假如我能够认为您定会听取我的恳求，我将会多么幸福！我的朋友，我们俄罗斯大地的伟大作家，响应我的恳求吧，听从我的恳求吧！

这席话确是一个伟大心灵与另一伟大心灵之间所曾交谈过的最为动人的言语，它间接地——或许我甚至于可以说是直接地——有助于阐明屠格涅夫艺术气度的天性和本质；真是太能阐明了，以致让我感到遗憾，竟没有机会从各方面聚集材料，就此为他描绘出一幅肖像来，如能做到这一点，再加上我们对这两位人物之间的差异进行的探究，就会凑得更加齐全了。决不能说托尔斯泰，从俄国人的观点看，是专供国内人阅读，而屠格涅夫是专供国外的，这话说得太不费力气了：《战争与和平》在欧洲和美洲所拥有的读者大约比《贵族之家》或《前夜》或《烟》要更多——我说过，在西方世界中，我们极其大量地接受了屠格涅夫，这种情况看来似乎不利于我现在的说法，其实也不尽然。我可以把屠格涅夫，在一个罕有的程度上，称之为一位小说家之中的小说家，——他的艺术影响力是价值珍贵、与众不同、根深蒂固、确定不移的。细读托尔斯泰——数量惊人的作品——对于我们每个人都是一件大事情：然而他的名字并不代表着一种方法上的不朽魅力，和一种描述上的静悄悄的潜移默化，这些在他那位前辈的作品中都是非常出众的，而且对我们来说伸手可及,为我们所可能迈出的步子照射着光亮。托尔斯泰是一面巨大得好似天然湖似的反映事物的明镜;是一只套在他伟大的题目——整个人类生活!——上的怪兽,恰像是把一只大象套在一辆住家用的大蓬车而不是一辆小车上让它去拉一样。他本人做来神奇美妙,而依样学来却极其悲惨:除非是大象一般的弟子,否则只能被他引入歧途。

　　一簇接一簇、三十年不息,凭他坚定的、深思熟虑的手,偶尔停顿片刻、忍耐片刻、等待片刻,屠格涅夫以他线条鲜明的轮廓刺出花纹。他伟大的外在标志大约就是他的简洁:这是一个他从不抛弃的理想——或许,甚至当他写得极不简短扼要时,这一理想仍在大放光辉——而他也经常能把它运用得罕见地恰当。他有一些短短几页的杰作;他的完美之作往往是他最不拖长的作品。他写过大量的短篇故事,小插曲,都像用阿特洛普①的剪刀裁剪过的一样;然而关于他所有这些著作的直接译本,我们仍必须有待于未来——我们暂且还在依靠法语和德语译本(由于我们能读俄语的人太少了),一些已出版的英语本都不是根据原著,而是根据这些本子翻译的。关于那六部长篇小说和《猎人笔记》,我们是靠加耐特夫人所译的九卷集(1897 年出版)。说到这里,我们接触到这位作家的命运中我们所见到的一个奇怪的方面——这是一种异常的情况:他甚至能强使那些无缘欣赏他的表达手段的人们也不得不把他视为知己,对于这样的人,这类问题本来是绝对无从谈起的。那些从外部获得的非本质的亲切东西姑且不谈,一读起他的作品,你就不可能不确切地认为,当他用自己本族语言侃侃而谈的时候,他定是属于那样一种坚强类型的人,这种人是生来就要以他丰富的天才让我们深切感受到素材和形式之间的统一性——感受到它们只是一件事情的两个方面——这一巧妙的真理的,总而言之,这种类型的人所做出的榜样,使得那种喋喋不休的愚蠢假定,说题材与风格——从美学上说,或者在活生生

---

① 阿特洛普,希腊神话中三位命运之神当中年岁最大的一个,生命之线是由她来用剪刀剪断的。——译者注

的作品中——是互不相干的和彼此分离的两种东西的假定遭受到致命的一击。我们是通过并非他本民族的语言来谈他的，因此我们有自知之明，知道自己尚未为他本人的语调、他个人的口音所企及。

　　这是他的风采具有何等强烈程度的明证，那许多他所特有的魅力确实给予了我们；那朝向我们的面具，甚至在不使用他自己的表达方式的情况下，仍然拥有如许的美。这种美（既然我们必须试着把它形之于言词）是对自己熟悉的东西所做出的最为精致的展示。他所见的世界，是一个性格和情感的世界，是生活每时每地都使之显现出来的种种关系所组成的世界；他大体上很少利用偶然机会所创造的奇迹——我指的是那些超越了时间和空间界线的时辰和地点；他所翱翔的天空，是一个巨大的和主要的天空，是属于激情和动机的领域，是一个司空见惯的、无可避免的、与他亲密无间的领域——亲密无间到有福同享、有难同当的地步。他所选择的题目无不给我们以极丰满的印象；但尽管如此，我们仍感觉到，他的题目的活力是发之于内心的，并不像古时罗马人在狂欢节上举行赛马会时卡在马背上的那些带刺的东西，那马要这样刺激，才肯跑的。他所主要讲叙的故事，他所主要描写的场景，并不需要一点儿什么精心策划的"情节"来引人入胜，便会像奔命似的自行展开。他的第一本书实际已充分地证明了，假如我们必须详细阐述的话，他身上最高明的东西是什么——人尽皆知，是一种精致入微的诗的氛围所产生的效果。借助于这样一个表达感情的手段——不妨说，其中充满着对于人类普遍的危难和需求所发出的共鸣和震颤——他内心的一切都上场了；我说的是他对命运、对人间的愚昧、对恻隐之心、对惊人的奇迹和对美的感受。《猎人笔记》中的温柔情意、幽默感和那万千的变化，已当即泄露出他是一位富有杰出想象力的观察家。他把这些本领一齐拿来，用之于小事情，也用之于大事情；用之于描写未获解放的农民的悲苦、纯朴、虔诚和忍耐；用之于描写大地、天空、冬季、夏季、田野、森林的自然的美妙无穷的生活；用之于描写乡村一带稀奇的鬼魂以及地方上的怪人怪事；用之于描写旧世界的种种习俗和迷信；用之于描写在他热切的打猎生活中，由于长时期地、亲密地接触人、接触大自然，而搜集、发掘和汲取到的秘密、典型和印象。屠格涅夫身材高大，精力充沛，又酷爱追猎，或者也许不如说是酷爱他在其中发现的灵感，他本来很可以算得是一位强壮非凡的猎人典型，若不是这个形象跟他天性上的温存柔和不大相称的话。不过在他的温存柔和之中，往往也要包括一些破例的伸胳臂动腿之类的含义。他这人倒不如说是一位静止不动的壮汉典型：魁伟，庞大，而话音却天真无邪，笑起来几乎像一个孩子。然而，不仅是这些，看来尤其令人感到矛盾的，是他的作品中还充满着雅致美和幻想，锐利的洞察和凝练的思维。

除了我前面（也是按时间先后）提到的三部小说之外，假如我再按次序提出《罗亭》、《父与子》、《春潮》和《处女地》的话，我就把这座结实的纪念碑上的一些比较大的石块都指出来了。这座纪念碑是根基深厚的，它带有一些缝隙，但也都填补得很好。他的较次要的作品多得不胜枚举：我只能提到其中给人印象最深的一些——《书简》、《旅长》、《狗》、《犹太人》、《幻影》、《木木》、《三次相逢》、《初恋》、《被遗弃者》、《阿霞》、《多余人日记》、《叶尔古诺夫上尉的故事》、《草原上的李耳王》。在他的长篇小说中究竟哪一部最好倒很难说：一般大约是取舍于《贵族之家》和《父与子》之间。我个人更多偏爱那部优美的《前夜》；虽然我承认与其他几部摆在一起，它并非是最为优美的一部。大家比较意见一致的是：《处女地》——他死前不久发表的，也是他小说中最长的一部——尽管充满着美妙，是一部较差的完美之作。

性格，表达出的和揭露出的性格，是我们在这些作品中所照例不误可以找到的东西。屠格涅夫对于性格的识别能力，是一束在艺术上引导他前进的巨大光亮；如果要对他做一个最为简略的描述，那就只须说，仅仅是这种识别力的施展，就定能构成他笔下充足的戏剧性。在描写一个人物的时候，没有谁能比他看得更加真切，也没有谁的手法能比他更加令人哭笑不得而同时却又更加令人感到亲切温柔了。他能看出这个人身上最细微的征兆和习性——看出他全部的遗传特征和奇异癖好，他全部的软弱的和有力的独到之处,他的丑和美,他的古怪和魅力;然而他又能慧眼独具地把这个人物放在整个生活的洪流之中来看待,让他沉浸在他的种种关系和接触之中,让他去挣扎或是淹没,把他看作是一粒生活之流里来去匆匆的尘埃。这,加上他安闲沉静的写作方法,使他拥有一种与众不同的宽度;使他罕有的描写特征的能力不至枯燥和冷峻,不至有任何漫画式描写的危险。他知道得那么多,让我们几乎惊异他竟然能加以表达;而他的表达也确实完全是绝对投影式的、图象式的,把每件东西的不加解说和不承担责任的样本提供出来。他在精神上是那么富于人道,让我们几乎惊异他竟能对他的材料加以控制;他的悲天悯人之心是那么深沉又那么宽宏,让我们几乎惊异他竟会有那种追根问底的好奇心。他的诗的素质是永恒的,而现实又透过这素质向我们凝视,不丢掉它脸上的一丝皱纹。他是一位天生的小说家,他身上天生小说家的迹象比谁都多,这种迹象的表现是:他所召唤来的人物们所享有的自由和活力是无限的,他们应召而出现时的无所顾及的绝对性是无限的;或者说,他绝不屈服于那种用斥责或道歉的办法来解说或表现人物的稀奇而平庸的策略——那种企图讨巧省力,把充其量也应当留给或许不是最聪明的读者去表露的对人物的判断和感情提前拿来用掉的策略,在这方面,他也比谁都做得好。然而,他的这种,不妨简略地称之为,仅仅只做详细叙述来报告实情的体系,拥有一种水清见底之功,比那些拙劣得多的道德家的长处要高明得多。

假使,如我所说,他处处给予我们的东西是所谓性格的话,我必须马上补充一句,他所给予的性格决非如我们西方人的理解,是所谓果断和成功的同义语。这种性格具有短见的个人主义心灵那种几乎是无可救药的超然物的外形;而他把这种性格也确实过于经常地表现得淋漓尽致,然而这种性格恰恰不能产生某种追求功名利禄的强烈感情。在他心中思索最多的问题是意志问题;他所经常不断启发诱导人们去想的东西,正和这个悲哀的形象有关,似乎原则总是要在他的同胞当中制造出这类形象来。他看出——他启发我们认识到——这种人处处溃不成军；而最为普遍存在的悲剧，依他看来，是这种人那些孤注一掷的冒险和所遭受的灾难，他的在劫难逃的退却和失败。假如人们像在大多数情况下那样不去理睬他，他就会到异性身边去寻求庇护；在屠格涅夫笔下，许多这类人的代表都是极其强大的——而且在很多情况下在其他方面都非常讨人欢喜。的确，他写过那么多人物，——我指那些年青女人，姑娘小姐，尤其是那些"女主人公"——按照道德上的美，按照灵魂上的出类拔萃。这些人物已经成为现代小说所提供给我们的最为动人的群像之一。这些人物是名正言顺的英雄，其英雄主义是不作张扬、不加修饰的：几乎只有这些人有精力去决定和行动。叶琳娜、丽莎、塔吉雅娜、吉玛、马利安娜——我们一提起这些人的名字，便好像见到了她们的身影，然而却没有篇幅供我来一一谈论她们了。这些人物活在那些一幅幅接连不断的最美妙、最柔和的描画之中；而这也正是屠格涅夫在他全部的创作中孜孜以求并达到成功的过程。

他自己认为他的主要危险在于他抛弃了太多的东西，因而不能细致入微地描述；他在结构上有所欠缺，缺乏使印象导致统一的才能。然而没有哪个小说家比他更为周密和更善于积累了；他的特色从大量的生活真实中涌出，这些真实除主题、除思想本身之外，不受制于一切，这一点谁也没他做得好。而且，磨擦所引燃的火花——永远都像一封没拆开的电报一样令人兴味盎然。他对待"内心深处的"世界，我们的更为良好的意识所在的世界，那种亲切和蔼的自由态度——连同他精致的优雅——其中，总而言之，包含着这样一个方面，对它，我只能描述为是高尚的、公正无私的，我并且把它时刻铭记在心；他的这一个方面使得太多的他的对手们要用粗暴手段制止我们来用之于对比，而却又引得我们要去用它来对比一下那些俗不堪耐的东西。

（1897）

译者附记:

　　享利·詹姆斯对俄国作家有独到的理解,尤其熟悉列夫·托尔斯泰和屠格涅夫。这篇文章对于这两位大家的艺术风格特点,议论精辟,思路幽深,能够把握住这两位作家的主要之点,很能启发人。

图书在版编目(CIP)数据

贵族之家 前夜/(俄罗斯)屠格涅夫著;智量译.
—上海:华东师范大学出版社,2015.12
(智量译文选)
ISBN 978 - 7 - 5675 - 4396 - 6

Ⅰ.①贵… Ⅱ.①屠…②智… Ⅲ.①长篇小说-
小说集-俄罗斯-近代 Ⅳ.①I512.44

中国版本图书馆 CIP 数据核字(2016)第 012159 号

智量译文选

贵
族
之
家

前
夜

著　　者　(俄)屠格涅夫
译　　者　智　量
项目编辑　许　静　姚之均
审读编辑　王国红
责任校对　王丽平
装帧设计　姚　荣

出版发行　华东师范大学出版社
社　　址　上海市中山北路 3663 号　邮编 200062
网　　址　www.ecnupress.com.cn
电　　话　021 - 60821666　行政传真 021 - 62572105
客服电话　021 - 62865537　门市(邮购)电话 021 - 62869887
地　　址　上海市中山北路 3663 号华东师范大学校内先锋路口
网　　店　http://hdsdcbs.tmall.com

印　刷　者　上海中华商务联合印刷有限公司
开　　本　890×1240　32 开
印　　张　11.5
字　　数　300 千字
版　　次　2016 年 4 月第 1 版
印　　次　2016 年 4 月第 1 次
书　　号　ISBN 978 - 7 - 5675 - 4396 - 6/I·1471
定　　价　38.00 元

出 版 人　王　焰